Britta Habekost

Ein dunkles Spiel

Thriller

Weltbild

Besuchen Sie uns im Internet:
www.weltbild.de

Genehmigte Lizenzausgabe für Weltbild GmbH & Co. KG,
Werner-von-Siemens-Straße 1, 86159 Augsburg
Copyright der Originalausgabe © 2016 dotbooks GmbH, München
Umschlaggestaltung: Johannes Frick, Neusäß
Umschlagmotiv: © Johannes Frick unter Verwendung von Motiven von
iStockphoto (© Janny2, © eugenesergeev)
Satz: Datagroup int. SRL, Timisoara
Druck und Bindung: CPI Moravia Books s.r.o., Pohorelice
Printed in the EU
ISBN 978-3- 96377-491-1

2023   2022   2021   2020
Die letzte Jahreszahl gibt die aktuelle Lizenzausgabe an.

Ein dunkles Spiel

Die Autorin

Britta Habekost studierte Geisteswissenschaften und verwirklicht sich seit 2009 als Schriftstellerin mehrerer Genres. Unter Pseudonym veröffentlichte sie bereits einen historischen Roman, einen Krimi und verschiedene Novellen. Sie ist die Ehefrau und Co-Autorin des Kabarettisten Christian Chako Habekost, mit dem sie gemeinsam die sehr erfolgreiche Krimi-Reihe Elwenfels schreibt.

Kapitel 1

Der Kegel der Taschenlampe tastete über die Bücherrücken im Regal; ein Suchscheinwerfer auf einem Meer voller Papier. Das Licht erfasste die alten Fachbücher über Psychoanalyse. Goldgeprägte Buchstaben, die aus den Schatten auftauchten und wieder verschwanden.

Dann wurde Jelene Bahl bewusst, wie absurd es war, sich im Haus ihrer eigenen Eltern wie ein Einbrecher aufzuführen, und schaltete das Deckenlicht an. Sie hatte einen Schlüssel, sie durfte hier sein. Auch mitten in der Nacht, um diese ganz spezielle Suche durchzuführen. Zumindest sagte sie sich das.

Die Rollläden im Arbeitszimmer ihres Vaters waren halb heruntergelassen. Von außen würde es jetzt aussehen, als wären Klaus und Renate Bahl zurückgekehrt aus Andalusien, wo sie jedes Jahr einen Monat in ihrem Ferienhaus verbrachten, immer im August. Während Jelene die Aktenschränke hinter dem Schreibtisch anvisierte, lauschte sie. Irgendwo in der Nachbarschaft bellte ein Hund. Ansonsten war es eine dieser Sommernächte, in denen man darüber staunt, wie absolut still es in einer Stadt sein kann. Überall schienen die Menschen von der Hitze erschlagen in ihren Betten zu liegen.

Jelene dimmte das Licht ein wenig und kniete sich vor die Metallschränke.

Was, wenn sie am falschen Ort suchte? Oder diese Suche möglicherweise ganz umsonst war? Denn das, was für sie das fehlende Kapitel ihres Lebens war, war für ihre Eltern nur eine Randnotiz. Sie hatten diese Episode so gründlich aus ihrem Leben und aus sämtlichen Gesprächen verbannt, dass es Jelene manchmal vorkam, als wäre das alles nie passiert. Aber sie konnte sich erinnern, auch wenn ihre Eltern, vor allem ihre Mutter, ihr immer wieder einreden wollten, dass das Vergessen der *Sache* der einzig gesunde Umgang mit diesem Teil der Vergangenheit war.

Aber Jelene Bahl wollte nicht vergessen.

Sie zog die unterste Schublade auf und begann, systematisch durch die Hängeregister zu blättern. Aber sie fand nur das, was sie insgeheim erwartet hatte. Dinge, die absolut nichts mit ihrem Leben zu tun hatten.

Sie hatte gerade einen weiteren Schrank durchgesehen, als es unten an der Tür klingelte.

Jelene seufzte verärgert, schob die Schubladen zu und ging zur Treppe.

Ein kahlköpfiger Polizist starrte ihr durch den kleinen Kreis des Türspions entgegen. Hinter ihm bewegte sich eine weitere schattenhafte Gestalt.

Jelene öffnete. Ein Blick auf ihre schwarzen Kleider, die massive Taschenlampe, die sie noch immer trug, und die beiden Polizisten wurden sichtlich nervös. Ohne dass sie es verhindern konnte, fühlte sie sich auf einmal tatsächlich wie eine Einbrecherin. Sie ging in die Offensive.

»Ist ein bisschen spät, um irgendwo Klingelputz zu machen, was?«

»Darf ich fragen, was Sie hier tun?«, wollte der Beamte mit etwas unsicherer Stimme wissen. Er war noch jung,

Jelene wusste, wie er sich fühlte. Seine rechte Hand lag ganz in der Nähe des Pistolenhalfters.

»Entspannen Sie sich«, sagte sie lächelnd. »Wer hat Sie denn gerufen?«

»Das tut nichts zur Sache. Wer sind Sie?«

»Die Tochter des Hauses. Dieses Hauses.«

»Aha ...« Ein verunsicherter Blick zu seinem Partner. »Können Sie sich ausweisen?«

Jelene nahm das Schlüsselbund aus ihrer Hosentasche und nickte zu dem alten Morris, der neben der Einfahrt unter einer kaputten Straßenlaterne stand. »Meine Tasche ist da drin.«

Sie reichte den Autoschlüssel an den anderen Beamten weiter und lehnte sich in den Türrahmen.

Eine halbe Minute später kam er über die dunkle Einfahrt zurück.

Er warf einen raschen Blick in Jelenes Handtasche und reichte sie ihr dann. Sie öffnete ihre Brieftasche und hielt den beiden Männern einen Ausweis hin. Einen Moment lang genoss sie den perplexen, überraschten Gesichtsausdruck.

»Sie haben einen Polizeiausweis?«

»Ja, das haben Sie sehr gut beobachtet. Und was schließen Sie daraus?«

»Äh, ja ... also, und das hier ist das Haus Ihrer Eltern?«

»Richtig, Herr Kollege. Und wer hat Sie angerufen?«

Der Uniformierte schaute verstohlen nach links, und jetzt sah Jelene es. Hinter der Küchengardine im Nachbarhaus bewegte sich etwas.

»Diese Dame kennt mich nicht, deswegen dachte sie

wohl, ich wäre ein Einbrecher.« Sie lächelte, obwohl ihr überhaupt nicht danach war. Sie tat es nur, um von ihrem Ärger abzulenken.

Jelene wurde klar, dass diese Situation nicht eingetreten wäre, wenn sie ihre Eltern öfters besucht hätte. Dann hätte die Nachbarin Gelegenheit gehabt, dieses alte Auto und seine Besitzerin einmal bei Tageslicht zu sehen. Aber dafür hätte es einen Anlass geben müssen. Und den gab es nicht, schon lange nicht mehr.

»Danke, dass Sie so vorbildlich auf dieses Haus aufpassen!«, rief sie zum Nachbarhaus herüber und konnte sehen, wie der Schemen hinter dem Fenster zusammenzuckte.

»Ein Missverständnis also«, sagte der kahlköpfige Beamte, dessen Namensschild ihn als »Behr« auswies, und wechselte einen Blick mit seinem Begleiter.

»Sie sagen es. Aber das passiert Ihnen sicher des Öfteren.«

»Was soll denn die Taschenlampe?« Behr nickte in Richtung der schweren Maglight, die Jelene immer noch in der Hand hielt.

»Tja, was soll die Taschenlampe? Ich mag es, wenn das Licht nur einen kleinen Teil anstrahlt. Geht Ihnen das nicht auch so? Finden Sie nicht, dass man dann genauer hinsieht?«

Behr musterte sie weiter skeptisch. »Wissen Ihre Eltern, dass Sie hier sind?«

»Nein. Aber die Flüsterpost funktioniert hier ziemlich gut.« Sie nickte wieder in Richtung des Nachbarhauses. »Schönen Abend noch.«

Sie schloss die Tür und lehnte sich dagegen. Ihr Herz pochte so heftig, dass es wehtat. So sehr, dass sie sich vorstellte, die beiden Polizisten könnten es durch die Tür hindurch hören. Die Geschichte vom verräterischen Herz von Poe fiel ihr ein. Sie wartete ab, bis das Geräusch des Streifenwagens sich entfernte, dann ließ sie sich am Holz entlang auf den Boden sinken. Es war eigenartig, aber sie fühlte sich tatsächlich ertappt. So fühlte es sich seit 22 Jahren an, immer wenn sie sich *der Sache* näherte. Und es wurde immer schlimmer. Jelene sah auf die Uhr. Es war kurz nach halb fünf. Sie sehnte sich nach einer Dusche und einem Bett. Sie hätte oben in ihrem alten Kinderzimmer schlafen können. Oder sich in der Küche einen Kaffee kochen und dann zurück nach Mannheim fahren. Aber das kam nicht infrage. Sie war hier nicht mehr zu Hause. Außerdem gab es ihr altes Zimmer nicht mehr. Ihre Mutter hatte ein sogenanntes Notfall-Beratungszimmer daraus gemacht, mit einer gelben Samtcouch und beruhigenden Bildern an der Wand.

Sie überlegte, wieder nach oben zu gehen und ihre Suche fortzusetzen. Aber sie fühlte sich auf einmal wie erschlagen vor Müdigkeit.

Ein anderes Mal, sagte sie sich. Oder gar nicht mehr.

Sie fuhr durch die zaghafte Morgendämmerung zurück in die Stadt. Wegen des spärlichen Verkehrs kam sie innerhalb von zwanzig Minuten in ihrem Viertel, dem Jungbusch, an. Sie schloss die Haustür auf, und während sie die alte Holztreppe zu ihrer Zweizimmer-Dachwohnung hochstieg, hoffte sie einmal mehr, dass dieses Haus und der Stadtteil niemals einem dieser Sanierungsprogramme zum Opfer fallen würden, die anderen Stadtvierteln die Seele ausradierten. Sie liebte das etwas muffige Gründerzeithaus mit dem türkischen Internetcafé im Erdgeschoss und den exotischen Küchengerüchen, die ins Treppenhaus strömten. Sie liebte die Kritzeleien auf den Wänden und die knarrenden Böden der Flure. Als Erstes öffnete sie die Fensterfront, von der aus sie den Fluss sehen konnte. Es war vollkommen still bis auf den leise tuckernden Motor eines Lastkahns. Und so heiß, dass sie den Rhein sogar riechen konnte.

Jelene zog sich um und stellte sich in die Mitte des dunklen Wohnzimmers. Unter anderen Umständen hätte sie jetzt noch eine Stunde geschlafen, aber sie wollte den frühen Morgen nutzen, um die Rekreation auf andere Art und Weise nachzuholen. Seit einigen Jahren praktizierte sie Tai-Chi. Es war kein ständiger Begleiter in ihrem Leben und auch kein spiritueller Vorgang für sie, nur tiefe Entspannung und das vollkommene Loslassen, das ihr sonst nie gelang. Im Fluss ihres Atems versuchte sie, das ungute Gefühl der Nacht loszuwerden und nicht mehr daran zu denken. Draußen erwachte das Viertel zum Leben. Die Nacht verschwand, und mit ihr auch die Müdigkeit und die bohrenden Gedanken. Alles, was sie hörte, war das leise Aufsetzen ihrer nackten Füße auf dem knarrenden Holzboden.

Trotzdem vermied sie es, als sie später zum Duschen ging, ihrem Gesicht im Spiegel zu begegnen. Sie trank einen doppelten Espresso und aß eine Scheibe geröstetes Brot mit Olivenöl und Tomatenscheiben. Anschließend brach sie zum Präsidium auf, das einen schnellen Morgenspaziergang von zwanzig Minuten entfernt lag.

Zwischen den Häusern war es jetzt hell, das Thermometer überquerte gerade die 23-Grad-Marke, und im Vorbeigehen hörte sie aus einem Autoradio die Ankündigung eines Gewitters. Ein ganz gewöhnlicher Montagmorgen in ihrer Stadt. Sie kaufte auf dem Wochenmarkt eine Schale Brombeeren und stellte sie im Revier auf den Tisch in der Kaffeeküche. Auf einmal überkam sie ein Gefühl fast absurder Beschaulichkeit, die dadurch, dass sie im nächsten Moment abrupt endete, nur noch unterstrichen wurde.

Kapitel 2

Es war halb zehn, und das Sonnenlicht tauchte die Wege in ein grelles, grünes Licht, von dem sich die schattigen Bereiche tiefschwarz absetzten. In der Luft lag der würzige Geruch nach aufgeheiztem Holz. Jelene atmete tief ein. Das Funkgerät knackte.

»Wir haben sie«, meldete der Hundeführer.

Hauptkommissar Nico Lichte stöhnte leise, als hätte er bis jetzt gehofft, dass der Jogger, der den Leichenfund gemeldet hatte, sich geirrt hatte. Jelene warf ihrem Partner einen Seitenblick zu. Ihr fiel auf, dass sie ihn noch nie vor einer Naturkulisse gesehen hatte. Im Präsidium strahlte er trotz seiner eins fünfundneunzig stets etwas Behäbiges aus. Die Bäume gaben ihm nun etwas Wildes, Entschlossenes, das Jelene noch nie an ihm wahrgenommen hatte. Er hatte mit seinem ernsten Gesicht und dem kurzen Vollbart verwirrende Ähnlichkeit mit einem Selbstporträt von van Gogh.

»Du darfst dich schon mal mit dem Gedanken anfreunden, dass ich dich nachher in meinen starken Armen auffangen werde, Freundin«, sagte er.

Jelene sah ihn fragend an.

»Na, schau mal aufs Thermometer. Leiche plus Hochsommer plus mehrere Tage Liegezeit ergibt ...«

»Ich werde nicht ohnmächtig«, widersprach Jelene.

»Schade.«

Sie verließen den breiten Waldweg und gingen nach Norden. In der Ferne ertönte ein lauter Pfiff. Die Pfade waren hier schmal und teilweise überwachsen. Über ihnen waren die Baumwipfel vom Vogelgezwitscher erfüllt. Doch ein paar Hundert Meter weiter hörten die Geräusche plötzlich auf. Jelene sah den Hundeführer, der ihnen entgegenkam.

»Sie liegt dahinten«, sagte der Mann. »Ich wollte nicht zu nah ran, aber jetzt seid ihr ja da.«

Jelene bedankte sich und ging weiter. Dann sah sie das Bein, und der Gestank traf sie wie eine unsichtbare Wand. Sie atmete langsam aus und drehte sich zu Nico um. Der gab die Koordinaten über Funk an Dezernatsleiter Klaus Landin und die Spurensicherung durch. Irgendwo in den Weiten des Waldes bellten die ausgeschwärmten Hunde, doch unmittelbar bei der Leiche war es unnatürlich still. Jelene starrte auf die Stelle, an der ein graues Bein aus dem Brombeergestrüpp ragte. Sie sah nur anhand dieses kleinen Ausschnitts, dass die Frau schon vor dem Verstreichen der 48-Stunden-Frist gestorben war. Unmittelbar davor lag eine Lache von frisch Erbrochenem auf dem Weg. Hier musste den ahnungslosen Jogger der Schock überwältigt haben.

Nur wenige Minuten später erschien der Dezernatsleiter am Fundort, vertieft in sein iPad, von dem er bereits die relevanten Hintergrundinformationen ablas, ohne die beiden Hauptkommissare zu begrüßen.

»Die Frau heißt Sybille Hahn, vierzig Jahre, Mutter von zwei Kindern. Ihr Mann ist gestern frühmorgens von einer Geschäftsreise heimgekommen und hat sie nicht vorgefunden. Die Kinder sind in einem Ferienheim an der Nordsee. Ihr Auto ist weg und ihr Handy ausgeschaltet …«

»Moment mal«, unterbrach Lichte. »Woher wissen wir das?«

Landin schaute nicht auf. »Ihr Ehemann hat sie bereits gestern als vermisst gemeldet. Wir haben jedenfalls da schon eine Fahndung eingeleitet, aber der Mann hat keine Ahnung, wo seine Frau sein könnte. Freundinnen und Bekannte wurden bereits befragt. Sie hatte ihm am Donnerstag noch gesagt, sie würde für zwei Tage in ein Wellness-Hotel nach Wiesbaden fahren, aber dort liegt keine Buchung vor. Sie war nie dort.«

Jetzt hob Klaus Landin den Kopf und sah Jelene und Nico beinahe ein wenig ratlos an. Seine Garderobe signalisierte Urlaubsreife. Ein heller Leinenanzug und ein weißes Hemd. Jelene hätte sich nicht gewundert, wenn er sich mit einem Panamahut Luft zugefächelt und aus einem Strohhalm Banana Daiquiri geschlürft hätte.

Das Team der Spurensicherung eilte an ihnen vorbei zu der Stelle, im Schlepptau die Pathologin Gabriele Mundt. Sie verteilte zwei Mundschutze an Jelene und Nico. »Wir haben uns lange nicht mehr gesehen«, stellte sie fest.

»Nichts gegen Sie, Frau Doktor«, sagte Jelene. »Aber ich freue mich, wenn ich Sie so selten wie möglich treffe.«

Die Gerichtsmedizinerin ging nicht darauf ein und bückte sich unter dem Absperrband durch, das die Kriminaltechniker bereits gespannt hatten. Eine Viertelstunde später winkte der Chef der Spurensicherung, Ferdinand Hellmer, seine Kollegen zu sich. »Die Spuren konzentrieren sich alle oberhalb der Leiche«, sagte er. »In die südliche Richtung ist nichts. Nur die Schuhabdrücke von diesem Jogger. Wer auch immer sie hergebracht hat, kam von dort.«

Er deutete auf den Weg, der sich an dem Brombeergestrüpp entlang nach Norden schlängelte. Hellmer sprach gedämpft und hielt sich den Handrücken vor die Nase. Nico reichte ihm ein Fläschchen mit japanischem Heilpflanzenöl, aber Hellmer lehnte ab. Er deutete auf die weiße Gestalt von Gabriele Mundt, die mit ihrem Schutzanzug in den Brombeeren kniete. »Wie hält die das aus?«, fragte er beklommen. Der Leichengestank raubte Jelene den Atem. Sie betupfte den Mundschutz mit Nicos Pfefferminzöl und streifte ihn über Mund und Nase. Die Pathologin dagegen war völlig ungerührt. Gelassen verscheuchte sie immer wieder die Fliegen, die versuchten, auf dem verwesenden Körper zu landen.

Zaghaft näherte Jelene sich der Stelle. Die einzige Übereinstimmung mit dem Foto, das Landin vom Ehemann der Frau erhalten und herumgezeigt hatte, war das rot leuchtende Haar, das sich in den Ranken verfangen hatte.

Jelene wusste, dass der Tod alles fortnahm, was einen Menschen ausgemacht hatte, bis auf ein paar lose, äußere Konturen. Aber Sybille Hahn hatte gar keine Konturen mehr. In einem verheerenden Gemeinschaftswerk des Todes und des ungewöhnlich heißen Sommers war ihre Leiche aufgebläht, sodass man kaum noch erkennen konnte, was für eine schlanke Frau sie eigentlich gewesen war. Ihr Kopf war nach hinten gekippt, sodass Jelene das Gesicht nicht sehen konnte. Sie erkannte nur die dunkelgrauen Würgemale, die auf dem bleichen Hals der Toten aussahen wie zerlaufene Tinte auf einem Löschblatt.

»Lassen Sie Ihre Fantasie spielen«, murmelte die Pathologin, »und stellen Sie sich vor, was sie durchgemacht hat.«

Sie deutete auf die Handgelenke der Toten. An ihnen, wie an den Fußgelenken und den Knien, schnitten dünne, violette Fesselmale durch das Weiße der Haut. Sie drehte die Leiche auf die Seite, um ihren Rücken zu begutachten. Die komplette Rückseite des Körpers war violett verfärbt. Jelene drehte sich weg und schaute hoch in die Wipfel der Bäume. Warum sangen die Vögel hier nicht mehr?

»Todesursache?«, fragte Lichte.

»Die Totenstarre beginnt sich bereits wieder zu lösen«, sagte die Ärztin. »Durch die hohe Außentemperatur wird es schwer zu bestimmen, wie lange sie hier schon liegt. Ich würde sagen, seit frühestens Freitagnacht. Und diese Flecken am Hals ... Nun, sie müssten meines Erachtens etwas stärker ausgeprägt sein, aber das ist irrelevant. Sie wurde erwürgt.«

»Wurde sie vergewaltigt?«, fragte Jelene.

»Sie war gefesselt. Da gibt es keine klassischen äußeren Spuren einer Vergewaltigung mehr.«

Jelene nickte langsam und warf Lichte einen Blick zu. Der Zustand der Toten lud nicht dazu ein, noch weiter in ihrer Nähe zu stehen und zu spekulieren.

Sie hielt Ausschau nach Hellmer, der abseits des Weges im Gestrüpp stand und etwas auf seiner Kamera betrachtete. Er kam herüber und zeigte ihnen die Fotografie eines halben Schuhabdrucks. »Traumhaft!«, betonte er süffisant. »Jetzt müssen wir nur noch herausfinden, wem dieses überaus gängige Profil in Größe vierundvierzig gehört, dann haben wir ihn.«

Jelene deutete auf den schmalen, sandigen Weg, der an der Leiche vorbeiführte. »Wohin führt dieser Weg?«

Der Käfertaler Wald war ein riesiges Areal, durch das die Landesgrenze zwischen Baden-Württemberg und Hessen verlief. Ein Gewirr aus Hunderten mal labyrinthisch, mal abgezirkelt verlaufender Wege gab dem Bild aus Google-Perspektive ein aufgeräumtes Aussehen. Doch wenn man im Wald selbst stand, jenseits der Hauptwege, hatte man das Gefühl einer undurchdringlichen Wildnis. Dann konnte man schnell vergessen, dass eine Autobahn das Waldgebiet durchschnitt und dass die US-Armee seit Jahrzehnten ihren Hubschrauber-Flugplatz und ihre Kasernen ganz in der Nähe hatte, in der mittlerweile einige Hundert Flüchtlinge Quartier bezogen hatten. Wenn man ganz genau lauschte, konnte man das unterschwellige Rauschen der Autobahn sogar hören. Einer von Hellmers Kollegen zeigte ihnen das Wegenetz auf seinem iPad.

»Wie weit ist der nächste befahrbare Weg von hier entfernt?«, fragte Lichte.

Hellmer sah sich die Karte an, zoomte und rechnete im Kopf. »Also eins steht mal fest«, sagte er, »der Typ ist entweder bärenstark oder kann fliegen.«

»Was soll das heißen?« Jelene trat neben ihn und schaute auf das Bild.

»Der nächste befahrbare Weg ist erst wieder in Richtung der *Coleman Barracks.* Er muss sie mindestens einen Kilometer weit getragen haben. Oder sie irgendwo auf dieser Strecke getötet haben. Aber so lange schleppt man keine Leiche mit sich rum.«

Klaus Landin forderte über Funk zusätzliche Kräfte der Spurensicherung an.

»Wir suchen alle Zugangswege zu den befahrbaren Strecken ab«, beschloss er. »Und wir sperren das ganze Areal weiträumig ab, damit hier nichts verändert wird. Haben wir sonst noch Fußspuren?«

Hellmer schaute kopfschüttelnd auf seine Kamera. »Nur diesen einen hier. Keinen Schimmer, wie er das angestellt hat. Der Boden sieht an manchen Stellen aufgewühlt aus. Er muss seine Schritte fein säuberlich verwischt haben. Wie ihr seht, ist das Unterholz hier stellenweise eingedrückt. Wenn er durch das Gestrüpp gekommen ist, hat er keine Fußabdrücke hinterlassen, aber vielleicht Fasern.«

»Ich will Kameraaufnahmen von allen Zufahrtsstraßen und Parkplätzen«, wies Landin Hellmer an. »Handtasche? Kleider? Ich nehme nicht an, dass die hier irgendwo dankenswerterweise rumliegen, oder?«

Hellmer schüttelte den Kopf. »Hier ist nichts, aber wir können den Radius ausweiten.«

»Wer sagt es dem Ehemann?«, fragte Landin.

Jelene und Nico nickten synchron.

Daniel Hahn hatte seiner Frau ein Geschenk aus Singapur mitgebracht. Die Papiertüte mit dem Aufdruck einer Edelboutique stand auf der Küchenplatte. Er hatte Jelene und Nico ins Haus gelassen und sie ins Wohnzimmer geführt, mit diesem geschäftsmäßigen Ausdruck, als würde er zwei wichtige Kunden empfangen. Er rechnete anscheinend nicht mit einer Todesnachricht, und Jelene fragte sich, ob das nur Fassade war oder ob er tatsächlich erwartete, dass seine Frau sich irgendwo unbeschadet aufhielt. Als Nico es hinter sich gebracht hatte, ihm zu sagen, dass Sybille Hahn ermordet worden war, streckte Daniel Hahn seinen linken Arm aus und deutete auf die Papiertüte. Sein Zeigefinger bebte. »Aber ... ich habe ihr diesen seidenen Morgenmantel mitgebracht, den sie sich so gewünscht hat!«, sagte er mit einer Mischung aus Trotz und Unglauben, der so typisch war für Menschen, die eine plötzliche, tragische Realität auf Abstand halten müssen. Es war, als würde Daniel Hahn für einige Sekunden in der Luft hängen, irgendwo zwischen vertrauter Vergangenheit und brutaler Gegenwart, ehe er sich auf die Couch fallen ließ und die zitternden Hände hob. Er hatte begriffen.

Jelene versuchte, sich daran zu erinnern, wie oft sie mit Nico schon solche Nachrichten überbracht hatte. Daniel Hahn weinte nicht. Er starrte nur in das edel eingerichtete Wohnzimmer, hatte die Hände zu Fäusten geballt und atmete so tief und bewusst, als müsste er sich selbst davon abhalten, hysterisch zu werden. Er war unter seiner Bräune blass geworden. Jelene stand auf und holte ein Glas Wasser aus der Küche. Im Vorbeigehen nahm sie die Papiertüte von der Küchenplatte und stellte sie außerhalb von Hahns Sichtfeld auf den Boden. Der Mann trank das Glas leer, wischte sich übers Gesicht und starrte Jelene mit einem hilflosen Lächeln an. »Ich war es nicht. Ich habe sie nicht umgebracht.«

Jelene sah ihn überrascht an. »Warum sagen Sie das?«

»Es ist doch immer der Ehemann, nicht wahr?«

»Sie waren doch in Asien, auf einer Geschäftsreise.«

»Ja ... ja, natürlich.«

»Herr Hahn, wir müssen Ihnen einige Fragen stellen«, sagte Nico sanft und bestimmt. Er saß gegenüber der Couch in einem tiefen Sessel. »Fühlen Sie sich dazu imstande?«

Hahn nickte schwach. »Muss ich Sybille nicht ... identifizieren?«

»Später. Ihre Frau muss erst untersucht werden.«

Untersucht, dachte Jelene. Wie schön das klang. Als wäre sie in ein Krankenhaus gekommen und nicht in die Pathologie nach Heidelberg.

In der Zwischenzeit hatten sie ein paar Dinge über das Opfer in Erfahrung gebracht. Sybille Hahn arbeitete als Übersetzerin für einen Verlag in Berlin und erledigte ihre Arbeit von zu Hause aus. Ihr Mann war stellvertretender deutscher Geschäftsführer einer internationalen Firma, die in Südostasien expandierte und Teil einer *Financial Group* war, die hauptsächlich in Rohstoffförderung investierte. Er war zweimal im Monat für mehrere Tage in Asien unterwegs. Nico hatte bereits bei der Airline seine Flugdaten überprüft, um sicherzugehen, dass der Mann wirklich erst am Samstagabend heimgekommen war.

Dass man mit einem derartigen Terminplan eine Menge Geld verdiente, sah man an diesem Haus. Es war ein großer Würfel aus Glas und hohen, weißen Wänden, ein Traum für Anhänger des Bauhaus-Stils. Jelene empfand die fast aggressive Modernität des Hauses jedoch als einschüchternd und wenig einladend. Die Räume waren weniger Wohn- als vielmehr Ausstellungsfläche für teure asiatische Kunstgegenstände. Irgendwie hatte man das Gefühl, in einer durchkonzipierten Galerie zu sitzen, in der nichts dem Zufall überlassen wurde. Vor der Fensterfront breitete sich ein akkurat gestutzter Rasen aus, der von haushohen Hecken begrenzt wurde. Wo in diesem Haus war Platz für die beiden Kinder, die gerade im Ferienheim waren?

Unter dem Eindruck dieser übertriebenen Perfektion stellte Jelene ihre erste Frage. »Wie oft war Ihre Frau hier allein?«

Hahn hob den Kopf und sah sie mit gebleckten Zähnen an. »Sie war nicht *allein!*«, zischte er, als hätte er diese Frage ein paarmal zu oft zu seinen Gunsten beantworten müssen. »Sie hatte doch ständig die Kinder um sich herum. Und sie hatte oft Verabredungen mit Freunden und Kollegen. Wenn man mit jemandem zusammenlebt, den man nur die Hälfte des Monats sieht, dann intensiviert sich diese gemeinsame Zeit so sehr, dass man die Pausen dazwischen genießt. Daran ist absolut nichts Negatives.«

Nico wiegte den Kopf und gab Hahn mit einem knappen Nicken zu verstehen, dass seine Aussage es zumindest wert war, einmal darüber nachzudenken. Es gefiel ihm, wie der Mann über seine Ehe sprach, das spürte Jelene. Sie hatte keine Ahnung, ob Lichte mit seiner kleinen Familie glücklich oder unglücklich war, aber sie vermutete eher Letzteres.

»Sie hat mich geheiratet mit dem Wissen, dass ich oft weit weg bin!«, fuhr Hahn fort.

»Das war kein Vorwurf«, beschwichtigte Nico. »Wir müssen nur nachvollziehen, was Ihre Frau während Ihrer Abwesenheit getan hat.«

»Fragen Sie doch besser gleich, ob sie einen Liebhaber hatte!«

Daniel Hahn stand auf und trat an die offene Terrassentür. Seine ganze Haltung strahlte Wut aus. Jelene war froh, dass er seine Schonzeit selbst beendete und zum Wesentlichen vorstieß.

»Hatte sie?«

»Das weiß ich nicht.«

»Aber Sie ahnen etwas?«

Hahn schwieg. Seine Schultern zuckten.

»Haben Sie ihr vertraut?«, fragte Jelene weiter.

»Hören Sie, ich weiß doch selbst, wie bescheuert sich das anhört!« Er drehte sich um und starrte seine beiden Besucher abwechselnd an. »Ich erzähle Ihnen hier von Einverständnis und Harmonie, aber weiß ich wirklich, wie sie es empfunden hat?«

»Hatten Sie Grund, daran zu zweifeln?«

Hahn setzte sich wieder. Seine Augen waren jetzt feucht. Auf seinen bleichen Wangen breiteten sich hektische Flecken aus.

»Ich kann dazu nichts sagen. Ich weiß nicht, ob Sybille je einen anderen hatte. Ich hatte jedenfalls nicht das Gefühl. Aber ich bin mir bewusst, wie verzerrt meine Wahrnehmung ist. Ich bin seit Jahren im Zwei-Wochen-Rhythmus fort von zu Hause und kenne sie dann nur vom Skypen. Wer bin ich, dass ich mit Sicherheit sagen kann, wer meine Frau in dieser Zeit ist, was sie tut? Das wäre arrogant ... denn sie weiß es ja umgekehrt auch nicht!« Er hob die geballte Faust an den Mund und grub die Zähne in die Knöchel. »Ich habe letzte Woche in Singapur mit einer anderen Frau geschlafen. Ich kenne diese Frau seit ein paar Monaten. Sie ist Chinesin und arbeitet als Dolmetscherin. Wir treffen uns, wann immer ich dort bin. Und ... und Sybille hat keinen blassen Schimmer davon. So, jetzt wissen Sie es.«

Jelene wechselte einen Blick mit Nico. Die Offenheit

des Mannes überraschte und beeindruckte sie. Es kam selten vor, dass Menschen unaufgefordert und derart schonungslos von den Dingen in ihrem Leben sprachen, die sie weniger makellos dastehen ließen. Gleichzeitig mahnte sie sich zur Vorsicht. Vielleicht war diese Offenheit auch eine Methode, um ihnen vorzugaukeln, dass er nichts zu verbergen hatte.

»Das heißt, Sie trauen Ihrer Frau zu, dass sie sich mit jemandem getroffen hat«, hakte Nico nach.

Hahn zuckte trotzig mit den Schultern. »Das letzte Mal, als wir gesprochen haben, war am Donnerstag. Sie sagte mir, dass sie für zwei Nächte in ein Wellness-Resort nach Wiesbaden fährt. Sie wollte die Zeit nutzen, in der die Kinder nicht da sind, und sich verwöhnen lassen. Sie schaltet dann ihr Handy ab. Aber wie mir Ihr Kollege von der Vermisstenstelle gesagt hat, war sie nicht dort. Sie hatte nicht einmal gebucht. Sie wollte sichergehen, dass ich bis zu meiner Rückkehr am Samstag nicht anrufe und mich wundern könnte, warum sie nicht erreichbar ist. Was hatte das wohl zu bedeuten?« Er verzog zynisch den Mund.

Jelene sah zu ihrem Partner hinüber, der leicht vornübergebeugt saß und Hahn intensiv musterte. »Dann war sie in dieser Zeit auch für Ihre Kinder nicht erreichbar?«, fragte er.

»Mit den Kindern hat sie immer nur alle drei, vier Tage gesprochen. Sie gehen jedes Jahr im Sommer für drei Wochen in ein Ferienlager nach Norddeich. Sie sind froh, wenn sie von ihren Eltern mal nichts hören.«

Ohne es zu wollen, zuckte Jelene bei diesen Worten zusammen. Und als wäre dieses Zucken eine Art Dominoeffekt, fuhr auch Hahn zusammen, hob die Hand an den Mund und flüsterte: »O Gott, sie wissen es noch gar nicht ...«

»Erzählen Sie uns von Ihrer Frau, Herr Hahn«, forderte Jelene ihn sanft auf. »Sagen Sie uns, ob Ihnen in letzter Zeit etwas Ungewöhnliches an ihr aufgefallen ist. Wir müssen herausfinden, ob sie sich tatsächlich mit jemandem getroffen hat oder ob sie Opfer eines zufälligen Zusammentreffens mit dem Täter war.«

»Sie können das sicher anhand ihrer Mails herausfinden, nicht wahr?« Er deutete auf eine offene Tür neben der Küche. »Sie werden ihren PC doch sicher mitnehmen, oder?«

»Das müssen wir.«

»Soweit ich weiß, hat sie diesen Computer ausschließlich für die Arbeit genutzt. Zum Surfen und für Bestellungen hat sie ihr Smartphone verwendet.«

»Die Handtasche Ihrer Frau ist verschwunden«, informierte ihn Jelene. »Und damit auch dieses Handy. Wir müssen über den Netzwerkanbieter an ihre Mails ran. Das wird eine Weile dauern.«

Daniel Hahn nickte düster. »Moment mal ... Sie haben mir noch gar nicht gesagt, wo sie gefunden wurde ...«

»Im Käfertaler Wald«, informierte ihn Nico.

»Da ist sie immer zum Joggen hingegangen.«

»Wir wissen nicht, ob sie dort joggen war oder sich gezielt mit jemandem verabredet hat, oder ob sie nur dort abgelegt wurde. Wir suchen noch nach ihrem Wagen. Wenn wir den haben, können wir sagen, wo sie unterwegs war.«

»Verstehe. Und ... wurde sie ... na, Sie wissen schon.«

»Sie wurde nicht vergewaltigt«, sagte Jelene rasch. »Aber ob sie Geschlechtsverkehr hatte, muss ein Arzt klären.«

Daniel Hahn senkte den Kopf. »Sie wurde erwürgt, sagen Sie?«

Jelene nickte. Ein eigenartiger Ausdruck huschte über Hahns Gesicht. Als wäre ihm gerade etwas eingefallen, eine verschüttete Erkenntnis nach oben gedrungen. Er stockte kurz, und sein Brustkorb hob sich. Dann war der Moment vorbei.

»Gibt es noch irgendetwas im Leben Ihrer Frau, über das wir Bescheid wissen sollten?«, fragte Nico.

Eine Weile starrte Daniel Hahn vor sich hin und schien nachzudenken. »Man glaubt, man hat alle Zeit der Welt …«, wisperte er gegen seine Handknöchel. »Man denkt, dass man den anderen kennt, und wenn nicht, dass man noch Gelegenheit hat, die richtigen Fragen zu stellen. Und dann ist es zu spät.«

Hahn starrte eine Weile dumpf vor sich hin, und Lichte stellte seine nächste Frage.

»Erinnern Sie sich an irgendeinen Vorfall? Hat Sybille mal etwas erwähnt?«

»Sie meinen, ob sie einen *Feind* hatte?«

»Es muss nicht unbedingt ein Feind sein. Aber vielleicht hatte sie irgendwelche Probleme. Einen aufdringlichen Verehrer? Jemand, der ihr mal zu nahe getreten ist?«

Hahn winkte ab. »Sie hätte mir so etwas vielleicht gar nicht erzählt, damit ich mir keine Sorgen mache. So ist … so war sie. Selbst wenn es hier einen Einbruch gegeben hätte, hätte ich erst bei meiner Rückkehr davon erfahren. Sie konnte sich sehr gut in mich hineinversetzen … wie hilflos ich mich gefühlt hätte, wenn hier etwas passiert wäre, während ich in Asien bin.«

»Und wie würden Sie den Zustand Ihrer Ehe beschreiben?«, fragte Lichte.

»Ach, das muss ich Ihnen doch nun wirklich nicht mehr sagen. Ich habe sie betrogen. Warum wohl? Es geht eben alles langsam auseinander, wie bei einem Buch, das man zu oft gelesen hat. Ich beschönige nichts. Und wissen Sie was? Ich wäre Sybille nicht mal böse gewesen, wenn auch sie einen Seitensprung gehabt hätte.«

Hahn schaute sich in seinem Wohnzimmer um, als wäre er nur zu Besuch. Dann begann er, leise und verschämt zu weinen. Jelene informierte ihn darüber, dass sie durch das Haus gehen und sich Sybilles Kleider und ihre persönlichen Gegenstände anschauen mussten. Er nickte nur, und Lichte ging hinaus auf den Flur, um zu telefonieren.

Hahn streckte sich auf dem Sofa aus, legte die Hände vors Gesicht und atmete keuchend. Jelene streckte die Hand aus und berührte seinen Arm. »Wenn wir irgendetwas tun können, sagen Sie bitte Bescheid.«

»Ich wünschte, Sie wären diejenigen, die Marek und Lotta Bescheid sagen.«

»Sind das Ihre Kinder?«

Er nickte.

»Ich denke, Ihre Kinder wissen es zu schätzen, dass Sie für sie da sind.«

»Morgen ... ich werde es ihnen morgen sagen. Sie haben ja nicht die leiseste Ahnung, was ...« Er ließ den Satz in der Luft hängen. »Einen Tag können wir ihnen noch gönnen, oder?«

Jelene nickte. Ein Tag mehr in der heilen Welt. Wenn man bedachte, dass sie seit drei Tagen schon keine Mutter mehr hatten, fiel das auch nicht mehr ins Gewicht.

Jelene forderte eine Psychologin an, die sich zu Hahn setzen sollte, während sie mit Lichte im Obergeschoss des Hauses zugange wäre. Zehn Minuten später klingelte eine Frau vom psychologischen Notdienst an der Tür. Hahn bemerkte es nicht. Er schien zu schlafen. Jelene öffnete die Tür und stieg dann mit einem beklommenen Gefühl in der Brust neben Lichte die geschwungene Treppe hinauf. Keiner von ihnen sagte etwas.

Im ersten Stock wirkte das Haus nicht weniger museal. An den glatten, weißen Wänden spielte nur das Sonnenlicht, das durch die Fensterfront einfiel. Keine Bilder, keine Lampen. Jelene dachte an ihre Wohnung im Jungbusch und an das kleine Holzhaus im Wald, kurz hinter der französischen Grenze. Es war ein Erbstück ihres Onkels. Er hatte es in den 70er-Jahren gebaut. Es war ein kleines, unter die Bäume geducktes Refugium mit Veranda und Kamin, zu dem man nur über eine holprige, enge Straße kam. Jelene verbrachte für gewöhnlich die Wochenenden und freien Tage dort, aber sie war schon monatelang nicht mehr im Elsass gewesen. Um nichts in der Welt hätte sie ihre beiden Wohnräume gegen dieses Haus hier getauscht. Die vielen unverhüllten Fenster, die strengen Linien. Sie dagegen brauchte kleine, schummrige Räume, um sich wohlzufühlen, dunkle Farben und das Gefühl, eingehüllt zu sein. Das hier war ein nackter Präsentierteller, und die edle Einrichtung machte ihn nicht gemütlicher. Links des langen Flurs lag das Schlafzimmer, in dessen Zentrum ein gläsernes Badezimmer gebaut war wie ein riesiger Schaukasten.

Private Gegenstände wie Parfumfläschchen, Bücher auf dem Nachttisch, Schmuck oder Hausschuhe sah sie keine. Im Badezimmer der Hahns befand sich natürlich nichts so Profanes wie ein Medikamentenschränkchen. Lichte musste eine Weile Türen und Schubladen öffnen, ehe er einen Kasten mit Pappschachteln, Tuben und Fläschchen fand.

»Nichts Aufregendes«, fasste er den Inhalt der Kiste zusammen. Dann hob er eine der Schachteln ins Licht. »Appetitzügler. Und jede Menge ungeöffnete Packungen mit Antibabypillen.«

»Was tun wir hier?«, fragte Jelene sein Bild in dem überdimensionalen Spiegel über dem steinernen Waschbecken. »Ich frage mich jedes Mal, was wir eigentlich suchen, wenn wir bei den Toten herumschnüffeln.«

Lichte sagte nichts, sondern öffnete die Tür zum Ankleidezimmer. Sie hörte das leise Surren einer aufgleitenden Schranktür. Dann sagte er: »Na, so was hier suchen wir.«

Er hielt eine DVD hoch. Jelene trat neben ihn und betrachtete die akkurat übereinandergestapelten Blusen und Pullover. Sie wirkten in ihrer Perfektion fast architektonisch. Ob das Sybille Hahns Wesen war? *Das hier hat mit meinem eigenen Schrank so viel Ähnlichkeiten wie ein Opernhaus mit einem Skater-Park,* dachte Jelene. Was ihre Aufmerksamkeit aber anzog, war ein Schrankfach neben den Kleidern, in dem sich DVDs und Bücher stapelten.

»¡Átame! ...« Lichte hielt ihr den Film vors Gesicht. »Fessle mich!« Die Hülle war völlig abgegriffen und die darin liegende Scheibe verkratzt. »Offenbar ihr Lieblingsfilm.«

»Kennst du ihn?«, fragte Jelene.

Nico zuckte mit den Schultern. »Ich hab ihn mir mit Yvonne angeschaut, kurz nachdem er rauskam. Wir haben gedacht, dass es ein ... na, du weißt schon, ein erotischer Film wird.«

Jelene lächelte. »Stehst du auf Fesseln?«

»Wer weiß? Diese Situation, dass ein Typ eine Frau entführt und festhält, um sie dazu zu bringen, dass sie sich in ihn verliebt, das hat schon was.«

»Du weichst aus. Ich wollte wissen, ob du auf Fesseln abfährst.«

»Du solltest dich lieber fragen, ob Sybille Hahn darauf abgefahren ist.«

»In dem Film geht's doch gar nicht darum«, wehrte Jelene ab. »Außerdem, müssen wir das jetzt gleich überbewerten?«, fragte sie und legte die DVD zurück. »Was mich viel eher interessiert – warum bewahrt sie die Filme hier im Schrank auf, warum nicht im Wohnzimmer beim Fernseher?«

Lichte wühlte weiter in dem Fach. Es gab noch mehr Filme, deren Titel ihnen alle nichts sagten. »Schau hier, ein Buch übers Stockholm-Syndrom.« Der Band sah sehr zerlesen aus.

»Was wiederum zu *¡Átame!* passt«, murmelte Jelene.

Ganz hinten in dem Fach lag ein nagelneu aussehender Vibrator. »Das scheint nicht ihr Lieblingsteil gewesen zu sein«, bemerkte Lichte.

Ein paar beunruhigende Bilder flackerten in Jelenes Kopf auf. Der Film mit dem Titel, der auf Deutsch *Fessle mich!* lautet, und dann diese brutalen Spuren der Kabelbinder auf Sybille Hahns blasser Haut … wie passte das zusammen?

Die weitere Durchsuchung des Schlafzimmers ergab jedenfalls keine Hinweise, dass Sybille Hahn und ihr Mann eine Vorliebe für Fesselspiele gehabt hätten. Sein Schrank, der dem seiner Frau gegenüberlag, war eine Fassade aus dunklen Anzügen, weißen Hemden und Poloshirts in gedeckten Tönen. Die Farbpalette deprimierte Jelene.

Sie traten wieder hinaus auf den Flur. Die beiden Kinderzimmer waren die einzigen Bereiche im Haus, in denen natürliche Unordnung herrschte.

Im Arbeitszimmer gab es nur einen großen Schreibtisch im Biedermeier-Stil mit einem PC. Der Schreibtisch war ebenso aufgeräumt wie der Rest des Hauses. Keine herumliegenden Manuskripte, Nachschlagewerke oder andere Bücher.

Lichte kniete sich auf den Boden und zog das Stromkabel des PCs aus der Steckdose. Dann gingen sie wieder nach unten. Als Jelene sich von Daniel Hahn verabschieden wollte, sah sie, dass er eingeschlafen war. Die Psychologin stand auf der Terrasse und rauchte.

»Wir gehen«, beschloss Jelene. »Schreib ihm einen Zettel. Er soll sich noch ein bisschen ausruhen, wir können ihn dann heute Abend nach Heidelberg zur Identifizierung mitnehmen.«

Als sie in die Innenstadt zurückfuhren, überholte das Thermometer gerade die 30-Grad-Marke. Im Radio sprachen sie wieder von massiven Hitzegewittern am Abend. Jelene konnte es kaum erwarten. Seit dem Leichenfund fühlte sie sich nervös und unkonzentriert. Sie schob es auf den verstörenden Anblick der Toten, die Müdigkeit und die Hitze. Doch als sie vor dem Präsidium aus Lichtes Ford stieg und an der Fassade des Gebäudes nach oben sah, spürte sie, dass das Gefühl tiefer ging und irgendwo an ihren inneren Fundamenten zu nagen schien. Alle Fenster waren leer, und doch hatte sie den Eindruck, dass dort irgendwo jemand stand und zu ihr heruntersah. Und wie auf ein stilles Stichwort hin tauchte in diesem Moment ein Mann an einem der Fenster auf, den sie im Präsidium noch nie gesehen hatte. Er sah hinunter und winkte freundlich.

Als sie nicht reagierte, ließ der Fremde seine Hand sinken und starrte zu ihr herunter. Sein Blick war seltsam vorwurfsvoll. Als hätte Jelene irgendetwas Böses mitgebracht, das er unbedingt auf Abstand halten wollte. Sie hob kurz die Hand und beeilte sich, um mit Lichte Schritt zu halten. Der Weg über die Holztreppen im alten Teil des Präsidiums fühlte sich an, als würde sie einen schweren Rucksack tragen. Noch nie in ihrem Leben hatte sie sich so sehr nach einem Gewitter gesehnt.

Kapitel 3

Im Besprechungszimmer des Dezernats 9.1 für Gewaltverbrechen staute sich die warme Luft wie in einer Glasglocke. Jelene freundete sich mittlerweile durchaus mit dem Gedanken an, umzukippen. Die Hitze hatte für deutsche Verhältnisse schon absurde Ausmaße angenommen. Die versammelten Ermittler schienen darauf zu warten, dass irgendjemand das Wort ergriff und einen Anfang machte, aber sogar Landin starrte benommen vor sich hin.

In diesem Moment öffnete sich die Tür, und ein unbekannter Mann trat ein. Er nickte der Runde mit einem knappen Lächeln zu und setzte sich auf den freien Stuhl neben Landin. Jelene erkannte ihn wieder. Es war der Mann, der sie vom Fenster aus angestarrt hatte. Seltsamerweise empfand sie ein Gefühl unerwarteter Verletzlichkeit und verschränkte instinktiv die Arme vor der Brust.

»Ah ja, das wäre der erste Punkt, zu dem ich jetzt gekommen wäre«, verkündete Landin. »Wir haben unsere freie Stelle endlich besetzt. Das ist Kriminaloberrat Ralf Fehling aus Stuttgart.« Landin war aus seiner Erstarrung erwacht und klopfte dem Mann freundschaftlich auf die Schulter, der es ungerührt über sich ergehen ließ. »Von Stuttgart nach Mannheim. Es kann nur aufwärtsgehen. Willkommen jedenfalls.«

Der Mann erhob sich und sah jeden Einzelnen im Besprechungszimmer an. *Er sieht gut aus,* dachte Jelene, *aber er ist unzufrieden mit seiner Figur und hat Probleme, seinen muskulösen Oberkörper mit den etwas zu fleischigen Hüften in Einklang zu bringen.* Er trug trotz Hitze einen Anzug, und keiner der Hemdknöpfe war geöffnet. Ein Haarschnitt, der hart an der Grenze zum Militärischen war, umrahmte ein scharfkantiges Gesicht mit klaren, blauen Augen. Eine gewisse Strenge ging von diesem Gesicht aus, die Jelene von all denjenigen kannte, die bei der Polizei schnelle Karriere gemacht hatten und den hohen Dienstgrad nicht mit ihrem noch relativ jungen Lebensalter rechtfertigen konnten.

»Ralf Fehling ist vor zwei Wochen hierhergekommen«, sagte Landin. »Er war fünfzehn Jahre beim LKA in Stuttgart und hat dort für die Abteilung Menschenhandel und Zwangsprostitution gearbeitet.«

»Oh, dann wird Ihnen hier aber auch nicht langweilig«, sagte Lydia Kastner, die Sekretärin des Dezernats. Damit fasste sie den hauptsächlichen Einsatzbereich des Dezernats 9.1 für Gewaltverbrechen zusammen. Mannheim hatte neben einem Drogenproblem auch eines mit Bandenkriminalität, was durch die Nähe zu Frankfurt nicht weiter verwunderlich war. Unter die Fälle von Mord und Totschlag, die sie bislang bearbeitet hatten, fielen zu vierzig Prozent die weiblichen Opfer von Schlepperbanden, die im Rotlichtmilieu arbeiteten.

Der Neue bedachte die Sekretärin mit einem kurzen Nicken, lächelte jedoch immer noch nicht. Jelene schätzte ihn auf allerhöchstens 47, aber etwas sagte ihr, dass Ralf Fehling wahrscheinlich jünger war. Warum war er vom LKA nach Mannheim gewechselt? Landin erklärte es nicht.

Ebenso wenig, warum niemand intern für diesen Karrieresprung ausgesucht worden war. Es gab im Präsidium einige Kandidaten, die die Nachfolge des Mannes hätten antreten können, auf den Landin jetzt zu sprechen kam.

»Er besetzt die Stelle von Jens Richter, unserem geschätzten Kollegen ...«

»Mein Bedauern übrigens«, sagte Fehling. Kriminaloberrat Jens Richter war im letzten Jahr an Krebs gestorben. Lungenkrebs. Und das, obwohl er der Gesundheitsapostel des Präsidiums gewesen war, Vegetarier, Nichtraucher und Marathonläufer. Es war zum Verrücktwerden.

»Ich brauche nicht lange, um mir hier einen Überblick zu verschaffen«, kündigte der Neue an. Seine Stimme war rau und warm, aber ohne eine erkennbare Sprachmelodie. *Wenigstens schwäbelt er nicht,* dachte Jelene.

»Trotzdem wäre ich dankbar, wenn mir der ein oder andere ein bisschen was zeigt.« Jetzt war da doch ein Lächeln. Ein bisschen wölfisch vielleicht, aber immerhin.

»Der Kaffeeautomat steht in der Küche, Toiletten sind ausgeschildert«, sagte Nico und sah in Fehlings Richtung.

»Ja, genau so was meinte ich«, sagte der betont fröhlich.

Jelene kannte ihren Partner lange genug, um zu wissen, dass Nico diesen Mann fürs Erste nicht ausstehen konnte. Er selbst wäre zwar kein Kandidat auf den freien Posten gewesen und empfand keinerlei Konkurrenz, aber es war bei ihm eine Art Reflex, Veränderungen misstrauisch zu beäugen. Anstatt neue Kollegen mit offenen Armen zu empfangen, provozierte er sie lieber, um sie in seine persönliche Liste der Unsympathen aufnehmen zu können. Das war seine Art, sie kennenzulernen. Er gab ihnen zwar in der

Regel immer eine kleine Chance, ihn vom Gegenteil zu überzeugen, aber das war nach außen hin kaum spürbar. Jelene sagte zu alldem nichts. Dem ewigen Kompetenzgerangel ging sie prinzipiell aus dem Weg. Sie sehnte sich nach größtmöglicher Konzentration, nach erschöpfenden Ermittlungen, um nach getaner Arbeit die Leere zu genießen, die sich dann einstellte. Das war alles, was sie interessierte. Deswegen gab sie Michael Nock, einem noch sehr jungen Kriminalkommissar, mit den Augen ein Zeichen. Nock räusperte sich und hob einen dünnen Stapel Papiere hoch.

»Ja, zur Sache, bitte«, beeilte Landin sich zu sagen. »Die persönliche Vorstellungsrunde verschieben wir auf nachher, ja?« Am Tisch wurde einstimmig genickt, und Ralf Fehling lehnte sich in einer eigenartig entspannten Haltung zurück, als würde er gleich einen spannenden Film schauen.

»Sybille Hahn, Jahrgang 1974, war seit 2002 mit Daniel Hahn verheiratet. Vor der Eheschließung hatten sie schon einen Sohn, Marek, jetzt vierzehn Jahre alt. Das Mädchen Lotta kam 2007 zur Welt. Sybille Hahn arbeitete als Übersetzerin in einem Berliner Verlag, der Mann war stellvertretender Geschäftsführer bei *Lenex Corporation,* eine Firma, die Rohstoffförderung in ganz Asien betreibt und Wirtschaftskontakte in den Westen knüpft. Die Familie hat das Haus hier vor drei Jahren gebaut. Sie hatten keine Schulden, die Kinder gehen auf eine Privatschule in Heidelberg. Weder Sybille Hahn noch ihr Mann haben irgendwelche Einträge im System. Nicht einmal Strafzettel oder Bußgelder.«

Nock, der junge Kriminalkommissar, las die ersten Fakten über das Opfer von seinen Papieren ab, während die neu eingerichtete Sonderkommission um ihn herum schläfrig mit Papieren und Heftordnern gegen die drückende Hitze anfächelte. Nur Fehling fächelte nicht. Jelene ertappte sich dabei, dass ihr Blick immer wieder zu ihm wanderte. Wieso schwitzte der Mann nicht? Wieso sah er so frisch und unverbraucht aus?

Der Chef der Spurensicherung hängte eine vergrößerte Karte des Waldes an die Wand, und Jelene zwang sich, ihre Konzentration darauf zu richten.

»Wie ihr euch sicher denken könnt, ist die technische Spurensuche in einem Wald ein Albtraum. Aber immerhin frische Luft ...« Ferdinand Hellmer nahm einen Rotstift und malte einen Kreis um den Fundort der Toten. »Hier lag sie. Das ist Luftlinie eins Komma vier Kilometer vom Karlstern entfernt, wo alle Wege zusammenkommen. Geht ihr da ab und zu hin?«

»Ich nicht«, sagte Jelene.

»Ich hab gehört, das Restaurant dort soll miserabel sein«, meinte Clemens Berger, der IT-Spezialist, der sich am Nachmittag den Computer von Sybille Hahn vornehmen und die Telefonrecherche machen würde.

»Aber die grüne Lunge von Mannheim ...«, Hellmer breitete die Arme aus, und es lag ihm wohl auf der Zunge, Fehling einen Besuch des Naherholungsgebiets zu empfehlen, aber der starrte mit ernster Miene auf die Karte und schien irgendwo anders zu sein. »Na, wie auch immer. Für Besucher des Waldes und des Wildparks ist das hier der beste Ausgangspunkt. Großer Parkplatz, Kinderspielplatz, Restaurant ...«

»Kameras?«, fragte Jelene.

»Nein, dummerweise nicht. Ist aber für uns nicht wichtig, die Spurenlage ist so, dass der Parkplatz ausgeschlossen werden kann. Also ...« Er nahm einen blauen Stift und deutete auf den Bereich nördlich des Leichenfundorts. »Wir haben hier in der Nähe keinerlei befahrbare Straßen, aber die Forstleitung des Waldes hat uns erklärt, dass trotzdem manchmal Wildhüter und Förster mit ihren Jeeps durchfahren. Wir haben auch Reifenspuren, die werden gerade abgeglichen. Südlich dieser Stelle ...«, er deutete auf das verzweigte Wegenetz unterhalb des Leichenfundorts, »... haben wir normale Spazierwege, die in letzter Zeit nicht von einem Auto befahren wurden, das können wir mit Sicherheit sagen.«

»Der oder die Täter kamen also aus Norden«, schloss Clemens Berger.

Hellmer nickte. »In diesem Bereich gibt es jede Menge zerknickte Zweige, aber – und das ist jetzt ein bisschen frustrierend –«

»Frustrieren Sie uns«, forderte Fehling den Chef der Spurensicherung auf.

Hellmer blinzelte. »Ja, also der Forstleiter hat uns gesagt, dass gerade eine Rotte Wildschweine unterwegs ist. Wir haben Fellfasern gefunden und Abdrücke von Wildschweinfüßen. Diese Verwüstungen im Unterholz müssen also nicht vom Täter stammen.«

»Hast du momentan einen Hinweis dafür, dass er aus dieser Richtung kam?«, wollte Jelene wissen. Sie mochte Hellmer, seine pragmatische, humorvolle Art und dass er sich selbst von ihnen allen am wenigsten wichtig nahm. Er war groß und knochig, hielt seine drahtigen Locken mit einem schwarzen Band zurück und trug durchgelaufene Turnschuhe und eine Brille, die für jemanden, der Spuren auswertete, auffallend verschmiert wirkte. Manchmal kam er Jelene vor wie ein großer Junge, der geduldig vor einem Riesenpuzzle saß.

»Ja. Südlich der Stelle gibt es keinerlei relevante Spuren. Der Weg wird äußerst selten benutzt und ist halb zugewachsen. Etwa zweihundert Meter weiter nördlich haben wir den Teilabdruck eines Männerschuhs.« Er heftete eine Kopie davon an das Bord. »Dickes Profil, ich schätze, Größe sechsundvierzig, aber das können wir nicht mit Sicherheit sagen. Außerdem könnte das genauso gut von einem Wanderer stammen. Die Tiefe des Abdrucks könnte uns auch verraten, ob derjenige etwas Schweres getragen hat. Er ist in der Tat ziemlich tief, aber ich will mich da noch nicht festlegen. Fasern haben wir auch gefunden, die werden noch untersucht.«

Er wechselte einen fragenden Blick mit Ralf Fehling, der wie hypnotisiert auf die Karte schaute, als könnte er ihr die Wege des Mörders entreißen. Jelene dachte an die *Harry-Potter*-Filme, die die Kinder ihrer türkischen Nachbarn so liebten und deren Sound fast jeden Tag durch die Mauern des alten Mietshauses drang. Einmal war der DVD-Player der Familie kaputtgegangen, und die Kinder hatten gefragt, ob sie bei Jelene schauen durften. Sie hatte es erlaubt und hatte am Ende selbst zunehmend fasziniert neben ihnen auf dem Sofa gesessen. Da gab es doch diese magische Karte, die die Fußspuren von denjenigen zeigte, die nachts heimlich durch Hogwarts streiften. Aber wahrscheinlich wäre eine solche magische Karte unter Fehlings Polizistenwürde.

»Mir ist nicht ganz klar, was uns der Leichenfundort sagt«, meinte Jelene schließlich. »Sie lag dort seit drei Tagen. Auf einem Weg, der abseits der Hauptrouten liegt und selten benutzt wird. Wollte der Täter sich ihrer einfach nur entledigen, oder wollte er, dass sie genau dort gefunden wird? Denn wenn nicht, dann hätte er sie vergraben müssen, oder so verstecken, dass die Wahrscheinlichkeit, sie zu finden, deutlich geringer ist. Ich weiß nicht, warum, aber ich habe das Gefühl, dass es dem Täter egal war, ob und wann man sie fand. Er scheint keine Angst zu haben.«

Fehling räusperte sich und wiegte nachdenklich den Kopf hin und her. »Ich denke, wir sind uns alle einig, dass der Täter sie eher abgelegt hat. Im Sinne von *Nach mir die Sintflut*. Kein besonders sorgfältiger Mörder. Impulsiv und nachlässig. Ich hoffe, dass er noch weitere solche Fehler macht.«

An der Tür wurde geklopft, und eine der Azubis erschien mit einem Ausdruck, den sie Nico reichte.

»Okay, also offensichtlich wurde gerade das Auto entdeckt. Anwohner des Waldmeisterrings haben ausgesagt, dass seit Donnerstagabend dort ein fremder Wagen abgestellt wurde, trotz der Hinweisschilder, dass alle Autos ab Montag früh anderswo parken müssen. Dort werden gerade Baumschnittarbeiten durchgeführt. Die Arbeiter haben den Wagen heute Morgen um halb neun abschleppen lassen. Es ist Sybille Hahns Auto.«

Fehling wandte sich an Lydia Kastner. »Sorgen Sie dafür, dass zwei Leute diese Anwohner befragen. Vielleicht hat jemand gesehen, ob Sybille Hahn mit jemandem zusammen war. Oder jemand erinnert sich an ihre Kleidung.«

»Die Pathologin legt den Todeszeitpunkt auf die Nacht auf Freitag«, überlegte Lichte laut. »Das hieße, dass Sybille Hahn irgendwann am Donnerstagabend in den Käfertaler Wald ging und dort auf ihren Mörder traf, ob sie ihn nun kannte oder nicht. Sie wurde entweder im Wald selbst überwältigt und verschleppt, oder aber sie ging freiwillig mit demjenigen mit und wurde erst später wieder in den Wald gebracht, als sie tot war.«

Jelene schaute in die Runde. »Wir sollten uns erst einmal um die Frage kümmern, wo die Frau in die Gewalt des oder der Täter gekommen ist. Wenn wir davon ausgehen, dass Sybille Hahn nicht freiwillig mitgegangen ist, um an einem anderen Ort festgehalten zu werden, wurde sie irgendwo im Wald überwältigt. Und ganz sicher war da irgendein Wagen im Spiel. Wir sollten Ausschau nach einer solchen Stelle halten. Wo kommen Autos hin, und wo ist es einsam genug, dass niemand diese Szene beobachten konnte?«

»Sie gehen davon aus, dass die Frau gewaltsam entführt wurde?«, fragte Fehling.

Jelene runzelte die Stirn. Was sollte die Frage?

»Was denken Sie?«, entgegnete sie. »Dass sie sich im Wald zwanglos mit jemandem getroffen hat, der sie in seinen Wagen einlud, und das Ganze erst später ausartete?«

»Sicher, warum nicht? Wir haben doch noch alle Optionen offen.«

Wie optimistisch er sich anhört, dachte Jelene. Als wäre die Bandbreite der Möglichkeiten ein buntes Buffet, das die Auswahl auf eine genussvolle Art und Weise schwer machte.

»Wir sollten herausfinden, was es im Wald selbst für Möglichkeiten gibt, jemanden festzuhalten«, sagte Landin. »Wenn ich es richtig verstanden habe, liegen zwischen dem Abstellen des Wagens und ihrem Tod plus/minus etwa neun Stunden, stimmt das?«

Hellmer tippte auf die Karte. »Das dem Wald am nächsten gelegene Gebiet mit Häusern sind die Tanklager des Coleman-Flughafens.«

»Ziemlich einsame Gegend momentan«, stellte Lichte fest.

Der Flugplatz der US-Amerikaner wurde nicht mehr genutzt, die Kasernen leerten sich allmählich, ebenso wie die Wohnhäuser der Armee-Angehörigen im sogenannten Benjamin Franklin Village. Im Rahmen der Truppenreduktion wurde die US-Garnison aus Mannheim abgezogen, aber erst im nächsten Jahr würde das Gebiet vollständig an die deutschen Behörden zurückgegeben. Wenn man von oben auf den Käfertaler Wald schaute, lagen die Gebiete des Militärs im Nordosten und im Süden wie zwei unauffällige Bastionen.

»Wir schauen uns da mal um«, sagte Michael Nock.

»Nein, das halte ich für keine sinnvolle Idee«, meinte Fehling. Er erhob sich und trat an die Karte. Jelene begriff, dass Nico nicht der Einzige war, bei dem die Klamotten schlecht saßen. Fehlings Hose zwickte um die Hüften, und die Knopfleiste seines Hemds war schief, ohne dass er es zu bemerken schien. Jetzt schwitzte auch er unübersehbar. »Ich denke, wir sollten die Amerikaner erst mal außen vor lassen. Herr Hellmer, was ist mit der Autobahn?«

Hellmer deutete auf den schnurgeraden Streifen der A6, die den Wald horizontal zerteilte. »Die Autobahn ist vom Fundort gerade mal siebenhundert Meter entfernt. Hier ist ein Parkplatz.« Er malte ein Kreuz über der schmalen Ausbuchtung an der Seite der Autobahn. »Von hier aus in den Wald zu kommen, ist ein Kinderspiel. Das einzige Hindernis ist der Maschendrahtzaun, der die Rehe davon abhält, auf die Straße zu laufen, aber der geht mir gerade mal bis hier.« Er hielt seine Hand bis knapp über die Stirn. »Wenn er kräftig war, musste er sie über den Zaun heben und fallen lassen. Dann könnte er selbst drüber geklettert sein und sie in den Wald geschleppt haben. Wir suchen diesen Bereich noch ab, um die Theorie zu stützen. Es gibt vielleicht sogar Bereiche, in denen der Zaun zerstört ist. Aber wenn wir davon ausgehen, dass der Täter nicht allein war, dann hatten sie natürlich noch ganz andere Möglichkeiten. Die Theorie mit dem Parkplatz funktioniert eigentlich nur, wenn sie mindestens zu zweit waren, und auch nur dann, wenn der Parkplatz ansonsten leer war.«

Fehling nickte. »Starten Sie einen Zeugenaufruf«, sagte er. »Vielleicht hat jemand etwas Verdächtiges beobachtet. Was ist mit dem Handy der Frau?«

Clemens Berger, der die Telefongesellschaften bereits überprüft hatte, schüttelte den Kopf. »Wir können es nicht orten. Aber das letzte Signal hat es an einen Sendemast in der Nähe von Feudenheim gesendet, das ist das

Gebiet, in dem sie gewohnt hat. Danach muss sie es abgeschaltet haben. Wir bekommen demnächst ihre Telefonliste.«

Fehling nickte. »Und was ist mit dem PC der Frau?«

Berger räusperte sich. »Wird gerade ausgewertet.«

»Gut. Wir haben eine Menge zu tun«, sagte Fehling. »Aber noch eine letzte Frage.« Er schaute jeden Einzelnen am Tisch an. »Ich bin zwar über die großen Kriminalfälle des Landes im Bilde, aber hat es in Mannheim in den letzten Jahren etwas Vergleichbares gegeben? Erinnert dieser Fall Sie an irgendetwas?«

Alle am Tisch schüttelten den Kopf. Aber irgendwo in Jelenes Erinnerung erklang ein schwaches Echo. Nein, sie hatten im Dezernat nicht übermäßig oft mit Mord zu tun, im Gegensatz zu Stuttgart oder Frankfurt. Mit Totschlag, Verschleppung, Vergewaltigung, versuchtem Mord vielleicht. Seit sie bei der Polizei war, hatte sie acht Morde bearbeitet, und das innerhalb von fünfzehn Jahren. Da war nichts, woran sie anknüpfen konnten. Aber dennoch war da ein rätselhaftes Gefühl von Unvollständigkeit.

»Wir haben einen unaufgeklärten Fall von Entführung«, sagte in diesem Moment Nico Lichte. »Das liegt fünf Jahre zurück.«

Natürlich, dachte Jelene. Wie hatte sie das vergessen können?

»Aha? Um was ging es damals?«, fragte Fehling.

»Es war die Frau des damaligen Oberstaatsanwalts«, informierte Jelene ihn. »Sie müssten es eigentlich mitbekommen haben. Wir haben zur Verstärkung Ermittlungsbeamte aus Stuttgart und Heilbronn angefordert.«

Ein Hauch der damaligen Frustration streifte Jelene. Es war ihr erster Fall mit Lichte gewesen, und damals hatten sie sich überhaupt nicht verstanden. Ihre etwas verschlossene, für andere Menschen meist rätselhafte Art hatte ihn genervt, weil er damals noch nicht verstehen konnte, dass es bei ihr keine Masche, sondern ihr Wesen war. Mittlerweile empfand er dieses Wesen als äußerst wohltuend, wie er ihr immer wieder versicherte. Es war ein aufreibendes, anstrengendes Jahr gewesen, das sie mehr Kraft gekostet hatte als sämtliche andere Ermittlungen. Nico Lichte war permanent gereizt gewesen, hatte sich von seiner Frau entfremdet, seine Kinder vernachlässigt – und mit ihnen alle anderen Dinge, die ihm wichtig waren. Jelene hatte damals befürchtet, er würde seine Familie verlieren, aber dann war wieder alles ins Lot gekommen. Was man von ihr nicht behaupten konnte.

Fehling legte den Kopf schief und blinzelte Jelene an. »Also, ich erinnere mich nur vage daran. Helfen Sie mir auf die Sprünge. Ich war damals auf einer Fortbildung in den USA. Ein Austauschprogramm zwischen dem FBI und europäischen Ermittlern.«

Ja, doch, wir haben verstanden, dass du die Sahnehaube des deutschen Polizeiapparates bist, dachte Jelene gereizt. Sie wollte raus aus diesem Zimmer und mit dem Fall weitermachen.

»Denken Sie an einen Zusammenhang?«, fragte Fehling.

»Nein. Dazu gibt es keine Veranlassung«, beeilte Nico sich zu sagen.

»Obwohl der Fall nicht aufgeklärt wurde?«

»Diese Frau damals wurde vier Tage lang festgehalten

und nicht ermordet. Sie wurde nicht vergewaltigt. Allerdings ... der Ort, wo sie wieder auftauchte, war ebenfalls der Käfertaler Wald. Etwas weiter östlich, glaube ich.«

Ralf Fehling nickte Jelene zu. »Danke. Einen Cold Case will man ungern auf sich sitzen lassen. Ich werde mir bei Gelegenheit die Akte kommen lassen und mal durchschauen. Aber nur, wenn wir mit unserer jetzigen Stoßrichtung nicht weiterkommen. Was ich ja nicht hoffen will.« Er klatschte in die Hände.

Affektiert wie ein Lehrer, der seine Schülerschar zurück an die Pulte ruft, dachte Jelene und fragte dann: »Was ist denn *Ihre* Stoßrichtung, Herr Kriminaloberrat?«

»Wir sammeln erst mal«, verkündete er. »Ich will zum jetzigen Zeitpunkt noch keine Theorien hören, dazu ist es zu früh. Oder wie sehen Sie das?«

Niemand sagte etwas. Nur Berger wollte wissen, ob sie die Presse schon einweihen sollten.

Fehling dachte kurz nach und nickte dann. »Wir geben eine kurze Presseerklärung heraus, weil wir die Mithilfe der Bevölkerung brauchen. Gerade für den Zeitpunkt am Donnerstagnachmittag letzte Woche. Jemand muss Sybille Hahn im Wald gesehen haben.«

»Pressekonferenz?«, fragte Berger.

»Ja, ja. Gemach. Wir setzen eine für morgen früh an. Aber erst nach der ersten Dienstbesprechung. Sagen wir, um acht.«

Jelene versuchte, sich Fehling dabei vorzustellen, wie er sich den Fragen der Journalisten stellte. Gewiss eine Verpflichtung, die der Kriminaloberrat genüsslich wahrnahm.

»Wenn dann nichts weiter ansteht?« Fehling erhob sich, am Tisch wurden die Papiere zusammengerafft, aber der neue Kriminaloberrat hob noch einmal den Kopf und fixierte Nico.

»Ach, Herr Lichte? Mit Ihnen muss ich später noch persönlich sprechen, ja?«

Der Mann hätte wirklich Lehrer werden sollen, dachte Jelene und freute sich fast ein wenig über Lichtes verdutzten Gesichtsausdruck wegen dieser ansatzlosen Ansage. Sie stand auf und konnte es kaum erwarten, in ihr eigenes Büro zu kommen, wo ein leistungsstarker Ventilator wartete. Ihr Handy vibrierte in der Hosentasche. Es war ihr Vater, aber sie drückte die Nummer weg. Mit einem merkwürdigen Gefühl der Erleichterung hieß sie diesen Fall immer mehr willkommen. Als sie schon bei der Tür war, kam Fehling auf sie zu.

»Sie sind Jelene Bahl, nicht wahr?«

»Oh, sorry ... ja, die bin ich.« Sie reichte ihm die Hand. Er drückte sie einen Tick zu fest und sah sie auch ein paar Sekunden zu lange an. »Wir werden uns noch kennenlernen«, sagte er. »Aber jetzt muss ich den Polizeipräsidenten informieren.« Und weg war er.

Irrte sie sich, oder lag in seinen Worten eine unterschwellige Drohung?

Nico Lichte ging den Weg vom neuen Teil des Präsidiums hinüber in den Altbau, wo Fehlings Büro lag, mit einem beklemmenden Gefühl, das ihn ärgerte. Vor allem, weil es das Büro eines Toten war. Lichte vermisste den verstorbenen Kriminaloberrat Jens Richter fast wie ein Familienmitglied, und er konnte sich nicht vorstellen, dass irgendein anderer Mensch das Büro wieder mit Leben füllen würde. Die Fenster des Raumes zeigten auf einen schmalen Teil des Mannheimer Schlosses, dem nach Versailles zweitgrößten Barockschloss Europas, das jetzt die Universität beherbergte. Richter hatte das ganze Zimmer mit Pflanzen vollgestellt, sodass sein Büro im Lauf der Jahre den Namen Gewächshaus bekommen hatte. Die Zimmerpalmen, Bananenstauden und der *Ficus benjamini* waren jetzt fort.

Fehling bedeutete ihm, die Tür zu schließen, und sah ihn dann unverwandt an. »Herr Lichte, ich habe schon viel Gutes über Sie gehört«, eröffnete er das Gespräch.

»Aber?«

Fehling betrachtete ihn eingehend. »Sie sind Hauptkommissar, und Sie haben eine tadellose Laufbahn.«

»Nicht so tadellos wie Ihre.«

»Ach, bitte. Sie waren niemals scharf auf so einen Posten, oder irre ich mich da?« Fehling setzte sich halb auf das Fensterbrett.

»Wieso bin ich hier?«, fragte Lichte. »Wieso keiner der anderen?«

»Zu Ihrer Kollegin Bahl komme ich noch. Vielleicht. Aber Sie interessieren mich zuerst.«

»Warum?«

»Ich will lernen, Sie einzuschätzen, Lichte. Um mir böse Überraschungen zu ersparen.«

»Ich bin kein Überraschungsei, Herr Fehling. Sie werden nicht erfahren, was drin ist, bloß weil Sie mich ein bisschen schütteln.«

Ralf Fehling lachte leise und wechselte vom Fensterbrett

auf die Tischkante. »Sie sind ein ungewöhnlicher Hauptkommissar, Herr Lichte. Sie sind, was man so hört, besonders intuitiv, wenn es um die Ermittlungsarbeit geht.«

»Was dagegen?«

»Oh, im Gegenteil. Ihre Aufklärungsrate ist bemerkenswert. Zum Ausgleich haben Sie sich ein nettes kleines Hobby zugelegt. Ich glaube, einen eigenen Podcast zu haben, ist eine großartige Idee. Man ist wie auf einer Bühne, ohne dass man gesehen wird. Und Sie haben viele Fans. 373.599 Leute weltweit hören Ihnen zu, wenn ich mich nicht irre. Wirklich, ich finde das beeindruckend.«

Lichte spürte den Drang, Fehling anzuspringen und ihn zu schütteln. Seine Wut kam wie eine eiskalte Dusche über ihn. »Woher wissen Sie das?«

»Sie brauchen nicht böse zu werden. Ich war auch mal Kriminalhauptkommissar, und ich weiß, wie ich mir Informationen über Menschen beschaffen muss, von denen ich etwas erfahren will. Und es ist ja auch nichts Schlimmes. Es verschafft Ihnen ein interessantes Profil. Schade, dass keiner der Kollegen das weiß. Denken Sie, diese Information macht Sie irgendwie ... ich weiß nicht ... verletzlich? Was für Musik spielen Sie noch gleich? Vintage-Jazz? Nicht mein Geschmack, aber wirklich ... ich finde das gut.«

Lichte biss sich auf die Zunge und starrte seinen Vorgesetzten an. Ihm war weder klar, woher Fehling das alles wusste, noch, wohin das Gespräch führen sollte.

»Sagen Sie, Herr Lichte, kommt bei Ihrer tadellosen Arbeit und diesem interessanten privaten Ausgleich eine Sache nicht zu kurz?«, fragte Fehling.

»Was für eine Sache? Ich habe regelmäßigen Sex und kenne die Schulnoten meiner Kinder. Worauf also spielen Sie an?«

»Auf genau das.« Fehling deutete auf ihn wie ein Forscher auf ein Anschauungsobjekt. »Sie sind ein unbeherrschter Mann, und es gibt auf dem Präsidium leider nur eine Spezies, die das zu spüren bekommt. Ihre Vorgesetzten. Sogar den Polizeipräsidenten haben Sie einmal eine taube Nuss genannt. Stimmt das?«

Lichte fröstelte. Woher zum Geier wusste Fehling das alles, und wer auf dem Revier hatte es ihm gesagt?

»Ich hatte meine Gründe. Der Präsident hat mich deswegen nicht entlassen. Was wollen Sie von mir, Fehling?«

Der lächelte und hob die Hände in einer beschwichtigenden Geste. »Ich will Ihnen Ihre … nun, eckige Persönlichkeit ja nicht austreiben. Aber bei mir werden Sie sich zusammenreißen, okay?«

»Ach, jetzt kommen wir der Sache doch schon näher! Warum sagen Sie das nicht gleich?«

»Weil ich nicht das Arschloch bin, das Sie gerne in mir sehen würden. Ihre Alleingänge haben in der Vergangenheit ein paar wichtige Impulse gesetzt. Deswegen würde ich nie etwas dagegen sagen. Ich bin kein bürokratischer Kleingeist. Aber wenn ich gegen etwas allergisch bin, dann ist das ein Egoist, der auch noch eine große Klappe hat und glaubt, niemand könnte ihm was.«

Lichte konnte nicht anders. Er fing an zu lachen. Er musste es, sonst hätte ihn die Wut überwältigt. »War das alles?«, fragte er dann.

»Ja, wenn Sie wollen, war das alles.« Fehling lächelte und

breitete die Arme aus. »Ich bin weiterhin an guter Zusammenarbeit interessiert.«

Lichte ging zur Tür, wo er jedoch stehen blieb. »Eine Frage noch, Herr Kriminaloberrat. Wenn Sie nicht wollten, dass ich in Ihnen ein Arschloch sehe, warum haben Sie dann gerade den Beweis angetreten, dass ich eine verdammt gute Menschenkenntnis habe?«

Kapitel 4

Als Ralf Fehling am frühen Abend nach Heidelberg fuhr, schien sich die Stadt unter der Hitze regelrecht zusammenzukauern. Er parke seinen Audi A5 direkt vor dem Eingang des forensischen Instituts. Er zögerte, aus dem auf 20 °C klimatisierten Inneren in die Hitze nach draußen zu wechseln. Die stehende Luft hatte etwas Böses, Lebensfeindliches. Er sah hoch zu den Blättern der Platanen, die wie Spüllumpen an den Ästen hingen. Von dem versprochenen Gewitter sah man gerade einmal ein paar Quellwolken im Osten.

Fehling nahm ein paar Schlucke von dem Energy-Drink, den er an einer Tankstelle gekauft hatte, und strich über das glatte Leder des Lenkrads. Aus den Lautsprechern ertönte das neue Album von Lana del Rey. Er hatte es von seiner Tochter ausgeliehen, ohne zu erwarten, dass es seinen Geschmack traf. Jetzt war er überrascht, dass die Musik ihn regelrecht erregte. Da schwang etwas Morbides mit, das er nur schwer beschreiben konnte. Etwas, das in einem auffälligen Kontrast zu seiner vierzehnjährigen Tochter und ihren sonstigen Interessen stand. Ihn erschreckte der Gedanke, dass Nicky gerade zur Frau wurde. Diese Musik schien ihm dafür ein untrügliches Zeichen zu sein.

Fehling stieg aus und zwang sich, ruhig auf den Eingang des Instituts zuzugehen, auch wenn er vor der Hitze am liebsten davongerannt wäre. Und vor dem, was er da drinnen zu sehen bekommen würde. Aber das wäre seinem frischen Hemd abträglich gewesen, das er vor der Abfahrt angezogen hatte. Niemand sollte sehen, wie sehr er unter den Temperaturen litt. Wie schnell wurde das mit einer allgemeinen Schwäche gleichgesetzt. Er wusste das, weil er im Talkessel von Stuttgart regelrechte Höllensommer ausgestanden hatte, in denen er zu keinem klaren Gedanken fähig gewesen war. Seinem schnellen Aufstieg war das allerdings nicht hinderlich gewesen. Und jetzt war ohnehin alles neu. Na ja, fast alles. Der Tod dieser Frau würde ihn niemals loslassen. Daran änderte auch ein schönes neues Zuhause und eine Beförderung nichts.

Seit einem Monat war er mit der Familie nun in Mannheim und empfand den Fortgang aus der Landeshauptstadt keineswegs als Karriereknick. Im Gegenteil. In Mannheim gab es Dinge und positive Umstände, die es in Stuttgart so nicht gab. Weniger Stress war nur ein Baustein von vielen. Und nicht zu vergessen, dass seine Frau endlich nicht mehr jeden Tag von Stuttgart zu ihrer Stelle nach Heidelberg fahren musste. Sie führte seit elf Jahren eine Firma für Innenarchitektur und nahm Aufträge in Berlin, Paris und London an. Er stand heute zum ersten Mal vor dem Pathologischen Institut, und ihm fiel auf, dass die Firma seiner Frau nur wenige Straßen weiter lag. Vielleicht konnte er sie später abholen und zum Essen ausführen.

Sie hatten gerade eine gute Phase miteinander, und er freute sich für sie, auch wenn ihr Erfolg ihm jeden Tag aufs Neue zeigte, dass sein Gehalt als Polizeibeamter nur ein Taschengeld in der Familienkasse war. Er verdiente einen Bruchteil dessen, was sie erarbeitete, und die Großzügigkeit, mit der sie fingerschnippend Urlaube und feine Restaurants bezahlte, kam ihm manchmal geradezu absurd vor. Fehling wusste, dass es in seiner Arbeit nicht ums Geld gehen durfte. Aber wie sollte er mit dieser Tatsache umgehen, wenn er mit einer Frau zusammenlebte, deren Gehalt das seine fast überflüssig machte?

Er verdrängte den Gedanken und ließ sich den Weg in die Pathologie erklären. Seltsamerweise erfüllte ihn die Begegnung mit Jelene Bahl trotz seiner Angst mit einer Art Vorfreude. Er hatte die Aufgabenverteilung so geregelt, dass dieser unsägliche Nicolas Lichte in Mannheim blieb, um mit Ferdinand Hellmer und den anderen, deren Namen er sich erst noch merken musste, die Erkenntnisse der Spurensicherung und der Kriminaltechnik zu besprechen. So konnte er sich allein Jelene Bahl widmen. Er gedachte, sie auf eine gänzlich andere Art kennenzulernen als ihren unrasierten Partner. Diese Frau ließ man nicht im Büro antanzen und hielt dann eine souveräne Ansprache. Diese Frau musste man beobachten wie ein Wildtier und warten, was man über sie herausfand. Er hatte ihre Personalakte gelesen, aber ihr Lebenslauf war nicht besonders auffällig. Geboren in Heidelberg, Studium der Psychologie in Hamburg, abgebrochen im 7. Semester. Danach Polizeischule in Freiburg und Polizeidienst in Mannheim. Keine Unregelmäßigkeiten. Was ihm allerdings aufgefallen war, waren ihre Eltern. Der Vater war ein bedeutender Psychologie-Professor mit Lehrstuhl in Heidelberg und zahlreichen Fachpublikationen über Psychoanalyse, während die

Mutter eine gynäkologische Privatpraxis hatte. Diese Kombination aus Psychoanalyse und Gynäkologie hatte ihn aufmerksam werden lassen, etwas an dem Gedanken, wie Jelene wohl aufgewachsen war, löste schon wieder einen rätselhaften Anflug von Erregung in ihm aus. *Was ist denn heute nur los mit dir?*, fragte er sich. Sein alter Therapeut hatte ihm erklärt, dass diese körperliche Erregung mit der Kraftanstrengung einherging, nach dem Trauma wieder Kontrolle über sein Leben zu bekommen, und nach allem, was er getan und erlebt hatte, war das mehr als nötig.

»Solange Sie nur erregt sind, wenn Sie an Kontrolle denken, und nicht als Häuflein Elend in der Ecke sitzen, ist das eine sehr positive Entwicklung«, hatte der Therapeut gesagt. »Sie müssen sich von der Schuld befreien, und wie Ihr Körper auf den Prozess der Heilung reagiert, ist nur zu verständlich.«

Na, ihm sollte es recht sein. Letztendlich wusste dieser Therapeut erschreckend wenig über ihn.

Als er durch die Tür der Gerichtsmedizin kam, stand Jelene Bahl bereits neben der Pathologin an einer Stahlliege. Vor ihnen lag der nackte, aufgeblähte Leichnam der Frau.

Er erschrak. Erwartet hatte er, dass da noch ein Tuch über dem Körper lag, das erst dann vom Gesicht weggezogen würde, wenn er anwesend war. Aber so hatte er nun die ganze drastische Wahrheit direkt vor Augen, diesen geschwollenen, seifig schimmernden Körper. Nur das lange rote Haar, das seitlich von der Stahlliege herabhing, hatte noch etwas einigermaßen Menschliches an sich. Er versuchte, sich auf dieses Haar zu konzentrieren, aber sein Innerstes kühlte sich, ganz ohne Klimaanlage, schlagartig herunter. Er hatte die Begegnung mit dem Tod noch nie gut vertragen, aber heute war es besonders schlimm. Die Bilder kamen wieder hoch. Die Frau, wie sie ihn aus aufgerissenen Augen angestarrt hatte. So fragend und erstaunt. Und wie sie dann schlagartig tot war. Diese Bilder … wie sollte er bloß damit leben?

Normalerweise hätte er es vermieden, bei der Besprechung einer Obduktion dabei zu sein. Aber in diesem Fall musste er sich zeigen und klarstellen, dass er in allen Bereichen Einfluss nahm. Er räusperte sich und trat neben Jelene Bahl. Sie musterte ihn und stellte ihn dann der Pathologin vor. Die war eine herbe Frau ohne jeden Glanz, und er wandte sich gleich wieder Jelene zu. Sie faszinierte ihn, seit er sie an diesem Morgen zum ersten Mal gesehen hatte. Eine eigenartige Schönheit, mit großen, etwas wunden Augen, wie bei einer Antilope, sinnlichen Lippen unter einer strengen, griechischen Nase. Alles an ihrem Gesicht war groß, und wenn sie sprach, vibrierten sachte ihre Mundwinkel. Und dann diese dichten, cognacfarbenen Haare, die sie klassisch aufgewickelt trug. Unter ihren burschikosen Kleidern vermutete er weitere Blickfänge. Ihr Körper mutete athletisch an, mit breiten Schultern und noch breiteren Hüften, aber einer sehr schmalen Taille, das konnte selbst das weite Shirt nicht verdecken.

»Als Erstes muss ich Ihnen sagen, dass diese Frau nicht erwürgt wurde«, begann Dr. Gabriele Mundt und deutete auf die Würgemale am Hals der Toten. »Ich ging zuerst davon aus, dass sie erdrosselt wurde, aber da lag ich falsch. Erstens sind diese Würgemale untypisch, sie sind zu schwach. Und außerdem ist das *Os hyoideum,* das Zungenbein, nicht gebrochen, was, wie Sie wissen, der Beweis für massives und tödliches Würgen ist.«

»Und was bedeutet das?«, fragte Jelene Bahl.

»Das Würgen ist nicht die Todesursache. Ich konnte auch keine Einblutungen in den Augengefäßen feststellen. Und auch sonst gibt es keine derartige Gewalt gegen den Körper.«

»Werden Sie uns nun sagen, was alles *nicht* zu ihrem Tod geführt hat?«, fragte Fehling. Jelene Bahl drehte sich zu ihm um, während die Pathologin ungerührt die Arme kreuzte.

»Ist das Ihre erste Leichenschau?«, fragte sie ihn.

»Soll das ein Witz sein?«

»Na ja, Sie wirken wie jemand, der hier schnell wieder rauswill.«

»Nein, das will ich nicht. Hier drin riecht es nämlich so gut.«

»Sie müssen nicht hier sein«, erwiderte sie ungerührt. »Niemand verlangt von Mordermittlern, dass sie sich das antun.«

»Machen Sie einfach weiter, bitte.« Fehling starrte auf die Stahlliege, auf die weiße Hand der Toten, auf die violetten Fesselmale an ihren Gelenken. Sein Hals wurde eng. »Können Sie sagen, wie lange sie gefesselt war?«

Dr. Mundt wechselte einen Blick mit Jelene Bahl, die nachdenklich die Stahlliege umrundete.

»Sie war nicht lange gefesselt«, nahm Mundt den Faden wieder auf und reichte ihm jetzt doch ein Döschen mit einer starken Eukalyptus-Creme, die er sich dankbar unter die Nase rieb. »Aber die Kabelbinder waren sehr straff gezogen, und sie hat sich darin gewunden«, fuhr sie fort.

Fehling sah aus dem Fenster. Doch das Institut lag im Souterrain, und alles, was er sah, war eine Betonwand.

»An ihrem Rücken habe ich minimale Abschürfungen gefunden, die typisch für Betonboden sind. Und sie hatte eine Verletzung an der linken Achillesferse, einen Biss.«

Jelene Bahl hob den Kopf. »Von einem Menschen?«

Die Pathologin lächelte vorsichtig. »Wenn ich einen Menschen beißen würde, dann fielen mir da bessere Stellen ein.«

»Also von einem Tier.«

»Ein Fuchs. Diese Verletzungen entstanden etwa einen Tag, bevor die Leiche gefunden wurde.«

Fehling zwang sich, einen Blick auf den Intimbereich der Frau zu werfen. Auch hier rotes Haar, zu einem akkuraten Dreieck gestutzt. Seine Nervosität wuchs. Konnte er sich nicht einfach Mundts Ausführungen anhören, ohne hinzusehen?

»Sie hatte kurz vor ihrem Tod vaginalen Geschlechtsverkehr. Allerdings hat der Mann – ich nenne ihn bewusst nicht den Täter – ein Kondom benutzt. Ich konnte in der Vagina keine Verletzungen feststellen, trotzdem besteht ein gewisser Grad an Wundheit, weswegen ich annehme, dass es ... nun, etwas heftiger zur Sache ging.«

»Schamhaare? Irgendwelche anderen Spuren?«, fragte Fehling und starrte wieder aus dem Fenster in den Betonschacht.

»Nichts. Entweder hat er ihr erlaubt, sich zu reinigen, oder er hat es selbst getan. Ich habe Rückstände von der

Kondombeschichtung im Innern und Rückstände von Waschlotion außen gefunden. Aber ich betone noch mal: nichts, was einvernehmlichen Sex absolut ausschließt. Ich habe zwar ein paar kleine blaue Flecken an den Oberschenkeln gefunden, aber für mich sieht es nach einem schiefgelaufenen sexuellen Spielchen aus. Das Opfer bevorzugte die härtere Gangart, und irgendetwas ist falsch gelaufen.«

»Also ein Unfall?«, fragte Jelene Bahl. »Aber warum legte man sie dann im Wald ab?«

Weil man Angst hat, die Konsequenzen zu tragen, dachte Ralf Fehling.

»Wir wissen noch nicht, ob das hier ein Mord war«, warf die Pathologin ein.

»Was mich noch einmal zu der Frage nach der Todesursache bringt, die Sie so effektvoll hinauszögern«, erwiderte er.

»Herzstillstand«, sagte Gabriele Mundt. »Falls der Täter sie mit einer Tötungsabsicht gewürgt haben sollte, muss er relativ schnell festgestellt haben, dass sein Vorhaben Erfolg hatte, und ließ von ihr ab. Falls das Ganze aber ein Unfall war, hat der Liebhaber dieser Frau wahrscheinlich einen gewaltigen Schreck bekommen.«

»Also Totschlag?«

Gabriele Mundt wiegte unschlüssig den Kopf. »Ich muss noch einige Testergebnisse auswerten, um herauszubekommen, warum sie einen Herzstillstand hatte.«

»Na, vor Angst«, meinte Jelene.

»Das bezweifle ich. Die Frau war kerngesund und trainiert. Sie hatte auch keine angeborene Herzschwäche. Ich könnte mir vorstellen, dass ihre Barorezeptoren geschädigt waren, aber ...«

»Ihre Barorezeptoren?«, echote Fehling.

»Das sind die Rezeptoren in den Gefäßwänden, die den Druck des arteriellen Blutes regeln. Sie sorgen dafür, dass der Blutdruck auf einem konstanten Niveau bleibt und dass alle Organe gleichmäßig mit Blut versorgt werden. Falls diese Rezeptoren geschädigt waren, würde schon ein leichter Druck auf die Halsschlagader einen sofortigen Abfall der Pulsfrequenz zur Folge haben.«

»Ich glaube nicht, dass das Mord war«, sagte Fehling mechanisch.

Jelene sagte nichts dazu. Sie sah ihn nur durchdringend an, fast so, als würde sie in ihn hineinblicken und Gegenden in seinem Innern ausloten, zu denen er selbst keinen Zugang hatte. Er wandte sich wieder der Pathologin zu. »Wie lange dauern diese Tests?«

Sie hob die Schultern. »Ein paar Tage. Ich weiß, dass das relevant ist, aber bis Sie den Täter haben, kann ich Genaueres sagen.« Auch sie fixierte Fehling nun eindringlich. Seine Nase brannte höllisch von der Salbe.

Sein Herz schlug irgendwie unregelmäßig, und er wusste nicht mehr, welcher Anblick ihn am meisten schockierte: der zugenähte Y-Schnitt im Oberkörper dieser Frau oder die leuchtend violetten Fesselmale.

»Was den Mageninhalt betrifft – sie hatte Gemüse-Couscous und ein bisschen Thunfisch. Wenn Sie gut sind, finden Sie das Restaurant, in dem sie das gegessen hat. Dürfte in Mannheim nicht so schwer sein. Oder Sie entdecken dementsprechende Überreste in ihren Küchenabfällen.«

»Danke, Frau Mundt«, sagte Jelene.

»Da ist aber noch etwas«, sagte die Pathologin. Sie trat an einen Tisch und hob eine kleine durchsichtige Tüte hoch. Jelene nahm sie und hielt den Beutel gegen das Licht. »Ich habe es am Hals der Toten gefunden. Es hing im unteren Haaransatz, und ein kleines Stück klebte auch hinter dem Ohr, direkt an einem der Druckpunkte.«

Mundt nahm eine lange Pinzette und zeigte durchs Plastik hindurch auf die winzigen, rötlichen Splitter. Der größte hatte den Umfang einer halbierten Haferflocke, die kleinsten waren nicht mehr als winzige Partikel.

»Haben Sie es untersucht?«, fragte Jelene.

»Nein, das ist Aufgabe der Kriminaltechnik. Ich habe es mir kurz unter dem Mikroskop angesehen. Es scheint Rost zu sein und ein winziges bisschen Lack.«

Fehling fixierte Jelene. Er wollte wieder Blickkontakt zu ihr herstellen. »Was kann das sein?«

»Ich habe den Hals der Toten natürlich eingehend untersucht. Alles, was ich sagen kann, ist, dass der Täter Handschuhe trug ...«

»... was eine Tötungsabsicht nahelegt!«, warf Jelene ein.

»Und dass es minimal nach Leder roch, aber das ist nur mein persönlicher Eindruck.«

»Vielleicht wollte sie, dass er Lederhandschuhe trägt«, meinte Fehling.

»Spekulationen liegen mir nicht«, sagte Jelene und betrachtete stirnrunzelnd die Splitter.

»Ich nehme an, die Kollegen aus der KTU werden uns da bald eine Antwort geben«, schloss Gabriele Mundt ihre Ausführungen. »Ich für meinen Teil kann nur vermuten, dass das Handschuhe waren, die auch für andere Zwecke genutzt werden. Vielleicht Arbeitshandschuhe. Diese Rostsplitter deuten sicherlich auf den Tatort hin.«

Damit zog sie das Tuch über die Leiche und zog sich dann mit lautem Quietschen ihre Latexhandschuhe aus. Fehling atmete auf. Ihm war nicht länger kalt. Sein Innerstes schien jetzt in der drückenden Abendhitze zu brüten. Er gab Jelene die Hand und verabredete sich für den nächsten Morgen um sieben zur Lagebesprechung im Präsidium.

»Geben Sie mir den Beutel?« Er streckte die Hand nach der kleinen Tüte aus, die Jelene immer noch hielt. »Ich schicke ihn gleich noch raus ins LKA.«

»Nicht nötig.« Gabriele Mundt sah auf die Uhr. »Gleich kommt ein Kurier aus Stuttgart, der hier ein paar Beweismittel abholen soll, der nimmt das Zeug dann mit.«

Fehling nickte langsam und ließ die Hand sinken.

»Warum sind Sie denn so blass?«, fragte die Ärztin.

»Oh, nur die Kälte hier drin.«

»Hier ist Raumtemperatur.«

»Dann ist es ... Wissen Sie, eben ist mir mal wieder bewusst geworden, was für einer schrecklichen Arbeit wir doch nachgehen.«

»Das fällt Ihnen aber früh ein«, sagte Jelene, ohne ihn anzusehen.

Als sie nach Mannheim zurückkam, war es dunkel, aber die Hitze lag wie gefangen zwischen den alten Häusern. Aus dem versprochenen Gewitter war nichts geworden, es hatte sich weiter westlich abgeregnet und die Stadt nicht erreicht. Jelene brachte ihre Tasche in die Wohnung, tauschte ihre Turnschuhe gegen offene Sandalen und ging wieder zurück auf die Straße. Sie bestellte sich in einem Kebab-Geschäft einen Wrap mit Haloumi-Käse und Salat, holte sich ein Bier aus dem Kühlschrank und nahm beides mit hinunter zum Rheinkanal. Man konnte dort unten im Schatten der Popakademie zwischen den ausgedienten Backsteinhallen direkt am Wasser sitzen. Es war kein besonders heimeliger Ort, aber Jelene betrachtete dieses Fleckchen Stadt als ihren privaten Balkon, denn ihre Wohnung verfügte über keinen. Sie setzte sich auf die Kante zum Wasser und aß. Der Kanal roch besonders stark an diesem Abend, brackig und trotzdem irgendwie erfrischend. Sie lauschte dem müden Platschen des Wassers gegen die Ufermauern. Auf der anderen Seite des Flusses sah man die Umrisse des Mühlauhafens, Schornsteine, Lagerhallen, Industrieanlagen. Sie war hier immer allein, niemand hatte sie jemals belästigt, obwohl der Platz an sich eigentlich geradezu prädestiniert war, um in Schwierigkeiten zu geraten.

Im Westen zuckte Wetterleuchten über den Horizont. Sie ging in Gedanken noch einmal den Tag durch. Es hatte schon länger keinen Mordfall mehr gegeben, und sie hatte das Gefühl, dass ihr inneres Getriebe diesbezüglich nur schwer in Gang kam. Und dann Fehling. Der Mann beschäftigte sie mehr, als ihr lieb war. Mit seiner intensiven und gleichzeitig distanzierten Art stach er aus dem Kollegenkreis heraus, und sie wusste nicht, was sie unternehmen musste, um hinter seine Fassade zu blicken. Wahrscheinlich hatte sie wohl auf die anderen den gleichen Eindruck gemacht. Ohne ihn zu mögen, fühlte sie sich dem neuen Kriminaloberrat auf seltsame Weise vertraut. Ihr kleinster gemeinsamer Nenner stand bereits nach einem Tag fest. Allerdings fragte sie sich, was der Grund war, dass er nach Mannheim gekommen war. Irgendetwas sagte ihr, dass es da etwas in Ralf Fehlings Vergangenheit gab, was nicht so ganz glatt gelaufen war.

Plötzlich fiel ihr der Anruf ihres Vaters wieder ein. Sie holte das Handy hervor und sah eine SMS von Felix: *Denkst du an unseren Termin morgen Abend?* Jelene zuckte unter einem kurzen Adrenalinstoß zusammen. Natürlich dachte sie an den Termin, sie schaffte es ja kaum, *nicht* daran zu denken. Am liebsten hätte sie das Felix auch so geschrieben, aber sie beantwortete die SMS mit einem schlichten *Ja*.

Dann klickte sie die Mailbox an und hörte die Nachricht ihres Vaters ab. Seine Stimme klang ratlos und sehr weit weg. »Hallo, Jelene, ich habe gerade von Frau Roland gehört, was heute Nacht bei uns los war. Du bist ja jederzeit willkommen bei uns, aber ... was hast du denn da gemacht? Hast du was gesucht? Also ... du weißt doch, dass wir dir diese Unterlagen nicht geben können. Versuch das doch bitte endlich zu vergessen. Diese Papiere liegen sowieso bei unserer Bank im Schließfach. Also, wir kommen am Sonntag zurück. Dann sehen wir uns, wenn du willst. Grüße von Mama. Mach's gut, mein Kind.«

Der Bissen, den sie gerade im Mund hatte, wurde hart und zäh. Jelene schob das Handy mit bebenden Fingern zurück in die Hosentasche. Wie er mit ihr redete! Für ihn und ihre Mutter war sie nie erwachsen geworden, gab es die 22 Jahre, die seit der schrecklichen Geschichte vergangen waren, überhaupt nicht. Wann begriffen sie endlich, dass ihr Leben niemals vollständig sein würde, wenn sie diese Angelegenheit nicht klärte? Sie spürte die Wut in sich hochkochen und schleuderte den Rest ihres Abendessens ins dunkle Wasser. Dann weinte sie.

Kapitel 5

Am frühen Morgen strahlte der Asphalt noch immer Hitze aus. Aus den Bäckereien drang frischer Brötchenduft auf die Straße, aber Jelene hatte keinen Appetit. Nach einer unruhigen Nacht mit wenig Schlaf hatte sie sich zu einer Jogging-Runde aufgerafft und war um halb sieben die Erste im Revier.

Als sie ihr Büro aufschloss und hinaus auf den stillen Gang horchte, kam es ihr absurd vor, so früh schon hier zu sein. Doch nur fünf Minuten später kam Clemens Berger den Gang hinunter und legte Papiere ins Besprechungszimmer. Er schnupperte demonstrativ wie ein Tier, als er den Kaffee roch, den Jelene gerade aus der Maschine ließ.

»Hat das Sandmännchen heute Nacht um dein Bett auch einen Bogen gemacht?«, fragte sie, als er in die Küche kam. Berger hatte die seltsame Angewohnheit, zu schlurfen wie ein alter Mann, dabei war er der Jüngste im Dezernat für Internet-Kriminalität. Er hatte das lichtscheue Aussehen eines klassischen Computerfreaks.

»Meine Lektüre war zu spannend«, sagte er gähnend.

»Bist du etwa die ganze Nacht hier gewesen?«

»Ja. Aber sag's nicht weiter. Nach der Dienstbesprechung fahr ich heim und leg mich aufs Ohr.«

Jelenes Müdigkeit wurde von Neugierde verdrängt. »Verrätst du's mir?«

»Sorry, ich bin zu müde, um das zweimal zu erzählen.

Kannst dir die Ausdrucke im Besprechungszimmer ja mal anschauen. Ich sag nur so viel: Sybille Hahn hatte definitiv ein äußerst geheimnisvolles Doppelleben.«

Eine halbe Stunde später wirkte Berger wach und konzentriert, als er vor der versammelten Sonderkommission begann, über das zu sprechen, was er in der Nacht über Sybille Hahns eMail-Verkehr herausgefunden hatte. Jelene selbst stand nach der ersten Lektüre vor einem Rätsel. Sie konnte einfach nicht nachvollziehen, was diese eine Mail zu bedeuten hatte. Ihr Innerstes kribbelte vor Anspannung.

Klaus Landin leitete die Besprechung. Vor ihm stand ein durchsichtiger Halbliter-Becher mit einer giftgrünen, zähen Flüssigkeit. Er zog geräuschvoll an einem Röhrchen. Vom Einsatzleiter der Sonderkommission, Ralf Fehling, war nichts zu sehen. Der Dezernatsleiter schien darüber nicht sonderlich traurig zu sein. Clemens Berger verteilte Ausdrucke einer eMail von Sybille Hahn. »Ich hab die halbe Nacht ihren Internet-Verlauf gecheckt und diesen Account bei web.de gefunden. Sie hat sich dort vor drei Monaten angemeldet, hat aber nur diese eine Mail damit geschrieben. Ich weiß nicht, ob es noch mehr Nachrichten gibt, die sie vielleicht gelöscht hat. Das lässt sich bei solchen Accounts ganz schwer feststellen. Ich habe eine Anfrage an den Server geschickt. Man kann die gelöschten Mails vielleicht wiederherstellen, aber ich bin da eher nicht so euphorisch.«

Jelene ließ ihren Blick immer und immer wieder über den kurzen Satz schweifen, den Sybille Hahn am 3. August um 11.48 Uhr geschrieben hatte. *Ich werde mich an die Ab-*

machung halten und garantiere, dass ich niemandem etwas sage.

»Wieso nur diese eine Mail?«, fragte Landin über seinem farbenfrohen Getränk. »Und wer ist der Empfänger?«

Im Adressfeld über der Nachricht stand falk2014@web.de. Clemens Berger fixierte die versammelten Kollegen, und auf seinem Gesicht breitete sich ein triumphierendes Lächeln aus. »Ein bisschen darf ich euch auch auf die Folter spannen«, sagte er und holte ein weiteres Papier aus seiner Mappe. Er räusperte sich und las mit betont bedrohlicher Stimme: »Die Übergabe ist morgen im Luisenpark. Am Pflanzenhaus gibt es links vom Eingang einen Mülleimer. Da wirfst du um Punkt 9.45 Uhr den Umschlag hinein. Im Deckel klebt eine Nachricht für dich. Nimm sie, öffne sie aber nicht. Geh dann sofort weg und halte dich an die Abmachung. Wenn du stehen bleibst und dich umschaust, werden wir das wissen, und die ganze Sache platzt. Weitere Anweisungen findest du in dem Umschlag. Falk.«

Jelene beugte sich vor und fixierte Berger. »Jetzt ist mir klar, warum du nicht geschlafen hast.«

Er genoss sichtlich das Erstaunen, das am Tisch herrschte. Landin starrte den IT-Ermittler perplex an, saugte an seinem Strohhalm und wedelte mit der Hand, um das Papier selbst anzusehen.

»Auf diese Nachricht bezieht sich Sybille Hahns Antwort«, sagte Berger. »Die Mail von diesem Absender wurde in der Nacht zuvor verfasst. Im Account finden sich nur diese beiden Nachrichten. Ich bin sicher, dass es noch andere gab, aber aus irgendeinem Grund hat Sybille Hahn nur diese beiden behalten. Wir müssen hoffen, dass der Rest sich wiederherstellen lässt.«

»Der dritte August ...«, murmelte Landin. »Das war der Montag vor zwei Wochen. Am Tag danach hat sie etwas im Luisenpark in einen Mülleimer geworfen. Und vierzehn Tage später ist sie tot.«

»Hört sich an wie in einem Film«, sagte Jelene. »Was hat sie in den Mülleimer geworfen?«

»Zweitausendfünfhundert Euro.«

Alle Köpfe wandten sich Nico Lichte zu, der sich langsam aus seinem Stuhl hochstemmte und die Mappe, die er die ganze Zeit auf seinem Schoß gehalten hatte, vor sich hinlegte.

»Berger, alter Freund, es tut mir leid, dass du nicht der Einzige bist, der hier die tollen Sachen aus dem Hut zaubert. Ich hab auch das ein oder andere Kaninchen. Aber zuerst ...« Er wandte sich Landin zu. »Zuerst will ich wissen, was das hier ist, Klaus.«

»Was meinst du?«

»Das Zeug, was du da in dich hineinsaugst. Ich kann mich nicht konzentrieren, wenn ich da hinschaue. Was zum Geier ist das?«

Landin schluckte und blinzelte. »Das ist ein grüner Smoothie.«

»Es sieht aus wie etwas, das in die Sesamstraße gehört.«

Berger begann mit der sachten Hysterie der Übermüdung zu kichern.

»Das ist doch gerade überall der Renner!«, verteidigte Landin sein flüssiges Frühstück. »Gesundheit durch Chlorophyll.«

»Es sieht eklig aus.«

»Ananas, Banane, Blattspinat, Sellerie und Macha«, zählte Landin mit einem gewissen Stolz auf.

»Können wir bitte weitermachen«, unterbrach Jelene. »Ich kann jetzt nicht an Vitamine und Chlorophyll denken, wenn's recht ist.«

Lichte warf einen letzten skeptischen Blick auf Landin und wedelte mit einem losen Stapel kopierter Bankauszüge in der Hand. »Ich habe mir gestern Nachmittag mal ihre Finanzen angeschaut. Es war nicht schwer, da einen Überblick zu bekommen. Aber eines ist mir doch aufgefallen.« Er schob den Stapel zu Landin, der die einzelnen Blätter überflog. »Sie hat sich vor allem für seltene Fachbücher und Kunstfilme aus aller Welt interessiert. Ich habe Verbindungen zu Antiquariaten und Spezialgeschäften in Japan und den USA gefunden, alles online bestellt. Es gibt Abbuchungen einer Yogaschule in Heidelberg, und ein Bio-Laden aus Köln hat ihr monatlich Algen-Präparate und teure Teesorten geschickt. Wahrscheinlich war sie auch auf dem Chlorophyll-Trip.«

Die Stimmung am Tisch lockerte sich allmählich immer mehr auf, und Jelene war dankbar dafür.

»Wie gesagt, alles online«, nahm Nico den Faden wieder auf. »Es gibt nur selten kleinere Abbuchungen an einem Bankautomaten in der Innenstadt, nie mehr als hundertfünfzig Euro. Sie hat allerdings am neunzehnten Juli – zwei Tage vor dieser Mail – bei ihrer Bank zweitausendfünfhundert Euro in bar abgehoben. Ich habe ihre Kontoauszüge bis vor fünf Jahren zurückverfolgt, und so etwas ist noch kein einziges Mal vorgekommen. Ihre finanziellen Aktionen sind alle so übersichtlich, dass mir das sofort aufgefallen ist.«

Clemens Berger stieß einen leisen Pfiff aus.

»Sie wurde erpresst«, vermutete Jelene.

»Aber wer verabredet sich per Mail zu einer Geldübergabe?«, wandte Landin ein und trank den Becher leer. Der Strohhalm gab ein etwas obszönes Geräusch von sich.

»Und noch dazu wegen zweitausendfünfhundert Euro? Haltet mich für dekadent, aber der Betrag ist doch ein Witz. Wenn überhaupt, dann gab es bei diesem Ehepaar doch wesentlich mehr zu holen.«

»Was aber noch viel wichtiger ist – was hat sie aus dem Mülleimer herausgenommen?«, fragte Lichte. »Neue Instruktionen für einen weiteren Treffpunkt? Schnitzeljagd für Erwachsene?«

Jelene schüttelte den Kopf. »Erst mal müssen wir den Ehemann befragen. Auch wenn ich bezweifle, dass er etwas dazu sagen kann.«

»Konnten Sie nachvollziehen, auf was für Websites sie unterwegs war?«, fragte Landin Clemens Berger.

Er kratzte sich über das unrasierte Kinn. »Der PC ist sauber. Der Verlauf wurde nie gelöscht. Der PC wurde fast nur geschäftlich genutzt. Der Ehemann hat Hotels für seine Aufenthalte in Asien davon gebucht. Aber der PC wurde nicht oft privat benutzt. So findet sich da zum Beispiel keine Yogaschule.« Berger wechselte einen Blick mit Nico Lichte. »Oder irgendwelche Anbieter von Algenzeug.«

»Daniel Hahn sagte, dass seine Frau ihr Smartphone zum Surfen benutzte.«

»Und dennoch hat sie eine äußerst seltsame Mail vom Haus-PC verschickt«, grübelte Jelene laut. »Warum? Warum hat sie das nicht auf ihrem Handy gemacht?«

»Ist doch völlig unerheblich, auf welchen Websites sie war«, meinte Landin und sah in die Runde. »Bin ich hier der Einzige, der wissen will, wer dieser Falk ist?«

Berger räusperte sich. »Ich stehe im Kontakt mit dem Betreiber des Servers und versuche herauszufinden, wer sich unter dieser Adresse angemeldet hat.«

Jelene warf ihm einen zweifelnden Blick zu. »Jeder kann sich so eine eMail-Adresse einrichten. Kann man das zu einem realen Menschen zurückverfolgen?«

Berger zuckte mit den Schultern. »Ist mal ein Anfang. Eine minimale Chance gibt es schon. Wenn der Typ das aber alles von einem Internetcafé aus gemacht hat, dann ...« Er zuckte mit den Schultern. »Wir warten, bis wir die Telefonnachweise haben. Heute Mittag wissen wir mehr.«

»Hellmer, was haben Sie Erhellendes zu dieser Sache beizutragen?«, fragte Landin.

Der Chef der Spurensicherung stand auf und zeigte vergrößerte Abzüge vom Bild eines Reifenprofils. »Wir haben uns gestern noch den Parkplatz am Karlstern vorgenommen. Und etwas Interessantes gefunden ...« Er trat an das Flipchart und befestigte mehrere Ausdrucke und Fotos daran. »Wir haben festgestellt, dass diese Reifenspuren hier die jüngsten sind. Es sind die Reifen von einem Jeep oder einem anderen Geländewagen. Das Profil wird gerade recherchiert. Es scheint selten zu sein.«

»Militärfahrzeug?«, fragte Lichte. Sein Mund zuckte gereizt.

Er machte keinen Hehl aus seiner Abneigung gegen die US-Armee auf Mannheimer und überhaupt auf deutschem Boden. Jelene hatte oft mit ihm darüber gesprochen. Es schien, als brauchte seine Aversion immer wieder ein Ventil. Es schnürte Nico Lichte ganz einfach den Hals zu, dass Deutschland ein strategischer Stützpunkt war für die Gräuel, die im Namen der Freiheit in weit entfernten Ländern verübt wurden. Was sich auf merkwürdige Art und Weise auf seinen Umgang mit der Waffe auswirkte. Bei den Schießprüfungen, die sie einmal im Jahr absolvieren mussten, legte Nico es regelmäßig darauf an, nur das absolut erforderliche Minimum der erreichbaren Punktzahl zu erzielen.

»Es könnte ein Militärfahrzeug sein«, bestätigte Hellmer. »Aber keines, das noch aktiv eingesetzt wird. Dazu ist das Profil zu abgefahren. Im Winter würde der Wagen ganz schön rutschen. Wir haben uns die dem Wald am nächsten liegende Kamera angeschaut und die Daten ausgewertet. Es ist die Überwachungskamera einer Tankstelle, die auf den dazugehörigen Parkplatz und einen Teil der Straße gerichtet ist.«

»Wie weit ist das vom Parkplatz am Wald entfernt?«, wollte Landin wissen. Ein letztes Saugen am Strohhalm, dann war der giftgrüne Becher endlich leer.

»Zweihundert Meter.«

»Na ja, also ... das Fahrzeug muss doch nicht unbedingt von dort kommen.«

»Warte. Dieses Fahrzeug hier ist in der Nacht von

Donnerstag auf Freitag um genau 4.52 Uhr an der Tankstelle vorbeigefahren, kommend aus Richtung des Käfertaler Waldes. Das deckt sich in etwa mit dem Todeszeitpunkt der Frau, oder dem Zeitraum, in dem sie im Wald abgelegt wurde. Wie ihr seht, ist es ein großer, dunkler Geländewagen. Aber wegen der Entfernung zu den für die Kamera relevanten Bereichen an der Tankstelle ist das Modell nicht zu erkennen. Die Reifenspuren an sich bringen uns gar nichts, da gibt's nämlich, wie gesagt, noch ein paar andere von kleineren Pkws. Aber jetzt mal unter uns: Wenn ihr eine Leiche transportieren würdet, wäre euch doch so ein Geländewagen recht, oder? Dazu kommt der Zeitpunkt.«

»Hellmer hat recht«, sagte Jelene. »Aber wie kam der Wagen auf den Parkplatz? Und könnt ihr die Reifenspuren tiefer im Wald nicht nachvollziehen?«

»Der Wald ist voll mit solchen Spuren.«

»Aber dann war dieser Wagen vielleicht ein Forstfahrzeug.«

»Wir haben Vergleichsabdrücke der Forstfahrzeuge genommen. Das sind komplett andere Profile.«

Landin nickte. »Dann fällt die Theorie mit dem Autobahnparkplatz flach?«

Hellmer wiegte nachdenklich den Kopf. »Legt mich noch nicht darauf fest, okay? Bis jetzt gibt's keine durchgeschnittenen Wildzäune an der Autobahn. Und auch sonst keine auswertbaren Spuren. Meine Leute haben diesen Bereich gestern Nachmittag komplett abgegrast. Nichts.«

»Und wie verfahrt ihr jetzt weiter, Hellmer?«

»Wir checken das Reifenprofil auf Hersteller und Fahrzeugart, dann wissen wir mehr. Aber ich warne schon mal vor. Es gibt in Mannheim und Umgebung Dutzende Halter von ausrangierten Militärfahrzeugen. Da gibt's hier eine Szene von Liebhabern.«

»Also wir hatten schon kompliziertere Eingrenzungen bei Fahrzeugtypen«, meinte Nico abfällig. Jelene graute jetzt schon vor der Möglichkeit, dass der Fall ins Milieu der US-Armee führen könnte. Dann konnte sie Lichte gleich eine Zwangsjacke anziehen.

»Wenn diese Spur was taugt, können wir uns bald wieder entspannen«, sagte Landin und stand auf. »Bis dahin ...«

»... gehe ich erst mal in den Luisenpark«, verkündete Jelene. »Vielleicht kann sich jemand dort an Sybille Hahn erinnern, oder an einen, der in einem Mülleimer gewühlt hat.«

Landin sah auf die Uhr und nickte. »Gut, erledigen Sie das gleich. Lichte, Sie durchforsten die Unterlagen der Frau und sprechen noch einmal mit dem Ehemann.« Dann stand auch er auf und stützte die Hände auf die Tischplatte. »Glaubt irgendjemand an diesem Tisch, dass dieser Mord, diese seltsame Mail und die zweitausendfünfhundert Euro zusammenhängen? Ich frage das bewusst plakativ.«

»Moment mal.« Jelene stand auf und fasste kurz die Erkenntnisse der Pathologin zusammen. »Sie ist der Meinung, dass es kein Mord gewesen sein muss. Die Frau hatte möglicherweise eine Fehlbildung in irgendwelchen ...«, sie suchte nach Worten, »... in den Halsnerven, und Frau Dr. Mundt sagt, dass schon ein mittelstarkes Würgen bei ihr zum Tod geführt haben könnte. Wir sollten das nicht außer Acht lassen. Wir wissen momentan einfach nicht, ob bei Sybille Hahn eine Tötungsabsicht vorlag.«

»Was macht das für einen Unterschied für dich?«, wollte Landin wissen.

»Ich sage das nur, damit das Wort Mord nicht unseren Fokus einengt.«

»Was denkst du denn, Jelene?« Landin sah sie fragend an. »Ein missglücktes sexuelles Spielchen? Aber wie passen dann dieses Geld und die Mail dazu?«

»Gar nicht. Zumindest noch nicht.«

»Das heißt, es gibt noch keine Theorie.« Er sah reihum. Niemand sagte etwas. Landin klatschte in die Hände, ganz genau so, wie Fehling es gestern getan hatte. »Dann werde ich den bisherigen Stand mal unserem neuen Boss mitteilen und ihn auf die Pressekonferenz vorbereiten.«

»Hoffentlich wird man von deinem Zeug nicht grün im Gesicht«, murmelte Nico. »Nicht, dass Fehling noch denkt, du bist neidisch auf ihn.«

Unter den hohen Kastanien lag grünes Unterwasserlicht, und es roch nach warmem Gras und dem nahen Wasserlauf, auf dem in regelmäßigen Abständen kleine Gondeln vorüberzogen. Auf den Wiesen stolzierten die berühmten Weißstörche vorbei, auf die Mannheim so stolz war. Nirgendwo sonst in einer deutschen Stadt lebten so viele von ihnen. Obwohl Jelene wegen einer Ermittlung hier war, saugte sie die Frische und Ruhe des Parks in sich auf, als wäre dieser Besuch ein Kurzurlaub. Die Orte, die sie liebte, mussten grün sein und in der Nähe von Wasser.

Sie bog in einen Weg ein, der zum Pflanzenschauhaus führte. Dunkelgrüne Blätter von tropischen Pflanzen drückten sich von innen gegen das beschlagene Glas. Aus den benachbarten Gehegen und Vogelvolieren ertönte schrilles Geschnatter. Ein Gärtner wässerte die ausladenden Zitronenbäume in den Gefäßen am Eingang. Jelene zeigte ihm ein Foto von Sybille Hahn und fragte ihn nach dem Dienstag vor zwei Wochen. Doch der Mann hatte an diesem Datum freigehabt.

»Wen könnte ich sonst noch fragen?«, wollte sie wissen. »Gibt es jemanden, der immer hier ist?«

Er schüttelte den Kopf. »Also, Leuten, die aufs Mülleimerwühlen angewiesen sind, würd ich eher den Supermarkt-Parkplatz empfehlen«, sagte er abfällig.

Jelene steuerte den Mülleimer an. Daneben stand eine Bank. Sie setzte sich. Für eine Weile saugte sie die Umgebung einfach in sich auf und stellte sich vor, was für eine Szene sich vor zwei Wochen hier abgespielt haben könnte. In welcher Verfassung war Sybille Hahn gewesen, als sie den Umschlag in den Mülleimer gelegt hatte?

Sie neigte den Kopf und spähte seitlich unter den Mülleimerdeckel. Dort klebte aber keine geheime Nachricht oder irgendetwas von dem, was sie in einem kleinen, abwegigen Teil ihres Verstands erwartet hatte. Sie lehnte sich auf der Bank zurück, beobachtete die Jogger und sprach sie an, wenn sie auf ihrer Höhe waren. Niemand hatte Sybille Hahn gesehen. Oder jemanden, der etwas aus dem Mülleimer gefischt hatte. Plötzlich nahm sie eine Bewegung im Hintergrund des Parks wahr, eine stetige, fließende Bewegung von mehreren Körpern, die ihr bis dahin nicht aufgefallen war. Direkt vor ihr lag ein seichter Teich, durch den eine Horde Flamingos stakste, langsam, als müssten sie sich für jeden Schritt neu entscheiden. Hinter dem Teich und einer hohen Baumgruppe erstreckte sich eine weitläufige Wiese. Was dort geschah, zog Jelenes Aufmerksamkeit auf sich. Eine Gruppe von zwanzig Leuten vollführte dort eine komplizierte Reihenfolge von langsamen, fließenden Bewegungen im Wechsel mit raschen Sprüngen. War das Tai-Chi? Die Gruppe folgte – mehr oder weniger synchron – einer Frau, die vor ihnen stand und die Übungsabfolge vorgab. Jelene setzte sich ans andere Ende der Bank, um einen besseren Blick zu haben. Die lautlose Abfolge der Bewegungen versetzte sie in eine eigenartige Stimmung. Sie fand den Gedanken verlockend, jetzt ein Teil dieser Gruppe zu sein.

Die Stimme des Gärtners schreckte sie auf.

»Die können Sie nachher auch fragen«, sagte er und deutete auf die Gruppe. »Die trainieren mehrmals in der Woche hier. Auch im Winter und wenn's regnet. Zum Abhärten.«

»Waren sie vorletzten Dienstag auch hier?«

»Sag ich doch. Aber ob die was beobachtet haben, bezweifle ich mal. Die sind doch völlig versunken. Ich mochte ja diese Bruce-Lee-Filme, als ich klein war. Sie?«

Jelene nickte flüchtig. Ja, sie hatte die alten Martial-Arts-Streifen als Kind auch gemocht und heimlich bei einem Klassenkameraden geschaut. Wenn es nach ihren Eltern gegangen wäre, hätte sie mit zwölf noch die *Sendung mit der Maus* geschaut.

»Wissen Sie, wann sie fertig sind?«, fragte sie den Gärtner.

»So um kurz nach zehn.«

Jelene konzentrierte sich wieder auf den Fluss der Bewegungen jenseits des Teichs. Ein Gedanke an das, was sie an diesem Abend vorhatte, drängte sich in ihren Kopf, aber sie schob ihn fort. Felix ... der Termin bei ihm. Das wohlige Schaudern, das sie ergriff, war wie ein jähes Streicheln.

Sie beobachtete, wie die Lehrerin der Gruppe einige einzelne Übungen vormachte. Jelene erkannte ihr Gesicht nicht, aber die Kraft der Frau war selbst über die Entfernung greifbar. Ein geschmeidiger Körper mit ruhiger, konzentrierter Ausstrahlung. Die Gruppe ging zu Atemübungen über, und Jelene stand von der Bank auf und näherte sich über eine schmale Brücke langsam der Wiese. Als die ersten Teilnehmer ihre Wasserflaschen verstauten und aufbrachen, ging Jelene zu ihnen und zeigte das Bild von Sybille Hahn herum, deutete auf den Mülleimer, der direkt im Blickfeld der Wiese lag, und stellte ihre Fragen. Ein drahtiger älterer Mann sah Jelene aus dem allgemeinen Kopfschütteln heraus vorwurfsvoll an.

»Hören Sie, wir konzentrieren uns hier auf unseren Atem und unseren Geist. Wenn wir dabei einen Blick für die Umgebung hätten, wären wir ganz schön schlecht in dem, was wir da tun.«

Jelene musste unwillkürlich lächeln. »Wie?«, fragte sie. »Das heißt, Sie wollen nicht in der Lage sein, mehrere Angreifer zu erledigen? Was, wenn einer von der Seite kommt? Oder von hinten? Müssen Sie da nicht …?«

»Darum geht es bei unserem Stil nicht!«, unterbrach er sie ungehalten. »Wir sind hier nicht bei Jackie Chan.«

»Was ist das eigentlich? Kein klassisches Tai-Chi, oder?«

Ein kurzes, ungewollt anerkennendes Zwinkern. Dann sagte er: »Tai-Chi in Abwechslung mit Wing-Chun-Elementen. Anna hat die Mischung entwickelt und praktiziert sie schon lange.« Er deutete auf die blonde Trainerin, die einem jungen Mann noch eine Beintechnik zeigte.

»Aus welcher Schule kommen Sie?«, fragte sie den Mann.

»*Combat Yim* in der Neckarstadt. Wir treffen uns einmal in der Woche hier zum Trainieren. Aber die Anna ist fast jeden Tag da. Wenn überhaupt, dann hat sie was gesehen, allerdings steht sie ja immer mit dem Rücken zu diesem Mülleimer. Wissen Sie, uns geht es ums totale Versenken. Um einen wachen Geist im Einklang mit dem Körper.«

»Ein wacher Geist, der die Beobachtung seiner Umwelt ausschließt?«, fragte sie.

Er reagierte mit gereiztem Kopfschütteln und winkte ab. »Sie wollen das nicht verstehen, was?«

»Vielleicht.« Jelene sah noch einmal zu der blonden Frau hinüber, und plötzlich hatte sie den Eindruck von etwas Bekanntem. Sie kannte die Werbeanzeigen von *Combat Yim*, die auf den Heckseiten von Bussen, auf Straßenbahnen und Litfaßsäulen in ganz Mannheim zu finden waren.

Der Kursteilnehmer begann, ausführlich über die Effekte der Kampfkunst zu sprechen. Er machte ihr verschiedene Positionen vor und erklärte auffallend laut deren

Sinn. Dabei schielte er immer zu seiner Trainerin herüber, die sich aber nicht beeindrucken ließ. Jelene wandte sich ab und betrachtete wieder den Mülleimer, der von dem Übungsplatz etwa hundert Meter entfernt stand. Man hatte ihn eigentlich nur von dieser Stelle hier gut im Blick, ohne zu nah dran zu sein. Als der Mann merkte, dass sie zu seinen Ausführungen nur höflich nickte, beendete er seinen Redefluss. Er schulterte seine Tasche und ging.

»Warten Sie, können Sie mir kurz die Adresse der Schule nennen?«

»Gucken Sie doch im Internet nach«, schnauzte der Mann gereizt.

»Danke. Aber lassen Sie sich doch nicht so schnell aus Ihrer Mitte reißen.«

Er machte eine wütende Handbewegung und stapfte davon. Jelene beobachtete ihn noch eine Weile. Als sie sich umdrehte, war die Frau namens Anna verschwunden. Jelene sah sie am anderen Ende der Wiese mit raschen Schritten in Richtung Ausgang gehen. Aus irgendeinem Grund konnte sie sich offensichtlich gerade noch davon abhalten, zu rennen. Jelene schaute ihr nach. In ihrem Kopf taten sich zwei Möglichkeiten auf. Sie konnte dem Ganzen eine Bedeutung beimessen oder auch nicht. Das Gefühl, diese Frau zu kennen, und zwar nicht von den Fotos aus einer Anzeige, war drängend, aber viel zu diffus, um es zu greifen. Ihre Erfahrung hatte ihr gezeigt, dass solche Zufälle irgendwo einen Sinn ergaben. Sie entschied sich für die erste Möglichkeit.

Jelene ging über die Brücke am Teich zurück. Die Flamingos senkten ihre Hälse ins trübe, grüne Wasser. Aus dem Pflanzenschauhaus kam eine Schulklasse. Alle Blicke richteten sich sehnsüchtig auf den Eiswagen, der vorbeirollte.

Erst jetzt wurde Jelene die massive Hitze bewusst, die über dem Park lag. Sie wurde das eigenartige Gefühl nicht los, dass sie gerade einen Schritt getan hatte. Einen Schritt, von dem sie noch nicht wusste, wo er hinführte.

Kapitel 6

Im Schatten unter den Jugendstil-Arkaden am Friedrichsplatz waren alle Tische besetzt. Auf den schmalen Korbstühlen saßen die Business-Männer und Frauen der umliegenden Banken, Immobilienagenturen und die Verkäuferinnen der Edelboutiquen um Gazpachos und Salate herum. Der heiße Wind strich um hochgekrempelte Hemdsärmel und nackte Frauenbeine in knielangen Röcken. Nico Lichte beobachtete die Lunchtime im Café Flo, ohne von den Gesprächsfetzen, dem Straßenlärm der Ringstraße, der ganzen hektischen Atmosphäre etwas mitzubekommen. In seinen Ohren ertönte ein sehr altes Jazz-Stück aus den 30er-Jahren, das ihn schlagartig in ein anderes Zeitalter entrückte und eine ganz eigene Art der Entspannung über ihn legte.

Nico liebte diesen Ort. Er mochte die Anklänge an Paris, die in diesem Café herrschten, die rustikale Speisekarte und die großen Pflanzentöpfe, die den Blick auf die Straße verstellten, aber nicht auf den Wasserturm, dessen verspielte Sandsteinfassade im Sonnenlicht fast zu glühen schien. Aber er war gerne für sich, ein bisschen abgeschlossen von der Welt, auf einer kleinen, isolierten Insel, die sich nur mit Musik schaffen ließ. Das gestrige Gespräch mit dem neuen Kriminaloberrat fiel ihm wieder ein, und er ballte unwillkürlich die Faust. Jemand wie Fehling würde diese Angewohnheit wahrscheinlich pubertär finden. Was, wenn er jetzt jedes Mal an den Mann denken würde, wenn er seine Musik hörte? Die Vorstellung, dass der andere durch seine jovialen Äußerungen unwiderruflich eine emotionale Duftmarke in seiner Welt hinterlassen hatte, erschreckte ihn. *Sei nicht albern,* sagte er sich. *Diese Macht hat er nicht.*

Er drehte die Lautstärke hoch und trank einen Schluck Perrier. Das nächste Stück war von Fred Astaire. Nico musste unwillkürlich lächeln. Die Songtexte dieser Ära waren auf eine unglaubliche Weise unschuldig und harmlos.

In diesem Moment tauchte Jelene am anderen Ende der Arkaden-Biegung auf und bewegte sich an den voll besetzten Tischen vorbei auf ihn zu. Nico nahm die Kopfhörer aus seinen Ohren. Auf den ersten Blick sah er, dass sie in Gedanken keineswegs bei ihm war, und auch nicht bei ihrem geliebten Ziegenkäse-Salat, den die Bedienung des Cafés ihr immer unaufgefordert brachte.

»Erde an Jelene«, sagte er, als sie schließlich vor ihm saß. »Ist das die Hitze? Oder war in diesem Mülleimer im Luisenpark etwas, das dich gebissen hat?«

»Wenn mir nicht bald einfällt, woher ich diese Frau kenne, werde ich noch wahnsinnig«, sagte sie ansatzlos.

»*Diese* Frau?«

»Ich habe im Luisenpark eine Gruppe gesehen, die Tai-Chi trainiert hat, in perfekter Sichtweite zu unserem verdächtigen Mülleimer. Und die Trainerin geht mir nicht mehr aus dem Kopf. Ich weiß, ich habe sie schon mal gesehen. Und ich werde das Gefühl nicht los, dass es einen Zusammenhang gibt.«

»Was für einen Zusammenhang?«

»Ach, jetzt schau nicht so, als wäre ich verrückt. Du weißt, was ich meine.«

Die Bedienung stellte einen Salat mit Ziegenkäsescheiben vor Jelene hin und servierte Lichte eine Gemüsequiche.

»Wenn du das denkst, was ich denke, verstehe ich, warum du so durch den Wind bist.«

Er begann zu essen und hoffte, dass Jelene es ihm gleichtun würde. Aber sie starrte mit gerunzelter Stirn auf die Lichtreflexe in der Perrier-Flasche und rührte sich nicht. Erst als Lichte aufgegessen hatte und demonstrativ begann, sich von Jelenes Salatteller zu bedienen, wachte sie auf und sah ihn an. »Weißt du, was ich die ganze Zeit denken muss?«

»Dass du Hunger hast?«

»Ich muss an etwas denken, was Fehling gestern gesagt hat.«

»Oh, da bist du nicht die Einzige.«

»Er wollte wissen, ob wir im Dezernat unaufgeklärte Fälle haben«, sinnierte sie. »Und irgendetwas an dieser Frau erinnert mich ganz dunkel an unseren einzigen ungelösten Fall.«

Lichte legte seine Gabel weg. Seine Laune verdüsterte sich schlagartig. »Ich hatte das erfolgreich verdrängt«, murmelte er und winkte der Bedienung, um Kaffee zu bestellen.

»Ja, ich auch. Aber das war vielleicht ein Fehler. Ich kann mir nicht helfen, aber diese Trainerin im Luisenpark hat sich in meinem Kopf mit diesem alten Fall verknüpft. Ich schau mir nachher die Webseite von ihrer Sportschule an und gebe den Namen in unser System ein.«

Jelene stocherte jetzt doch ein wenig in ihrem Salat herum. Lichte sah ihr dabei zu. Er wollte es eigentlich nicht zugeben, aber auch er hatte seit gestern mehrmals an diesen einzigen Cold Case seiner Laufbahn gedacht.

Er legte in Gedanken den Rückwärtsgang zu dem alten Fall ein. Aber dann wich er innerlich zurück. Alles in ihm sträubte sich. Es genügte, dass Jelene sich deswegen das Hirn zermarterte. »Ist das das Einzige, was du herausgefunden hast?«, fragte er und schüttete ein Tütchen Zucker in seinen Milchkaffee.

»Schmeckt Ihnen der Salat heute nicht?«, wollte die Bedienung mit einem Blick auf Jelenes halb aufgegessenen Teller wissen.

»Nein, heute nicht«, sagte sie beiläufig.

»Es liegt aber nicht am Salat«, beteuerte Nico. Stirnrunzelnd wurde der Tisch abgeräumt.

»Na gut, wenn du nichts Erhellendes herausgefunden hast, tröste dich. Ich bin auch nicht schlauer.« Er berichtete Jelene von seinem Besuch bei Daniel Hahn am Vormittag. Der Mann hatte auffallend frisch gewirkt, als hätte er seinen Schock halbwegs verkraftet. Auf Nicos Fragen nach den Aktivitäten seiner Frau wusste er nichts zu sagen. Nico hatte ihn mit der Mail und der Geldabhebung konfrontiert und war auf völlige Ratlosigkeit gestoßen. Daniel Hahn konnte sich nicht mal ansatzweise vorstellen, was das zu bedeuten hatte, und irgendwie war es Nico so vorgekommen, als wollte der Mann es auch gar nicht so genau wissen. Dieses Desinteresse irritierte ihn.

»Während wir gesprochen haben, hat sein Handy geklingelt, und er hat sich auf Chinesisch mit jemandem unterhalten«, erzählte er. »Nicht, dass ich ein Experte für Sinologie bin, aber er hat sich sehr zärtlich angehört. Ich werde das Gefühl nicht los, dass Sybilles Tod für Hahn eher eine Erleichterung ist.«

»Macht ihn das in deinen Augen verdächtig?«

»Stell dir vor, er hat seine Frau selbst erpresst, damit es später so aussieht, als sei sie in Schwierigkeiten gewesen, hat einen Profikiller angeheuert und …«

»Lass den Unsinn, Nico!«

»Irgendwo müssen wir anfangen. Wir haben bisher nur ihn, der ein Motiv hat.«

»Nur weil er eine Geliebte hat?«

Er zuckte mit den Schultern. »Weißt du, was ich mich bei so einem Mann frage? Warum hat er eine Geliebte? Weil er die Gelegenheit dazu hat? Oder weil seine Ehe eingeschlafen ist? Oder weil er einfach nur unglücklich ist?«

»Das sind ziemlich viele Fragen«, erwiderte Jelene. »Und sie sind nicht ermittlungsrelevant.«

»Ach, so viel Klugheit, die mir zuteilwird! Bitte verschon mich damit.«

»Ich sage nur, dass Glück überschätzt wird.«

Nico erschrak ein wenig über ihre patzige und seltsam bittere Aussage. Er hätte gerne nachgefragt, was sie damit meinte, aber Jelenes Gesicht verschloss sich.

»Hat es einen Grund, warum du jetzt mit dem alten Fall anfängst, Jelene?«

Sie schwieg eine Weile. »Wahrscheinlich ist es Unsinn«, seufzte sie dann. »Vielleicht sucht mein Unterbewusstsein auch nur händeringend nach irgendwelchen Punkten, an denen ich wieder anknüpfen kann, um diesen alten Fall zu lösen.«

»Liebste Freundin, wir haben *jetzt* ein Mordopfer ... Entschuldigung, das Opfer einer nicht näher definierten Tötungsabsicht. Wir haben *jetzt* einen Fall mit einer Toten. Und damals ging es *nur* um Entführung.«

»Nur? Nico, die Presse hat uns damals das Präsidium eingerannt, weil wir nicht in der Lage waren, diesen Fall zu lösen! Kannst du dich noch an die Artikel über die völlig unfähige und machtlose Mannheimer Polizei erinnern? Die Frau des Oberstaatsanwalts! Vier Tage vom Erdboden verschwunden, halb tot und schwer misshandelt. Ja, wahrscheinlich war es reiner Zufall, dass die Frau nicht gestorben ist. Aber wir haben es nicht geschafft, das zu klären. Ein Jahr lang haben wir es nicht hinbekommen ...«

»Jelene!« Nico legte seine Hand auf ihren Unterarm. »Ich sehe gerade in eine Wand von neugierigen Gesichtern ringsum, die deine Aussagen viel interessanter finden als ihr Mittagessen. Sag doch mal was Unverfängliches, ja? Oder sprich wenigstens leise.«

»Ich will zahlen!«, stieß sie hervor, stand auf und ging ins Innere des Cafés, wo sie die gemeinsame Rechnung beglich.

Auf dem Rückweg zum Präsidium blieben sie im Schatten der hohen Arkaden. Schweigend passierten sie eine edle Weinhandlung und ein exklusives Immobilienbüro und traten vor der Kunsthalle wieder ins pralle Sonnenlicht. Jelene sah seitlich zu ihm hoch. »Weißt du, was ich damals gedacht habe? Ich habe mich immer gewundert, dass diese Frau, Bea Sperling, ohne eine Lösegeldforderung verschwand und einfach wieder auftauchte. Damals habe ich gedacht, dass sie in die Hände eines Perversen gefallen ist, dem es einfach gefallen hat, eine Frau tagelang festzuhalten und zu quälen. Dass es gar keine Entführung im klassischen Sinn war. Ihr Ehemann hatte viele Feinde, und die beiden waren reich. Und trotzdem gab es keinerlei Anhaltspunkte in seinem Umfeld.«

»Ja, das war auffällig«, gab Nico zu. »Wenn deine Theorie mit einem perversen Ritter Blaubart stimmt, dann hätte er sie aber vergewaltigen müssen. Das hatte er aber nicht. Und er hat sie am Leben gelassen.«

Sie warteten an einer Fußgängerampel am Kaiserring. Die Luft flimmerte über den Motorhauben der Autos. Nico visierte sehnsüchtig den nächsten schattigen Punkt an. Die Sonne brannte auf seinen Nacken, und obwohl er nicht viel gegessen hatte, war er wie erschlagen.

»Manchmal wache ich nachts ganz plötzlich auf und frage mich, was wir damals übersehen haben«, sagte Jelene.

Es war zwar erst einen Tag her, dass die Leiche von Sybille Hahn gefunden worden war, aber schon machte sich bei den Ermittlern Frustration und Ungeduld breit. Ralf Fehling sah es an den angespannten Gesichtern am Tisch. Er selbst konnte sich über den bisherigen Tagesablauf nicht beklagen. Nach dem gestrigen Abend in einem noblen japanischen Restaurant in Heidelberg war Irene in Stimmung gewesen. Er wusste nicht, ob er nach der Besprechung im pathologischen Institut irgendwie verändert auf sie wirkte oder ob es am Sashimi oder der tropischen Hitze lag. Auf dem Rückweg nach Mannheim hatte sie ihre

Hand in seinen Schritt gelegt und ihn fordernd und provokant geknetet. Sie war nach dem Essen wie verwandelt gewesen, und Fehling hatte plötzlich wieder die Überbleibsel der Irene gesehen, die sie vor vielen Jahren einmal für kurze Zeit gewesen war.

Ihre Schamlosigkeit hatte ihn zuerst angewidert, aber dann fühlte er sich geschmeichelt. Weil eine Freundin von Nicky zum Übernachten und auch sein Sohn Oliver zu Hause war, hatte sich Irene, nachdem das Tor zugefallen war, breitbeinig an die Garagenwand gestellt und ihn mit einer völlig ungewohnten Obszönität aufgefordert, sie zu nehmen. Seine Wut und Lust auf sie waren so groß geworden, dass er sich beherrschen musste, ihr nicht wehzutun. Das mochte sie nämlich nicht. Während er hinter ihr stand und sie nahm, flackerte wieder das Bild der toten Frau vor seinem inneren Auge auf, jedoch nur ganz schwach und verwackelt, wie bei einem Fernseher mit schlechtem Empfang. Irene stöhnte auf, und das Bild verschwand. Plötzlich war er ihr regelrecht dankbar, dass sie ihm Gelegenheit gab, diese Erinnerung zu verdrängen. Er biss die Zähne zusammen und konzentrierte sich, dass er nicht zu früh kam.

Das hätte sie maßlos enttäuscht. Irene war es gewohnt, das zu bekommen, was sie wollte.

Er ... nun, bei ihm war die Sache etwas komplizierter.

Am nächsten Morgen hatten sie ziemlich verlegen zwischen den drei halbwüchsigen Kindern am Frühstückstisch gesessen. Irene hatte wortlos, aber lächelnd Pfannkuchen serviert und ihm unter dem Tisch den Fuß zwischen die Beine geschoben. Jetzt kam ihm die Sache verdächtig vor.

Hatte sie ihre Tabletten abgesetzt? Die dämpften nämlich seit Jahren schon ihre Libido.

Nach dem Frühstück musste er mit dem Polizeipräsidenten reden. Der Mann schien ihm bereits jetzt sein vollstes Vertrauen zu schenken. Er wusste natürlich Bescheid über seine Vergangenheit, erwähnte sie jedoch mit keinem Wort. Fehling nahm an, dass das, was ihn selbst so belastete, für einen anderen altgedienten Polizisten kein Problem war, und er war ihm dankbar dafür. Der Polizeipräsident hatte ihm ein wenig über die Lokalreporter und die Tageszeitungen erzählt und ihm für die Pressekonferenz viel Erfolg gewünscht. Fehling hatte es gerade noch geschafft, das kurze Dossier von Klaus Landin durchzugehen, bevor er vor die Mikrofone trat. Pressekonferenzen waren ihm lästig. Trotzdem war es ihm gelungen, klar und analytisch auf alle Fragen zu antworten. Ihm gefiel der Gedanke, dass er so viel mehr wusste als sie.

Doch dann hatte er aus dem Durcheinander der Stimmen eine Frage herausgehört, die ihn hatte erstarren lassen. Fast wäre es mit seiner Selbstbeherrschung vorbei gewesen.

Die anschließende Besprechung mit seinem neuen Ermittlerteam kam ihm danach fast schon absurd alltäglich vor. Er hatte den Fall der toten Sybille Hahn doch glatt für ein paar Stunden verdrängt, genau wie die beängstigenden Szenarien in seinem Kopf. Vor ihm lag ein Stapel Papier, der die bisherigen Erkenntnisse zusammenfasste. Er bemühte sich um einen ernsten, nachdenklichen Blick in die Augen des IT-Experten, der gerade erklärte, dass Sybille Hahns Telefonanbieter die komplette Datenübersicht ihrer Internetaktivitäten am Smartphone geschickt hatte.

»Ich habe die Übersicht über die Anrufe von Frau Hahn durchgesehen«, sagte Clemens Berger. »Die letzte Nummer, die sie angerufen hat, ist die ihres Sohnes. Das war am Donnerstag um 17.13 Uhr. Das Gespräch dauerte zehn Minuten.«

Diese Information traf Fehling wie ein kleiner Schlag. Nicky und Oliver waren auch in diesen Feriencamps gewesen, bevor sie zu alt dafür wurden. Mit ihnen hatte er es nie geschafft, zehn Minuten am Stück zu telefonieren.

»Die anderen Nummern sind alle überprüft worden. Ihre Freundinnen, ihr Ehemann über Skype, Leute aus ihrem Verlag und eine Gartenbaufirma, die sich um den Buchsbaumzünsler in ihrem Garten gekümmert hat.«

»Ihren was?«, fragte Jelene Bahl.

»Buchsbaumzünsler. Das ist eine kleine, gefräßige Monsterraupe, die Buchsbäume kahl frisst. Wurde aus Asien eingeschleppt und ist ein ziemliches Problem in …«

»Weiter!«, befahl Fehling und schüttelte ungehalten den Kopf. Plötzlich war ihm ein wenig übel, und das lag nicht am Mittagessen. Es fing wieder an. Es fing wieder an, und er konnte nichts dagegen tun.

»Also, die Telefonate ergeben nichts Auffälliges. Allerdings …« Berger holte ein Blatt unter seinem Papierstapel hervor und hielt es langsam in die Höhe. Eine Nummernfolge war mit grellrotem Filzstift eingekreist. »Ta-daa.«

»Was ist das?« Fehling beugte sich mit gerunzelter Stirn vor.

»Diese Nummer wurde von Sybille Hahn am zehnten Juli angerufen. Während dieser Zeit war ihr Mann gerade wieder in Asien. Es ist die Nummer eines Prepaid-Handys, die nicht mehr zurückverfolgt werden kann.«

»Warum erzählen Sie es uns dann?«, fragte Fehling. Seine Gereiztheit wuchs. »Schon gut, Sie müssen das, aber warum machen Sie dabei so ein wichtiges Gesicht, als würde uns das weiterbringen? Das irritiert und ist unnötig.«

Clemens Berger blinzelte. »Ich finde schon, dass uns das weiterbringt. Es passt zu der Tatsache, dass sie eMail-Kontakt hatte mit einem Unbekannten, den man nicht ermitteln kann.«

»Hast du die Auswertung des Servers?«, fragte Nico Lichte.

»Ja. Die Adresse falk2014@web.de wurde am vierten Mai erstellt. Von einem Internetcafé in Karlsruhe aus.«

Zu der Übelkeit kam nun auch Schwindel. Hastig trank Fehling ein Glas Wasser. Wenn er jetzt eine dieser Panikattacken bekam, so wie früher, dann konnte er gleich alles an den Nagel hängen.

Michael Nock hob die Hand. »Ich habe da mal nachgefragt. Für den betreffenden Tag kann sich niemand an überhaupt jemanden erinnern. Das Internetcafé ist am Bahnhof, da geht's zu wie im Bienenstock.«

»Eingeloggt wurde sich in den Account lediglich viermal«, fuhr Berger fort. »Einmal in Karlsruhe in diesem Café, zweimal in Mannheim in der Nähe des Messplatzes, ebenfalls in einem Internetcafé, und einmal in der Nähe … tja, jetzt darf ich ja nicht mehr Ta-daa sagen …« Er schaute Fehling mit gespielt enttäuschtem Gesicht an.

»Sagen Sie es eben, Herrgott!«, presste er hervor. Langsam, aber sicher schien sich die tote Frau direkt vor ihm zu materialisieren. Als läge sie direkt vor ihm auf dem Tisch.

»Einmal in der Nähe des alten Militärkomplexes der Army. Genau genommen in einem Diner im Benjamin Franklin Village.«

»Das heißt, wir wissen nicht, wer dieser Falk ist, wie wir seine Nummer zurückverfolgen können und wo seine feste IP-Adresse zu finden ist, aber wir wissen, dass er unser Mann ist«, fasste Fehling die Information zusammen.

»Würde ich mal so formulieren«, meinte Berger. »Mit aller gebotenen Vorsicht und gedämpfter Euphorie. Das war's.« Er setzte sich wieder und fächerte sich mit seinen Telefonausdrucken Luft zu.

»Sybille Hahn hatte Kontakt zu einem Unbekannten«, sagte Jelene nachdenklich. »Ich vermute mal, dass die Nummer des Wegwerfhandys …«

»… das übrigens nicht mehr aktiv ist!«, warf Clemens Berger noch ein. »Die Nummer ist mittlerweile tot.«

»Also, dass diese Nummer zu demjenigen gehörte, mit dem sie elf Tage später Mail-Kontakt hatte. Und dann stirbt sie. Sie muss sich mit ihm verabredet haben, im Käfertaler Wald. Aber wie? Gibt es noch gelöschte Mails auf dem Server?«

Berger schüttelte den Kopf. »Sie hat tatsächlich nur eine einzige Nachricht damit geschrieben. Die weiteren Instruktionen müssen sich in dem Umschlag befunden haben, den sie aus dem Mülleimer gefischt hat. Und den hat sie sicher vernichtet.«

»Und die Nachrichten von Falk?«, hakte Fehling nach und schob seine Finger in den Hemdkragen. Es war verdammt schwer, nach außen hin den Coolen zu spielen, während in seinem Innern langsam, aber sicher alles in eine Schieflage geriet. Diese Bilder in seinem Kopf, die waren völlig unberechenbar, zeigten sich wie unerwünschte Online-Werbung, wo man mit dem Wegklicken nicht hinterherkam. Vielleicht sollte er sich in Mannheim einen neuen Therapeuten suchen.

Nico Lichte beugte sich vor. »Können wir davon ausgehen, dass sowohl diese Handynummer als auch der Mail-Account von diesem Falk nur verwendet und erstellt wurden, um mit Sybille Hahn Kontakt aufzunehmen? Dass über Nummer und Mail-Adresse nur diese eine Angelegenheit – um was auch immer es sich dabei handelt – abgewickelt wurde?«

»Offensichtlich«, murmelte Jelene Bahl und starrte nachdenklich auf die Tischplatte. »Diesem Falk ging es offensichtlich nur darum, etwas mit ihr zu planen, auszuführen und sich dann komplett zurückzuziehen«, sagte Jelene. »Aber was? Für was war das Geld?«, hakte Nico Lichte ein.

Die anderen am Tisch schauten starr ins Leere. Jeder hing seinen Gedanken nach. Da führte erst einmal kein Weg weiter. Sie brauchten einen neuen Ermittlungsansatz. Und Fehling konnte nicht umhin, diesem Falk innerlich zu applaudieren. Das hatte der Mistkerl wirklich gut eingefädelt.

Kapitel 7

Das Kribbeln begann tief in ihrer Magengrube, als Jelene vom Präsidium aus in Richtung Paradeplatz lief. Es war kurz vor zehn. Sie hatte dieses Kribbeln den ganzen Tag erfolgreich unterdrückt, weil es sie zu sehr abgelenkt hätte. Das, was jetzt kam, war zu privat, um den ganzen Tag über präsent zu sein. Aber jetzt brach das Gefühl mit einem heftigen Adrenalinstoß über sie herein. Sie schenkte den leuchtenden Wasserfontänen am Barockbrunnen im Zentrum des Platzes keine Beachtung. Eng umschlungene Paare saßen auf den Stufen. Auf den Rasenstücken stießen Studenten mit Bierflaschen an. Sie überquerte die Planken, Mannheims schnurgerade Fußgängerzone, spürte das Vibrieren der Straßenbahnschienen unter ihren Füßen, hörte das Rauschen der anrollenden Bahn und erhaschte ihr Spiegelbild in den riesigen Kaufhausschaufenstern. Jelene zwang sich, etwas langsamer zu gehen, aber dadurch wurde das Kribbeln noch stärker. In der Luft lagen die klebrigen Aromen der Fast-Food-Läden und der Geruch von warmem Asphalt. Als sie im Q-Quadrat ankam, stieß ihr Herz hart gegen die Rippen. Sie bog in einen Lieferanteneingang zwischen einem Sushi-Restaurant und einer Boutique, überquerte einen dunklen Hinterhof und stieg ein paar Stufen hinauf zu einer Tür. *Was tust du da?*, fragte sie sich zum wiederholten Mal. *Du bist eine 38-jährige Frau, rational und kontrolliert und keine Göre von 22 mehr. Du solltest beim Anblick von graffitibesprühten Wänden und dem*

Geruch von kalten Kippen nicht zusammenzucken wie ein junges Mädchen, das zum ersten Mal in einen Underground-Club geht. Aber genau so fühlte es sich an. Verheißungsvoll und irgendwie ein bisschen verboten. Sie stieg die knarrenden Holzstufen hinauf und öffnete eine weitere Tür. Am Ende eines weitläufigen Vorraums voller Vitrinen und Sofas stand eine Tür offen, aus der orangenes Licht durch einen Perlenvorhang leuchtete. Jelene ging darauf zu. Die Plastikperlen klirrten leise, als sie durch die Tür trat. Drinnen war alles schon vorbereitet. Die mit hellblauem Papier abgedeckte Lederliege. Die Utensilien.

Sie begrüßte den Mann, der rauchend am Fenster lehnte, mit einem wortlosen Lächeln. Es gab nicht viel zu sagen zwischen ihnen, noch nicht. Deswegen zog Jelene sich ohne Umstände aus.

Felix Schuck rauchte in Ruhe seine Zigarette zu Ende und betrachtete Jelene mit unergründlichem Blick. Sie erschrak jedes Mal von Neuem, dass sie seinem Blick nicht lange standhalten konnte. Das war dieses 22-jährige Wesen in ihr, das schüchtern war und schnell beeindruckt und dennoch genau wusste: Das ist es, was ich will.

Felix sagte: »Harten Tag gehabt?« Seine Stimme knisterte ein wenig wie bei einer alten Schallplatte. Das mochte sie. Dass er sie so neutral begrüßte, so abwartend und ohne jegliche Sentimentalität. Jelene machte eine wegwerfende Handbewegung und setzte sich auf den Rand der Liege, nur noch mit ihrem schwarzen Slip bekleidet. Sie hatte im Fitnessraum des Präsidiums geduscht und sich frische Unterwäsche angezogen.

Für eine Sekunde blieb ihr Blick an seinem breiten Hals

hängen, der aus dem ausgefransten T-Shirt-Ausschnitt hervorschaute. Wieder dieses Kribbeln. Jelene legte sich kurzerhand bäuchlings auf die Liege. Beim Hinlegen spürte sie den leichten Schmerz in ihren Brustwarzen, die sich verhärtet hatten.

Dann hörte sie seine Schritte, schloss die Augen und wartete. Felix Schuck trat an die Liege und legte eine Hand prüfend auf ihren Rücken. Seine Berührung verursachte ihr einen wohligen Schauder. Er musterte sie lange. Jelene atmete ruhig und fragte: »Bist du zufrieden?«

»Das weiß ich erst, wenn es fertig ist.«

»Und wenn du dann nicht zufrieden bist? Ziehst du mir dann die Haut ab?«

»Du weißt doch am Anfang einer deiner Ermittlungen auch nicht, ob du am Ende zufrieden bist.«

Sie ärgerte sich, dass er ihren Beruf zur Sprache brachte. »Was hat das damit zu tun?«

»Das Unwiderrufliche«, sagte Felix knapp und fasste damit genau das zusammen, was auch Jelene in ihrem Job sah. Aber auf welchen Aspekt des Lebens traf das nicht zu? Dann schaltete er die Maschine an. Sie hörte, wie er sich Gummihandschuhe überstreifte. Ein Schwall Desinfektionsspray traf ihren Rücken.

Das Kribbeln hatte sich vom Bauch bis in ihre Brust ausgebreitet. Sie hielt die Luft an. Felix stützte seine Hand auf ihr Schulterblatt. Diese ruhige, sachliche Berührung ...

»Schön weiteratmen.« Dann setzte er die Nadel an. Der Schmerz erschreckte sie zuerst heftig, doch sie blieb still. Sie war heute zum dritten Mal bei Felix und spürte, wie die Nadel Linien in ihre Haut hämmerte. Und dabei war ihr bewusst geworden, dass es ihr auf eine seltsame Weise Kraft gab, dem Schmerz zu widerstehen. Jelene staunte über sich selbst, dass sie es genoss, etwas auszuhalten, was doch eigentlich so sinnlos schmerzhaft war. Selbst als die Nadel in die Nähe der Wirbelsäule kam, schien sich das Gefühl der Stärke noch zu intensivieren. Es war wie eine Meditation, die immer tiefer und intensiver wurde.

Jelene atmete, und ihre Gedanken gingen zurück zu dem Tag, als sie und Felix sich vor zwei Monaten zum ersten Mal in ihrer Wohnung getroffen hatten. Sie hatten sich beim Laufen kennengelernt, und am Anfang war es nur diese spezielle Chemie gewesen, nichts sonst. Felix hatte sich nicht an der lautstarken türkischen Hochzeitsparty gestört, die in der Wohnung unter ihnen stattfand. Auch nicht an der überhitzten Luft in den Räumen und der demonstrativen Zweckmäßigkeit der Einrichtung. Felix wusste noch nichts von ihrem Refugium im Wald. Gestört hatte er sich nur an dem Anblick, der sich ihm offenbarte, als er Jelenes Shirt abstreifte und das sah, was sie sich mit zwanzig aufs linke Schulterblatt hatte tätowieren lassen. Sie erinnerte sich an sein erschrockenes Luftholen und wie er von ihr zurückgewichen war, als hätte er einen Ausschlag entdeckt.

Sie wusste selbst nicht mehr so genau, warum sie damals dieses Motiv gewählt hatte. Eine blindäugige Puppe mit Schmetterlingsflügeln. Das Motiv widerte sie schon lange an. Sie verabscheute die Wahl einer so plakativen Darstellung und schämte sich heimlich dafür, sich derart verschandelt zu haben. Tatsache aber war, dass sie es irgendwann vergaß. Sie vergaß, dass auf ihrem Schulterblatt ein aus Wut, Verzweiflung und Trotz entstandenes Bild langsam verblasste und noch unansehnlicher wurde. Die Ränder waren zerflossen, und das Tattoo hatte eine grünliche Farbe angenommen. Deswegen war sie selbst noch mehr erschrocken, als ihr bewusst wurde, was Felix da gerade bei ihr entdeckt hatte.

Felix Schucks Tätowierstudio besaß einen gewissen Kultstatus. Er tätowierte nur selbst entworfene Motive, verwirklichte Wünsche nie nach Schablonen und veränderte die Bilder spontan und ohne seine Kunden darüber zu informieren. Bei ihm lief es komplett anders als in anderen Tattoo-Studios. Nicht die Kunden stellten Bedingungen, Felix stellte sie. Und seine oberste und einzige Bedingung an die Kunden war, dass sie sich vollkommen auf die Unvorhersehbarkeit des Prozesses einließen. Er reiste zu den großen Tätowiermessen nach Japan und in die USA. Er hatte bei den Besten gelernt und ein Vermögen für Lehrgänge bei Horiyoshi III ausgegeben und sogar die alte Kunst des Tibori-Tätowierens gelernt. Mittlerweile war er fast fünfzig, aber er strahlte eine irritierende Alterslosigkeit aus, die Jelene vom ersten Moment an fasziniert hatte. Er war ein Künstler, der keine Kompromisse einging. Beim Gedanken daran, was er beim Anblick ihres alten Tattoos empfunden haben musste, zuckte sie heute noch vor Peinlichkeit zusammen. Eben noch erregt, hatte er sie auf dem Bett umgedreht und ihr ernst in die Augen gesehen.

»Sorry, das geht einfach nicht.«

Jelene war überwältigt gewesen vor Frust und Scham und hatte kurz davorgestanden, ihn einfach aus der Wohnung zu werfen. Doch dann hatte er ihr sein Angebot gemacht.

»Wir machen einen Tauschhandel. Wenn du es mir erlaubst, verwandele ich diesen Ausrutscher auf deinem Rücken in ein richtiges Kunstwerk. Eine Frau wie du sollte so was nicht auf ihrer Haut haben. Und wenn du Ja sagst ....« An dieser Stelle hatte er seine Hand langsam auf ihrem Schenkel aufwärtsgleiten lassen, »wenn du Ja sagst, dann machen wir da weiter, wo wir jetzt leider aufhören müssen.«

Und jetzt lag sie hier. Die Vertrautheit, die sie damals in seiner Nähe empfunden hatte, war einer Art seltsamem, abwartendem Gehorsam gewichen, der sie selbst erstaunte. Der einzige Bereich ihres Lebens, in dem sie Kontrolle abgab. Der Sex mit Felix war zwar etwas völlig anderes, nicht zu vergleichen mit ihren bisherigen Erfahrungen, aber trotzdem fragte sie sich, wer diese Person war, die sie seit 38 Jahren zu kennen glaubte.

Felix tätowierte ihr einen fantastischen Wald auf den Rücken, mit dichten, ornamentalen Zweigen, geheimnisvollen Verschlingungen und nackten Frauen, die wie Nymphen aus ihrer Steißgegend aufstiegen. Das Bild würde ihren gesamten Rücken bedecken, und sie war über diesen Schritt gleichzeitig entsetzt und stolz.

Die Unwiderrufbarkeit ...

Ihre eigenen Gedanken, die langsam wiederkehrende Müdigkeit und der gleichmäßige Schmerz ließen sie sich entspannen. Sie glitt in einen sonderbaren Zustand, wie sie ihn kurz vor dem Einschlafen kannte. Sie schrak fast hoch, als die Nadel abgesetzt wurde und Felix' Berührungen sich veränderten. Sie blieb auf dem Bauch liegen.

»Fertig für heute«, flüsterte er. »Du bist die Erste, die bei mir eingeschlafen ist.«

Sie fühlte sich gleichzeitig hellwach und benommen. In ihrem Kopf erwachte die Erkenntnis, dass sie möglicherweise süchtig werden könnte nach der Nadel, und sie hatte das intensive Bedürfnis, es Felix zu sagen. Aber ein Mann wie er wusste das längst.

Felix griff zwischen ihre Beine und stieß die Luft aus, als er spürte, wie sehr sie das Ganze erregt hatte. Jelene blieb ganz still liegen. Sie lächelte. Das hier war der einzige Triumph an einem ansonsten fruchtlosen Tag.

Spät in der Nacht riss das schrille Piepsen einer eingehenden SMS sie aus dem Schlaf. Sie lag auf dem Bauch in ihrem Bett, den linken Arm unter sich eingeklemmt. Als sie die Hand ausstrecken wollte, war der ganze Arm eingeschlafen und kribbelte höllisch. Von ihrem Rücken ganz zu schweigen. Felix hatte den frisch gestochenen Teilabschnitt mit Bepanthen-Creme eingerieben und mit Frischhaltefolie abgeklebt, die sie erst am Abend abnehmen durfte. Ihr graute schon jetzt vor dem bevorstehenden Tag und der Hitze. Aber in diesem Moment war sie hellwach. Sie wusste es, bevor sie das Handy vom Nachttisch geangelt hatte. Es war Nico. Ihm war eingefallen, woher sie die blonde, durchtrainierte Frau aus dem Luisenpark kannte. Zu diesen Grübeleien hatte sie selbst sich nämlich nicht aufraffen können, und sie hatte auch vergessen, auf der Internetseite der Kampfkunstschule nachzusehen, weil der Nachmittag mit anderen ermittlungsrelevanten Recherchen verstrichen war. Nachdem sie aus Felix' Studio heimgekommen war,

war sie wie erschlagen ins Bett gefallen und sofort eingeschlafen. Sie kniff die Augen gegen die Helligkeit des Displays zusammen und las: *Die Frau aus dem Park ist die beste Freundin von Bea Sperling. Anna Lesandre. Erinnerst du dich noch? Sie war damals immer in ihrer Nähe, als sie wieder frei war. Weißt du noch, dass du und ich sie damals ziemlich seltsam fanden? So, schlaf weiter. Morgen mehr. N.*

An Schlaf war nicht mehr zu denken. Jelene stand auf und öffnete das Fenster. Draußen war alles still und dunkel. Die Uhr auf ihrem Handy zeigte 3.09. Sie hatte Schwierigkeiten, Nicos Nachricht einzuordnen und einen Sinn darin zu erkennen. Doch dann sah sie es ganz klar vor sich. Natürlich.

Anna Lesandre. Gebürtige Französin. Die beste Freundin der Staatsanwaltsgattin Bea Sperling. Nachdem die wieder aufgetaucht war und sie die erste Befragung im Krankenhaus und später dann in ihrem Haus abgehalten hatten, war diese Frau dauernd an Beas Seite gewesen, hatte ihr die Hand gehalten, sie beruhigt und ... ja, was war damals eigentlich noch passiert? Jelene stellte sich ans offene Fenster und schaute hinüber zu ihrem Lieblingsplatz am Fluss. Sie machte sich eine Tasse Kaffee und war zehn Minuten später unten, bei den Lagerhäusern. Zwischen den alten Ziegelmauern hatte sich die Hitze des Tages gehalten, und auch der Fluss brachte keine kühle Luft. Im Radio hatte niemand mehr über Gewitter gesprochen.

Jelene setzte sich auf den Rand des Kanals und ließ die Beine baumeln. Eine Weile genoss sie die ungetrübte, nächtliche Stille. Dann ging sie mit ihren Gedanken zurück zu dem Zeitpunkt vor fünf Jahren, als ein Spaziergänger auf einem Feld eine nackte, orientierungslose und verletzte Frau entdeckt hatte. Der Mann hatte sofort gewusst, wer sie war, denn der Entführungsfall war in allen Medien gewesen. Jelene erinnerte sich an den Moment, in dem sie und Nico Lichte damals zum ersten Mal im Krankenhaus zu Bea Sperling ins Zimmer durften, um sie zu befragen. Von ihrem Ehemann Harald Sperling war nichts zu sehen gewesen. Als Oberstaatsanwalt hatte er zu viele Verpflichtungen, um ständig am Bett seiner Frau zu sitzen. Sie war gerettet und nicht in Lebensgefahr, und so war es diese Frau, die neben Bea Sperling saß, die Finger mit den in der Gefangenschaft abgebrochenen Nägeln in ihren kraftvollen Händen.

»Ich will, dass Anna hierbleibt. Sie kann alles hören, was ich zu sagen habe.« Das waren Bea Sperlings Worte gewesen. Jelene hatte Anna Lesandre damals als notwendige seelische Unterstützung akzeptiert und war nur ein bisschen stutzig geworden, dass auch bei weiteren Befragungen im Haus des Ehepaars immer die beste Freundin an der Seite des Entführungsopfers war. Mit Argusaugen hatte Anna Lesandre jedes Gespräch überwacht und hatte die Ermittler immer wieder daran erinnert, Bea Sperling zu schonen und endlich zu akzeptieren, dass die arme Frau sich an rein gar nichts erinnern konnte. Sie war es auch gewesen, die Bea Sperling dazu brachte, die Befragungen immer wieder abzubrechen und auf später zu verschieben.

Und dann diese Situation mit dem Staatsanwalt. Als Harald Sperling eines Nachmittags früher nach Hause gekommen war und Anna Lesandre an der Seite seiner Frau vorgefunden hatte, hatte er die Stirn gerunzelt.

»Du kennst doch Anna, meine Freundin«, hatte Bea Sperling gesagt, nervös lächelnd und mit belegter Stimme, begleitet von einem auffallend herzlichen Hallo der anderen Frau. Aber Sperling kannte die beste Freundin seiner Frau nicht. Das war der Punkt gewesen, an dem Jelene Verdacht geschöpft hatte.

»Er ist ein viel beschäftigter Mann«, hatte Nico damals beschwichtigt. »Er kann doch nicht alle Freundinnen seiner Frau kennen.«

Aber die beste Freundin? Jelene hatte Anna Lesandre überprüfen lassen, aber die Frau war unauffällig. Damals war sie noch nicht Trainerin in einer Kampfsportschule gewesen, sondern einfache Sportlehrerin an einem Gymnasium. Und noch etwas war Jelene aufgefallen. Das Verhalten der beiden »Freundinnen« untereinander wirkte alles andere als innig und vertraut. Ihr Eindruck war vielmehr gewesen, dass Bea irgendwie auf der Hut war vor Anna. Irgendwann, als ihre Ermittlungen nur noch in Sackgassen endeten und aus Bea Sperling nichts mehr herauszubekommen war, hatte sie zwangsläufig lockergelassen und Anna Lesandre aus dem Fokus verloren. Wie so vieles. Der Fall wurde nach einem Jahr eingestellt. Was aus Bea Sperling geworden war, wusste sie nicht.

Und jetzt, ganz plötzlich, tauchte Anna Lesandre wieder auf.

Jelene trank den Kaffee aus. Auf einmal fühlte sie sich unwohl an der Uferkante. Irgendwie verletzlich und ungeschützt. Die Haut an ihrem Rücken spannte schmerzhaft. Das erregende, wohlige Gefühl des letzten Abends war verflogen. Sie stand auf und ging zurück zu ihrer Wohnung.

Vielleicht hatte der Schlaf trotz des Kaffees ja doch ein bisschen Gnade mit ihr. Als sie sich aufs Bett setzte und noch einen Blick auf ihr Handy warf, war da noch eine SMS von Nico: *Scheiße, ich kann nicht mehr einschlafen. Das mit dieser Anna hat doch was zu bedeuten, oder? Oder???*

Jelene musste gegen ihren Willen lächeln. Sie hätte Lichte jetzt gerne gesehen, hätte zusammen mit ihm an der Uferkante gesessen. Sie stellte ihn sich vor, schwitzend, unruhig, neben seiner schlafenden Frau, die Bettdecke weggeschoben. Sie tippte eine Antwort:

1 Schäfchen, 2 Schäfchen, 3 Schäfchen, 4 Schäfchen, 5 Schäfchen …

Kapitel 8

»Sie kommen zu mir, um mich diese Ermittlungsrichtung absegnen zu lassen?«, fragte Ralf Fehling über seine aneinandergelegten Fingerspitzen hinweg. Der Blick aus seinen Augen war unergründlich. Jelene hätte nicht sagen können, ob er sie für verrückt hielt oder ob er schlicht nicht einverstanden war. »Wie rechtfertigen Sie diesen ... diesen Schwenk in die Vergangenheit, Frau Bahl?«

»Mit der Faktenlage«, erwiderte sie knapp. »Sehen Sie sich einfach die Fakten an.«

»Das habe ich bereits. Zugegeben, das ist nicht gerade ...«

»Wir haben gar nichts«, unterbrach sie ihn. »Wir müssen da nichts beschönigen. Wir haben zwar eine Spur, aber die ist mehr oder weniger unsichtbar und führt dadurch in eine Sackgasse. Wir haben im persönlichen Umfeld von Sybille Hahn keinerlei verdächtige Personen ausgemacht, und der Mann scheidet vorerst auch aus. Erlauben Sie mir, die Fallakte von Bea Sperling noch einmal durchzusehen und das Ganze zu überdenken.«

»Bitte sehr. Die Akte steht Ihnen frei zur Verfügung.«

»Sie sind nicht einverstanden.«

»Verstehen Sie mich nicht falsch. Unsere Faktenlage ist alles andere als rosig, das gebe ich ja zu«, wandte Fehling ein. »Aber Tatsache ist, dass wir erst seit knapp achtundvierzig Stunden ermitteln. Wir haben viel und trotzdem nichts. Aber ich bin lange genug im Geschäft, dass ich weiß, wie sehr sich Geduld auszahlt. Geben Sie Berger noch ein wenig Zeit. Er wird weitere Eingrenzungsmerkmale finden und diesen Falk aufspüren. Sind Sie ein geduldiger Mensch, Frau Bahl?«

»Glauben Sie mir, die Sache vor fünf Jahren hat mich Geduld gelehrt. Da hatten wir Dutzende Spuren, und sie haben alle ins Nichts geführt.«

Er legte den Kopf in den Nacken, als wollte er sich entspannen. Aber der Blickwinkel, aus dem er sie jetzt musterte, war ihr zutiefst unangenehm.

»Dann wollen Sie mir jetzt sagen, dass Sie, anstatt Zeit zu verschwenden, lieber auf Ihr Gefühl hören.«

»Ich denke, dass wir diesem Falk nur durch eine aufwendige technische Eingrenzung nahe kommen können ...«

»... die bereits gestartet wurde. Zeugenaufrufe in dem Internetcafé, Auswertungen von Überwachungskameras, die Suche nach dem Fahrzeug. Warten Sie ab. Wir werden da eine Spur herausfiltern können. Das muss ich Ihnen doch nicht sagen!«

»Ich sehe keine Verschwendung von Ressourcen darin, Bea Sperling noch einmal zu befragen«, beharrte Jelene.

»Aber warum, um Himmels willen?«

»Darum!« Jelene legte eine zusammengefaltete Tageszeitung auf den Tisch. Sie las nie Zeitungen, aber heute auf dem Weg ins Präsidium hatte sie die Schlagzeile förmlich angesprungen.

»Warum haben Sie uns gestern in der Besprechung nicht gesagt, dass selbst die Presse diese Schlüsse zieht?«, fragte sie mit mühsam unterdrücktem Ärger.

»Ich muss Ihnen nicht sagen, dass die Presse weniger Schlüsse zieht als vielmehr spekuliert!«, sagte Fehling und zog die Zeitung zu sich hin.

Entführung von Staatsanwaltsgattin Sperling vor fünf Jahren nur eine Übung? Jetzt schlägt der irre Waldkiller zu. Diese reißerischen Untertitel standen unter der Headline *Grausamer Tod im Wald.*

»Wir wissen, was wir von so was zu halten haben, oder?«, zischte Fehling und warf die Zeitung in den Mülleimer.

»Ich hatte kein Kleingeld mehr für den *Mannheimer Morgen*«, sagte Jelene. »Aber die titeln das Gleiche. In gewählter Wortwahl natürlich.«

»Na und?«

»Wurden Sie gestern auf der Pressekonferenz etwas zu dem alten Fall gefragt?«

Er nickte widerwillig.

»Und da wundern Sie sich, dass ich in diese Richtung ermitteln will?«

»Ich wundere mich nicht, ich bin nur etwas … ich gebe es zu, ich bin überrumpelt. Ich lasse mir die Akte bringen und beschäftige mich damit. Aber sagen Sie mir, Frau Bahl, wollen Sie diesen alten Fall lösen? Oder den aktuellen?«

»Wenn wir Pech haben – oder auch Glück –, dann gibt es keinen alten und keinen aktuellen Fall. Sondern nur einen«, sagte Jelene.

»Sie sollten etwas über mich wissen«, sagte Fehling jetzt und taxierte sie. »Ich habe leider ein großes Problem mit einer Eigenschaft, die in Ermittlerkreisen … nun, manchmal getragen wird wie eine Art Schmuck. Intuition.«

»Das ist nicht Ihr Ernst.«

»O doch. Verstehen Sie mich nicht falsch. Ich weiß, wie wichtig sie ist für unsereiner. Aber ich habe die Erfahrung gemacht, dass es ein großes Übel ist, der Intuition die Zügel zu überlassen.«

Jelene hielt seinem Blick stand. Wie verrückt es doch war, dass es ihr bei Fehling gelang, bei Felix aber nicht.

Fehling beugte sich vor und legte die Hände übereinander. »Frau Bahl, Sie haben sich doch sicherlich gefragt, warum ich vom LKA in Stuttgart hierhergekommen bin.«

Jelene nickte.

»Nun, es ist kein Geheimnis, Sie hätten das ohne fremde Hilfe herausfinden können. Klaus Landin weiß es auch.«

Jelene lehnte sich zurück. »Erzählen Sie.«

»Es ist keine gute Geschichte. Und ich erzähle sie Ihnen auch nur, weil es ein Lehrstück in fehlgeleiteter Intuition ist. Und weil ich will, dass Sie mir vertrauen. Ich gehe mit dieser Geschichte nämlich nicht hausieren.«

»Was ich darüber denke, müssen Sie mir überlassen«, entgegnete Jelene.

Fehling nickte. Er faltete seine Hände und legte wieder den Kopf in den Nacken. Jelene konnte das rasche Pulsieren seiner Halsschlagader sehen. Es war fast wie bei Hunden, die ihren Gegnern den ungeschützten Hals darboten, um eine Beißhemmung auszulösen. Wusste er, dass sein Puls raste? Wollte er, dass sie das sah?

»Es ist letztes Jahr passiert, im Mai. Ich habe, wie Sie wissen, in der Abteilung für Menschenhandel gearbeitet.

Eine grässliche Arbeit. Danach kommt nur noch Kinderpornografie. Wir waren damals an einer drogenabhängigen Prostituierten dran, eine Frau aus Bulgarien. Sie war unsere Kronzeugin im Fall eines Rings von Menschenhändlern, darunter einer der am meisten gesuchten Verbrecher vom Balkan, der es sich in Deutschland gemütlich gemacht hatte. Und diese Frau aus Bulgarien war die Einzige, die ihm das Genick brechen konnte.« Er schwieg eine Weile und sah Jelene nachdenklich an. »Das Problem war, dass diese Frau in Deutschland zwei kleine Kinder hatte. Sie hatte panische Angst, vor allem um ihre Kinder. Wir hatten eine Vereinbarung mit ihr. Straffreiheit und eine neue, sichere Existenz für sie und ihre Familie, falls sie uns den Chef des Rings liefert. Wir hatten alles genauestens geplant, und sie hatte eingewilligt. Scheinbar.«

Jelene fühlte einen leisen Schauer über ihren Nacken gleiten. Diese Geschichte fing nicht gut an. »Wann kommt denn Ihre Intuition ins Spiel?«, fragte sie.

»Jetzt. Ich habe die Frau die ganze Zeit bearbeitet und beeinflusst. Mir war ganz egal, was sie fühlte. Ich dachte, dass es ihr genügen würde, dass wir für ihre Sicherheit sorgen wollten. Ich kam mir dabei vor wie der großzügige Retter, der eine arme Hure beschützt. Aber was ich völlig ignoriert habe, war ihre unermessliche Angst vor diesem Kriminellen und ihr tief verwurzeltes Misstrauen gegenüber der Polizei. Das hatte ich in meinem arroganten Ehrgeiz völlig ausgeblendet. Ich war mir absolut sicher, dass bei der Aktion nichts schiefgehen konnte, weil ich mich darauf verlassen habe, dass diese Frau uns vertraut und dankbar ist für die neue Chance. Aber das hat sie nicht. Und ich habe es nicht gemerkt.«

»Was passierte dann?«

»Wir haben ein Treffen zwischen ihr und dem Verbrecher organisiert, das in einem Club auf der obersten Etage eines Hochhauses stattfinden sollte. Das ganze BKA war da, ein Sondereinsatzkommando, und alles schien glatt zu laufen. Aber dann tauchte diese Frau entgegen der Absprache zusammen mit ihren Kindern auf. Und sie war vollkommen zugedröhnt.«

Fehling atmete tief ein und wischte sich übers Gesicht. Er setzte zum Weitersprechen an, aber dann schien er es sich plötzlich anders zu überlegen. Er war blass geworden. Jelene überlegte, ob sie ihn stoppen sollte.

Dann schüttelte er den Kopf, als wäre er aus einem Traum aufgewacht. »Wie auch immer«, sagte er und winkte ab. »Sie können sich denken, wie die Sache ausgegangen ist. Es gibt nur eine einzige Möglichkeit für das Ende.«

»Das denke ich bei manchen Filmen auch«, gab Jelene zurück. »Aber dann gibt es doch ganz überraschend ein Happy End. Manchmal.«

»Hier nicht«, verneinte Fehling. »Kein Happy End.« Er stand auf und machte eine Geste, als wollte er Jelene verabschieden. »Ich erzähle es nicht zu Ende, denn ich will Ihnen mit einer solchen Geschichte nicht den Tag verderben. Ich gackere normalerweise nicht, ohne zu legen, aber das hier ... gehört hier eigentlich nicht her. Entschuldigen Sie bitte.«

Jelene nickte. Etwas in ihr war alarmiert. Warum hatte er dann überhaupt davon angefangen, wenn es so schmerzhaft für ihn war? Und was hatte das mit ihrer Intuition zu tun?

Sie verabschiedete sich und verließ das Zimmer. Auf dem Flur begegnete sie Nico, der einen Wagen voll beladen mit Akten hinter sich herzog. Akten aus dem Fall Bea Sperling, das wusste sie.

»Die hier sind für Fehling«, sagte Nico und gab dem Wagen einen sanften Schubs, dass er ein Stück den Flur hinunterrollte. »Und die hier ist für dich.« Er zog Jelene in eine Fensternische und reichte ihr eine schmale Papiermappe. »Auch wenn es eigentlich unser Hauptargument ist, Fehling von unserem Richtungswechsel zu überzeugen«, wisperte er.

»Nico, es ist kein Richtungswechsel. Das ist nicht offiziell.«

»Wenn du das hier siehst, wird es dabei aber nicht bleiben.«

Er klappte die Mappe in ihren Händen auf, blätterte eine Seite um und zeigte auf eine Zeile in einer endlosen Zahlenkolonne. »Ich weiß nicht, warum uns das damals durch die Lappen gegangen ist.«

Jelene beugte sich über die Mappe und starrte auf die Zahlenreihen. Ihre Kopfhaut fühlte sich an, als ob etwas an ihren Haarwurzeln ziehen würde.

»Weil wir erst jetzt wissen, nach was wir hätten suchen müssen«, murmelte sie.

Bea Sperling lebte nicht mehr in Mannheim. Sie war eingetragen auf eine Adresse in Ludwigshafen-Oggersheim, und Jelene war klar, was das bedeutete. Der

Aufruf ihrer Daten beim Standesamt bestätigte den Verdacht. Seit Februar 2012 war Bea Sperling von ihrem Mann geschieden. Sie rechnete zurück. Das würde bedeuten, dass der Staatsanwalt, kurz nachdem die Ermittlungen in dem Entführungsfall eingestellt worden waren, die Scheidung beantragt hatte. Und während der Staatsanwalt, der mittlerweile pensioniert war, innerhalb der noblen Mannheimer Oststadt umgezogen war, hörte sich Ludwigshafen-Oggersheim ziemlich nach sozialem Abstieg an.

Mit einem unguten Gefühl klingelte Jelene an einem gesichtslosen Mehrfamilienhaus in einer ebenso gesichtslosen Wohnsiedlung. Der Türöffner summte, und sie betrat ein dunkles Treppenhaus. Schemenhaft konnte sie an den Türen Kränze und Willkommensschilder erkennen. Eine kleine, bürgerliche Welt, in der es nach Waschmittel roch und in der die Schuhe sauber aufgereiht neben den Fußmatten standen. Die Frau, die Jelene schließlich die Tür öffnete, erinnerte auch äußerlich kaum noch an ihr altes Leben. Damals war sie traumatisiert gewesen, aber immer noch zu Hause in ihrer eigenen Welt, eine Frau, die zurückkehren durfte in ein edles Ambiente, zu einem Mann, der ihr danach einen Erholungsurlaub auf Elba spendiert hatte. Und jetzt? Jelene fiel eigentlich nur ein einziges Wort ein zum Anblick von Bea Sperling: erloschen. Eine erloschene Frau. Etwas an ihr nötigte sie dazu, leise und vorsichtig zu sprechen. Aber es gelang ihr nicht, ihre Überraschung zu verbergen.

»Ja, schauen Sie nicht so!«, blaffte Bea Sperling. »Ich bin nicht mehr die Alte. Was haben Sie denn gedacht?«

Mit einer gereizten Handbewegung scheuchte sie Jelene in die Wohnung, in der es stickig roch. Bea Sperling war immer noch gepflegt, aber ihrer Frisur und dem Make-up fehlte die ausgeklügelte Raffinesse von damals, und es zeigte gnadenlos die Verwandlung, die seither in ihr vorangeschritten war. Sie wirkte aufgedunsen und merkwürdig verlebt. Nicht auf die Art und Weise, die etwas mit Zigaretten, Fast Food und Alkohol zu tun hatte oder einem Leben am finanziellen Limit. Es war etwas anderes, etwas Schleichendes, das Jelene noch nie zuvor bei einem Menschen gesehen hatte.

Bea Sperling führte sie wortlos ins Wohnzimmer. Jelene sah sich nur kurz um.

Die Wohnung hätte sie selbst dann deprimiert, wenn sie nicht die Villa von Harald Sperling zum Vergleich gehabt hätte. Aber Bea Sperling hatte gewaltsam versucht, einen Teil ihres alten Lebens in diese Mietwohnung zu quetschen. Im Wohnzimmer überlappten sich mehrere Perserteppiche, auf den Regalen standen silberne Wohnaccessoires, und Jelene erkannte sogar die samtbezogenen Hocker und Sessel wieder, auf denen sie damals schon Platz genommen hatte und es nun wieder tat. Diesmal knarrte das Polster.

»Schön haben Sie es hier«, sagte sie, obwohl das Wohnzimmer wie das zusammengewürfelte Warenlager eines bankrotten Antiquitätenhändlers wirkte.

»Na ja, es gibt gewiss Schlimmeres«, erwiderte sie. »Ich werde rasch Kaffee machen.«

Ein paar Minuten später stand eine geblümte Tasse von Villeroy und Boch vor Jelene.

»Wie geht es Ihnen, Frau Sperling?«, fragte sie.

»Es geht so. Besonders toll ist es nicht, aber das sehen Sie ja.« Sie suchte keinen Blickkontakt.

»Was ist denn passiert?«

»Das wissen Sie doch längst. Er hat mich verlassen.«

Jelene hätte sie gerne gefragt, warum. Aber etwas sagte ihr, dass sie von Bea Sperling nur eine verzerrte Sicht auf die Dinge bekommen würde. Dennoch fragte sie: »Denken Sie, dass Sie dieses Erlebnis von damals verkraftet haben?«

»Was tut das zur Sache, ob ich es verkraftet habe?«

Jelenes Blick wurde von ihren Händen angezogen. An jedem Finger steckte ein goldener Ring, manche davon mit Edelsteinen besetzt.

»Weil ich hier bin, um Ihnen ein paar Fragen zu stellen, die schmerzhaft sein könnten für Sie.«

»Ich habe Ihnen damals alles gesagt.«

»Das mag sein. Aber seitdem ist viel Zeit vergangen. Vielleicht ist Ihnen noch etwas eingefallen.«

»Was denn eingefallen?«, stieß sie hervor. »Etwas, das Ihnen helfen könnte, diese Leute zu finden? Denken Sie nicht, dass ich dann schon längst bei Ihnen gewesen wäre? Oder wollen Sie wissen, ob mir etwas eingefallen ist, wie ich das alles verarbeiten könnte? Da muss ich Sie nämlich auch enttäuschen. Ich habe immer noch Albträume.« Sie sprach die Sätze abgehackt, als würde sie in aller Eile für eine Rolle vorsprechen. Trotzig trank sie von ihrem Kaffee und fuhr fort: »Was erwarten Sie denn? Dass man so etwas einfach vergisst? Ich denke täglich daran!«

»Das tut mir leid«, sagte Jelene. »Darf ich fragen, ob Sie in Behandlung sind deswegen?«

»Das ist nicht behandelbar«, meinte die Frau. In ihren theatralischen Worten schwang eine eigenartige Gleichgültigkeit mit.

»Erfahrungsgemäß fallen einem Entführungsopfer erst sehr viel später Dinge ein, die davor verschüttet waren. Sie müssen mich nicht zu dem Ort führen, an dem Sie festgehalten wurden. Aber gibt es nicht irgendwelche Details, an die Sie sich erinnern? Ein bestimmter Geruch, ein Geräusch? Vielleicht eine charakteristische Bewegung, die Ihre Entführer gemacht haben?«

»Wenn Sie mir damals richtig zugehört hätten, dann wüssten Sie, dass ich die ganze Zeit über die Augen verbunden hatte.«

»Verzeihen Sie, das hatte ich vergessen.«

»Sehen Sie!«, blaffte Bea Sperling. Sie machte eine so aggressive Handbewegung, dass ihre Kaffeetasse umfiel und sich die dunkle Lache über den ganzen Tisch ausbreitete. »Auch das noch!« Sie sprang auf und hastete in die Küche. Plötzlich wünschte sich Jelene, dass Nico bei ihr wäre. Aber er hatte heute ein Gespräch mit Anna Lesandre. Sie ließ ihren Blick über den Millionärskitsch streifen und empfand mit einem Mal die qualvolle Enge ringsum auch in ihrem Innern. Gleichzeitig spürte sie eine sonderbare Unruhe wegen der unterbrochenen Geschichte, die Fehling ihr hatte erzählen wollen. Etwas sagte ihr, dass es eine furchtbare Tragödie gegeben hatte. Eine Tragödie, die den Kriminaloberrat nie mehr loslassen würde.

Bea Sperling kam mit einer Rolle Küchenpapier zurück. Sie kniete sich neben den Tisch, zog jeden einzelnen der goldenen Ringe von den Fingern und legte sie sorgfältig auf die Ablage unter dem Tisch. Dann wischte sie mit wütenden Bewegungen die dunkle Pfütze auf.

»Sie können mich in zwanzig Jahren noch mal fragen, es wird mir trotzdem nicht mehr einfallen!«

»Nicht einmal dann, wenn Sie verhindern könnten, dass andere Frauen das Gleiche durchmachen?«, fragte Jelene.

Bea Sperling hob den Kopf, das Küchentuch auf dem Tisch kam zur Ruhe.

»Vor ein paar Tagen haben wir eine tote Frau gefunden«, sagte Jelene.

»Ich habe davon gelesen«, hauchte sie. »Aber was hat das mit mir zu tun?«

»Einiges. Der Fundort der Leiche zum Beispiel. Es ist ganz in der Nähe von dem Ort, an dem Sie damals entführt wurden. Wissen Sie noch? Die Strecke, auf der Sie damals spazieren waren?«

Bea Sperling wischte weiter über den Tisch, zaghafter diesmal und ohne ihre Ringe aus dem Blick zu lassen.

»Und dann wäre da noch die Tatsache, dass Sie ähnliche Verletzungen hatten wie das aktuelle Mordopfer.«

»Na ja, bis auf einen entscheidenden Unterschied wohl!«, platzte es aus ihr heraus. Sie wurde blass. »Entschuldigung, das war zynisch.«

»Es gibt noch einen Zusammenhang«, fuhr Jelene ungerührt fort. Sie hätte die Frau gerne geschont, aber ihre gereizte, patzige Art sagte ihr, dass sie sich selbst auch nicht schonte. Sie suhlte sich in der Opferrolle, genau wie sie es damals getan hatte. Vielleicht die einzige Möglichkeit, überhaupt damit fertig zu werden.

»Sie haben vor Ihrer Entführung ein Treuhandkonto über zehntausend Euro aufgelöst. Was haben Sie damit gemacht, Frau Sperling?«

»Daran kann ich mich nicht mehr erinnern«, erwiderte sie tonlos und eine Spur zu schnell. Jelene betrachtete sie eindringlich. Versteckte Bea Sperling sich hinter ihrer angeblichen Amnesie?

»Auch nicht mehr daran, dass Sie zehntausend Euro vom Konto Ihres Mannes abgehoben haben?«

»Ach, wissen Sie, es gab damals so viele Konten, ich hatte da nie einen Überblick«, sagte sie gleichgültig.

Jelene ließ ihren Blick offen über die beengten Wohnzimmerwände streifen. »Aber jetzt haben Sie mehr *Überblick,* oder?«

»Was wollen Sie denn von mir? Gönnen Sie mir doch meine Ruhe!«

»Frau Sperling, Ihr Fall ist noch nicht abgeschlossen«, mahnte Jelene.

»Was soll das heißen?«

»Dass wir ihn möglicherweise neu aufrollen. Wenn es etwas gibt, was Sie verschweigen, dann werden Sie ernsthafte Schwierigkeiten bekommen.«

Bea Sperling richtete sich auf und setzte sich auf die äußerste Sofakante. Die Ringe steckte sie sich einen nach dem anderen fast zärtlich wieder an, ohne Jelene dabei anzuschauen.

Sieh her, wer ich einst war ...

»Ich habe es Ihnen doch schon gesagt. Ich war im Wald

spazieren, und zwei Männer haben mich überwältigt und weggeschleppt. Ich landete in einem Wagen und habe vier Tage in einem Keller zugebracht. Sie haben mich geschlagen und mir ab und zu aus einer Wasserflasche zu trinken gegeben. Ich war an Händen und Füßen gefesselt und nackt.«

»Aber sie haben Sie nicht vergewaltigt.«

Aus trüben Augen schaute Bea Sperling Jelene an. »Ja, denken Sie denn, das war nicht auch so schon genug?«

»Finden Sie es nicht seltsam?«, Jelene beugte sich vor und fixierte sie. »Warum entführt man eine Frau, ohne eine Lösegeldforderung zu stellen? Die Statistik zeigt uns, dass da nur sexuelle Macht im Spiel sein kann. In der Realität läuft es nicht so wie in den Filmen. Da werden keine Frauen von Männern entführt, die sie in der Hoffnung festhalten, dass sie sich in sie verlieben. Und in Ihrem Fall war das ja auch nicht so, Frau Sperling. Sie sind vermutlich ein Sonderfall.«

Bea Sperling begann, nervös an einem Sofakissen herumzufingern.

»Wissen Sie, was die Statistik auch zeigt?«, frage Jelene weiter. »Sie zeigt, dass in den meisten Fällen eine Beziehung besteht zwischen dem Opfer einer Entführung und dem Täter.«

Bea Sperling reckte das Kinn und sah nun regelrecht derb aus. »Was wollen Sie mir unterstellen?«

»Gar nichts. Aber vielleicht kannten Sie die Entführer tatsächlich, ohne dass es Ihnen bewusst ist.«

»Spielen Sie auf meine Arbeit in der Stiftung an?«

Auch das war etwas, das Jelene irgendwie aus ihren Erinnerungen verloren hatte. Bea Sperling war Schirmherrin einer Stiftung mit dem klangvollen Namen *Jetzt erst recht!* gewesen, die sich um entlassene Straftäter kümmerte und mithilfe prominenter Sponsoren Programme erarbeitete, die den Ex-Knackis eine bessere Resozialisierung ermöglichten. Die Stiftung hatte Preise gewonnen und hatte immer noch einen hervorragenden Ruf. Einige der ehemaligen betreuten Straftäter hatten auf bemerkenswerte Art und Weise in ein gutes Leben zurückgefunden. Auch Harald Sperling selbst hatte in die Stiftung investiert, was für einen Staatsanwalt ungewöhnlich nobel war und dem Mann einen gewissen Nimbus eingebracht hatte. Damals hatten sie alle Mitglieder der Stiftung und alle Ex-Sträflinge durchleuchtet, aber nichts war dabei herausgekommen.

»Sie haben dort möglicherweise jemanden kennengelernt«, nahm sie den Faden wieder auf, »jemanden, der ...«

»Das ist doch absurd!«

»Genauso absurd wie die Vorstellung, dass eine Frau einfach so entführt wird, ohne dass jemand dafür ein Lösegeld fordert.«

»Verlangen Sie von mir, dass ich mich in diese perversen Schweine hineinversetze?«, zischte Bea Sperling.

»Nein, das verlange ich nicht«, beschwichtigte Jelene. »Ich bin eigentlich auch aus einem ganz anderen Grund hier. Ich will wissen, was Sie mit den zehntausend Euro gemacht haben. In Ihrem Fall ist Geld geflossen. Geld, von dem Ihr Mann aber nichts wusste, weil er sich den Luxus erlauben konnte, keinen Überblick über seine Finanzen zu haben.«

Bea Sperling ging nicht darauf ein. »Wer sagt Ihnen eigentlich, dass diese Entführung und die Schläge, die ich ertragen musste, nichts Sexuelles war? Vielleicht war das genau der Kick der Täter. Vielleicht ging es dabei um genau diese Situation ... vielleicht waren sie ja impotent, oder ...«

»Frau Sperling, hören Sie auf«, bat Jelene. »Sagen Sie mir bitte, was mit diesem Geld passiert ist.«

Sie biss sich auf die Lippe und sah weg. »Ich habe mir eine Handtasche von Balenciaga geleistet.«

»Kann ich die Handtasche sehen?«

Sie hielt inne und starrte Jelene erschrocken an. »Nein, können Sie nicht. Ich hab sie mittlerweile verkauft. Luxus macht nicht satt. Das weiß ich jetzt auch.«

Jelene ignorierte ihr Selbstmitleid. Sie ahnte, dass es nie eine Tasche von Balenciaga gegeben hatte.

»Sie haben das Geld nicht in einem Umschlag irgendwo deponiert? In einem Mülleimer im Luisenpark vielleicht?«

Bea Sperlings Gesicht wechselte die Farbe. Ein Nerv an ihrem linken Auge begann zu zucken, doch ansonsten wirkte sie unbewegt.

»Und was mich auch ein bisschen verwundert, ist die Tatsache, dass Ihre Ehe so kurz nach diesen Ereignissen in die Brüche ging. Haben Sie ihn verlassen?«

Ein kurzes, bitteres Kopfschütteln.

»Warum hat er das getan? Warum führen Sie jetzt ein so ... verzeihen Sie, so ein grundlegend anderes Leben als damals?« Ihren eigentlichen Gedanken sprach Jelene nicht aus. *Für was hat er Sie bestraft?*

Entgegen ihrer Befürchtung, die Frau würde angriffslustig werden, sagte Bea Sperling plötzlich im Plauderton: »Tja, diese Frage quält mich auch. Ich gebe zu, unsere Ehe war nicht immer spannungsfrei, aber ...« Sie streichelte weiter über die goldenen Ringe. »Aber welche Ehe ist schon eine Blumenwiese? Sie können sich sicher vorstellen, dass ich nach meinem Trauma ziemlich labil war. Und das hat zu Schwierigkeiten geführt. Harald hatte wohl keine Kraft, mir die Geduld entgegenzubringen, die ich gebraucht hätte. Er hat es mit mir nicht mehr ausgehalten. Was soll man da machen?«

Sie zuckte mit den Schultern und fächerte ihre Hände auf den übereinandergeschlagenen Knien auf. »Ich weiß nicht mehr, was für mich der größere Schock war. Diese Entführung oder die plötzliche Trennung von Harald. Ich habe eigentlich damit gerechnet, dass dieses grausame Erlebnis uns wieder enger zusammenschweißt. Aber ich habe mich geirrt. Wissen Sie, es soll ja auch Fälle geben, wo derjenige, zu dem das Entführungsopfer zurückkehrt, sich wieder neu verliebt, aber das ist wohl auch nur im Film so.«

Jelene stellte ihre Tasse ab, der Kaffee schmeckte ohnehin nicht. »Sagen Sie, während Ihrer Arbeit in der Stiftung ...«

»Ich bin dort immer noch tätig.«

»Ach? Sie kümmern sich immer noch um entlassene Straftäter? In einer Stiftung, die Ihr Exmann gegründet hat?«

»*Ich* habe sie gegründet«, betonte sie. »Und ich sehe keine Veranlassung, sie zu verlassen, nur weil ich nicht mehr mit dem Oberstaatsanwalt liiert bin. Das ist eine Ehrensache.« Schon wieder der theatralische, demonstrative Ton; dieser Genuss, sich selbstlos zu zeigen.

»Gab es bei Ihrer Arbeit Kontakt zu den Straftätern ...«

»*Ex*-Straftätern!«, betonte sie. »Diese Leute waren auf dem Weg zurück in die Gesellschaft. Sie waren keine *Straftäter* mehr!«

Jelene blieb geduldig. »Gab es im Kontakt zu diesen Männern Spannungen? Irgendein Vorfall, von dem wir wissen müssten?«

»Ach, wissen Sie, ich hatte nicht sehr viele Berührungspunkte mit ihnen. Ich war ja die Schirmherrin. Die Basisarbeit haben andere gemacht. Und heute ... heute sitze ich im Plenum. Wir erarbeiten Pläne und organisieren.«

»Was sagt denn Harald Sperling dazu, dass Sie noch immer Teil der Stiftung sind?«, wollte Jelene wissen.

»Ich denke nicht, dass ihn das interessiert.«

»Verstehe. Sagen Sie, Ihre beste Freundin, die ich damals kennengelernt habe ... diese Anna Lesandre. Haben Sie noch Kontakt zu ihr?«

Wieder zuckte der Nerv an ihrem Auge. »Es gibt keinen Kontakt mehr«, erwiderte sie rasch.

»Darf ich fragen, warum?«

Bea Sperling legte den Kopf in den Nacken und blinzelte. »Ich wurde damals in dieser Leidenszeit von einigen Menschen sehr enttäuscht. Es war, als wäre ich von einem fremden Planeten zurückgekehrt. Als wäre jemand, der gezwungen war, solche Erfahrungen zu machen, nicht mehr geeignet für Freundschaft, Gesellschaft und alles andere. Ich war ein Opfer. Aber man hat mich behandelt, als hätte ich ein Verbrechen begangen.«

»Aber Frau Lesandre stand doch zu Ihnen. Sie machte einen sehr engagierten Eindruck auf mich.«

»Ja, aber danach ... wir haben uns voneinander entfernt. Es ging einfach nicht mehr.«

Jelene nickte langsam. Sie legte ihre Visitenkarte auf den Tisch. »Darf ich noch kurz Ihre Toilette benutzen?«

Bea Sperling war offenbar dankbar für den Richtungswechsel und zeigte Jelene den Weg ins Badezimmer. »Stoßen Sie sich nicht, hier drin ist es etwas beengt«, sagte sie, ehe sie die Tür öffnete. Kurz darauf wusste Jelene, was damit gemeint war. Das Bad, an sich schon sehr klein, beherbergte eine ausladende Badewanne auf goldenen Löwenfüßen, die mit einer Seite halb in der Dusche stand. Sie schloss rasch die Tür und sah sich um. Das Bad war typisch für ein Mietshaus, in das nicht viel Arbeit gesteckt wurde. Billige Fliesen mit zarten Schimmelflecken in den Fugen. Alles war auf Hochglanz poliert, Parfumflakons standen Spalier auf den Ablageflächen, die Handtücher hingen alle so, dass man die Designer-Label im ausgefransten Frottee gut lesen konnte. Jelene betätigte die Klospülung und klappte das Badschränkchen auf. Jede Menge Schmerzmittel neben einer billigen Haartönung. Sie ließ kurz den Wasserhahn laufen und betrachtete staunend das riesige Ungetüm von Badewanne. In einem Barockschloss wäre es nicht weiter aufgefallen mit seinen Messinghähnen und den Löwenfüßen. Aber hier wirkte es traurig und absurd.

»Das ist eine sehr schöne Badewanne«, sagte Jelene, als sie wieder auf dem Flur stand, einfach nur aus dem Bedürfnis heraus, dass sich Bea Sperling ein bisschen bestätigt fühlte in ihrem kleinen, neuen Leben. Die Frau lächelte stolz und wuchs sofort um ein paar Zentimeter. »Wir haben sie damals in Paris gekauft«, sagte sie eifrig, als wäre sie dankbar, endlich ihr Unwohlsein überspielen zu können. »Harald hat sie nie gemocht, also habe ich sie nach der Trennung einfach mitgenommen.«

Jelene lächelte knapp und verabschiedete sich.

Kapitel 9

»Die Frau litt tatsächlich an einem Karotissinus-Syndrom.«

»Ein was?« Nico Lichte presste das Handy stärker ans Ohr. Bei medizinischen Fachbegriffen wusste er nie, ob er sich nur verhörte oder ob die Verbindung gerade schlecht war.

»Karotissinus-Syndrom«, wiederholte Gabriele Mundt geduldig. »Ich habe es deiner Kollegin gegenüber schon angedeutet, aber die Testergebnisse für ihre Barorezeptoren sind jetzt erst eindeutig. Ich rate dir, den Hausarzt mal zu fragen, ob er diese Diagnose nicht schon gestellt hat und ob die Frau davon wusste.«

»Kannst du es mir bitte so erklären, dass ich's verstehe?«, bat Nico. Seine Finger spielten unwillkürlich mit dem Wedel einer großen Zimmerpalme, die im Eingangsbereich des *Combat Yim* stand.

»Sybille Hahn hätte auch sterben können, wenn ihr jemand für eine Minute nur den Kopf nach hinten gedrückt hätte. Das hätte sie sogar selbst anstellen können. Sobald sie eine mittelmäßige Druckeinwirkung auf die Halsadern gehabt hätte, wäre sie kurz danach ohnmächtig geworden und im schlechtesten Fall an Herzversagen gestorben. Menschen mit einem hypersensitiven Karotissinus können schon ohnmächtig werden, wenn sie sich nur eine Krawatte binden oder den Kopf zu weit drehen. Bei Sybille Hahn war diese Schädigung nicht so stark ausgeprägt.

Meistens ist Arteriosklerose dafür verantwortlich, aber die lag bei ihr nicht vor. Sie ist einer von sehr wenigen Fällen gewesen, bei denen die Barorezeptoren aus unerfindlichen Gründen so gereizt waren, dass sie es eigentlich hätte merken müssen. Sie ist sicherlich ab und zu mal bewusstlos geworden.«

»Wie das?«

»Barorezeptoren sind sehr sensibel. Sie reagieren wie Temperaturfühler einer Heizung auf den Druck des Blutes in den einzelnen Gefäßen. Sobald sich der Druck verändert, wirkt sich das auf den Herzrhythmus aus. Bei geschädigten Barorezeptoren kann es aber bei anhaltendem Druck auf den Hals sein, dass das Herz nicht einfach nur ein bisschen langsamer schlägt, sondern stehen bleibt.«

»Wow ... gruselig.«

»Nicht so gruselig, wie du denkst, Lichte. Die Frau hatte einen schnellen und relativ angenehmen Tod.«

»Aber du kannst nicht feststellen, ob derjenige, der sie gewürgt hat, das wusste.«

»Die Frage ist doch überflüssig. Wenn jemand es wusste und sich diese Tatsache zunutze machen wollte, hätte er ihr wie gesagt auch bloß den Kopf nach hinten biegen müssen. Er hätte ihr zwei Finger auf die Schlagadern legen können, ganz sanft. Die blauen Flecken an ihrem Hals lassen darauf schließen, dass er sie richtig gewürgt hat. Aber doch nicht so stark, dass es zum Tod geführt hätte, wenn sie gesund gewesen wäre. Klingt ein bisschen kompliziert, ich weiß.«

Allerdings, dachte Lichte und verabschiedete sich von

der Pathologin. Er schrieb eine SMS an Lydia Kastner, damit sie herausfand, wer der Hausarzt von Sybille Hahn gewesen war und ob er von diesem Syndrom wusste. Er wollte gerade die Nummer von Hellmer wählen und die Analyse der Rostpartikel abfragen, die sie zur KTU nach Stuttgart geschickt hatten, als die Tür vor ihm sich öffnete und eine Gruppe Männer und Frauen in Trainingskleidern an ihm vorbei aus einem großen Raum mit Glasfront strömte.

Das *Combat Yim* lag in der westlichen Neckarstadt, und diese Fensterfront schaute direkt auf den Industriehafen. Das Gebäude war eines der frisch renovierten Lagerhäuser mit Loft-Charakter, von denen es am Hafen mittlerweile so viele gab. Nico träumte selbst von einer solchen Behausung. Aber für Yvonne kam so etwas nicht infrage. Sie brauchte es überschaubar. Mit Vorgarten und Fahrradkeller.

Er betrat den Raum, wo eine Frau mit langen, weiten Hosen und einem eng anliegenden schwarzen Unterhemd gerade dabei war, eine Matte zusammenzurollen.

»Frau Lesandre?«, sprach er sie an. Dabei wusste er längst, dass sie es war.

Die Frau hob den Kopf. Ihm wurde bewusst, dass er sie damals vor fünf Jahren relativ schnell aus seinen Gedanken geschoben hatte, doch jetzt fragte er sich, wie das möglich war. Anna Lesandre war so ganz anders als die üblichen Vertreterinnen ihres Geschlechts und erinnerte ihn in gewisser Weise an Jelene. Einfach nur, weil sie so vollkommen aus dem Üblichen herausfiel und weil man ihr auf den ersten Blick ansah, dass sie so eine Art menschliches

Da-Vinci-Kästchen war. Mit komplizierten Schließmechanismen, die das Innere streng hüteten und es niemandem zeigten. Schlagartig kam wieder das Gefühl hoch, das er vor fünf Jahren bei Anna Lesandre empfunden hatte. Damals war er gereizt gewesen von ihrer dominanten Art. Er hatte ihre strengen Blicke nicht ausstehen können, ihre Ungerührtheit, die ganze harte, betont unweibliche Fassade. Wie hatte sie sich doch verändert! Nun, sie war immer noch hart. Ein Blick auf ihren Körperbau und ihre Hände zeigte, dass sie wie eine Besessene trainieren musste und ihr letztes Stück Kuchen wahrscheinlich einige Jahre zurücklag. Aber sie wirkte jetzt geschmeidiger, abgeklärter. Als sie sich aufrichtete, fiel ihm wieder ein, dass sie eine der wenigen Frauen war, die mit ihm körperlich einigermaßen auf Augenhöhe standen. Ihr Haar trug sie jetzt lang, es lag zu zwei Zöpfen geflochten streng um den Kopf gewickelt, was ihrem Erscheinungsbild etwas verwirrend Weibliches gab. Der Blick auf ihre breiten Hände ließ ihn schaudern. *Reiß dich zusammen*, schimpfte er sich. *Das ist eine Amazone, aber auch sie fällt vom Pferd, wenn es bockt.*

»Schön, Sie wiederzusehen«, sagte er, einfach weil ihm nichts anderes einfiel.

Anna Lesandre trat einen Schritt auf ihn zu und legte den Kopf schief. Ein Schweißtropfen rann an ihrem sehnigen Hals entlang nach unten. Nico blinzelte.

»Wir kennen uns?«, fragte sie.

Er fummelte seine Marke aus der Hosentasche und hielt sie ihr auf Hüfthöhe hin, damit sie den Kopf senken musste. Aber Anna Lesandre warf nur einen kurzen Blick darauf.

Er suchte nach eindeutigen Worten, die ihr sofort zeigten, dass er nicht gekommen war, um ihre Kung-Fu-Muskeln anzuhimmeln. Er kam sich sofort albern dabei vor. Dass man als Mann weibliche Überlegenheit nicht einfach hinnehmen konnte und verzweifelt nach den alten Mechanismen suchte, die das Machtverhältnis klarstellten. Er packte seinen aufgeplusterten inneren Gockel ganz schnell in tiefere Bewusstseinsschichten und sah sie einfach nur an. »Sie wissen, warum ich hier bin?«

»Meine Oma war Hellseherin«, erwiderte sie. »Legte Karten auf Jahrmärkten und las aus der Hand. Ich hab das aber nicht vererbt bekommen. Also? Ich hab in einer halben Stunde einen Jiu-Jitsu-Kurs.«

»Oha. Ist das eigentlich schwer, sich mit so vielen Kampftechniken auszukennen?«, fragte Lichte.

»Wenn Sie einmal begriffen haben, dass die innere Haltung überall die gleiche ist, ist es wie Vokabeln lernen.«

Nico zuckte innerlich zusammen. Selbst ihre Worte hatten Muskeln.

»Sie waren gestern Morgen im Luisenpark in der Nähe des Pflanzenschauhauses«, begann er.

»Ja, und? Habe ich einen Grashüpfer zertreten?«

»Weiß ich nicht, aber Sie hatten es ziemlich eilig zu gehen, als meine Kollegin Jelene Bahl in der Nähe war.«

»Jelene wer?«

»Ach, kommen Sie! Strengen Sie zur Abwechslung mal das Erinnerungsvermögen an. Die schöne Dame, die vor fünf Jahren ermittlungstechnisch meine bessere Hälfte war. Ist sie immer noch. Sie befragt gerade Bea Sperling. Die kennen Sie aber, oder?«

Da, ein winziger Riss in der beherrschten Fassade. Ein kaum merkliches Zurückzucken des Kopfs. Sie begann, sich das linke Handgelenk zu kneten. »Bea Sperling ... ja. Wir gehen aber getrennte Wege, haben uns völlig aus den Augen verloren.«

»Hm, wie das?«

»Ihr Leben besitzt nur noch eine sehr überschaubare Schnittmenge zu meinem, wenn Sie verstehen.«

»Aber früher war diese Schnittmenge größer?«

»Ich war damals noch nicht so intensiv drin in ... in dem hier.« Sie ließ den Blick einmal durch den großen, hellen Raum schweifen.

»Wann haben Sie das Studio eröffnet?«, fragte Lichte.

»Vor zwei Jahren. Ich habe mich böse verschuldet, um meinen Traum zu verwirklichen. Aber sagen Sie mal ... was machen Sie eigentlich hier? Anmeldungsformulare für meine Kurse gibt's am Empfang.«

»Was würden Sie mir denn raten? Was würde zu mir passen?«

Sie musterte ihn wieder, und er ertappte sich dabei, dass er ihr diese Frage genau deswegen gestellt hatte. Damit sie ihn ansah.

»Boxen. Sie sind der Mann fürs Grobe. Aber es gibt auch gute Boxkurse bei der Polizei. Gehen Sie doch dahin.«

Nico nickte. Er musste langsam mal zur Sache kommen. Das Geplänkel mit ihr war anstrengend, und er hatte dauernd das Gefühl, den Kürzeren zu ziehen.

»Haben Sie vor zwei Wochen im Luisenpark etwas Sonderbares beobachtet? Wir suchen zwei Leute, die etwas in einem Mülleimer deponiert beziehungsweise abgeholt haben. Einen Mann und eine Frau. Die Frau sah so aus. Als sie noch lebte.«

Er hielt ihr ein Bild von Sybille Hahn hin, wieder auf Hüfthöhe. Diesmal beugte sie sich herunter, und Lichte konnte ihren frischen Schweiß riechen.

»Nie gesehen.«

»Sicher? Wissen Sie, diese Mülltonne ist doch direkt in Ihrer Sichtweite. Sie sind fast jeden Tag im Park, habe ich mir sagen lassen.«

»Deswegen hab ich trotzdem nichts gesehen. Auch keinen Typen, der da was reingelegt hat. Was soll denn der Unsinn?«

»Sie schwitzen«, sagte Nico.

»Natürlich schwitze ich. Ich habe gerade eine harte Stunde hinter mir.«

»Gerade eben haben Sie aber noch nicht so stark geschwitzt. Sie haben erst damit angefangen, seit ich von Bea Sperling gesprochen habe.«

»Sie reden leer, Herr Kommissar. Und Sie stehlen meine Zeit. Ich brauche jetzt meine Ruhe. Kommen Sie wieder, wenn Sie die richtigen Fragen stellen.« Sie ging an ihm vorbei, ihre harte Schulter streifte ihn minimal, und er wusste nicht, ob es beabsichtigt war. Er sah ihr nach, als sie in einer Tür neben dem Empfang verschwand. Dann machte er sich selbst in Richtung Ausgang auf. Das Studio war minimalistisch eingerichtet, mit edlen japanischen Anklängen. An der Bar gab es Macha-Tee und Ingwerwasser anstelle von Eiweiß-Shakes. Es roch sehr angenehm nach Räucherstäbchen und Holz. Alles war zurückhaltend und subtil, nirgendwo sah er die erwarteten Poster von muskelstrotzenden Martial-Arts-Helden. Nur der schwarz gekleidete, bullige Glatzkopf, der in einem Nebenraum an der Brustpresse stöhnte, wollte nicht ganz ins Gesamtkonzept passen. Außerdem war auch dieser Typ mit den Augen bei der Chefin. Kaum hatte Anna Lesandre die Tür hinter sich geschlossen, legte er die Langhantel in die Halterungen und rappelte sich auf. Eine Duftwolke von versagendem Deo wehte Nico an, als der Mann an ihm vorbeieilte und, ohne anzuklopfen, ebenfalls im Büro verschwand.

Schon wenige Sekunden später ertönte ein lauter Wortwechsel aus dem Raum, leider waren die genauen Worte durch Wände und Tür jedoch gedämpft. Die junge Frau am Empfang tat, als wäre der offensichtliche Streit das reinste Vogelgezwitscher. Eine Welle reinster negativer Energie schien von der Tür plötzlich in den Raum zu dringen. *Interessant,* dachte Nico. *Wer ist dieser Mann, der es schafft, Anna Lesandres gut gehütete innere Unerschütterlichkeit aus den Fugen zu reißen?*

Jelene sah aus dem Flurfenster im Revier hinunter auf die Straße und zwang sich, ihr vibrierendes Handy zu ignorieren. Es war bereits das dritte Mal an diesem Tag, dass ihr Vater versuchte, sie zu erreichen. Noch mehr schlechte Energie konnte sie nicht brauchen. Seit sie die Wohnung von Bea Sperling verlassen hatte, war ihr, als könnte sie nicht mehr richtig atmen. Ihr Rücken juckte unter der Frischhaltefolie so sehr, dass sie am liebsten alles abgerissen und sich gekratzt hätte. Aber dann wäre Felix' Kunstwerk beschädigt worden. So biss sie die Zähne zusammen, lehnte sich mit dem Rücken nur fest gegen die Wand und hoffte, dass das Jucken aufhörte.

»Was mich irritiert, sind die Geldbeträge«, sagte sie, als Nico neben sie trat. »Bea Sperling hebt zehntausend Euro ab und ist ganze vier Tage verschwunden, ehe sie wieder auftaucht, und sie kann uns keine plausible Erklärung dafür geben, was sie mit dem Geld gemacht hat. Und Sybille Hahn hebt zweitausendfünfhundert Euro ab, obwohl sie alles, was sie konsumiert, im Internet bestellt und jahrelang keine größeren Geldbeträge abhebt.«

»Aber sie verschwand nicht vor ihrem Tod«, sagte Nico.

»Doch. Es war nur so, dass ihr Umfeld nicht darauf hätte reagieren können, weil sie allein daheim war.«

»Was willst du damit sagen?« Nico betrachtete sie eindringlich. Zwischen seinen Augenbrauen erschien eine tiefe Falte. Sie kannte diese Falte. Sie erschien immer dann, wenn er gerade etwas an ihr entdeckt zu haben glaubte, was er nicht einordnen konnte.

Wieder vibrierte das Handy in ihrer Tasche.

»Du denkst, dass es einen Zusammenhang gibt zwischen dem Geld, das die beiden Frauen abgehoben haben, und dem Zeitrahmen, in dem sie verschwunden waren ... aber Sybille Hahn war streng genommen gar nicht offiziell verschwunden.«

»Das können wir nicht mit Sicherheit sagen«, erwiderte sie. »Stell dir vor, dass die beiden Geldbeträge in einem Zusammenhang mit einem Ereignis oder einer bestimmten Tatsache stehen.«

»Erpressung?«

Jelene schüttelte den Kopf. »Bea Sperling wurde nicht erpresst. Sonst wäre sie nicht gefangen gehalten worden.«

»Das eine schließt das andere nicht aus. Wie geht es ihr eigentlich heute? Was hattest du für einen Eindruck von ihr?«

Jelene schilderte ihm den Besuch bei Bea Sperling und das deprimierende Gefühl, in das Leben einer Frau eingedrungen zu sein, die ihre neuen Umstände am liebsten vor der Welt versteckt gehalten hätte. »Irgendetwas stimmt nicht mit ihr.«

»Warum?«

»Ich kann es nicht wirklich ausdrücken. Sie wirkt seltsam distanziert zu ihren Erlebnissen und trägt sie doch gleichzeitig vor sich her.«

»Sie ist traumatisiert.«

Jelene schüttelte den Kopf. »Sie hat etwas sehr Merkwürdiges gesagt.«

Nico sah sie fragend an.

»Wenn ich nur wüsste, was es war ... irgendwie hatte ich den Eindruck, dass die Trennung von ihrem Mann weitaus schlimmer war als die Entführung. Als hätte die Trennung dieses Trauma der Entführung relativiert.«

»Selbst wenn«, widersprach Nico. »Was hat das mit Sybille Hahn zu tun?«

»Toll. Das würde Fehling mich jetzt auch fragen.«

»Allerdings ...« Nico runzelte die Brauen. »Anna Lesandre hatte es auch sehr eilig, meinen Fragen zu entkommen.«

»Hat sie sich dazu geäußert, warum sie und Bea nicht mehr miteinander befreundet sind?«

»Getrennte Wege, getrennte Lebenswelten.«

Jelene nickte. Hinter Nicos Stirn arbeitete es. Er dachte das Gleiche wie sie.

»Wie geht es jetzt weiter?«, fragte er schließlich.

»Du hast ja recht. Wir müssen uns mit Sybille beschäftigen. Ich will noch mal ihren Mann befragen.«

Als sie eine halbe Stunde später wieder bei Daniel Hahn eintrafen, war das Haus voller Leben. Allerdings auf eine Art und Weise, wie es Jelene nicht erwartet hatte. Schon vom Gartentor aus sahen sie die Frau im Garten. Sie stand mit dem Rücken zu ihnen und wässerte die große Eibenhecke. Am Glanz ihres Haares erkannte sie, dass es eine Asiatin war.

Aus dem Haus dröhnte laute Heavy-Metal-Musik und versetzte das gepflegte Anwesen in eine bizarre Stimmung. Daniel Hahn schien es nicht weiter zu stören.

»Marek braucht das jetzt«, entschuldigte er sich. »Er hat seine Mutter verloren. Ich werde ihm jetzt nicht verbieten, laut Musik zu hören. Das wäre absurd.«

Jelene und Nico nickten und betraten das Wohnzimmer. Weil es keine Verbindungstür zum Obergeschoss gab, schallte die Musik so laut, als wären überall Boxen verteilt. Vor dem Hintergrund der rasenden Drums und der schrillen Gitarrenriffs wirkte die seelenruhige Gestalt der Frau im Garten fast irreal.

»Wer ist das?«, wollte Jelene wissen. Dabei hatte sie schon eine Ahnung.

»Das ist Seiran.«

»Ihre Geliebte?«

Hahn nickte ohne Scham. »Sie ist heute Morgen aus Hongkong gelandet. Ich habe sie gebeten zu kommen.«

Wieder war Jelene irritiert von Hahns souveräner Offenheit. »Warum ist sie hier?«, fragte sie. »Weil der Platz, den Ihre Frau innehatte, jetzt frei ist? Oder brauchen Sie Trost?«

Nico warf ihr einen kurzen, mahnenden Blick zu.

»Ich wusste gar nicht, dass Sie einen moralischen Zeigefinger im Repertoire haben, Frau Bahl«, sagte Hahn ungerührt. »Sie verstehen das nicht, also urteilen Sie auch nicht.«

»Ich urteile nicht. Ich stelle nur fest.« Jelene musste ihre Stimme gegen die laute Musik heben. Wo vorgestern noch ruhige, museale Stimmung geherrscht hatte, war nun alles in eine verzweifelte, aggressive Atmosphäre getaucht, aber sie ging nicht von Daniel Hahn aus. Er wirkte trotz des Lärms unerschütterlich. Vermutlich war die Ruhe der chinesischen Frau auf ihn übergegangen wie eine schützende Aura. Plötzlich fiel Jelene etwas ein.

»Wo ist Ihre Tochter?«

»Lotta? Sie ist in ihrem Zimmer. Warum?«

»Sie lassen Ihre Tochter ganz allein? Nach einer solchen Nachricht?«

»Sie hat sich verkrochen ... was soll ich denn machen?«

Jelene ignorierte seinen Protest, als sie auf die Treppe zusteuerte und nach oben ging.

Aus den Augenwinkeln sah sie, wie Nico den Mann auf die Terrasse lotste und die Türen zuzog. Der Lärm wurde immer heftiger. Als würde ein Gitarrenlager in die Luft fliegen. Sie kam zu der Tür, hinter der das hellgelbe Zimmer lag, und klopfte. Dann fiel ihr ein, dass dieses Klopfen in dem Krach völlig unterging. Sie öffnete, doch das Zimmer war leer. Wo hatte Lotta sich verkrochen? Der Gedanke an das kleine Mädchen, das irgendwo in diesem Haus ganz allein mit dem Verlust seiner Mutter klarkommen musste, versetzte ihr einen Stich. Sie hatte im Gegensatz zu ihrem Bruder wahrscheinlich keine Möglichkeit, ihrem Schock Ausdruck zu verleihen.

Als sie die Tür des nächsten Kinderzimmers öffnete, fand sie die Geschwister zusammen auf dem Bett. Marek spielte wie besessen auf einer Spielkonsole ein düsteres Killerspiel, während seine Schwester, ein großes Kissen umklammert, apathisch danebensaß und auf den Bildschirm starrte. Auf eine merkwürdige Art wirkten sie innig.

Der Junge schien sie nicht zu bemerken, aber Lotta zuckte zusammen und schaute verwundert zu Jelene hoch. Die peilte die Stereoanlage an und betrat den Raum, ohne dabei Mareks Sichtfeld zu durchqueren. Er schaute erst auf, als die Musik leiser gedreht wurde. Jelene öffnete das Fenster und sah die beiden Kinder an. Marek trug nur Boxershorts. Er hatte einen heftigen Sonnenbrand am Oberkörper. Er starrte sie an, als wäre er gerade aus einem Traum aufgewacht.

»Seid ihr Lotta und Marek?«, fragte Jelene.

Lotta nickte, während ihr Bruder die Augen zusammenkniff. »Was fragen Sie denn so blöd?«, krächzte er. Er war mitten im Stimmbruch.

»Stimmt, das war blöd«, gab Jelene zu. »Ich weiß natürlich, wer ihr seid. Ich wusste nur nicht, wie ich anfangen soll. Es tut mir leid, dass ich die Musik leiser gemacht habe, Marek. Du kannst sie gleich wieder aufdrehen.«

»Warum haben Sie sie denn leiser gemacht?«, fragte Lotta. Das kleine Mädchen schien, anders, als Jelene erwartet hatte, weder verängstigt von der Musik noch abgestumpft.

»Ich kann nicht denken, wenn es so laut ist. Darf ich mich hier auf den Boden setzen?«

Die Kinder nickten und verfolgten sie aufmerksam mit den Augen. Sie setzte sich vor das Bett auf den Teppich. Durch das geöffnete Fenster drangen leise Stimmen aus dem Garten.

»Ich heiße Jelene.«

»Das ist aber ein schöner Name«, sagte Lotta.

»Danke sehr.«

»Warum bist du hier?«, wollte Marek wissen. Seine Hände umklammerten die Spielkonsole.

»Ich wollte mal sehen, wie es euch geht. Und ich wollte mit euch über eure Mama reden.«

»Wann kommt sie denn wieder?«, fragte Lotta. Jelene fiel es wie erwartet schwer, das kleine Mädchen mit den glatten, blonden Haaren anzusehen. Aber nicht, weil es nichts Traurigeres gab als eine Siebenjährige, die noch nicht begriffen hatte, dass ihre Mutter nie wieder zurückkehren würde. Nein, es war so eine Sache mit jungen Mädchen, aber vor allem mit diesen kleinen, bei denen die Mütter der Mittelpunkt der Welt waren. Jelene tat sich immer schwerer damit, in der Nähe solcher Mädchen zu sein.

Sie riss sich los vom Sog ihrer Erinnerung und konzentrierte sich auf die Kinder.

»Lotta, Mama kommt nicht wieder! Hast du das noch nicht begriffen?«, fuhr Marek seine Schwester an. »Sie ist tot. Verstehst du, was das bedeutet?«

Lotta sah Jelene mit großen Augen an. »Stimmt das?«, wisperte sie.

Jelene nickte. »Ja, Lotta, das stimmt leider. Eure Mama wird nicht wiederkommen.« Es fühlte sich schrecklich an, so schonungslos ehrlich zu sein, aber Jelene wusste, dass es besser war als kindgerechte Lügen. Es hätte sich falsch angefühlt, Lotta etwas von einer Wolke zu erzählen, auf der Sybille Hahn jetzt saß und auf ihre Kinder herabschaute.

»Ich glaube, Papa ist das ganz recht«, stieß Marek hervor.

»Warum sagst du das?«

»Na, wegen dieser Frau. Er braucht Mama nicht mehr. Und deswegen ist sie auch weg.«

Was nicht geliebt wird, bleibt nicht, dachte Jelene.

»Eure Mutter ist nicht deswegen weg«, sagte sie. »Es passieren manchmal Dinge im Leben, die kann man nicht mehr rückgängig machen. Aber das hat nichts mit eurem Papa oder dieser Frau zu tun.« Kaum hatte sie die Worte ausgesprochen, fragte sie sich, woher sie diese Gewissheit nahm.

»Sagt mal, könnt ihr euch erinnern, ob eure Mutter auch jemand anderen kannte, einen Mann vielleicht?«

Kopfschütteln. »Nö. Weiß nicht.«

»Ist euch mal etwas aufgefallen? Hat eure Mutter in letzter Zeit vielleicht irgendwas gesagt oder gemacht, was euch komisch vorkam?« Jelene sah abwechselnd die beiden Kinder an, Marek mit seinem gequälten Gesicht und Lotta, die mit ihren großen Augen förmlich an Jelenes Lippen hing, als würde sie nur darauf warten, dass aus ihrem Mund doch noch ein Grund zur Hoffnung kommen würde.

»Sie war ziemlich komisch, als sie uns zum Zug gebracht hat«, sagte Marek.

»Als ihr in die Freizeit gefahren seid?«

Der Junge nickte. »Wir müssen das einmal im Jahr machen. Voll öde. Einmal im Jahr an diese Scheißnordsee. Ich hasse das. Lotta gefällt's. Ist doch so, Lotta?«

Das Mädchen nickte abwesend. »Ich mag die Schafe mit den schwarzen Köpfen auf dem Deich«, wisperte sie und schaute das Standbild der Playstation an, auf dem ein grau geschupptes Monster gerade hinter einer Kreatur mit Feuerschweif her war.

»Sie hat uns zum Zug gebracht«, fuhr der Junge fort, »und hat immer rumgeheult. Voll peinlich war das. Und dann hat sie jedes Mal gewunken, als würden wir zum Mond fliegen.«

»Und diesmal hat sie das nicht gemacht?«

»Sie hat nicht geweint«, sagte Lotta und klang ganz erleichtert dabei.

»Nö. Sie hat nicht geheult«, bestätigte auch Marek. »Sie war ganz fröhlich und irgendwie … erleichtert. Als wäre sie voll froh, dass wir weg sind. Die wollte bestimmt ihre Ruhe vor uns.«

»Nein, Marek, das glaube ich nicht«, wandte Jelene ein. »Ich glaube, eure Mama war einfach nur stolz auf euch. Sie hat gesehen, wie groß ihr schon seid und dass sie sich auf euch verlassen konnte. Da war es nicht mehr nötig zu weinen. Sie wusste, dass ihr allein zurechtkommt und dass sie sich keine Sorgen um euch machen muss.«

Marek sah sie mit flackerndem Blick an, und erst jetzt wurde Jelene bewusst, was sie da gesagt hatte.

Kapitel 10

»Sie bringt ihre Kinder zum Zug, aber anstatt Abschiedsschmerz zu empfinden, ist sie ungewohnt erleichtert. Voller Vorfreude auf die Zeit, die sie für sich allein hat.« Jelene legte die Stirn an die Scheibe der Beifahrertür und hielt das Gesicht in den kalten Strom der Klimaanlage.

»Sie war grundsätzlich eine besorgte Mutter, aber vor zwei Wochen war sie es nicht. Warum? Was war es, was ihre Sorge und die Trennung von ihren Kindern überlagert hat? Was hatte sie vor? Es war der Tag, bevor sie die Mail an Falk beantwortet hatte, in der Nacht hat sie seine Nachricht bekommen.«

Nico steuerte den Wagen zurück in die Innenstadt. Es war halb fünf, und der Verkehr verdichtete sich immer mehr. Im Westen über der Pfalz ballten sich Gewitterwolken zusammen, und die Häuser standen vor einer dunkelgrauen, leicht grünlichen Wand. Die Wolken hatten die Farbe von Schimmel, angestrahlt von der immer noch sengenden Sonne. Ein eigenartiges Licht lag über der Stadt, eine seltsam aufgeladene Atmosphäre. Jelene erwartete das Gewitter mit fast schon aggressiver Ungeduld.

»Daniel Hahn wusste nichts von ihrer Krankheit«, sagte Nico. »Ihr Hausarzt ebenso wenig. Dieses Karotissinus-Syndrom, das Dr. Mundt entdeckt hat, war Sybille Hahn völlig unbekannt. Sie lebte demnach recht gefährlich. Ein zu enger Blusenkragen hätte sie ausknocken können, und sie wusste nichts davon. Ehrlich gesagt, kann ich das gar nicht glauben.«

»Falls Hahn nicht lügt«, gab Jelene zu bedenken. »Er kann uns viel erzählen.«

»Was hältst du von der Chinesin?«, fragte er.

»Die schöne Seiran? Sie ist wirklich beeindruckend.«

Nico lächelte schwach. »Warum? Nur weil sie anmutig und exotisch ist? Oder weil sie so tut, als könnte sie mir nichts, dir nichts die Ersatzmutter für diese Kinder sein, und es damit begründet, dass sie selbst mit vierzehn schon Halbwaise war?«

»Sie verfügt über ein erstaunliches Selbstbewusstsein«, gab Jelene anerkennend zu.

»Sie ist total dreist, wenn du mich fragst.«

»Vielleicht hast du recht. Vielleicht ist es aber auch einfach so, dass Sybille und Daniel Hahn kreuzunglücklich miteinander waren und der Mann ihren Tod als Befreiung empfindet und jetzt so schnell wie möglich zu neuen Ufern aufbricht. Willst du ihm das verübeln?«

»Ich will ihm gar nichts. Ich will nur, dass er für seine Kinder da ist, bevor er ihnen eine neue Mutter vorsetzt!«, schnaubte Nico. »Weißt du, was das Schlimmste am Tod einer Mutter ist?«

Jelene antwortete nicht. Das war kein gutes Thema.

»Ich weiß, du hast keine Kinder, Jelene, aber es gibt etwas im Leben einer Frau, wenn sie ihre schlafenden Kinder beobachtet. Yvonne erzählt es mir oft. Oliver und Thea sind nicht mehr so klein, aber sie schleicht sich immer noch nachts zu ihnen ans Zimmer und schaut ihnen eine Weile beim Schlafen zu. Ich mache das übrigens auch … aber bei ihr ist es anders.«

Er überlegte eine Weile. Jelene starrte geradeaus durch die Windschutzscheibe.

»Das ist ein Gefühl, das so schmerzvoll ist, dass sie es fast nicht aushalten kann«, erzählte er weiter. »Diese süße Schutzlosigkeit und das Wissen, dass du dieses Leben in die Welt geholt hast, dass sie alle Empfindungen dir verdanken. In solchen Momenten wird einem bewusst, dass die schlechten Noten in der Schule, die Pubertät, die Rebellion ... einfach alles ein dummer kleiner Pups ist.«

Jelene holte Luft, wollte ihn unterbrechen, aber er sprach weiter.

»Ich weiß nicht, ob Sybille Hahn ihre Kinder so im Schlaf angeschaut hat, ich hoffe es. Aber jetzt wird sie es nie mehr tun, und das ist, als hätten diese Kinder viel mehr verloren als eine Mutter ...«

»Hör auf damit!«, bat sie schwach, aber doch mit so viel Nachdruck, dass er verstummte.

Er warf ihr einen irritierten Blick zu, aber sie sah weiter geradeaus und reagierte nicht. »Übrigens danke, dass du dafür gesorgt hast, dass diese Musik aufgehört hat«, sagte er schließlich beiläufig. »Das war eine auditive Hinrichtung für meine verwöhnten Ohren.«

»Gern geschehen.«

Nico bog in die Einfahrt des Präsidiums. Jelene sah wie in einem Reflex nach oben, doch Fehling stand an keinem der Fenster. Ob er die Geschichte zu Ende erzählen würde?

Die Besprechung anschließend startete wieder mit einer Zusammenfassung Hellmers.

»Zuerst mal die Untersuchungsergebnisse der KTU. Ihr erinnert euch an die kleinen Partikel am Hals der Frau?«

Jelene nickte. Diese Spur hatte sie völlig vergessen.

»Also, es ist nicht ganz einfach. Die Partikel saßen auf

ihrer Haut und hatten sich teilweise im Haar und hinter ihrem Ohr abgesetzt. Es ist davon auszugehen, dass sie von Handschuhen stammen. Es gab keinen Faserabrieb, was auf Lederhandschuhe hinweist. Die Partikel setzen sich aus Rost und minimalen Spuren von Lack zusammen. Die KTU versucht jetzt, die Zusammensetzung und Herkunft der beiden Komponenten zu ermitteln.«

»Was denken Sie, woher das Zeug stammt?«, wollte Fehling wissen. Er wirkte kühl und aufgeräumt.

Hellmer dachte kurz nach. »Typischerweise würde es zu einem Tor, einem alten Lieferwagen oder einem Transportbehälter passen. Der Täter hat vermutlich Handschuhe benutzt, die mit so etwas in Berührung gekommen sind.«

»Na super!«, stieß Fehling hervor. »Diese Recherche können Sie gleich hintenanstellen, die bringt uns gar nicht weiter.«

»Warum nicht?«

»Wenn Sie die Zusammensetzung der Spuren einwandfrei bestimmen können, wissen Sie lediglich, dass der Täter mal einen alten Lieferwagen oder was auch immer angefasst hat. Und?«

Hellmer faltete die Hände. »Dann mache ich jetzt mit dem Fahrzeugtyp weiter, wenn Sie erlauben«, sagte er eisig. »Es ist ein Jeep, Modell Wrangler Unlimited TJ, Baujahr zwischen 1990 und 1998. Das Reifenprofil lässt auf diesen Typ schließen, weil es nur für dieses Modell und nur in diesen Jahren verwendet wurde.«

»Wie viele Leute besitzen solche Autos?«, wollte Jelene wissen. »Das ist doch bestimmt sehr selten, oder?«

»In Mannheim selbst gibt es genau zwei dieser Wagen. Einer davon steht in der Garage eines Bastlers mit ausgebautem Motorblock. Der andere gehört einem Jäger, der zwar Mannheimer Kennzeichen hat, aber in Koblenz lebt. Wir können uns jetzt durch sämtliche angemeldeten Jeeps in ganz Europa arbeiten. Haben wir diese Recherchekapazität?«

Fehling winkte gereizt ab. »Danke, Herr Hellmer, für Ihre Mühe, aber so kommen wir nicht weiter.«

»Ach?« Nico beugte sich vor und sah den Kriminaloberrat an. »Na, jetzt bin ich gespannt.«

Fehling ließ sich nicht provozieren. Er sah auffordernd zu Michael Nock, der mit verschlossenem Gesicht am anderen Ende des Tisches saß.

»Bevor ich anfange«, begann er, »möchte ich zu verstehen geben, dass ich mit diesem Ansatz überhaupt nicht einverstanden bin, ich …«

»Danke, Herr Nock«, unterbrach Fehling den jungen Kommissar. »Wir haben es zur Kenntnis genommen. Wenn Sie uns jetzt bitte Ihre Liste zeigen würden.«

»Was denn für eine Liste?« Jelene sah sich irritiert am Tisch um. »Haben wir was verpasst?«

Michael Nock stand ruckartig auf. »Es ist der Vorschlag von Herrn Fehling gewesen, dass ich in dieser Hinsicht recherchiere. Und es gibt ehrlich gesagt auch keine Liste. Sondern nur einen einzigen Namen.«

»Wie bitte? Ich verstehe gar nichts mehr.« Auch Nico starrte irritiert abwechselnd Fehling und Nock an.

»Herrschaften, es ist doch ganz einfach«, sagte Fehling. »Was tun wir, wenn es eine Vergewaltigung gegeben hat?

Oder einen Fall von Kindesmissbrauch? Was tun wir, wenn wir keine Anhaltspunkte oder Namen haben? Nun?«

Er sah sie reihum an, die Hände hinter dem Rücken verschränkt, herausfordernd und gleichzeitig bezwingend.

»Das glaube ich jetzt nicht!«, entfuhr es Jelene. »Wollen Sie uns etwa sagen, dass Sie ...«

»Genau das will ich«, unterbrach er sie. »Wir suchen da, wo Licht ist. Wenigstens ein bisschen Licht. Herr Nock?«

Michael Nock befestigte das Foto eines Mannes am Flipchart. »Fred Hafner, Jahrgang 1966, aktenkundig seit 1990 wegen diverser mittelschwerer Delikte, angeklagt wegen Entführung, Körperverletzung und Nötigung im Dezember 2009. Saß sechs Jahre hinter Gittern, seit einem Jahr auf freiem Fuß.«

»Ist das euer Ernst?«, stieß Jelene hervor.

»Meine liebe Frau Bahl und alle, die sich ebenfalls ereifern wollen«, gab Fehling mit kühler Stimme zurück, »wenn wir einen Vergewaltiger suchen, dann schauen wir uns alle Männer an, die einmal wegen Vergewaltigung aktenkundig geworden sind. Wenn wir einen Bankräuber suchen, verfahren wir ebenso. Und wenn wir jemanden suchen, der eine Frau im Wald entführt, dann ...«

Jelene schlug mit der flachen Hand auf den Tisch. »Wollen Sie uns verarschen?«, schrie sie.

»Nur die Ruhe, Frau Bahl.«

»Nein, ich bin nicht ruhig! Sie leiten diese Ermittlungsgruppe und führen uns an der Nase herum. Heute Morgen war ich bei Ihnen und habe Sie gebeten, einen ungelösten Entführungsfall noch einmal abzuklopfen.

Das haben Sie mir zähneknirschend genehmigt. Weil wir – und da haben Sie vollkommen recht – keinerlei Anhaltspunkte für eine Entführung haben. Und jetzt schlagen Sie selbst einen Bogen zu unserem alten Fall, indem Sie Nock hinter unserem Rücken nach aktenkundigen Entführern suchen lassen? Leiden Sie irgendwie an einer gespaltenen Persönlichkeit?«

Fehlings Augen verengten sich zu Schlitzen, aber dabei lächelte er. »Wie recht Sie doch haben«, sagte er tonlos. »Sie waren den ganzen Tag unterwegs. Rausgekommen ist dabei rein gar nichts. Wir haben eine tote Frau, wir haben einen gewissen Geldbetrag. Und wir haben einen Mann, der in der Vergangenheit in einem schweren Fall von Entführung verwickelt war. Zwar nicht in Mannheim, aber in Weinheim. Das ist zwanzig Kilometer von uns entfernt. Herr Nock, weiter im Text.«

Fehling wandte seinen Blick von Jelene ab. Michael Nock sah sich Hilfe suchend und mit entschuldigenden Blicken am Tisch um. Jelene konnte es nicht glauben. In ihrem Bauch begann es zu beben, ihre Finger zitterten. Eine ungeheure Wut ballte sich in ihr zusammen. In einer kleinen, engen Dimension, die nichts mit der Realität an diesem Tisch zu tun hatte, ohrfeigte sie Fehling und warf ihren Job hin. Sie biss sich auf die Zunge. Heute Morgen in seinem Büro hatte sich ein kleines Fenster aufgetan, durch das sie geglaubt hatte, den Menschen hinter der Fassade zu sehen und irgendeine Art von Verbindung aufnehmen zu können. Aber nun wurde alles wieder überlagert von Misstrauen und Ablehnung.

Sie stand auf. »Ich höre mir das nicht an.«

Am Ende des Tages hatte Jelene sieben unbeantwortete Anrufe ihres Vaters auf dem Handy. Etwas musste passiert sein, sonst hätte er aus Spanien nicht so oft versucht, sie zu erreichen. Ein plötzliches Gefühl von Sorge vertrieb den Trotz, der sie den ganzen Tag hatte nicht reagieren lassen. Es war 22.27 Uhr, als sie zurückrief. Aber es war ihre Mutter, die den Anruf entgegennahm. Jelene zuckte zusammen. Ein schlagartiger Reflex sagte ihr, aufzulegen und so zu tun, als hätte sie nie zurückgerufen. Aber das ging nicht. Bei der eigenen Mutter konnte man nicht so tun, als hätte man sich verwählt.

»Jelene?«, ertönte ihre markante, dunkle Stimme. Eine Stimme, die ihre Patientinnen im Notfallberatungszimmer vielleicht als vertrauenerweckend und angenehm empfanden. Aber Jelene verband etwas anderes damit.

»Wir dachten schon, es wäre etwas passiert, weil du den ganzen Tag nicht abgenommen hast. Ist alles in Ordnung bei dir?«

»Ja. Alles in Ordnung«, sagte Jelene. Schon wieder dieses Zittern im Bauch. Es hörte einfach nicht auf. »Bin am Arbeiten. Neuer Fall.«

»Warum der Telegrammstil, Jelene?«, fragte Renate Bahl belustigt. Sie lachte nicht direkt, aber da war dieses spöttische Vibrieren in ihrer Stimme. Dieses leichte Reiben, das verriet, wie sehr sie Zigaretten als Begleiter zu langen, nächtlichen Gesprächen schätzte. Selbst gedrehte Zigaretten und schweren Rotwein und Gespräche über Philosophie, Kulturgeschichte und Feminismus. Da konnte Jelene nicht mitreden.

Du bist ein durch und durch nüchterner Mensch, hatte

Renate Bahl ihrer Tochter einmal vorgehalten. *Wie eine leere Leinwand. Bei dir ist so viel möglich, aber du lässt es nicht zu.*

Was sollte man so einer Frau über das eigene Leben sagen? Renate Bahl gab sich nicht zufrieden mit Sätzen wie: *Ich ermittle in einem Mordfall, aber danke, es geht mir gut.* Das war kein ausreichender Grund, nicht zurückzurufen.

Jelenes Arbeit wurde im Haus ihrer Eltern nicht akzeptiert als das, was es war.

Jeder Fall, über den sie jemals versucht hatte zu sprechen, wurde jedes Mal als Sprungbrett in philosophische Gefilde genutzt, in denen Renate und Klaus Bahl bei Diskursen über Leben und Tod, Gewalt, Affekt und Sexualität glänzen konnten. Am Ende ging es nicht mehr um die Menschen, die sich in Tragik und Unglück verstrickt hatten und zu Straftätern geworden waren, sondern nur noch um abstrakte Ausschweifungen bei noch mehr Rotwein, und Jelene kam sich mit ihren Totschlägern, Mördern und Vergewaltigern albern vor. Wie jemand, der auf der Bühne, auf der ihre Eltern verbal glänzten, den Bodensatz wegwischte. Irgendwann mal hatte sie es aufgegeben zu erzählen, was sie tat. Deswegen der Telegrammstil.

»Ich hatte zu tun. Deswegen hab ich nicht zurückgerufen. Ist alles in Ordnung?«

»Ach, nun mach dir doch um uns keine Sorgen.«

»Ihr habt siebenmal angerufen.«

»Um dir zu sagen, dass wir früher zurückkommen. Am Freitag, um genau zu sein. Und wir müssen reden. Dringend.«

»Über was denn?«, versuchte Jelene sich in provozierender Ahnungslosigkeit.

»Über deine kindischen Versuche, Kontrolle über etwas zu erlangen, was außerhalb deiner Reichweite liegt. Jelene, ich hätte nicht gedacht, dass du so wenig mit den Tatsachen deines Lebens zurechtkommst. Dein Einbruch in unserem Haus zeigt, wie verzweifelt du bist.«

»Tatsachen?«, echote sie. Mittlerweile war das unterschwellige Beben überall in ihrem Körper und bald auch in ihrer Stimme. »Das sind Tatsachen, die ihr geschaffen habt! Und ich muss damit klarkommen.«

»Du kommst aber nicht damit klar. Du musst eine Therapie machen. Damit du es endlich bewältigst.«

»Ich sage dir, wie ich es bewältigen könnte …«

»Ach, nun hör mir damit auf. Du weißt, dass das ausgeschlossen ist! Und selbst wenn es dir gelingen würde – du würdest dich damit sehr unglücklich machen.«

»Ich bin schon unglücklich, Mama.« Jelene hätte schnell auflegen müssen, damit ihre Mutter das Zittern in ihrer Stimme nicht hören konnte. Jetzt war es auch egal. Sie weinte.

Ihre Mutter seufzte verärgert. »Hör mir zu, Jelene. Ich biete dir an, mit dir gemeinsam zu einem Experten zu gehen und darüber zu sprechen. Du weißt, dass Papa sehr gute Leute kennt. Ich bin ja nicht ganz unbeteiligt an dem, was damals passiert ist. Ich biete es dir als deine Mutter an, dass wir das gemeinsam aufarbeiten. Wenn nicht … dann tu, was du nicht lassen kannst. Dann engagiere meinetwegen einen Privatdetektiv, der das für dich herausfindet, aber ich werde dir den Schlüssel zu deinem Unglück nicht in die Hand geben.«

Jelene schwieg. Die Tränen liefen über ihre erhitzten Wangen, und sie lauschte der Stille in der Leitung. Eigentlich war da keine Stille. Sie hörte das 2500 Kilometer entfernte Zirpen einer Grille. Und das leise Plätschern von Flüssigkeit in einem Glas. Sie wusste, dass ihre Eltern auf der großen Terrasse saßen, mit Blick auf die steppenartigen, kargen Hügel unter dem wie gemeißelt wirkenden Sternenhimmel von Andalusien. Mit schwerem Rotwein und Selbstgedrehten. Und wahrscheinlich war das Handy auf Lautsprecher gestellt, damit Klaus Bahl mithören konnte, schweigend im Hintergrund. Später würden sie über das Schicksal diskutieren und über psychosexuelle Analysen. Über ihre Tochter und ihr selbst gewähltes Unglück. Jelene nahm das Handy vom Ohr und legte ohne ein weiteres Wort auf. Es war ein Moment, in dem der Schmerz wie ein dünner Draht durch ihr Inneres fuhr. Ein Moment von fast kindlicher Hilflosigkeit. Ohne es recht zu merken, wählte sie eine neue Nummer.

»Ja?«

»Felix, hier ist Jelene.«

»Jelene. Ist alles in Ordnung? Mit dem Tattoo, meine ich. Und auch mit dir.«

Sie hätte ihm gerne gesagt, dass die Tätowierung höllisch juckte und dass abgesehen davon gar nichts in Ordnung war. Aber sie fragte: »Felix, siehst du dich selbst als Therapeut?«

»Ich bin das, was meine Kunden in mir sehen«, antwortete er. Seine leise Stimme beruhigte sie sofort, aber die Sehnsucht nach ihm wurde mit einem Schlag fast unerträglich.

»Nein, ich meine, gibt es Leute, die zu dir kommen, weil sie den Schmerz der Tätowierung brauchen, um damit irgendwas anderes zu überdecken?«

»Du meinst, diese geheimnisvolle Kriminalkommissarin, die alle drei Wochen zu mir kommt?«

»Ja, solche Leute«, wisperte sie. Dass er sie durchschaut hatte, beunruhigte sie.

»Dir geht es gerade gar nicht gut«, stellte Felix fest.

»Was soll ich sagen …?«

»Ich komme zu dir, wenn du möchtest.«

»Nein … das musst du nicht.«

»Doch. Therapeutische Nachsorge. Außerdem kannst du dir die Folie nicht allein vom Rücken ziehen. Lass mich es machen. Und dann … dann sehen wir weiter.«

Ja, dachte sie. Genau so sollte dieser Tag enden.

»Ich bin nicht so verzweifelt, wie es sich gerade anhört«, beteuerte sie.

»Und selbst wenn. Ich denke, ich mag dich auch, wenn du verzweifelt bist.« Er lachte kurz auf, leise und erstaunlich liebevoll. »Ich bin in zwanzig Minuten da.«

»Danke.«

Sie legte auf und fühlte, wie der Schmerz in ihr still wurde und sich langsam von der Oberfläche in eine tiefere Schicht zurückzog. Sie sah auf die Uhr. Zwanzig Minuten, bis Felix kam. Was konnte man in dieser Zeit tun, um die Kontrolle wiederzuerlangen?

Jelene setzte sich an den Tisch und klappte ihren Laptop auf.

Zum Beispiel einen Privatdetektiv suchen.

Kapitel 11

»Fred Hafner saß nur deswegen relativ kurz im Knast, weil er bei der Entführung dieses armen Mädchens keine zentrale Rolle gespielt hat. Er war ein Hintermann bei der Planung und sagte aus, dass er nur das Auto gefahren habe, in dem Janine Mayer entführt wurde. Ansonsten belief sich seine Mittäterschaft lediglich darauf, dass er ihr am Tag darauf eine Pizza und eine Flasche Wasser in den Kerker brachte. Aber weil er ein ziemlich happiges Vorstrafenregister hat, wanderte er ein. Sechs Jahre eines Lebens. Aber was für ein Leben? Was sind sechs Jahre für einen Typen, der immer nur krumme Dinger dreht und immer in Geldnöten ist, der so verkorkst ist, dass er eine Siebzehnjährige entführen muss? Glauben Sie nicht, dass so eine Person ein ganz anderes Zeitempfinden hat als jemand ... sagen wir, jemand wie Sie und ich?«

Fehling mochte den Klang seiner Stimme in dem geschlossenen Wagen. In seinen eigenen Ohren hörte sie sich angenehm gedämpft und sehr souverän an und gab ihm selbst ein Gefühl von Sicherheit. Sich so entschlossen reden zu hören, verhalf ihm zu innerlicher Stabilität und sorgte dafür, dass die gespenstischen Bilder auf Abstand blieben.

Jelene saß auf dem Beifahrersitz, dort, wo vorgestern Irene gesessen und ihm ihre Hand in die Hose gesteckt hatte. Jelenes Körpersprache war ebenfalls eindeutig. Verschränkte Arme, eng aneinanderliegende Beine, abgewandter Kopf.

Sie hatte an diesem Morgen noch nicht viel gesprochen. Ihr Abgang gestern war ihm noch lange nachgegangen, länger, als ihm lieb war. Ja, er hatte sogar nachts im Bett noch an sie gedacht, mit ihrem Bild auf seiner Netzhaut. Aber anstatt sie zu strafen, von dem Fall abzuziehen oder zu tadeln, wusste Fehling, dass er genau das Gegenteil tun musste. Überzeugungsarbeit. Er musste Bahl ins Boot holen. Anders ging es nicht.

Er genoss es, dass sie neben ihm im kühlen Wageninneren saß. Sie trug wieder schlichtes Schwarz; diesmal ein enges Shirt mit U-Boot-Ausschnitt, was ihren kräftigen Hals schön zur Geltung brachte. Sie roch frisch geduscht, und das Haar in ihrem Nacken sah noch feucht aus. Er warf einen kurzen Blick auf ihren Busen. Sie merkte es nicht, weil sie starr aus dem Seitenfenster auf die vorbeiziehende Schornsteinlandschaft der BASF schaute. Dass er sie überhaupt so weit gebracht hatte, mit ihm in die Gartensiedlung zu fahren, verbuchte er als Erfolg. Nico Lichte hatte er damit beauftragt, die engeren Freundinnen von Sybille Hahn zu befragen, in ihrem Verlag ein paar Leute zu interviewen und ihren Hausarzt zu besuchen. Lichte war also erst mal aus dem Weg.

»Der Mann ist jetzt seit einem Jahr draußen«, sprach er weiter. »Er hätte eigentlich zwei Jahre länger sitzen müssen, aber sie haben ihn wegen guter Führung auf Bewährung entlassen. Was die Presse damals übrigens gar nicht lustig fand. Einen verurteilten Entführer weiß man nicht gerne wieder in freier Wildbahn. Er ist ziemlich unten, wohnt in einem Schrebergarten. Was er so treibt, um über die Runden zu kommen, weiß niemand.«

Jelenes Kopf fuhr herum. »Hören Sie sich eigentlich zu, Fehling? Sie ignorieren die Hinweise, die wir bereits haben, und picken sich wie zufällig einen drittklassigen Entführer heraus, nur weil es gerade passt? Schon vergessen, wir haben da eine Geldübergabe, einen geheimnisvollen Unbekannten, eMails. Wir haben ein Phantom namens Falk. Aber dieses Phantom ist mir tausendmal lieber als ein x-beliebiger Krimineller. Sie sind wie dieser Typ aus dem Witz, der seine Geldbörse unter einer Straßenlaterne sucht, weil da das beste Licht herrscht.«

Fehling biss sich auf die Zunge und fasste das Lenkrad fester. Dann lächelte er. *Bestätigung heucheln,* sagte er sich. *Komm ihr entgegen.*

»Wo Sie recht haben, haben Sie recht«, meinte er.

»Dann drehen Sie um, und fahren Sie zurück zum Präsidium.«

»Frau Bahl, Sie verstehen mich falsch. Ich habe doch überhaupt nicht vor, diesen Hafner zu verhaften, bloß weil er ins Profil passt. Mir ist auch klar, dass ein Mann mit seinen beschränkten Möglichkeiten nur schwer Kontakt zu einer Frau wie Sybille Hahn aufgenommen haben kann. Aber weiß ich es mit Sicherheit? Wer weiß, was der Mann im Knast gelernt hat, was er für Leute kennt.« Er bremste vor einer roten Ampel. »Und außerdem haben wir eine ganz bestimmte Möglichkeit noch gar nicht ins Auge gefasst.«

»Und die wäre?«, fragte Jelene betont lustlos.

»Stellen Sie sich vor, dass dieser Falk irgendetwas Mysteriöses am Laufen hatte und die beiden sich verabredet haben … zu was auch immer. Dass Sybille Hahns Tod damit aber gar nichts zu tun hatte. Dass sie ihrem Mörder zufällig begegnet ist. Ein Überfall im Wald. Der Käfertaler Wald liegt ganz in der Nähe der Laubensiedlung, in der Fred Hafner haust.«

»Ach, wie praktisch aber auch!« Seltsamerweise gefiel es ihm, dass sie derart frostig und spöttisch reagierte. Es fügte ihrer Gesamterscheinung eine interessante Facette hinzu.

»Ich meine doch bloß, dass es auch genauso gut sein kann, dass Sybille Hahn einfach nur das Opfer eines dilettantischen Raubüberfalls gewesen sein könnte. Ein abgebrannter Ex-Knacki sieht wohlhabend aussehende Frau mit Handtasche im Wald und ergreift die Gelegenheit. Warum auch nicht? Stimmen Sie mir da zu?«

»Wenn Sie unbedingt wollen, ja«, sagte Jelene genervt. »Das liegt alles im Bereich des Möglichen, aber es ist trotzdem weit hergeholt. Und warum ausgerechnet Hafner?«

»Frau Bahl, ich will den Mann doch nur befragen. Ob er ein Alibi hat, zum Beispiel. Hören Sie denn nie auf Ihr Bauchgefühl?«

Als wäre es ein Stichwort gewesen, vernahm er in diesem Moment ein leises Knurren. »Sie haben nicht gefrühstückt?«, fragte er belustigt.

»Ich höre meinen Bauch am besten, wenn er nicht voll ist«, sagte sie. »Und er sagt mir, dass Sie auf dem Holzweg sind.«

Fehling lächelte. »Wir werden sehen.«

In einem unüberschaubaren Karree aus Lauben, Wohnmobilen, Hütten und Grillplätzen, überragt von Fahnenmasten mit Deutschlandflaggen und den Fahnen der ansässigen

Sportvereine, lag Hafners Behausung ganz am Ende unter einer großen Trauerweide. Sie mussten sich eine Weile durch die wenigen anwesenden Bewohner der Siedlung fragen, ehe sie ihn fanden. Fehlings Blick lag angewidert auf der kleinen Welt zwischen den Stadtteilen Schönau und Sandhofen. Jelene schätzte, dass die Vorstellung von Freizeit, die diese Leute miteinander teilten, ihn unendlich deprimierte. Diese von Gartenzwergen behütete Enge. Die hohen Bäume waren das einzig Schöne, das es hier gab. Schweigend ging Jelene neben Fehling her und verfolgte, wie er die Anwohner in knappem, befehlsgewohntem Ton nach der Behausung von Hafner fragte. In der Luft hing der Geruch von kalter Grillkohle und Sonnenmilch. Am Rand des Weges hockte ein kleiner Junge, der Blätter von einem Busch rupfte und auf einem Stöckchen aufspießte.

Würde man die Siedlung mit einer schön aufgeräumten Stadt vergleichen, dann wäre Hafners Grundstück am Rand wohl der Problembezirk. Seine Gartenhütte war zwar geräumig, aber ziemlich verwahrlost. Das Unkraut hatte sich einen Weg zwischen den aufgebrochenen Bodenplatten gesucht, und das Laub der Trauerweide bildete eine dicke, modrige Schicht auf dem eingesunkenen Dach, an dem eine Satellitenschüssel befestigt war. Die Rückseite des Häuschens war fast eingewachsen in das dahinter liegende Gehölz, ein schattiger, uneinsehbarer Bereich. An der Vorderfront gab es eine schmale Tür, die mehrfach mit Klebeband ausgebessert war. Die Fenster waren von innen mit Zeitungspapier beklebt.

»Schöner Wohnen im Grünen«, höhnte Fehling.

Jelene stand zögernd an der Grundstücksgrenze und betrachtete das schäbige, jämmerliche Häuschen.

Fehling sah sie stirnrunzelnd an. »Sie werden doch diesen Typen nicht bemitleiden!«, stieß er hervor.

»Was dagegen?«, erwiderte sie.

Er schnaubte leise, trat auf die Tür zu und klopfte. Nichts rührte sich. Fehling klopfte erneut.

»Wer stört?«, röhrte es plötzlich laut aus einer unbestimmten Richtung. Einen Moment später kam ein untersetzter Mann hinter dem Haus hervor.

Fred Hafner trug eine abgewetzte Latzhose über dem nackten, erstaunlich muskulösen Oberkörper, der übersät war mit den dilettantischen Versuchen von Knasttätowierern. Jelenes Blick fiel auf Fehling, der sich merklich straffte bei dem unerwartet fitten Anblick des Mannes. Er zog sogar den Bauch ein. Jelene lächelte. *Männer,* dachte sie. *So durchschaubar.*

Hafners verfilztes Haar sah aus, als hätte er es mit der Nagelschere geschnitten. Er war wirklich alles andere als schmächtig oder halb verhungert, und trotzdem strahlte er eine intensive Bedürftigkeit aus, überdeckt von unterschwelliger Aggressivität. Er war erst Anfang vierzig, aber die tief liegenden Augen in dem faltigen Gesicht hätten ebenso gut einem weit älteren Mann gehören können. Er war barfuß und schmutzig und wirkte vor der grünen Idylle wie der garstige Troll aus dem Märchen.

»Fred Hafner?« Fehling zog seine Polizeimarke. »Das ist meine Kollegin Jelene Bahl. Wir sind hier, weil wir Sie zum Tod einer Frau im Käfertaler Wald befragen wollen.«

»Was für 'ne Frau?«, blaffte Hafner und starrte dabei Jelene an. Sie trat nun ebenfalls einen Schritt auf ihn zu und sah ihm offen ins Gesicht.

»Wie ist Ihnen das Jahr in Freiheit bekommen, Herr Hafner?«, fragte Fehling. »Nicht sonderlich gut, möchte man meinen. Sie brauchten dringend einen kleinen Zuverdienst, was?«

»Ich leb von der Stütze, das reicht!«, schnauzte der Mann.

»Das sieht man«, sagte Fehling mit einem spöttischen Blick ringsum. »Dürfen wir uns mal bei Ihnen umschauen? Ich meine, drinnen?«

»Nein. Dürfen Sie nicht. Was wollen Sie überhaupt?«

»Sind Sie schwerhörig?«

»Herr Hafner, sind Sie ab und zu im Käfertaler Wald unterwegs?«, fragte Jelene betont sanft und freundlich. Wieder ein Stirnrunzeln von Fehling.

»Ist das verboten?«, schnauzte der Mann.

»Waren Sie am Donnerstag letzte Woche zufälligerweise auch dort?«

»Und wenn?«

»Hören Sie, uns ist klar, dass Sie wahrscheinlich keine Zeitung lesen«, lenkte Jelene ein. »Aber vielleicht haben Sie ja trotzdem von der weiblichen Leiche gehört, die wir gefunden haben. Luftlinie vielleicht ein, zwei Kilometer von Ihrer Hütte entfernt. Ausgeraubt, nackt und erwürgt.«

»Tja. Sachen gibt's«, sagte Hafner ungerührt und öffnete die Tür zu seiner Hütte.

Er ging nach drinnen und wollte die Tür hinter sich zuziehen, aber Fehling war mit drei Schritten bei ihm und stellte seinen Fuß in die Öffnung. »Nicht so schnell. Wir sind noch nicht fertig.«

»Was soll das, Bulle? Was willst du von mir?«

»Wissen, wo Sie in der Nacht auf Freitag letzte Woche waren.«

»Tja, ich will auch so viel wissen.«

»Wollen Sie lieber mit aufs Revier kommen?«, zischte Fehling.

»Mir egal.«

Fehling betrat den dämmrigen Innenraum der Hütte. Widerwillig folgte Jelene ihm. Drinnen zog sich ihr Hals zusammen, und Fehling ging es wohl ebenso. Hafner hauste wahrhaftig im Dreck. Der Raum besaß keinerlei Konturen. Auf den wenigen schiefen Möbelstücken lagen und hingen so viele Dinge – Klamotten, Kisten, Zeitschriften, Stoffe, Plastikfolie und Pappstücke –, dass es unmöglich war zu erkennen, welchem Zweck die einzelnen Dinge dienten. Eine dünne, schmuddelige Matratze lag in einer Ecke neben einem umgedrehten Karton, auf dem gleich mehrere überquellende Aschenbecher standen. Auf dem Fensterbrett über einem kleinen Gaskocher stapelten sich leere Konservendosen. Es stank nach kalten Kippen, Moder und altem Essen. Allerdings gab es einen nicht gerade kleinen Flachbildfernseher und einen Haufen DVDs daneben.

Ihr Mitleid für Hafner wurde noch größer. Der Mann bekam doch Stütze. Warum nur lebte er dann derart elend? Aber an der Art und Weise, wie Hafner sich breitbeinig und mit provozierend genüsslichem Grunzen in einen Sessel fallen ließ, sah Jelene auch, dass er wohl zu den Exemplaren gehörte, denen der Dreck egal war. Es gab diese Typen. Typen, die es nicht im Mindesten störte, dass alles triefte und stank und vermoderte. Dagegen war eine Knastzelle das reinste Luxus-Resort. Fehling trat zu einem schmalen Flurschrank, vollgestopft mit unidentifizierbaren Dingen, und ließ seine Hand betont angewidert über die herauslugenden Zeitschriften streifen. Im hereinfallenden Licht wallte Staub auf. Jelene drehte ihm den Rücken zu und betrachtete die Kochecke. Dort standen Dosen mit Katzenfutter. Ihr Magen zog sich zusammen.

»Sie müssen so nicht leben, das wissen Sie, oder?«, sagte sie.

»Und wenn ich es will? Red mir nicht in meinen Kram rein, Bullenfrau.«

Als sie sich wieder umdrehte, stand Fehling mit überkreuzten Armen da und starrte sie vorwurfsvoll an. *Du bist hier nicht auf der Kinderkrebsstation,* sagte sein Blick.

»Herr Hafner, wir überprüfen gerade ein paar Kandidaten, die vom Profil her geeignet wären, eine Frau im Wald zu überwältigen, festzuhalten, auszurauben und anschließend umzubringen«, wandte er sich dann an Hafner. »Das ist das Standardverfahren. Nehmen Sie es uns also nicht übel, dass wir dabei auch an Sie denken. Sie hatten in der Vergangenheit, was das betrifft, ja bereits einen Übungslauf. Also, alles, was wir wissen wollen, ist Ihr Alibi für den letzten Donnerstagabend.«

Fehling begann, auf den wenigen nicht zugestellten Quadratmetern der Hütte herumzugehen und sich umzusehen. »Also? Wo waren Sie am letzten Donnerstag?«

»Na, hier. Hab mir 'nen Porno reingezogen.« Hafner

fasste Jelene Bahl ins Auge und zog anzüglich die Lippen nach oben. »Mit so 'ner reifen Schlampe, die es in alle Löcher ...«

»Halten Sie den Mund!«, blaffte Fehling. Jelene blieb ungerührt.

»Kann das jemand bezeugen?«, fragte er weiter. »Ein Kumpel vielleicht, der mitgeguckt hat?«

»Nö. Ich bin dabei gern allein, wenn Sie verstehen, was ich meine.« Er vollführte eine demonstrativ obszöne Geste, irgendwo im Schritt seiner fleckigen Latzhose.

»Also kein Alibi«, stellte Jelene fest.

»Wieso? Ich hab's Ihnen doch gerade gesagt. Ich war hier.«

»Schön für Sie, Hafner. Aber wenn das niemand bezeugen kann, ist es auch kein Alibi«, präzisierte Fehling die Lage.

»Fragen Sie doch die Leute vom Nachbargrundstück.«

»Diese Leute sehen nicht danach aus, als würden sie sich für jemanden wie Sie interessieren, Hafner. Ich glaube, die sind hauptsächlich daran interessiert, Sie nicht wahrzunehmen. Und ich kann es ihnen nicht verdenken.«

Hafner grunzte. »Na und? Was willst du jetzt tun, Bulle?«

»Licht in die Sache bringen.« Damit trat er an eines der Fenster und riss die davorgeklebte Schicht Zeitungspapier ab. Das grelle Sonnenlicht bahnte sich einen Weg in die muffige Dämmerung. Jelene zuckte zusammen.

»Nur so aus Interesse – würden Sie sich die Chance denn entgehen lassen, eine Frau auszurauben?«, fragte Fehling.

»Sie können mich mal!«, schnauzte Hafner. Aber seine

trotzige Gelassenheit geriet ins Wanken. Auf seinem selbstgefälligen Gesicht sah Jelene erste Zweifel.

»Was treiben Sie denn so in Ihrer Freizeit? Außer Pornos schauen, meine ich.« Fehling genoss es sichtlich, den Mann langsam, aber sicher fertigzumachen.

»Das geht Sie 'nen Scheißdreck an.«

»Da haben Sie recht, Hafner. Ich will es wirklich nicht so genau wissen. Aber leider muss ich es wissen. Kommen Sie, Sie geben sich mit diesem Leben doch nicht zufrieden. Haben Sie denn keinerlei Zuverdienst?«

Hafner schaute nervös zur Seite. »Nö, hab ich nicht.«

»Vermissen Sie den Knast?«

Hafner sprang auf. »Raus hier!«, schrie er.

»Ja, gleich. Frau Bahl, würden Sie Ihr weibliches Auge bitte ganz kurz umherschweifen lassen, bevor wir gehen?« Fehling fixierte sie und deutete ringsum. Jelene hielt seinem Blick eine Weile stand und schaute sich dann halbherzig um. Fehling riss auch noch an dem anderen Fenster die Zeitungen ab. Das Licht meißelte das unbeschreibliche Chaos aus der Dunkelheit. »Tja, langsam verstehe ich, warum Sie die Fenster verklebt haben«, spottete er.

Hafner rammte die Hände in die Hosentaschen und holte tief Luft.

Jelene stand neben dem Fenster, das Fehling zuerst vom Zeitungspapier befreit hatte. Das Licht fiel wie ein Scheinwerfer auf die beachtliche Sammlung von Pornofilmen, die sich in mehreren Stapeln neben dem Fernseher türmte. Sie wandte den Blick wieder von den Filmen ab und trat an den schmalen Flurschrank. Was sollte man denn in diesem Chaos finden? Und nach was suchten sie überhaupt?

Doch plötzlich fiel ihr etwas auf, das auf den ersten Blick wie ein Fremdkörper in diesem ganzen schäbigen Sammelsurium wirkte. Es lag ganz hinten in dem schmalen Schrank, auf den staubigen Motor-Zeitschriften, zwischen einer Rolle Plastiktüten und einem Tennisball. Sie nahm ein Taschentuch und zog den Gegenstand ans Licht.

»Ist das Ihre Geldbörse?«, fragte sie.

»Was?«, blaffte Hafner.

»Da. Diese weiße Geldbörse mit den Sonnenblumen. Ist das Ihre?«

Fehling betrachtete die Szene unaufgeregt. Seine Mundwinkel kräuselten sich.

»Lassen Sie mal sehen«, sagte er und trat neben Jelene. »Hübsches Muster. Auch wenn es nicht gerade gut zu Ihnen passt.«

Er hob den ledernen Geldbeutel ins Licht. »Stehen Sie auf Blumenmuster?«

»Das Ding hab ich noch nie gesehen!«, beteuerte Hafner.

»Ja, das würde ich jetzt auch sagen«, erwiderte Fehling. »Frau Bahl, erinnern Sie sich noch, wie der Ehemann des Mordopfers ihren Geldbeutel beschrieben hat?«

»Genau so«, murmelte Jelene. Schlagartig fühlte sie sich euphorisiert und gleichzeitig erschöpft.

»Tja, das ist jetzt aber blöd für Sie, Herr Hafner.«

»Das Ding gehört mir nicht!«, schrie der Mann. »Hab's noch nie gesehen!«

»Das verstehe ich«, beschwichtigte Fehling ihn. »Wenn ich in einem solchen Chaos leben würde, wüsste ich auch nicht im Einzelnen, was hier so herumliegt. Absolut verständlich.«

»Scheiße, ich weiß nicht, wo das herkommt!«

»Frau Bahl, wir brauchen hier ein paar Kollegen zur Unterstützung«, wandte er sich an Jelene. »Würden Sie die bitte anrufen?«

Kaum hatte er die Worte ausgesprochen, machte Hafner einen Satz in Richtung Tür und stieß Jelene brutal zur Seite. Sie verlor das Gleichgewicht und fiel in den Stapel mit DVDs. Die Ecken bohrten sich in ihre Seite, und sie knallte gegen den Fernseher. Für einen Moment war sie benommen und nahm nur wahr, wie Fehling hinter Hafner aus der Hütte stürzte. Dann hörte sie einen unterdrückten Schrei. Jelene ignorierte den Schmerz in ihrer Seite, rappelte sich auf und lief nach draußen. Fehling hatte Hafner von hinten angesprungen und zu Boden gedrückt.

»Habt ihr das im Knast nicht gelernt?«, presste Fehling hervor, drehte Hafner die rudernden Arme auf den Rücken und legte ihm Handschellen an. Er hockte mit dem Rücken zu Jelene auf dem Mann. Ihr kam ein Bild aus einer Tierdoku in den Sinn. Ein Leopard, der sich auf eine Hyäne gestürzt hat. Plötzlich lag in Fehlings Ausstrahlung etwas Animalisches. Als er sich erhob, sah sie den Ansatz seiner Erregung. Sie starrte ihn an. Seine Augen waren aufgerissen, die Adern am Hals geschwollen, und er schaute um sich, als würde das Grundstück sich um ihn drehen. Dann war der Moment vorbei. Er sah sie und eilte auf sie zu.

»Sind Sie verletzt?«, fragte er und streckte die Hand aus. Jelene wich zurück.

Sie hielt sich den linken Ellbogen und holte tief Luft. Fehling rief die Verstärkung. Hafner gebärdete sich immer noch wie wild auf dem Boden. Ein paar Leute, wohl von benachbarten Grundstücken, schielten jetzt neugierig über die Hecke.

»Ich habe es Ihnen gesagt«, wandte Fehling sich an Jelene. Seine ganze Haltung strahlte Triumph aus.

»Ja«, murmelte sie. »Sie haben es gesagt. Und jetzt hat es sich bestätigt.«

Fehling sah sie fragend an. »Was?«, zischte er.

»Kennen Sie das Prinzip der sich selbst erfüllenden Prophezeiung?«, fragte Jelene leise, während sich in der Ferne eine Polizeisirene näherte. »Ich habe mich immer gefragt, ob ich einmal Zeuge dieses Prinzips werden würde. Jetzt weiß ich, wie es funktioniert.«

Fehling wurde eine Nuance blasser. Dann machte er eine wegwerfende Geste, stieg über Hafner hinweg und sagte: »Ist mir egal, was Sie denken. Fakten sind Fakten. Und denen werden auch Sie sich beugen.«

Kapitel 12

Jelene betrachtete ihn hinter der Glasscheibe des Verhörraumes. Sie hatte den Lautsprecher abgestellt und sah nur seinen Mund, der ständig in Bewegung war. Er flanierte förmlich um den Tisch herum, an dem Fred Hafner saß. Das, was Fehling da ausstrahlte, war schlecht versteckter Genuss. Er genoss es, den Mann zur Schnecke zu machen, das sah sie. Allerdings fragte sie sich, ob Hafner wirklich eingeschüchtert war. Er saß mit gesenktem Kopf da und sah aus, als würde Fehlings Tirade einfach an ihm abprallen. Vielleicht hatte er auch nur endgültig begriffen, dass es jetzt vorbei war. Jelenes linker Oberarm pochte schmerzhaft von ihrem Sturz in Hafners Hütte. Immer wieder spielte sie die Szene im Kopf durch. Warum war es so einfach gewesen, und warum war Fehlings Gespür so schlafwandlerisch sicher gewesen? Sie hatte bis zu der Fahrt zu Hafner das Gefühl gehabt, auf geradezu fahrlässige Art im Trüben zu fischen. Und nun das. Nun dieses beinahe untrügliche Indiz.

Die Tür öffnete sich, und Nico kam in Begleitung eines Pflichtverteidigers herein. Der Mann wirkte müde und sah aus, als hätte er lieber das Telefonbuch auswendig gelernt, als diesen Job hier zu machen.

»Is' ja ein Ding«, murmelte Nico. »Als hätte er gewusst, dass sich alle gegen diesen Hafner verbünden. Schau mal hier.« Er reichte ihr die heutige BILD.

Hat der Mädchenräuber wieder zugeschlagen?

Jelene überflog den Artikel mit einem wachsenden Gefühl von Unbehagen. Die Zeitung stellte die polemische Frage, warum jemand wie Hafner zwei Jahre früher aus dem Knast rauskam. Und dass es kein Wunder wäre, dass, sobald einer wie er auf freiem Fuß wäre, eine Frau ermordet wurde. In einem Nachsatz zu dem Artikel griff der Verfasser die Mannheimer Mordkommission an und schlug einen Bogen zum Fall Bea Sperling. Wäre der damalige Fall aufgeklärt worden, hätte jetzt keine Frau sterben müssen. Die Tatsache, dass der Ort des Auftauchens von Bea Sperling und fünf Jahre später der Leichenfundort nur wenige Hundert Meter auseinanderlagen, schien dem Boulevard zu reichen, um die beiden Fälle aufeinander zu beziehen. Und damit lagen sie ausnahmsweise wahrscheinlich richtig, dachte Jelene, ehe sie die Zeitung in den nächsten Mülleimer warf.

»Bist du wütend auf die Schreiberlinge?«, fragte Nico. »Oder auf uns?«

»Auf uns! Wieso haben wir Hafner damals nicht überprüft?«

»Jelene, ich weiß nicht, wen wir damals alles überprüft haben, ich habe es schlichtweg nicht mehr auf dem Schirm. Wir haben ihn sicher durchleuchtet.«

»Zwei Entführungen ganz dicht hintereinander, und wir haben keinen Zusammenhang gesehen? Was war denn damals los mit uns?«

»Dieses Mädchen wurde in der Nähe von Weinheim im Odenwald entführt. Und Bea Sperling in Mannheim.«

»Na und, das ist ja jetzt nicht gerade die größte Entfernung. Wir müssen uns die Akten von damals noch mal durchsehen. Auch die von dem entführten Mädchen.«

Nico schüttelte sacht den Kopf. »Ich glaube, wir haben deswegen keinen Zusammenhang festgestellt, weil das mit Janina Mayer eine richtige Entführung war, mit Lösegeldforderung, Anrufen mit verstellter Stimme, Drohungen und allem Drum und Dran. Außerdem war Janina unversehrt und wurde während ihrer Gefangenschaft gut versorgt. Und bei Bea Sperling war es …«

»Ja, *was* war es? Was, Nico?«

»Irgendetwas anderes. Etwas, das ich nicht verstehe.«

Fehling verließ den Verhörraum und kam zu Jelene und Nico in den Beobachterbereich.

»Wir sollten mal einen Kaffee zusammen trinken«, schlug er vor. Obwohl Jelene keine Lust darauf hatte, gab sie nach und folgte Fehling zusammen mit Nico in sein Büro. Der Kriminaloberrat orderte Kaffee bei seiner Sekretärin, die ihn – für Präsidiumsverhältnisse seltsam unpassend – auf einem silbernen Tablett und in edlen schwarzen Tassen mit zierlichen Henkeln servierte.

»Hatten Sie zu Hause keinen Platz mehr für die Dinger?«, fragte Nico, der die Tasse wie ein Kunstobjekt in den Händen wog.

Fehling lächelte genüsslich. »Meine Frau hat sie mir für den Neustart geschenkt. Der Kommissar und sein Kaffee … ein schönes Bild, das man pflegen sollte, denn dafür sind Klischees ja da, oder? Ich gebe zu, ich bin da etwas eigen.«

Wahrscheinlich nicht nur im Bezug auf Kaffee, dachte Jelene und stellte erstaunt fest, dass der Inhalt ihrer Tasse tatsächlich Welten von dem Gebräu entfernt war, was aus der Maschine in der Küche des Reviers kam.

»Frau Bahl, ich wollte Ihnen sagen ...«, begann er, doch Jelene unterbrach ihn.

»Ich denke, ich muss mich bei Ihnen entschuldigen.«

»Ach, ich bitte Sie. Ich verstehe, dass Sie etwas überrumpelt sind von der ... wie nannten Sie es vorhin?«

»Selbst erfüllenden Prophezeiung.«

»Genau. Aber sagen Sie, sollten wir als Ermittler nicht dankbar sein, dass sich solche Knoten manchmal wie von ganz allein lösen?«

»Durchaus. Aber bei diesem Knoten hatte ich eher den Eindruck, dass er mit einem Schwert zerschlagen wurde.«

Fehling breitete die Arme aus. »Und dennoch hat er sich gelöst.«

Jelene schwieg und tauschte einen Blick mit Nico, der ihren Dialog forschend beobachtete. Sie wusste nicht, was es war, aber sie fühlte keine Erleichterung. Hafner ein Mörder? Sie fühlte es nicht. Sie fühlte, dass er ein großartiger Sündenbock war, der gerade rechtzeitig ins Scheinwerferlicht der Schuld gezerrt worden war. Aber da war noch etwas, eine nagende Ungewissheit, der sie unbedingt nachgehen musste. Gleichzeitig fiel ihr wieder das Lehrstück über die Intuition ein, das der Kriminaloberrat ihr tags zuvor erzählt hatte.

»Was passt Ihnen denn nicht, Frau Bahl?« Ralf Fehlings Stimme war eine Spur kühler geworden. »Oder wollen Sie sich dazu äußern, Herr Lichte?«

Nico räusperte sich und stellte seine Tasse ab. »Es ging schon ein bisschen schnell, das Ganze.«

»Na und?«

»Sie haben Hafner doch gehört«, erinnerte Jelene ihn an

den Moment der Verhaftung. »Er behauptet, dass diese Geldbörse ihm nicht gehört. Das kann er auch weiterhin behaupten, denn von dem Ding kann man ja nicht mal anständige Fingerabdrücke nehmen, weil die Oberfläche so rau ist.«

»Ja, wundert Sie das denn?«

»Er wird hartnäckig behaupten, dass man ihm diese Geldbörse untergeschoben hat.«

»Aha. Das ist ja interessant.« Fehling beugte sich vor und starrte Jelene an. »Wissen Sie, was Sie da gerade gesagt haben?«

»Ja, das ist mir bewusst.«

»Sie machen aus Hafner ein Opfer und geben seiner Lüge Vorschub, indem Sie diese Möglichkeit überhaupt in Betracht ziehen. Wenn er wüsste, dass Sie das gerade gesagt haben, würde er sich die Hände reiben!«

»Und Sie reiben sich die Hände, weil alles so herrlich einfach ist.«

Fehling lächelte schwach und legte seine Hände demonstrativ weit auseinander auf die Tischkante. »Sie geben sich nicht mit den einfachen Lösungen zufrieden«, sagte er. »Tja, das ist nichts, wofür ich Ihnen einen Vorwurf machen könnte.«

Er zog die Schreibtischschublade auf und holte Zigaretten heraus. Ohne mit der Wimper zu zucken, steckte er sich eine zwischen die Lippen und zündete sie an.

Er musste wissen, dass im ganzen Präsidium Rauchverbot herrschte, aber so selbstverständlich, wie er das Verbot ignorierte, schien eine ganz eigene Botschaft darin zu liegen: Ich mache, was ich will. Wer will mich denn aufhalten?

»Was, wenn er es abstreitet?«, fragte Nico. »Was haben wir sonst noch gegen Hafner in der Hand?«

»Das wird sich zeigen«, sagte Fehling. »Im Moment wird seine Hütte durchsucht. Vielleicht finden wir da noch etwas.«

»Und wenn er die Geldbörse irgendwo gefunden und mitgenommen hat?«, gab Jelene zu bedenken. »Es könnte doch sein. Dann würde er es auch weiterhin abstreiten, weil er Angst hätte, wieder ins Gefängnis zu kommen. Er weiß doch selbst, wie schnell Leute wie er abgeurteilt werden.«

»Nun mal langsam!«, protestierte Fehling. »Was haben Sie denn an Hafner gefressen? Wollen Sie ihn adoptieren, oder warum nehmen Sie ihn so in Schutz?«

Jelene schwieg. Sie war eigenartig fasziniert von der schlecht verhüllten Gier, mit der Fehling den Rauch einsog, wie lange er ihn in der Lunge beließ, um ihn dann langsam, fast widerwillig auszustoßen. So rauchte jemand, der es normalerweise nicht durfte, jemand, der sich gerade unbeobachtet genug fühlte, um es in vollen Zügen auszukosten.

»Es gibt aber noch weitere Unklarheiten«, sagte Nico. »Was hätte Hafner davon gehabt, wenn er sie festgehalten hätte? Und wo hat er sie festgehalten? Wohl kaum in seiner Hütte. Ich schätze den Mann so ein, dass er zu einer Affekttat in der Lage ist. Aber er hat doch Sybille Hahn nicht im Wald überfallen und stundenlang gefesselt festgehalten. Wo? Und warum?«

Fehling nickte bedächtig und starrte ins Leere. »Ja, das müssen wir natürlich bedenken«, murmelte er.

Auf einmal geschah etwas Merkwürdiges mit seinem Gesicht. Etwas, das Jelene noch nie bei einem Menschen gesehen hatte. Es war wie eine Art Sekundenschlaf mit offenen Augen. Fehling schien für einen Moment völlig zu vergessen, wo er war. Seine Gesichtsfarbe war um einige Stufen bleicher geworden. Jelene lehnte sich zurück und warf einen Seitenblick auf Nico. Auch er hatte die Veränderung bemerkt.

»Herr Fehling, ist alles in Ordnung?«

Er hob den Kopf und sah sie direkt an, aber sein Blick ging durch sie hindurch.

»Wann wird Hafner freigelassen?«, fragte sie, um ihn aus seiner Erstarrung zu reißen. »Wenn wir nichts weiter finden, gelten für ihn die achtundvierzig Stunden. Diese Geldbörse beweist gar nichts.«

»Wir werden sehen«, sagte Fehling tonlos. »Schicken Sie Herrn Nock und ein paar Beamte in die Gartensiedlung, sie sollen die Anwohner befragen. Und sprechen Sie mit Berger wegen der Internet-Recherche. Sie werden schon eine Beschäftigung finden.«

Fehling strahlte mit einem Mal eine intensive, abweisende Haltung aus.

Jelene machte sich auf den Weg in ihr Büro, als ihr Handy klingelte. Ihre erste Befürchtung war, dass es ihre Eltern waren. Aber auf dem Display stand eine ihr völlig unbekannte Nummer, die ihr gleichzeitig vertraut vorkam. Sie meldete sich knapp und ohne ihren Namen zu nennen.

»Hier ist Gunther«, sagte eine tiefe, sonore Stimme, der man anhörte, dass sie regelmäßig von hartem Alkohol und jeder Menge Zigaretten geölt wurde.

»Gunther?« Sie hatte keine Ahnung, wer der Anrufer war.

»Also, entweder Sie haben Gedächtnisverlust oder so 'nen stressigen Job, dass Sie einfach nicht mehr wissen, wem Sie gestern Nacht auf den AB gequatscht haben.«

»Natürlich ... Herr Gunther. Ich ... habe tatsächlich gerade viel Arbeit. Entschuldigen Sie.«

Jelene biss sich auf die Zunge. Ihr unterwürfiger Ton ärgerte sie. Aber so war es nun mal. Bei diesem Thema trat eine andere in den Vordergrund. Rasch schloss sie die Bürotür hinter sich und stellte sich ans Fenster.

»Kenn ich, kenn ich«, sagte Gunther. »Das mit der vielen Arbeit. Und Sie? Wollen mir jetzt noch ein bisschen was drauf geben, was?«

Irgendwie gefiel ihr die Art, wie er redete. Er klang wie eine abgehalfterte Figur aus einem Film Noir, ein versoffener Typ in einem schummrigen Büro, eingehüllt von Zigarettenrauch, zwielichtig und grimmig. Jelene fragte sich, warum sie ausgerechnet ihn ausgesucht hatte.

»Hören Sie, ich habe gerade nicht viel Zeit«, sagte sie.

»Tja. Ich auch nicht.«

»Warum haben Sie dann zurückgerufen?« Sie war plötzlich gereizt, aber nicht wegen ihm. Wie hatte sie überhaupt auf die Idee kommen können? War sie wirklich derart verzweifelt?

»Weil ich wissen will, was so eine schöne Frauenstimme, die mir um drei Uhr nachts auf mein Band spricht, für Probleme haben kann. Ich hab Ihre Nummer gesehen. Mannheim. Wie Sie wissen, komme ich selbst aus Berlin.«

»Und offensichtlich haben Sie da keine gute Auftragslage.«

»Wie man's nimmt. Ich mag eben die Herausforderung«, schnarrte die Stimme. »Und ich bin von Natur aus neugierig. Ich will wissen, was die schöne Frauenstimme aus Mannheim von einem wie mir will. Sie wissen schon: Ex-Polizist, Alkoholproblem, Schulden. Es gibt Leute, die sagen, dass es so einen wie mich nur in Büchern geben darf. Sie haben mich doch im Internet gefunden, zwischen all den feinen, gut situierten, gut beleumundeten Detekteien in ganz Deutschland. Da frag ich mich doch, wer ist sie, dass sie den alten Gunther wählt? Oder anders ausgedrückt: Was hat sie für ein Problem, dass sie sich nicht an eine ordentliche Detektei wendet?«

»Verstehe«, murmelte Jelene. Gunther hatte den Nagel auf den Kopf getroffen, hatte ihr Problem glasklar erkannt. Das wiederum mochte sie. Er zeichnete aus den dürftigen Informationen, die er über sie besaß, einen deutlichen Umriss. Eine glasklare Ermittlernatur. Sie beschloss, ehrlich zu sein.

»Ich gebe Ihnen in allen Punkten recht, Herr Gunther. Mein Problem ist den wenigsten Menschen aus meinem Umfeld bekannt. Ich brauche die größtmögliche Diskretion und … tja, absolute Professionalität.«

»Sie klingen, als würden Sie das nicht von mir erwarten«, stellte die Stimme fest.

Jelene hörte das Klicken eines Feuerzeugs in der Leitung, das zarte, aber überdeutliche Knistern von glühendem Tabak und dann einen gierigen Atemzug. Fast meinte sie, dass gleich eine Wolke Rauch aus ihrem Handy strömen würde, so klar stand ihr der Mann in diesem Moment vor Augen.

»Sie haben gerade selbst ein paar Punkte aufgezählt, die Sie eher disqualifizieren, was die Professionalität angeht.«

»Mag sein«, erwiderte Gunther ungerührt. »Aber ich bin gut. Das wissen leider nur die wenigsten. Sie können es rausfinden oder auch nicht. Aber ich weiß nicht, wie viel Sie zu verlieren haben, sollte das Ganze nicht funktionieren.«

»Ich habe nichts zu verlieren«, sagte Jelene. »Ich habe nur etwas zu gewinnen.«

Er schwieg, als hätte er genau gehört, dass sie log.

»Bleiben nur die sechshundertsechzig Kilometer, die zwischen uns beiden liegen«, meinte er dann.

»Ich will die Details ausschließlich am Telefon klären und Ihnen die nötigen Details per Mail schicken«, bestimmte Jelene.

»Ist mir recht.«

»Ich rufe Sie heute Abend wieder an, Herr Gunther. Ist einundzwanzig Uhr okay?«

»Was immer Sie befehlen, Werteste. Wie war noch mal der Name?«, fragte er.

»Ich habe Ihnen meinen richtigen Namen nicht genannt. Und dabei bleibt es auch.«

Gunther blies Rauch aus und lachte trocken. »Warum wundert mich das nicht?«

Kapitel 13

Nico Lichte konnte nichts gegen das Gefühl der Scham machen, das ihn ergriff. Der Journalist am anderen Ende der Leitung redete und redete, und Nico hatte nicht einmal seinen Namen richtig verstanden. Er schaffte es auch nicht, ihn an die Pressestelle zu verweisen und dann einfach aufzulegen. Wie betäubt saß er da und lauschte der Stimme in seinem Ohr. Das Fenster seines Büros war geschlossen, die Luft im Raum war zum Schneiden.

»Können Sie sich dazu äußern?«, fragte die Stimme.

»Wie ... wie war das?«

»Sind diese Angaben verlässlich? Stimmt es, dass Fred Hafner in dem Resozialisierungsprogramm war, das die Eheleute Sperling vor zehn Jahren gegründet haben?«

»Ich kann mich dazu nicht äußern«, wehrte er den Mann ab. »Und da Sie sowieso schreiben, was Sie wollen, begreife ich auch nicht den Sinn Ihres Anrufs. Für alles Weitere – die Nummer der Pressestelle kennen Sie ja. Schönen Tag noch.«

Er legte auf und stürzte fast zum Fenster, um es aufzureißen. Gierig atmete er die warme Sommerluft ein. Er zündete sich eine Zigarette an und blies den Rauch nach draußen. Die Tatsache, dass er das Ergreifen der Schachtel und das Anstecken der Kippe fast unterbewusst vollzog, ließ ihn kurz innehalten. Es war also wieder so weit. Und daran war Fehling schuld. Gegen seinen Willen hatte er den Anblick des rauchenden Vorgesetzten genossen. Es hatte ihn verführt und schwach gemacht. Nico hatte es geschafft, das Rauchen vollständig aufzugeben, aber immer wenn der Stress zu groß wurde, fing er für eine gewisse Zeit wieder damit an, um bei Nachlassen des Drucks wieder aufzuhören. Wie gern hätte er jetzt etwas anderes geraucht als die etwas muffig schmeckenden Kippen, die schon seit Monaten unangetastet auf dem Fensterbrett auf diesen Moment gewartet hatten. Etwas von dem guten Gras, das zu Hause in der Garage auf ihn wartete. *Heute Abend,* sagte er sich. Zusammen mit Yvonne. Er sah auf den Kalender. In zwei Tagen war es so weit. Dann war wieder Zeit für seine Sendung. Vielleicht war das besser als Rauchen. Diese Vorfreude auf den Abend mit den alten Schellackplatten war als Stressbewältigung sicher gesünder.

Die Tür ging auf, und Jelene kam herein. »Stimmt das?«, fuhr sie ihn an.

»Stimmt was?«

»Das mit Hafner und der Stiftung?«

Sie hatte gerade den gleichen Anruf bekommen wie er. Ein hartnäckiger Journalist also, der alle erreichbaren Stellen abklapperte.

»Lass uns das überprüfen«, sagte er und drückte die Zigarette in einem Blumentopf aus, in dem seit langer Zeit schon nichts Lebendiges mehr wuchs.

Bea Sperling blinzelte nervös, als sie eine halbe Stunde später vor ihrer Tür standen.

»Fred Hafner?«, fragte sie. »Ich habe Ihnen doch gesagt, dass ich mit den Straftätern nicht viel zu tun hatte. Ich habe den Namen wohl mal gehört, aber ich weiß nicht, wer der Mann ist.«

»Dieser Mann«, klärte Nico sie auf, »saß von 2005 bis 2007 im Gefängnis wegen Diebstahls. Zuvor wurden diverse andere Straftaten auf Bewährung ausgesetzt. Laut unseren Unterlagen war Hafner nach seiner Entlassung Teilnehmer Ihres Programms zur Wiedereingliederung in die Gesellschaft.«

»Na und?«

»2009 wurden Sie entführt. Und wissen Sie, was 2009 noch passiert ist?«

Sie schüttelte den Kopf. Nico konnte der Frau kaum ins Gesicht sehen. Der allgemeine Ausdruck von Schlaffheit erschreckte ihn. Warum war sie nur so desinteressiert an diesen Dingen?

»Ja, da war was«, sagte sie schließlich fahrig. »Hafner musste wieder ins Gefängnis … warum, weiß ich nicht mehr. Ich war damals zu sehr mit mir selbst beschäftigt.«

»Er war Mittäter bei einem sehr schweren Fall von Entführung, allerdings nicht in Mannheim. Unsere Nachforschungen haben ergeben, dass einer der Haupttäter, der noch einige Jahre abzusitzen hat, übrigens auch in Ihrem Stiftungsprogramm war. So wie Fred Hafner.«

Jetzt kam Leben in Bea Sperling. »Wollen Sie damit andeuten, dass … dass unsere Arbeit …?«

»Wir wollen gar nichts andeuten«, sagte Jelene sanft. Sie hatte Nico schon erzählt, wie Bea Sperling auf sie wirkte, und er konnte diesen Eindruck nur bestätigen. Sie war auf gespenstische Weise unbeteiligt, wurde dann aber plötzlich übertrieben lebendig und schrill, sobald es um ihr Image ging. »Wir haben exzellente Arbeit mit den Männern geleistet! Gut, einige wurden rückfällig, aber das lag gewiss nicht an uns. Wir können nur Hilfestellung geben. Aber ein stabiles Umfeld und einen guten Job können wir eben nicht ersetzen!«

»Das wissen wir doch, Frau Sperling.«

»Was wollen Sie dann von mir? Wenn ich Sie richtig verstanden habe, ist dieser Entführungsfall vom Dezember 2009. Dann hätte Hafner ja sowohl an meiner ... Entführung beteiligt sein müssen wie auch an der von diesem Mädchen.«

Nico presste die Lippen zusammen. »Wir wissen nicht, ob Hafner mit Ihrem Fall nicht doch etwas zu tun hatte. Das müssen wir jetzt ermitteln.«

»Na, dann ermitteln Sie mal!«, blaffte sie höhnisch. »Aber ich sage Ihnen eines: Um jemanden vier Tage vom Erdboden verschwinden zu lassen, ohne dass es eine Spur zu den Tätern gibt – dazu braucht man ein etwas größeres Talent und eine bessere Organisation, als es bei diesem armen Mädchen der Fall war. Wie kann jemand wie Hafner einerseits derart professionell und perfekt agieren, ohne Spuren zu hinterlassen, und sich andererseits sofort erwischen lassen? Wie passt das für Sie zusammen?«

»Wenn Sie in den letzten Tagen, aber besonders heute, die Pressemeldungen verfolgt haben, dann wissen Sie sicher, dass Hafner gerade sehr im Fokus steht«, sagte Jelene. »Wir vermuten, dass Ihr Fall und der jetzige Mordfall in einem Zusammenhang stehen, und Hafner spielt, zumindest momentan, eine sehr zentrale Rolle darin. Wenn Sie irgendetwas Erhellendes dazu zu sagen haben, dann bitte tun Sie es jetzt.«

Bea Sperling kniff die Augen zusammen und musterte abwechselnd Nico und Jelene. Dann sagte sie etwas, das er der Frau nicht zugetraut hätte und das in ihm wieder das beschämende Gefühl weckte.

»Sie glauben gar nicht an Hafners Schuld, stimmt's? Sie fischen hier völlig im Trüben.«

»Was Sie über unsere Ermittlungsansätze glauben, ist nebensächlich«, erwiderte Jelene ungewohnt grob.

»Dann muss ich Sie doch mal fragen, warum Sie immer noch glauben, ich wüsste etwas«, fuhr Bea Sperling sie an. »Sie unterstellen mir doch permanent, dass ich irgendetwas weiß! Und damit unterstellen Sie mir auch, dass ich kein Opfer bin. Jetzt ist plötzlich dieser Hafner das Opfer, und ich bin in der Position, ihn zu retten!«

»Nun ... davon ist eigentlich nicht die Rede, nein.«

»Ach, Sie sind doch völlig überfordert!«

»Nein, wir sind nur der Überzeugung, dass Sie uns etwas verschweigen«, stellte Nico klar.

»Denken Sie, was Sie wollen. Ich an Ihrer Stelle würde wahrscheinlich genauso handeln.«

Nico sah, wie schnell sich der Brustkorb der Frau hob und senkte, als würde sie nicht genügend Luft bekommen. »Ich möchte, dass Sie jetzt gehen«, stieß sie hervor.

»Warum?«, fragte Nico. »Wir sind hier, weil wir Ihnen helfen wollen. Haben Sie das noch nicht gemerkt?«

»Wissen Sie, was mir auffällt?«, wandte Jelene sich erneut an sie. »Wie Sie mit dem Wort Opfer umgehen. Sie machen den Eindruck, als wären Sie gerne das Opfer in dieser Geschichte.«

Nico zuckte leicht zusammen. Und auch Bea Sperling riss den Kopf hoch und starrte Jelene fassungslos an. »Wie können Sie es wagen?«

»Sie verwenden dieses Wort wie einen schicken Mantel, den man sich bei Bedarf anzieht. Sie wachen eifersüchtig darüber, dass niemand das infrage stellt.«

Die drastischen Worte schienen sich in dem überladenen Wohnzimmer zu verselbstständigen und sich wie ein giftiger Nebel auf alles zu legen. Nico schluckte. Er selbst hatte noch nicht in diese Richtung gedacht, dazu war seine innere Hemmschwelle zu groß. Jetzt, wo Jelene diesen Gedanken schonungslos aussprach, wurde ihm jedoch bewusst, dass es sich vielleicht wirklich lohnen könnte, diese Möglichkeit in Erwägung zu ziehen.

Bea Sperling ließ sich auf einen Sessel sinken. »Wie gesagt, ich möchte, dass Sie jetzt gehen«, hauchte sie. Jelene verzog das Gesicht vor so viel Theatralik.

»Ich muss nachdenken«, sagte Bea Sperling schließlich mit zitternder Stimme.

»Worüber?«, wollte Jelene wissen.

Nico fasste sie am Ärmel und zog sie Richtung Tür.

»Frau Sperling, wir verlassen uns darauf, dass Sie sich bei uns melden, wenn Sie irgendwas zu sagen haben.«

Sie nickte nur fahrig und starrte weiterhin ins Leere. Nico öffnete die Wohnungstür und ging mit Jelene hinunter auf die Straße. »Das gefällt mir nicht«, sagte sie. »Ich weiß auch nicht, ob wir sie jetzt allein in ihrer Wohnung lassen sollten.«

»Warum?«

»Sie ist völlig durch den Wind.«

»Aber wir können sie nicht einfach mitnehmen. Streng genommen haben wir überhaupt keine Anhaltspunkte gegen sie.« Er betrachtete mit zusammengekniffenen Augen den schillernden kleinen Regenbogen, der über einem der Vorgärten lag, in dem ein Rasensprenger einen Halbkreis von Wasser versprühte. »Warum hast du sie eigentlich so in die Enge getrieben?«

»Nur so ein Gefühl«, wich Jelene aus.

»Wahrscheinlich hast du recht«, wandte er ein. »Sie verwendet für ein Entführungsopfer ziemlich seltsame Worte. Sie spricht von Professionalität, Talent, guter Organisation, als wären es irgendwelche besonderen Leistungen, die man lobend hervorheben muss. Als würde sie es regelrecht bewundern, mit welcher Professionalität ihre Entführung damals abgelaufen ist. Und über die aufgeflogene Entführung von Janina Mayer spricht sie irgendwie fast schon abfällig, oder?«

Nico klemmte sich hinters Lenkrad und schaltete die Klimaanlage ein. Als Jelene die Beifahrertür schloss, sagte er: »Vielleicht ist ihre merkwürdige Wortwahl nur ein Zeichen dafür, dass sie in ihrer Opferrolle irgendwie besonders sein will. Du weißt selbst, dass die meisten Opfer von Gewalttaten oder Katastrophen das Erlebte irgendwann als Identität brauchen, wenn sie es nicht bewältigen können.«

»Sie strahlt etwas Destruktives aus.«

»Stimmt. Aber vielleicht begreift sie gerade unterbewusst, dass sie reden muss, um sich davon zu befreien.«

Kapitel 14

Fehling betrachtete äußerlich völlig ungerührt, wie man Fred Hafner abholte, um ihn in die JVA Mannheim zu überführen. Der Haftrichter hatte dem Antrag auf Untersuchungshaft stattgegeben. In Hafners Hütte waren vor wenigen Stunden sowohl Kabelbinder, Lederhandschuhe mit auffälligen Rostpartikeln als auch die Kreditkarte von Sybille Hahn gefunden worden. Fehling beobachtete das Wüten Hafners in den Griffen der Beamten, die ihn abführten, seine Schreie und die geballte Gegenwehr. Das war mehr als die typischen Unschuldsbeteuerungen eines ertappten Kriminellen. In seinem Gesicht erkannte er echte Panik und hilflose Wut. Fehling kannte das Gefühl.

Wie erwartet hatte Hafner alles von sich gewiesen und immer wieder betont, dass er den Geldbeutel noch nie gesehen hatte. Aber das half ihm jetzt auch nicht weiter.

Du kannst dich jetzt beruhigen, sagte sich Fehling. Seit zwei Tagen kam es ihm vor, als würde ihn im nächsten Moment eine gigantische Panikattacke überrollen und zermalmen. Er kannte das Gefühl von früher, aber es war noch nie so stark gewesen. Noch nie so bedrohlich und unausweichlich. Allerdings hatte er es bisher nie geschafft, diese drohende Panik so auf Abstand zu halten. Das war doch ein gutes Zeichen. Sein alter Therapeut wäre stolz auf ihn gewesen.

Es war nun mal kein Spaziergang, mit dem Wissen herumzulaufen, dass man einen Menschen auf dem Gewissen hatte.

Alles, was er zu seinem Glück jetzt noch brauchte, war ein Ermittlungserfolg. Dann würde alles wieder ins Lot kommen.

Jelene Bahl war ebenfalls anwesend, als sie Hafner mitnahmen, und sie wirkte nach wie vor unzufrieden und auf eine Art und Weise nachdenklich, die Fehling gar nicht gefiel. Eine halbe Stunde später stand er zum ersten Mal in ihrem Büro.

»Nüchtern, wie erwartet«, sagte er beim Blick auf die kahlen weißen Wände. »Ihre Einrichtung lässt jedenfalls nicht darauf schließen, dass Sie jemand sind, der hinter die Dinge schaut.«

»Tun Sie nicht so, als wäre das etwas, das nur Leute tun, die auf LSD sind!«, gab sie zurück.

»Nun, im rechten Moment könnte auch das seine Berechtigung haben.«

»Was wollen Sie, Herr Fehling?«

»Ich würde mir wünschen, dass Sie sich entspannen. Seien Sie doch froh. Die ganze Sache findet schneller ein Ende, als wir alle geglaubt haben.«

»Das mag sein«, erwiderte Jelene Bahl. »Aber für meinen Geschmack gibt es noch zu viele offene Fragen.«

»Und die werden natürlich alle geklärt werden. Zum Beispiel hat mir Herr Nock gerade berichtet, dass in dem Internetcafé am Marktplatz, in dem sich dieser mysteriöse Falk zweimal eingeloggt hat, ein paar Leute meinen, an den betreffenden Tagen ein und denselben Mann gesehen zu haben. Hier ist ein Phantombild.«

Er präsentierte Jelene das für seine Begriffe beschämend dilettantische Bild von Falk. Er wusste, dass diese Spur ins

Nichts führen würde. Hafners Schuld wog zu schwer. Auch Jelene gönnte dem Bild kaum einen Blick.

»Hat die Recherche nach dem Fahrzeug etwas ergeben?«, wollte sie wissen.

Fehling schüttelte den Kopf. Es ärgerte ihn, dass sie nicht groß auf das Phantombild einging. Er trug ihr auf, sich mit Berger und Lichte noch einmal an den eMail-Verkehr mit Falk zu setzen und zu überprüfen, ob irgendjemand aus dem Stiftungsprogramm der Sperlings Falk hieß. Kinderkram, er wusste es selbst, und Jelene Bahl warf ihm auch einen dementsprechenden Blick zu. »Wirklich, Herr Fehling?«, fragte sie müde.

»Ja, wirklich.«

»Ach, übrigens, interessiert es Sie denn gar nicht zu erfahren, was eine Freundin von Sybille Hahn heute Vormittag Herrn Lichte erzählt hat?«

»Wenn es von Interesse ist, dann will ich es natürlich hören.«

Jelene Bahl kam hinter ihrem Schreibtisch hervor und lehnte sich ans Fensterbrett. *Wie eine schwarze Säule,* dachte er. Sie schaute auf die Straße, während sie redete.

»Zum Beispiel erwähnte sie, dass Sybille Hahn sich sehr gelangweilt hat in den Phasen, in denen ihr Mann auf Geschäftsreise war. Und auch während der übrigen Zeit. Dass sie die Gleichförmigkeit ihres Tuns schrecklich ermüdend fand.«

»Ich bin mir sicher, dieses Schicksal teilte sie mit Tausenden anderen Ehefrauen und Müttern. Meine Gattin kann davon auch ein Lied singen. Der Schlüssel zur Zufriedenheit ist die Selbstverwirklichung.«

Hör dir an, wie du redest, dachte er. Die Situation zu Hause zu beschönigen, war fast ein Reflex. Er wollte und konnte nicht akzeptieren, dass es sehr wohl medizinische Erklärungsversuche für ihr manisches Verhalten gab, für Irenes bisweilen geradezu destruktives Wesen. Seine Gedanken verdüsterten sich.

Jelene wandte den Kopf und sah ihn mit unergründlichem Blick an. »Sie sagen es. Und diese Selbstverwirklichung hat sich Sybille Hahn gesucht. Allerdings jenseits ihrer Arbeit. Die Freundin erwähnte auch, dass sie davon sprach, wie herrlich es wäre, wenn die ganze Welt etwas unvorhersehbarer wäre. Gefährlicher. Wenn es etwas gäbe, vor dem man sich wirklich fürchten müsste. Damit man das, was man hat, mehr zu schätzen wüsste.«

Fehlings Hals wurde ein wenig enger. So etwas Ähnliches hatte er von Irene auch schon mal gehört. »Okay, das hört sich in der Tat etwas seltsam an.«

Jelene sah wortlos aus dem Fenster.

»Eine Frau, die ein Abenteuer gesucht hat«, sagte er leichthin.

»Ein Abenteuer, das sie das Leben gekostet hat.«

»Tja. Das ganze Leben ist ein Abenteuer, und wir kommen nie lebendig raus«, zitierte er einen Spruch, den Nicky auf ihren Schulkalender gemalt hatte, und verließ das Büro.

»Warten Sie!«, rief Jelene ihm hinterher. »Was ist mit der bulgarischen Prostituierten und den beiden kleinen Kindern passiert?«

Fehling lächelte. Es gefiel ihm, dass sie wissen wollte, wie die Geschichte weiterging.

»Ein anderes Mal«, sagte er. »Dafür ist jetzt nicht der rechte Moment.«

Den Rest des Abends verbrachte er hinter seinem eigenen Schreibtisch, dumpf grübelnd und die Heimfahrt immer weiter hinausschiebend. Seine Gedanken schweiften wieder zu Irene. Zu der Frau, die ihn erwartete. Zu der Frau, die keine Ahnung hatte, wie es in ihm aussah.

Es war kurz nach neun, als er das Büro verließ und die alte, gewundene Holztreppe nach unten ging. Draußen über dem Schloss hingen jetzt endlich die dichten Gewitterwolken, die seit Tagen einen weiten Bogen um die Stadt gemacht hatten. Die Atmosphäre war derart aufgeladen, dass es schien, als würden selbst in der leeren Eingangshalle des alten Präsidiums die Wolken hängen. Seine Schritte hallten auf dem Steinboden, doch da war noch ein anderes Geräusch.

Vor der leeren Empfangsloge stand eine Frau, unschlüssig und verlegen, und schaute blinzelnd in die Tiefe der Halle.

»Hallo. Suchen Sie jemand Bestimmten?«, fragte Fehling.

Die Frau sah ihn an und presste die Lippen zusammen. Sie trug eines dieser schwarz-bunten Maxi-Kleider, die seit der letzten Sommermode aus erwachsenen Frauen unförmige Hippie-Mädchen machten. Er fand diese Kleider furchtbar. Weil sie immer noch nichts gesagt hatte, fragte er: »Kann ich Ihnen denn helfen?«

»Ich möchte mit Frau Bahl sprechen. Die arbeitet doch hier.«

»Ja, schon. Aber gönnen Sie ihr doch ihren wohlverdienten Feierabend. Warum sind Sie denn so spät hierhergekommen?«

Die Frau verzog den Mund. »Weil ich ihr etwas sehr Wichtiges sagen muss. Ich weiß, dass sie gerade diesen Mordfall bearbeitet, deswegen dachte ich, dass sie vielleicht noch in ihrem Büro ist.«

»Nein, das ist sie nicht«, sagte Fehling, obwohl er es streng genommen gar nicht wusste. Außerdem regte sich in ihm gerade ein leiser Verdacht.

»Wissen Sie, wenn Sie etwas zu diesem Fall zu sagen haben, können Sie es genauso gut auch mir sagen. Ich bin der leitende Ermittlungsbeamte.« Er reichte ihr die Hand und stellte sich vor. Die Handfläche der Frau war eiskalt und feucht.

»Bea Sperling«, wisperte sie.

Fehling ließ ihre Hand los. Etwas von der Kälte ihrer Haut schien in ihn gedrungen zu sein. Er schluckte, um die aufkommende Übelkeit zu unterdrücken.

»Bea Sperling«, wiederholte er tonlos. »Verzeihen Sie, dass ich Sie nicht erkannt habe. Ich bin erst seit ein paar Wochen hier. Ich kenne natürlich Ihren Fall, aber … ich wusste nicht, wie Sie aussehen.«

»Schon gut«, sagte sie ungeduldig. »Ist Frau Bahl nun da oder nicht?«

»Nein«, erwiderte er bestimmt. »Aber ich bin da.«

»Nein, ich möchte Sie nicht stören. Sie wollten doch gerade gehen.«

In diesem Moment krachte draußen ein gewaltiger Donnerschlag, der beide zusammenzucken ließ. Bea Sperling stieß einen erschrockenen Schrei aus. Und es wurde auf einmal so dunkel, als hätte jemand alle Lampen ausgeknipst.

»Tja, es scheint so, als wären Sie im rechten Moment hergekommen, Frau Sperling.« Er trat beiseite und hob seinen rechten Arm in Richtung Treppe. »Kommen Sie. Ein Kriminaloberrat hat niemals Feierabend, und erst recht nicht, wenn eine so wichtige ... nun, darf ich Sie Zeugin nennen?«

Sie zuckte mit den Schultern und sah sich unsicher in der düsteren Halle um.

»Ich mache Ihnen eine schöne Tasse Kaffee«, sagte er und steuerte die Treppe an. Sein Herz schlug ihm bis zum Hals. Er begann, aus allen Poren zu schwitzen. Zaghaft folgte sie ihm. *Jetzt komm schon, du blödes Miststück,* dachte Fehling und unterdrückte seine Gereiztheit. Dann wandte er sich noch einmal lächelnd um. »Ich bin gespannt, was Sie mir erzählen werden, Frau Sperling.«

Kapitel 15

Nach einer weitgehend schlaflosen Nacht wunderte Jelene sich, wie frisch und ausgeruht sie sich am Morgen fühlte. Sie machte eine halbe Stunde Tai-Chi und frühstückte auch seit drei Tagen zum ersten Mal wieder etwas. Die intensiven Gewittergerüche lagen immer noch in der Luft, aber es hatte merklich abgekühlt. Auf dem Weg ins Präsidium kam sie an einigen überschwemmten Gullys vorbei. In Gedanken ging sie noch einmal das Gespräch mit diesem Gunther durch, dem sie am letzten Abend ihre ganze Situation erklärt hatte. Ein eigenartiges Gefühl. Wie das endgültige Überschreiten einer Grenze. Einem vollkommen Fremden diese Angelegenheit zu schildern, von der nicht einmal die Menschen, die ihr ganz nah waren, etwas ahnten. Es war seltsam reinigend gewesen, schmerzvoll und befreiend zugleich. Gunther hatte ihr ruhig zugehört, ihr nicht einmal einen ungebetenen Ratschlag gegeben. Er hatte nur gesagt, dass die Sache sehr kompliziert werden würde. Danach hatten sie das Formelle geklärt. Jelene hatte eine eMail-Adresse eingerichtet, über die sie ihm die wenigen bekannten Daten zukommen ließ. Einen wattierten Umschlag mit tausend Euro in bar warf sie in diesem Moment in einen Briefkasten. Die Fahrlässigkeit, einen solchen Geldbetrag mit der Post zu versenden, war ihr egal. Es passte hervorragend zu der ganzen Unternehmung.

Auf eine merkwürdige Art vertraute sie ihm. Sie hatte

ihm zu guter Letzt doch ihren richtigen Nachnamen genannt, aber er sollte weder ihre Adresse noch ihre Bankverbindung kennen. Seit dem Gespräch war etwas Ruhe eingekehrt in ihrem Innern.

Im Besprechungsraum des Dezernats herrschte dagegen eine gereizte Atmosphäre. Fehling hatte nur kurz Zeit, da er Fred Hafner in der JVA noch einmal persönlich verhören wollte. Aber bevor er ging, wollte er die neuesten Erkenntnisse der KTU hören. Ferdinand Hellmers Miene verriet, dass er weitergekommen war.

»Erstens, wir haben den Halter eines Fahrzeugs ermitteln können, das das gleiche Reifenprofil hat wie das am Waldparkplatz.« Er sah fragend zu Fehling.

»Nur zu, warum sprechen Sie nicht weiter?«

»Weil ich mir nicht sicher bin, ob diese Dinge noch relevant sind. Wir haben laut Ihrer Aussage doch einen eindeutigen Täter.«

Fehling lächelte entschuldigend. »Fred Hafner hat natürlich noch nicht gestanden. Aber das wird er. Abgesehen davon, denke ich doch, dass uns Ihre Erkenntnisse dennoch weiterhelfen könnten. Vielleicht führen sie zu eventuellen Mittätern. Je mehr wir wissen, desto besser. Dann können wir hinterher aussieben.«

Hellmer nickte stirnrunzelnd und fuhr fort: »Also, wenn wir diesen Hafner nicht hätten, würde ich sagen, das hier ist der, den wir suchen.«

Er hob das Phantombild des Mannes hoch, den die Besitzer des Internetcafés am Marktplatz beschrieben hatten. »Wir wissen nicht, wer der Typ ist. Aber wir wissen, dass jemand mit einer hübschen kleinen Polizeiakte 1992 diesen

Jeep Wrangler Unlimited TJ gekauft hat, zu dem das Reifenprofil passt. Der Mann hat das Fahrzeug privat von einem Verkäufer in Düsseldorf erworben und im Januar desselben Jahres in Heilbronn angemeldet. Der Name des Mannes lautet Frank Alrinck, und er übersiedelte 1994 nach Mannheim. Wir haben das Fahrzeug nicht nach Mannheim verorten können, weil es immer noch in Heilbronn angemeldet ist.«

»Warum ist das wichtig?«, wollte Fehling ungeduldig wissen.

»Weil der Typ kein Unbekannter ist.« Hellmer blätterte in seiner Mappe und las vor. »Es ist nichts Dramatisches, aber er wurde 1995 zu einer zweijährigen Bewährungsstrafe verurteilt. Betrügerischer Konkurs. Damals hatte er eine Werbeagentur. 2001 musste er ein Bußgeld wegen Markenfälschung bezahlen. Und er hat eine Anzeige wegen Veruntreuung von Firmengeldern.«

»Na und?«

»Wollt ihr ein Foto sehen?«

»Jetzt mach's nicht so spannend!«, bat Nico Lichte.

Hellmer hob ein Foto des Mannes hoch. »Na?«

Abgebildet war ein leicht bulliger Typ mit Glatze, einer Nase, die an einen Büffel erinnerte, und kleinen, braunen Augen.

»Falls Sie mir sagen wollen, dass dieser Mensch dem Gesicht auf dem Phantombild gleicht, muss ich dafür mehr Fantasie aufbringen, als mir lieb ist«, meinte Fehling.

»Sieht keiner von euch eine Ähnlichkeit?«, fragte Hellmer in die Runde. Alle schüttelten den Kopf. Nico starrte stirnrunzelnd das Foto an und schien angestrengt nachzudenken.

»Sehen Sie das hier?« Hellmer deutete auf die Augenpartien der beiden Bilder. »Wenn ihr euch den ganzen Rest des Gesichts wegdenkt, was fällt euch auf?«

»Die Augen sind gleich«, sagte Jelene.

»Genau. Menschen können sich in Bezug auf Gesichter insbesondere an Augen erinnern. Besonders ob jemand große oder sehr kleine Augen hat, weniger an Farbe und Form, aber auf jeden Fall an die Größe.«

Fehling stand auf. »Danke für Ihre Mühe, Herr Hellmer. Das ist alles sehr interessant, aber ...«

»Interessiert es Sie denn gar nicht, zu wissen, wo Alrinck gemeldet ist?«, mischte Michael Nock sich ein. Seine Stimme war kühl, und er vermied es, den Kriminaloberrat anzusehen.

Fehling seufzte ergeben. »Nur zu.«

»Nirgendwo. Er hat keine aktuelle Meldeadresse, und das schon seit sechs Jahren. Seine letzte Adresse war hier in Mannheim, auf der Vogelstang. Ich habe gestern mit dem Mann gesprochen, der damals sein Vermieter war. Er sagt aus, dass Alrinck vorhatte, in die USA auszuwandern. Wir können das überprüfen ...«

»Wenn es dazu eine Veranlassung gibt!«, bestimmte Fehling und bewegte sich Richtung Tür. »Ich möchte abwarten, was ich heute von Herrn Hafner zu hören bekomme, dann sehen wir weiter. Ach, Frau Bahl?«

Jelene hob den Kopf.

»Gestern Abend war Bea Sperling im Präsidium.«

»Was? Wann?«

»Sehr spät. Es war fast halb zehn. Sie wollte zu Ihnen, und es war wohl dringend.«

»Und was haben Sie zu ihr gesagt?«

»Dass sie heute wiederkommen soll. Und dass sie vorher ruhig anrufen darf. Keine Ahnung, was diese Frau geritten hat, so spät hier aufzukreuzen. Es war ja niemand mehr da. Ich habe ihr höflich angeboten, mit mir zu sprechen, und sie in mein Büro gebeten.«

»Was hat sie gesagt?«

Fehling seufzte verärgert. »Ja, wenn ich das wüsste. Sie hat jede Menge Anläufe gestartet, und im Wesentlichen hat sie ... tja, gar nichts gesagt.«

»Wie meinen Sie das?« Eine leise Alarmglocke schlug in ihrem Innern an.

»Als sie in meinem Büro saß, wirkte sie, als hätte sie etwas auf dem Herzen, aber sie ließ es nicht heraus. Und irgendwann besann sie sich darauf, dass sie doch lieber mit Ihnen sprechen will. Was ich durchaus verstehen kann, schließlich sind Sie eine Frau. Ich nehme an, dass sie im Laufe des Tages noch einmal herkommen wird.«

Jelene sah zu Nico herüber, aber der studierte konzentriert das Foto von Frank Alrinck. Sie versuchte, das beunruhigende Gefühl wegzuschieben, das sich in ihr breitmachte, aber es gelang ihr nicht.

»Wir fahren zu ihr«, beschloss sie, zog Nico von seinem Stuhl hoch und eilte an Fehling vorbei auf den Gang.

Jelenes Herz zog sich schmerzhaft zusammen, und sie spürte das Adrenalin in ihren Nervenenden, als sie sah, was vor dem schmucklosen Mehrfamilienhaus in Oggersheim los war. Aus der anderen Richtung der Wohnstraße rollte gerade ein Feuerwehrwagen heran, und vor dem Haus standen mehrere Leute und schauten beklommen nach oben in den zweiten Stock.

»Scheiße. Das sieht gar nicht gut aus«, stieß Nico hervor und parkte den Wagen am Straßenrand. Jelene stieg aus und lief sofort zu der kleinen Menschengruppe hinüber.

»Was ist hier los?«, rief sie und hob ihre Polizeimarke. »Ist etwas mit Frau Sperling?«

Ein braun gebrannter junger Mann trat vor und zeigte zu den Fenstern mit den heruntergelassenen Rollläden. »Bei mir kommt Wasser durch die Decke. Ich hab die Wohnung unter ihr.«

Jelene wich das Blut aus dem Gesicht. »Hat niemand einen Schlüssel zu ihrer Wohnung?«, wollte sie von den Nachbarn wissen. Kopfschütteln. »Aber geklingelt haben Sie?« Nicken. Auf den Gesichtern lag diese ganz spezielle Ahnung; mehr Sensationslust als Besorgnis. Einzig der Mann, in dessen Wohnung das Wasser floss, wirkte ängstlich, wenn auch nur um seiner selbst willen.

Bereits jetzt wusste Jelene, was sie zu hören bekommen würde, wenn man diese Leute nach ihrem Verhältnis zu Bea Sperling fragte. Die Frau hatte nicht den Eindruck gemacht, als wäre sie an einem Austausch mit ihren Nachbarn interessiert gewesen. Und wahrscheinlich strahlte auch Jelene selbst genau das aus, was sie auf den Mienen ringsum zu sehen bekam. Bea Sperling in der Vergangenheitsform.

Sie ging durch die offene Haustür, gefolgt von Nico. Im Treppenhaus war es angenehm kühl und dunkel. Die grelle Welt mit den beklommenen Gesichtern, den geflüsterten Befürchtungen blieb draußen. Sie hastete die Treppe hinauf und wäre fast ausgerutscht. Ein dünnes Rinnsal floss ihr entgegen und verwandelte die oberen Treppenstufen in einen kleinen Wasserfall. Unter der Wohnungstür der Frau schwappte es in regelmäßigen, sanften Wellen hervor.

»Brich die Tür auf!«, sagte sie und trat beiseite. Sie warteten nicht auf die Feuerwehr, die genau dasselbe tun würde, wenn auch mit professionellem Gerät. Bei Nico genügten zwei Anläufe gegen die Tür, und sie schwang nach innen auf.

»Vielleicht ist sie ausgegangen und hat einen Wasserrohrbruch«, sagte er.

»Das glaubst du doch wohl selbst nicht!«, zischte Jelene.

Das Wasser war warm. Ihre Schuhe saugten sich sofort voll damit. In der Wohnung herrschte Dunkelheit. Alle Rollläden waren heruntergelassen, einzig durch das kleine Küchenfenster drang ein wenig Helligkeit. Jelene tastete unwillkürlich nach einem Lichtschalter, aber Nico hielt ihre Hand fest.

»Mach keinen Unsinn!«

Ohne dass Jelene viel erkennen konnte, fanden ihre Schritte den Weg ins Badezimmer. Die Tür war geschlossen, unter ihr floss das Wasser stärker heraus. In der Wohnung war es stickig und warm, fast ein wenig tropisch durch die Feuchtigkeit. Aber in ihrem Innern war alles kalt, denn Jelene wusste, dass sie einen Fehler gemacht hatte. Sie drückte die Klinke und stieß die Tür auf. Hier waren die Rollläden nicht heruntergelassen.

Der Anblick war nicht so schockierend, wie sie erwartet hatte. Im Gegenteil, er glich fast exakt ihrer Vorstellung.

Die schräg stehende Badewanne, aus der nach allen Seiten das Wasser auf den Boden floss. Da waren die offenen Schöße eines dünnen Bademantels, die an der Wasseroberfläche im sanften Strom trieben. Alles in ihr schrie danach, zu der Wanne zu stürzen, das Wasser abzustellen und den Körper herauszuziehen. Aber sie war wie versteinert. Das leise Rauschen und Plätschern legte sich seltsam beruhigend über ihre Sinne. Plötzlich hörte das Geräusch auf. Nico stand mit einem Handtuch in den Fingern neben der Armatur und drehte den Hahn zu. Dann starrten sie auf Bea Sperling, deren Züge unter der immer ruhiger werdenden Wasseroberfläche klarer wurden. Geschlossene Augen und ein gelöstes Gesicht. Blaue Lippen. Friedlich.

»Ich wusste es«, wisperte Jelene.

»Hör bitte auf ...«, bat Nico mit kleinlauter Stimme.

»Womit soll ich aufhören?«

»Du machst dir Vorwürfe.«

»Was soll ich denn sonst machen?«

Ein Feuerwehrmann erschien in der Tür und senkte betroffen den Kopf, als er sah, was passiert war.

»Ich rufe auf dem Revier an«, verkündete Jelene. »Wir brauchen die Spurensicherung.«

»Was? Warum denn? Sie hat sich umgebracht.«

»Wie kannst du dir da so verdammt sicher sein?«, fuhr sie Nico an.

»Jelene, was ...?«

»Du fasst hier nichts an! Und Sie auch nicht!« Sie eilte an dem Feuerwehrmann vorbei in den Flur. Draußen im Treppenhaus versammelten sich die Hausbewohner und starrten sie erwartungsvoll an. »Gehen Sie zurück in Ihre

Wohnungen«, befahl Jelene. Sie nahm an, dass es keiner Worte bedurfte, damit alle wussten, was los war.

Sie wählte die Nummer von Hellmer und schilderte ihm die Lage.

»Jelene, was sollen wir denn für Spuren suchen bei einem Selbstmord?«, wollte er wissen.

»Wir wissen nicht, ob es ein Selbstmord war«, erwiderte sie geduldig. Nico trat neben sie und sah sie fragend an.

»Wir haben eine Frau, die eine wichtige Zeugin in einem ungelösten Verbrechen ist und die bereit war, mit uns zu reden. Die vielleicht etwas über den Mord an Sybille Hahn wusste. Vor diesem Hintergrund müssen wir davon ausgehen, dass ...« Sie sprach nicht weiter. Fehlings Worte fielen ihr wieder ein. Sie sah auf einmal Bea Sperling vor sich, wie sie ganz allein am späten Abend aufs Präsidium kam und nach ihr verlangte. Weil sie das, was sie zu sagen hatte, nicht vor einem Menschen herauslassen konnte, der ein Fremder war. Wie es sich wohl anfühlte, sich nach jahrelangem Schweigen endlich dazu durchzuringen, zu sprechen, und dann war niemand da, der sie anhörte?

»Sie wollte uns etwas sagen«, wisperte sie.

»Ja, aber dann hat sie es sich anders überlegt«, gab Hellmer zu bedenken.

»Nein. Nein, so war es ganz sicher nicht. Sie wollte etwas verraten, und das durfte sie nicht.«

»Jelene ...«

»Halt jetzt den Mund und komm sofort her!«, herrschte sie ihn an und legte auf. Ihre Hände zitterten.

Nico sah sie wortlos an und schüttelte sacht den Kopf. »Wieso glaubst du, dass es kein Selbstmord war?«

»Ich weiß es nicht!«, brach es aus ihr heraus. Ihr war mit einem Mal ganz flau im Magen. Sie ließ sich auf die unterste Treppenstufe zum nächsthöheren Stockwerk sinken. Um ihre Beine floss immer noch ein Rinnsal. »Vielleicht hat sie sich das Leben genommen, ja. Ich traue es ihr zu. Aber genau deswegen hätten wir sie gestern nicht allein lassen dürfen. Und ich hätte da sein müssen, als sie kam, um zu reden.«

»Diese Selbstvorwürfe sind ein bisschen absurd, Jelene.« Er trat zu ihr und legte ihr die Hand auf die Schulter, aber seine unerschütterliche Ruhe erreichte sie nicht.

»Sie hat eben beschlossen, dass es für sie besser wäre zu sterben, als ihrem Herzen Luft zu machen«, sagte er. »Außerdem wissen wir nicht, was sie uns sagen wollte. Ob es wichtig gewesen wäre oder nur etwas ... etwas Nebensächliches.«

Jelene legte das Gesicht in ihre Hände und presste die Fingerknöchel auf die Augenlider. Der schmerzhafte Druck und das rote Licht hinter den Lidern halfen ihr, wieder klarer zu denken.

»Hast du dir mal überlegt, dass sie nur deswegen so spät kam, weil dadurch die Chance größer war, niemanden mehr anzutreffen?«, fragte Nico. »So konnte sie sich einreden, alles versucht zu haben, ohne ihr Vorhaben letztendlich wirklich in die Tat umzusetzen.«

»Fehling war da.«

Eine halbe Stunde später trafen Hellmer und kurz darauf die Pathologin ein. Ein Blick in die geflutete Wohnung reichte für den Chef der Spurensicherung aus, um müde abzuwinken.

»Was glaubt ihr, was hier passiert ist, wenn es kein Suizid war? Und was glaubt ihr, wo die ganzen Spuren bei diesem vielen Wasser hingeschwommen sind?«

Jelene sprang auf und trat dicht vor ihn hin. »Du nimmst jetzt Abdrücke von den Wasserhähnen, den Türklinken und Fenstergriffen, so wie du es an jedem verdammten anderen Tatort auch machst!«, herrschte sie ihn an.

»Jelene, wie willst du das hier vor Fehling rechtfertigen? Wir machen so etwas nicht bei Selbstmord, sondern nur, wenn es einen Anhaltspunkt für ein Verbrechen gibt.«

»Dann finde gefälligst genau das heraus!«, zischte sie. »Und dann werden wir ja sehen, ob es Selbstmord war!«

Hellmer seufzte und machte sich kopfschüttelnd daran, das Badezimmer zu untersuchen. Eine halbe Stunde später lag der Körper von Bea Sperling in einem geöffneten Leichensack.

Jelene sah sich im Badezimmer um. Auf der Ablage unter dem Spiegel lagen einige goldene Ringe. Sie warf einen Blick auf die leblosen Finger der Frau. An ihrer linken Hand sah sie deutlich die Kerben von oft getragenen Ringen. Die rechte Hand war noch vollständig geschmückt. Stirnrunzelnd machte sie Nico darauf aufmerksam. »Warum nimmt sie nur die Ringe von einer Hand ab, wenn sie sich umbringen will?«

»Keine Ahnung. Verlang nicht, dass ich mich in eine solche Frau hineinversetze.«

»Sie wurde unterbrochen«, mutmaßte sie. »Sie wollte ein Bad nehmen und war gerade dabei, sich vorzubereiten. Sie hätte niemals mit diesen teuren Ringen gebadet. Und dann der Bademantel …«

»Woran ist sie gestorben?«, fragte Jelene die Pathologin.

»Daran.« Hellmer trat ins Badezimmer und hielt ein Tablettenröhrchen hoch. »Keine Ahnung, was da drin war, aber sie hat es sicherlich geschluckt.«

Jelene streifte sich Gummihandschuhe über und betrachtete das Röhrchen. Es war durchsichtig und nicht beschriftet.

»Sie werden sie doch obduzieren, oder?«, wandte sie sich an Gabriele Mundt.

»Nun ... ich sehe nichts, was einen Antrag auf eine Obduktion rechtfertigt. Eine Hand ohne Ringe? Ein nicht abgelegtes Kleidungsstück?«

Nico gab ihr recht. »Das sehe ich auch so. Sie hat irgendwelche Schlafmittel genommen und hat sich ein Bad einlaufen lassen. Beim Abnehmen der Ringe wurde sie so müde, dass sie lieber gleich in die Wanne stieg, bevor sie dazu zu schwach war.«

Jelene wollte etwas sagen, aber ihr wurde bewusst, dass die Gedanken in ihrem Kopf wild kreisen und sich, wären sie erst einmal ausgesprochen, vollkommen verrückt anhören würden. Nicos Einwände und die der Pathologin waren berechtigt. Und sie selbst hatte eigentlich nur ein Gefühl. Ein diffuses, aber nagendes Gefühl, das sie nicht in Ruhe lassen würde.

»Eine Magenspiegelung«, sagte sie zu Gabriele Mundt. »Machen Sie wenigstens eine Magenspiegelung. Ich will wissen, was sie genommen hat.«

Kapitel 16

Die Tür zu Harald Sperlings Villa öffnete ihnen eine junge Frau, die nach Pfingstrosen, Poolwasser und viel Freizeit duftete und nur in ein dünnes Strandtuch gehüllt war. Sie stellte sich als Julia Zimmermann vor und führte die Besucher ohne große Fragen durchs Erdgeschoss in den parkartigen Garten. Lichte erschrak fast ein wenig über die gediegene Atmosphäre aus Lebensfreude und Sorglosigkeit, die hinter dem Haus herrschte. Er fühlte sich schlagartig an einen Urlaubsort versetzt und schaute neidisch auf die glitzernde Oberfläche des Pools. Dieser Ort strahlte Ruhe und Schwerelosigkeit aus, ein echtes Refugium. Er machte ihm bewusst, wie müde und ausgelaugt er war und wie dringend er eigentlich hätte in diesen Pool springen und sich anschließend auf dem Gras in die Sonne legen müssen.

Harald Sperling war der perfekte Bewohner dieses Gartens. Er saß in einen schwarzen Seidenmantel gehüllt auf einer Couch aus Korb, trank Eistee und rauchte eine kubanische Zigarre. Und schaffte es wundersamerweise trotzdem, *nicht* wie ein alternder Playboy auszusehen. Im Gegenteil. Er wirkte wie ein Mann, der sein ganzes Leben darauf gewartet hatte, hier zu sitzen und den Rest davon zu genießen. Lichte fiel schlagartig das Bild ein, das er von diesem Mann in seiner Erinnerung hatte. Damals war er bullig gewesen, blass und schwammig, kurz angebunden und arrogant. Sein gefärbtes Haar hatte er in

Michael-Douglas-Manier getragen, über teuren Seidenkrawatten und steifen Krägen. Davon war nichts mehr übrig geblieben.

Harald Sperling sah jetzt so aus, als würde die junge Frau, die hinter ihnen wieder im Haus verschwunden war, ihm jeden Morgen einen grünen Smoothie verordnen und ihn zum Joggen schicken. Oder aber er war ganz einfach das, was er vor fünf Jahren definitiv nicht gewesen war – glücklich und zufrieden.

Sein weißes Haar war unfrisiert und schulterlang, und in seinem gebräunten Gesicht lag ein neugieriges, jugendliches Lächeln, das ihn zehn Jahre jünger wirken ließ als damals. Er sprang auf, streckte seine Hand aus und erstarrte im selben Moment. Er hatte erkannt, wer da vor ihm stand. Schlagartig spannte sich sein Gesicht an.

Jelene bat ihn, sich zu setzen.

»Was ist los?«, fragte Sperling.

»Es geht um Ihre Exfrau.«

»Um wen denn sonst?«, seufzte er düster.

Nico Lichte war dankbar, dass Jelene es kurz machte. »So wie es aussieht, hat sie sich letzte Nacht das Leben genommen.«

Sperlings Reaktion überraschte Lichte nicht im Mindesten. Der Mann wirkte betroffen und erleichtert zugleich. Er ließ sich auf die Korbcouch sinken und wies auf die ausladenden Sessel aus dem gleichen Material, die sich um einen chinesischen Opiumtisch gruppierten.

Harald Sperling zog abwesend an seiner Montecristo, als müsste er sich erst sammeln.

»Sie sind nicht überrascht?«, fragte Jelene vorsichtig.

»Nein, wirklich überrascht bin ich nicht«, erwiderte Sperling. Er legte die Zigarre mit bedauerndem Blick in den Aschenbecher, als könnte er sie nicht länger genießen. »Bea war eine ziemlich labile Person. Ich weiß, dass sie mit der Trennung nicht gut zurechtgekommen ist. Und ihre ganze Persönlichkeit ...« Er ließ das Ende des Satzes in der Luft hängen, als wüssten seine beiden Gäste genau, was er sagen wollte. »Warum sind Sie hier?«, fragte er dann.

»Herr Sperling, wir haben erst kürzlich mit Ihrer Exfrau über einen aktuellen Fall gesprochen. Wissen Sie, worum es dabei geht?«

Lichte erwartete, dass der ehemalige Staatsanwalt gut informiert war, doch der schüttelte den Kopf.

»Ich lese seit einiger Zeit keinerlei Tageszeitungen mehr. Julia und ich, wir waren bis vor zwei Wochen in Vietnam. Sie glauben gar nicht, wie gut es tut, nicht zu wissen ...«

Jelene unterbrach ihn. »Wir sind der Ansicht, dass dieselben Leute, die damals Bea entführt haben, eine weitere Frau in ihrer Gewalt hatten. Diesmal ist das Opfer allerdings gestorben. Sie wurde vor einer Woche ganz in der Nähe des Ortes gefunden, an dem man damals auch Ihre Exfrau entdeckt hat, nachdem sie freigelassen worden war.«

»Was sagen Sie da?« Sperling ließ sich langsam nach hinten in die Polster sinken.

»Wir mussten Ihre Exfrau noch einmal zu den Ereignissen vor fünf Jahren befragen. Wir haben Grund zu der Annahme, dass ihr Fall und der aktuelle Mordfall zusammenhängen.«

Nico spürte, wie unwohl Jelene sich fühlte, das auszusprechen. Ihre Stimme und auch ihre Wortwahl waren ungewohnt hölzern. Er wollte den Mann gerade fragen, ob er in der letzten Zeit Kontakt mit Bea gehabt hatte, als Harald Sperling nach vorne schnellte und die Augen zusammenkniff.

»Das Ganze hat Bea wohl sehr aufgewühlt, was?«, blaffte er. »Das glaube ich gerne. Ich an ihrer Stelle hätte dann wahrscheinlich auch keinen anderen Ausweg gewusst.«

Sperling sprühte förmlich vor giftigem Zynismus. Doch dann kam die junge Frau mit einem Tablett um die Hecke herum und stellte lächelnd Kaffee, Milch und Gläser für den Eistee zwischen die Besucher und ihren Partner. Ein leise forschender Blick zu ihm, und Sperling entspannte sich sichtlich.

Jelene räusperte sich verwirrt. »Was wollen Sie damit andeuten?«

»Dass Bea nicht das *Opfer* in dieser Angelegenheit war. Das hätte sie gerne gehabt, aber sie war *nicht* das Opfer!«

Lichte schenkte sich Eistee ein und lehnte sich in dem Korbsessel zurück.

»Ganz recht, entspannen Sie sich«, forderte Sperling ihn auf und goss auch Jelene ein Glas voll. »Sie werden es nötig haben.«

Dann sah er sie mit einem entwaffnenden Lächeln an, knetete etwas hilflos seine Hände und suchte nach Worten. »Ich muss Ihnen etwas zu den damaligen Ereignissen sagen, das Sie wahrscheinlich nur schwer ermessen können. Ich hätte es schon längst tun sollen. Bea hätte es schon längst tun sollen.«

Er atmete tief ein und sah angestrengt in die Buchshecken. »Sie fragen sich wahrscheinlich, warum Sie den Fall nicht aufklären konnten, obwohl Sie doch so gründlich ermittelt haben. Wissen Sie, warum Sie die Leute, die Bea entführt hatten, nie gefunden haben?«

Eine rhetorische Frage, auf die weder Nico noch Jelene antworteten.

»Weil Sie Ihre Ermittlungen auf unser privates, persönliches und geschäftliches Umfeld konzentriert hatten. Weil diese Entführer keinerlei Berührungspunkte zu unserem Leben hatten und es demnach keine Spur zu ihnen geben konnte. Sie kannten nicht einmal Beas vollständigen Namen. Geschweige denn, dass sie wussten, dass sie mit einem Oberstaatsanwalt zusammen war. Sie standen weit außerhalb des äußersten Kreises, der uns umgab.«

»Woher wissen Sie das?« Jelene saß wie versteinert mit ihrem Eistee-Glas in der Hand da, und auch Nicos Entspannung verwandelte sich in eine ungute Ahnung. Sperling versuchte, seine Zigarre noch einmal zu entzünden, gab den Versuch aber auf.

»Sie haben die Ermittlungen nach einem Jahr eingestellt, richtig?«, fuhr er fort. »Danach kehrte Ruhe ein. Ich muss Ihnen die Ehe mit Bea beschreiben, damit Sie es verstehen. Diese Frau ... sie war speziell. Leidenschaftlich, aber labil, und ich kann nicht sagen, dass ich glücklich mit ihr war. Schon lange nicht mehr. Sie war trotzig und gleichzeitig bieder und neigte dennoch zu Extremen. Eine ausgesprochen ungesunde Mischung.«

Sperling beschrieb seine Exfrau exakt genauso, wie auch Nico sie empfunden hatte.

»Um ehrlich zu sein, hatte ich mich schon länger mit

dem Gedanken einer Scheidung befasst, aber nie gewusst, wie ich es ihr beibringen soll. Sie wäre imstande gewesen, sich etwas anzutun, das Auto im Pool zu versenken, mir etwas ins Essen zu tun oder sonst einen Unsinn. So war sie. Unberechenbar. Verstehen Sie, was ich Ihnen sagen will?«

Nico Lichte nickte langsam und trank einen Schluck Kaffee.

»Ich hatte nach ihrer Entführung natürlich Hemmungen, meinen Plan in die Tat umzusetzen, weil sie sehr zerbrechlich war und lange unter dem Erlebten litt. Ich wollte nicht der Mann sein, der sie unmittelbar nach einem solchen Schock vor vollendete Tatsachen stellte. Trotzdem … unsere Ehe war eine Farce.«

Harald Sperling warf einen Blick über die Schulter und sah Julia Zimmermann an, die mit Kopfhörern auf den Ohren in der prallen Sonne lag, jetzt in einem knappen, weißen Bikini.

»Nach einem Jahr kam Bea plötzlich und begann, mich eigenartige Dinge zu fragen. Ob ich mich ihr nicht näher fühlte, seit sie entführt worden sei. Ob ich denn gar keine Angst hätte, dass diese Leute noch einmal zuschlagen würden. Und ob ich mir damals große Sorgen um sie gemacht hätte. Ich fand das sehr merkwürdig und fragte sie, was diese Fragen sollten. Da war etwas an ihrem Blick, etwas Berechnendes und sehr Finsteres, das mir Angst machte.«

Bei dieser Erinnerung schien Sperling zu schaudern. Nico sah, wie er auf der Couch irgendwie zu schrumpfen schien. Er holte tief Luft und fuhr mit tonloser Stimme fort: »Und dann erzählte sie mir etwas … etwas vollkommen Unglaubliches. Etwas, das ich weder fassen konnte noch jemals hätte ahnen können. Sie erzählte, dass sie selbst es war, die diese Entführung in die Wege geleitet hatte, dass sie Leute angeheuert hatte, die sie vier Tage festhielten und ihr so ... zusetzten, dass ihre Gefangennahme authentisch wirken musste. Dafür hat sie denen zehntausend Euro bezahlt. Sie haben doch damals immer nach dem aufgelösten Treuhandkonto gefragt. Jetzt wissen Sie, wohin dieses Geld geflossen ist. Eine gekaufte Entführung.«

Sperling sah seine Besucher hohläugig an. Die starrten mit offenen Mündern zurück. Sein ganzer Ausdruck war beklommen, aber da war noch etwas. Der Mann schämte sich. Aber er sprach weiter.

»Ich war sprachlos. Aber sie redete ohnehin ununterbrochen. Sie warf mir vor, sie nicht zu lieben, sie für etwas Austauschbares zu halten. Und sie wollte, dass ich mir einmal richtig heftige Sorgen um sie machen musste, damit ich mich daran erinnere, was ich an ihr habe. Verstehen Sie das? Diese Frau brachte es fertig, den Ermittlungsetat eines ganzen Jahres zu sprengen, indem sie einfach mir nichts, dir nichts eine schwere Straftat vortäuschte und mich da auch noch mit reinzog. Sie brachte es fertig, Dutzende Polizisten dazu zu zwingen, ihren ganzen Wahnsinn ernst zu nehmen. Wenn ich mich recht erinnere, sind ja damals sogar Polizisten aus Heilbronn und Stuttgart abgestellt worden, um die Ermittlungen zu unterstützen.«

Jelene Bahl nickte in Zeitlupe und nahm endlich einen Schluck Eistee.

Nico hörte es in ihrem Innern fast zischen. War dieser Moment real, fragte er sich? Bekamen sie gerade tatsächlich diese unglaubliche Geschichte erzählt? Sperling knetete seine Finger, als würde er die unangenehme Erinnerung zerdrücken wollen.

»Und das alles nur, damit ich mir Sorgen um sie mache! Sie hat das alles nur getan, damit sich mein Fokus einmal vollkommen auf sie einengt, nur auf sie konzentriert. Oh, und ich habe mir Sorgen gemacht!« Seine Stimme wurde lauter, eine der Amseln im Baum verstummte.

»Ich war fast verrückt vor Sorge. Für mich war Bea immer auf eine etwas unangenehme Weise schutzbedürftig, und der Gedanke, dass sie irgendwo in einem Keller ...« Er unterbrach sich. »Es hat mich jedenfalls zerrissen. Danach hatte ich ja tatsächlich nicht mehr an Scheidung gedacht. Ihr Plan war aufgegangen.« Sperling stürzte seinen Eistee herunter. »Sie muss gespürt haben, dass ich mich von ihr entfernt hatte, und das wollte sie verhindern. Jetzt werden Sie mir die wichtigste Frage von allen stellen. Wer hat es getan? Wen hatte Bea engagiert, der so professionell war, eine Entführung durchzuziehen?«

»Wissen Sie es?«, fragte Jelene.

Harald Sperling seufzte und schüttelte verärgert den Kopf. »Ich weiß es nicht, denn weder habe ich Bea danach gefragt, noch hat sie es mir von sich aus gesagt. Sie werden mir nicht glauben. Und das zu Recht. Ich hätte damals umgehend zur Polizei gehen und alles klären sollen. Aber ich war wie unter Schock. Gleichzeitig glaubte ich ihr die Geschichte nicht einmal. Ich war der Meinung, dass sie sich das ausgedacht hatte, um mich zu erschrecken, zu ärgern, wie es eben ihre Art war. Doch ich kannte sie. Mir wurde mit schrecklicher Gewissheit bewusst, dass Bea tatsächlich zu so etwas in der Lage war. Allerdings machte mir der Gedanke solche Angst, dass ich einfach nicht fähig war, mich da hineinzudenken. Ich hatte plötzlich begriffen, mit wem ich siebenundzwanzig Jahre meines Lebens verbracht hatte.«

Sperling schwieg und faltete die Hände über seinem Bauch. Er war blass geworden.

»Wie ging es danach weiter?«, wollte Jelene wissen.

»Meine einzige Sorge galt dem Gedanken, wie ich diese Frau aus meinem Leben bringen konnte. Es war wie ein Reflex. Ich musste sie loswerden. Ich habe damals an einem wichtigen Fall gearbeitet, und dieser ganze Wahnsinn hätte das Ende meines guten Rufs, meiner Karriere, meines Lebens bedeutet. Ich bin noch am selben Abend aus dem Haus gegangen und habe umgehend die Scheidung eingereicht. Ich war monatelang wie betäubt. Ich weiß, dass das alles Konsequenzen für mich haben wird, und ich werde mich ihnen stellen. Ich hätte es Ihnen schon damals sagen müssen. Aber ich hatte zu viel zu verlieren.«

»Haben Sie seitdem Kontakt gehabt zu Ihrer Frau?«, fragte Nico.

»Seit diesem Abend habe ich nie wieder mit Bea gesprochen, sondern habe nur über meinen Anwalt mit ihr kommuniziert. Ich habe das Haus verkauft, um sie zu zwingen, sich eine eigene Wohnung zu suchen. Und da in unserem Ehevertrag Gütertrennung vereinbart war, hat Bea sich auf ein ganz anderes Leben einstellen müssen. Ich sah nicht ein, sie auch noch finanziell zu verwöhnen, nachdem sie etwas Derartiges getan hatte.«

»Haben Sie später doch versucht herauszufinden, wer diese Leute waren, die Bea engagiert hatte?«, fragte Jelene.

Harald Sperling schüttelte den Kopf. »Ich habe es eine Weile in Erwägung gezogen. Aber ich habe mich von dem Vorhaben immer wieder abgebracht. Ich hielt es eine Weile für völlig absurd. Aber Bea konnte durch ihre Arbeit in der Stiftung wohl Kontakt zu allerlei durchgeknallten Typen aufbauen, die sich für so eine Aktion nicht zu schade waren. Wissen Sie, meine Exfrau war auf eine schwer zu beschreibende Weise extrem. Sie war manchmal regelrecht nachlässig und leichtsinnig, als wollte sie unbedingt Situationen heraufbeschwören, in denen sie ein Opfer würde. Und ich sie hätte retten müssen. Ich kann gar nicht ausdrücken, wie wohltuend da eine Frau wie Julia ist. Sie ist einfach normal und gesund. Sie geht joggen, wenn sie schlechte Laune hat, ganz einfach weil sie Verantwortung für sich übernimmt. Und Bea hat angefangen, Geschirr zu zertrümmern.«

»Ihre Frau hätte eine Therapie machen können«, sagte Jelene.

Sperling sah Jelene unverständlich und ein wenig feindselig an.

»Wo waren Sie gestern Nacht zwischen dreiundzwanzig und zwei Uhr?«, fragte Nico unvermittelt.

Sperling schnellte nach vorne. »Wie bitte?«

»Sie wissen, dass wir das fragen müssen.«

»Ich dachte … Sie sagten doch gerade … dass es ein Selbstmord war?«

Ja, das haben wir gesagt, dachte Nico. Aber nach dieser Offenbarung war das Feld schlagartig in alle Richtungen offen, und Jelenes Gefühl, dass es vielleicht doch kein Suizid war, erschien auf einmal nicht mehr ganz so absurd.

»Denken Sie doch mal nach«, forderte Jelene. »Ihre Exfrau war gestern bereit, mit uns zu sprechen. Sie wollte wahrscheinlich auspacken. Vor diesem Hintergrund …«

»Ich war heute Nacht in einem Schlaflabor, wegen meiner Schlafapnoe. Das können Sie sehr leicht nachprüfen.«

»Und Frau Zimmermann?«, wollte Lichte wissen und nickte in Richtung der sonnenbadenden Frau.

»Werden Sie nicht geschmacklos«, zischte Harald Sperling. »Ich würde Ihnen raten, erst einmal zu klären, ob es nicht vielleicht doch ein Suizid war. Das passte zu Bea. Sie hatte es schon einmal versucht.«

Jelene stellte ihr Glas ab und setzte sich auf. »Wie?«

Sperling winkte ab. »Ach, das war nur eine dramatische, lächerliche Geste, die lediglich ihre Hilflosigkeit gezeigt hat.«

»Wie hat sie es versucht?«

»Sie hat sich mit einem Küchenmesser in die Badewanne gesetzt. Ich hätte sie gerne ausgelacht, wenn das Ganze nicht so schlimm gewesen wäre.«

»Also war das kein ernst zu nehmender Versuch.«

»Nein, es war das reinste Theater.«

»War das diese Barock-Badewanne?«, fragte Jelene.

»Ja doch. Sie hat dieses kitschige Ding vergöttert.« Sperling sah jetzt wieder genauso schlaff und feindselig aus wie damals.

Lichte stellte seine Kaffeetasse ab und fixierte den Mann eindringlich. »Können Sie sich an irgendwelche Äußerungen Ihrer Exfrau erinnern? Irgendein Detail, das auf die Leute hindeutet, die sie entführt haben?«

Sperling schüttelte den Kopf. »Nehmen Sie es mir nicht übel, aber ich versuche, diese Episode aus meinem Leben zu verdrängen.«

»Wir müssen Sie bitten, so schnell wie möglich aufs Präsidium zu kommen, um eine Aussage zu machen«, sagte Jelene.

»Morgen. Ich werde morgen kommen, wenn's recht ist.«

Sie verließen den Garten und stiegen vor dem Haus in Jelenes Morris. Die angestaute Hitze im Wageninneren raubte Nico den Atem. Jelene nahm eine Spraydose mit Wasser und sprühte sich selbst Nacken und Gesicht nass. Danach blieb sie reglos sitzen und starrte vor sich hin auf die leere Straße. Nico hatte keine Kraft, das brütende Schweigen zu durchbrechen. Er war völlig niedergeschmettert von dem, was sie gerade erfahren hatten. Diese ganze Geschichte war so unglaublich, dass ihm beinahe schwindelig wurde.

Sie wandte ihm ihr feuchtes Gesicht zu. »Ist das zu fassen? Ich meine, wie hätten wir denn je auf die Idee kommen sollen, dass sie sich entführen lässt?«

»Gar nicht. Und das wird uns auch niemand vorwerfen, glaub mir.«

Eine Weile schwiegen sie. Dann sagte Jelene: »Ich schäme mich. Ich … wir haben damals nur für diesen Fall gelebt. Das war so eine beschissen schwere Zeit und jetzt …« Sie schnippte mit den Fingern und stieß die Luft aus.

Dann sprühte sie sich noch einmal Wasser ins Gesicht, ließ die Scheibe herunter und fuhr los.

Jelene fuhr aus den stillen Straßen der Oststadt zurück in Richtung Wasserturm. Die altehrwürdigen Villen und Stadthäuser standen wie versunken in den üppigen Gärten, durch die offenen Fenster wehte der Geruch von Rosen und frisch gemähtem Gras. Nico fühlte sich unangenehm schlaff und auf unbegreifliche Weise unmotiviert. Sie waren gerade einen enormen Schritt weitergekommen, und doch scheute er vor dem, was jetzt unweigerlich kommen würde, innerlich zurück. Alles noch mal auf Anfang. Und irgendwann zwischen dem Leichenfund von Sybille Hahn und dem jetzigen Moment war seine Kraft auf der Strecke geblieben. Außerdem hatte ihn der Anblick von Menschen, die am helllichten Tag einfach so an einem Pool lagen, während die Welt sich vor ihren Gartentoren weiterdrehte, aus seinem Arbeitsmodus gerissen. Der letzte Urlaub lag unendlich lang zurück.

»Und wenn er lügt?«, fragte Jelene schließlich. »Wenn er uns einfach eine erfundene Geschichte erzählt, weil Bea sich ohnehin nicht mehr wehren kann?«

»Die Geschichte ist so krass, die kann sich keiner ausdenken.«

»Und wenn doch? Ich meine, nichts wäre leichter, als so etwas zu erzählen, weil niemand das jemals nachweisen kann. Was ist, wenn er etwas mit Beas Entführung damals zu tun hatte?«

»Und womöglich auch mit ihrem Tod? Du hast vielleicht einen Hitzschlag, Jelene.«

»Hör mir zu. Ich habe lange mit mir gerungen und mich

immer wieder daran gehindert, diese Gedanken auszusprechen. Aber ich habe schon ziemlich früh gedacht, dass das mit Bea Sperling und Sybille Hahn irgendwie zusammenhängt.«

»Aber warum? Weil sie beide einen gewissen Geldbetrag abgehoben haben?«

»Von dem niemand weiß, was sie damit angestellt haben.«

Nico nickte. »Von Bea wissen wir es.«

»Gut, nehmen wir an, es gab diese Leute wirklich, die sie auf ihren eigenen Wunsch hin entführt haben. Und nehmen wir an, Bea hat darin tatsächlich eine verrückte Art von Sinn gesehen, um ihren Mann zurückzubekommen. Aber warum Sybille Hahn? Was hatte sie für einen Grund?«

»Tja, das müssen wir herausfinden.« Er gähnte.

Jelene warf ihm einen Blick zu. »Reiß dich zusammen!«, herrschte sie ihn an. »Du lässt locker. Das darfst du aber nicht, jetzt, wo wir so nah dran sind.«

»Wo, bitte schön, sind wir denn nah dran?«, erwiderte er gereizt.

In Jelenes Hosentasche klingelte das Handy. Sie zog es heraus und reichte es Nico.

Es war Gabriele Mundt. »Ich habe ihren Magen ausgepumpt, weil ihr Körper sonst keinerlei Anzeichen für Gewalt zeigt. Ihr Blut habe ich auch untersucht.«

»Und?«, fragte er und stellte den Lautsprecher an.

»Sie hat sich ziemlich abgeschossen.«

»Wie meinst du das?«

»Flunitrazepam«, sagte die Pathologin. »Das ist ein extrem starkes Beruhigungsmittel …«

»Ich weiß, was das ist«, unterbrach Nico sie.

»Der Menge des Stoffs in ihrem Blut nach zu schließen, hat sie mindestens vier Tabletten eingenommen. Damit könnte man zwei von deiner Sorte sehr lange schlafen legen, Nico.«

»War das die Todesursache?«, wollte Jelene wissen.

»Nein. Sie ist ertrunken. Ihr Nervensystem war so sediert, dass sie es wahrscheinlich nicht mehr geschafft hat, den Hahn abzudrehen oder sich aufzurichten. Sie wurde im Wasser ohnmächtig und ertrank.«

»Ist das ein schöner Tod?«, fragte Nico.

»Sie hat nicht viel mitbekommen.«

»Todeszeitpunkt?«

»Ich schätze Mitternacht, spätestens ein Uhr.«

»Okay, danke dir. Du schließt also auf Selbstmord.«

»Das müsst ihr feststellen. Flunitrazepam ist nur mit Betäubungsmittelrezept zu bekommen. Ihr Arzt müsste wissen, ob sie es verschrieben bekommen hat. Allerdings bekommt man das Zeug auch bei jedem halbwegs gut sortierten Dealer.«

Nico verabschiedete sich, behielt Jelenes Handy aber in der Hand. Er betrachtete von der Seite ihr verschlossenes Gesicht. Ihre Kiefer mahlten. »Was ist jetzt mit deiner These, dass es kein Selbstmord war?«, fragte er.

»Ich will mit ihrem Hausarzt sprechen«, beschloss sie. »Ich habe bei meinem ersten Besuch in ihrer Wohnung kein solches Medikament in ihrem Badschränkchen gesehen.«

»Na und? Was heißt das schon? Sie hatte es in ihrem Nachtkästchen oder hat es sich in der Zwischenzeit besorgt. Warum bloß denkst du, dass sie nicht freiwillig gestorben ist?«

»Nur ein Gefühl«, sagte sie ironisch. »Das bringt mir in letzter Zeit nämlich mehr als die ganzen Fakten.«

Nico lehnte sich zurück und sah auf die Straße. »Mal sehen, wie lange noch.«

Kapitel 17

Die Neuigkeit traf im Präsidium auf geteilte Meinungen. Während Michael Nock und Clemens Berger viel zu beschäftigt waren, um über die Sache nachzudenken, brach Ralf Fehling in ein fast schon hysterisches Lachen aus.

»Entschuldigung, aber ich kann Ihnen gar nicht sagen, wie lächerlich ich das alles finde«, betonte er. »Absurd. Und das ist nur ein sehr schwaches Wort.«

»Sie scheinen es nicht zu bedauern, dass die Frau nicht mehr reden kann.«

»Doch, ich bedaure es«, beschwichtigte er. »Es tut mir auch aufrichtig leid, dass ich gestern Abend nicht der geeignete Ansprechpartner für sie war.«

Jelene schwenkte auf ein anderes Thema um. »Was haben Sie mit Hafner erreicht?«

Fehling verschränkte die Arme und sah sie forschend an. »Noch gar nichts, aber das ist nicht weiter schlimm. Der Mann gerät allmählich unter Druck, und er wird gestehen.«

»Sollten Sie ihn nicht fragen, ob er an der Entführung von Bea Sperling 2009 beteiligt war?«

»Das werde ich pro forma tun, aber wie gesagt – das alles erscheint mir absurd.«

Sein Gesicht, das am Montag noch so gut gebräunt war, wirkte jetzt fahl. Er hatte sich an diesem Morgen beim Rasieren geschnitten, neben seinem Mundwinkel war eine kleine Stelle getrockneten Blutes. Sie wusste nicht, warum, aber sie konnte nicht wegsehen. Bei Fehlings akkurater Fassade, seinem strengen Haarschnitt und den unbewegten Augen war diese minimale Verletzung irgendwie bizarr.

»Ist das Ihr Ernst?«, zischte sie. »Sie ignorieren die Angaben eines ehemaligen Staatsanwalts?«

»Frau Bahl, warum starren Sie mich so böse an?«, fragte er belustigt. »Ich werde meine Meinung deswegen nicht ändern.«

»Welche Meinung?«

»Dass diese Aussage von Herrn Sperling mit Vorsicht zu genießen ist.«

»Warum sollte er uns so etwas erzählen? Er genießt seinen Ruhestand, hat eine hübsche junge Freundin. Durch diese Aussage wird alles neu aufgewühlt. Er kommt morgen aufs Revier und macht eine Aussage. Er weiß, dass die Dinge dadurch wieder in Bewegung geraten. Wäre es für ihn nicht klüger, vollkommen den Mund zu halten? Er hat immer noch viel zu verlieren.«

»Da gebe ich Ihnen recht. Aber wenn er selbst weiß, dass sich durch diese Aussage rein gar nichts ändern würde, kann er dieses Risiko eingehen. Denn wo sollen wir anfangen? Wollen Sie diesen alten Fall komplett neu aufrollen? Nur zu. Aber vergessen Sie darüber doch bitte nicht, dass eine Frau namens Sybille Hahn ermordet wurde. Das ist etwas anderes als der Selbstmord einer labilen und offensichtlich ... nun, gestörten Frau.«

»Woher wissen Sie, dass sie gestört war?«, fragte Jelene.

»Ich habe sie gestern gesehen. Sie war durch den Wind, gelinde gesagt.« Er legte den Kopf schief und tastete wie unabsichtlich nach dem Schnitt auf seiner Wange. »Und schauen Sie mich nicht so an, als hätte ich ihren Selbstmord verhindern können!«

Felix strich mit den Fingerspitzen über ihren Rücken und zeichnete die dünnen Erhebungen der Tätowierung nach, als müsste er jede Linie, die er in ihre Haut geritzt hatte, von Neuem nachvollziehen. Jelene lag auf der Seite und versuchte, die Entspannung, für die ihr Körper nach dem Sex bereit war, auch zu empfangen. Aber es ging nicht. Immer wieder sah sie die Leiche von Bea Sperling vor sich, den vermeintlichen Frieden, den ihr Gesicht ausgestrahlt hatte. Ihre linke Hand mit den Goldringen, der Rest des Schmucks wie verwaist auf der Waschbeckenablage. In ihrem Kopf hörte sie immer noch das leise Rauschen des Wassers, sah die überladene Badewanne mit den undeutlichen, aber so eindeutigen Umrissen der Frau darin. Da war fast etwas Bedrohliches am Anblick der goldenen Wasserhähne gewesen, die voll aufgedreht über dem versunkenen Kopf der Frau standen. Wie eine Einstellung in einem Greenaway-Film.

Michael Nock hatte dem Hausarzt von Bea Sperling einen Besuch abgestattet und ihn nach dem Flunitrazepam befragt. Der Mann wusste weder etwas von derartig schwerwiegenden Schlafstörungen, noch hatte er der Frau jemals ein solches Mittel verschrieben. Es gab auch keine Einträge bei anderen Ärzten. Keine Krankenkassenabrechnungen über Betäubungsmittelrezepte. Und auch sonst keine Psychopharmaka.

Woher hatte sie das Mittel gehabt? Und war dieser endgültige Schritt realistisch gewesen? Wenn jemand vorhatte, sein Gewissen zu erleichtern, warum dann ein Selbstmord? Jelene stieß sich an diesen Gedanken wie an einer Wand. In ihrem Innern hatte sich etwas verkrampft, das sie nicht zur Ruhe kommen ließ. Dazu kam diese unerträgliche Hitze, die aufgeladene Atmosphäre, die durch die geöffneten Fenster ins Zimmer drang. Nirgendwo in der Wohnung brannte Licht, aber die Straßenlaternen überzogen die Wände mit einem gelblichen Schein. Am Horizont flackerte wieder ein Wetterleuchten, aber das ferne Donnergrollen, das ein neues Gewitter anzukündigen schien, wollte nicht näher kommen. Jelene atmete die einzigartige Duftmischung aus warmem Asphalt und leicht brackigem Wasser ein, die von der Straße hereindrang. Aus dem Imbiss im Erdgeschoss strömte der Geruch von gebratenem Fleisch und Zwiebeln, und plötzlich hatte sie zum ersten Mal seit zwei Tagen wieder richtigen Hunger. Sie spielte gerade mit dem Gedanken, Felix nach unten zu schicken, um eine Pizza zu holen, als er in ihrem Rücken fragte: »Soll ich dich allein lassen?«

»Nein. Mache ich den Eindruck, als würde ich gerne allein sein?« Jelene drehte sich zu ihm um.

Felix' Gesicht lag halb im Schatten, halb im Schein der Straßenbeleuchtung. Er stützte seinen Kopf in die Hand, und Jelene vermisste seine Berührung augenblicklich. Dieser Mann schenkte ihr trotz allem eine merkwürdige Art von Ruhe, die sie erstaunte. Ihr wurde bewusst, dass gerade die Tatsache, dass sie kaum etwas voneinander wussten, den Platz für diese Ruhe gab.

»Du bist schon die ganze Zeit allein«, sagte Felix. »Ich

bin bei dir, aber nicht mit dir. Aber vielleicht bist du ja eine von diesen Frauen.«

In seiner Stimme lag kein Vorwurf. Er stellte nur etwas fest, was Jelene selbst spürte.

»Also gut, ich will, dass du hierbleibst«, beschloss Jelene. »Ich bin nämlich keine von diesen Frauen. Und du bist keiner dieser Männer, die man nach dem Sex zum Teufel schickt.«

»Was beschäftigt dich?«, fragte er.

»Mein aktueller Fall. Er ist gelinde gesagt … ziemlich beunruhigend.«

»Die Tote im Wald?«

»Sie ist nicht die einzige Tote. Aber …« Sie legte den Zeigefinger an die Lippen. »Das dürfte ich dir gar nicht sagen.«

»Dann sag mir, was dich sonst noch beschäftigt.«

»Es ist das erste Mal, dass du mich so etwas Persönliches fragst.«

»Ich fange eben erst an, mich wirklich für dich zu interessieren.«

Von den vielen rätselhaften Aussagen, die sie von Felix zu hören bekam, war diese die seltsamste. Den Abend vor zwei Tagen, als er nach dem Telefonat mit ihrer Mutter zu ihr gekommen war, hatten sie fast schweigend verbracht. Er hatte ihr die Folie vom Rücken gezogen und die Tätowierung inspiziert, ihr die Schultern und den Nacken geknetet und sie wie nebensächlich ausgezogen. Danach wortloser, intensiver Sex. Ein gegenseitiges Verschlingen, dass Jelene sich fragen musste, was sie eigentlich für Felix war. Sie wusste, wie unkompliziert es war, mit Unbekannten zu schlafen, aber sie hatte auch die Erfahrung gemacht, dass Nähe und Vertrautheit das Verlangen steigerten und auf eine andere Ebene hoben. Doch mit Felix war es etwas völlig anderes. Bei ihm hatte sie das Gefühl, dass er sie seit Jahren kannte. War er der berühmte Seelenverwandte, dem man nur einmal im Leben begegnete?

»Ich habe mich schon gefragt, warum du gar nichts wissen willst von mir«, sagte sie. »Du weißt nicht, wer ich bin. Ist dir das nicht … unangenehm?«

»Ich mag es unberechenbar«, erwiderte er.

»Du willst, dass ich geheimnisvoll bleibe.«

»Es gibt wenige Frauen, in denen man nicht lesen kann wie in einem offenen Buch.«

»Und warum willst du das ändern, indem du etwas über mich erfahren willst?«

Felix hob die Hand und strich ihr flüchtig über die Wange. »Ich finde es überflüssig, wenn eine Kommissarin mit Menschenkenntnis mir eine solche Frage stellt.«

Jelene sank zurück auf das Kissen und ließ seine Worte in sich hineinfließen.

»Es tut mir gut, dass du mir keine Fragen stellst«, sagte sie dann. »Andere Leute in meiner Nähe halten es schier nicht aus, nichts über mich zu wissen, oder nur wenig. Ich kenne das gar nicht, dass jemand mir nahe ist, ohne mich mit Fragen zu löchern.«

Er küsste sie. »Gern geschehen.«

»Siehst du. Du verstehst mich, ohne etwas von mir zu wissen.«

»Ich weiß, dass du hungrig bist«, sagte er.

Später saßen sie mit einer großen Thunfisch-Pizza und

Rotwein an ihrem Küchentisch. Der Wind war stärker geworden, das Donnergrollen eine Spur lauter. Sie aßen schweigend, doch irgendwann sagte Felix: »Wenn du mir nicht sagen kannst, was in deinem Mordfall gerade passiert, dann versuch, es allgemein auszudrücken. Nichts Konkretes. Du denkst doch gerade an irgendwas, das dich völlig verrückt macht.«

Jelene überlegte kurz und nickte dann. »Also gut. Wenn du ein durchgeknallter Typ wärst, der glaubt, dass sein Leben sich zum Positiven verändern würde, wenn er eine drastische, gefährliche Situation übersteht, wie würdest du es anstellen, dass du in so eine Situation gerätst?«

»Geht's vielleicht doch ein bisschen konkreter?«

»Stell dir vor, du müsstest jemanden davon überzeugen, dass du ein hilfsbedürftiger Mensch bist, den man auf keinen Fall verlassen darf. Du würdest dich in eine extreme Situation bringen, aus der du als tapferes Opfer hervorgehst, um noch mehr beschützt und vielleicht geliebt zu werden. Wie würdest du es anstellen?«

Felix schenkte sich einen Schluck Wein ein und sah Jelene verständnislos an.

»Wenn dich zum Beispiel jemand entführen würde, damit dein Partner sich schreckliche Sorgen um dich macht«, präzisierte sie schließlich.

»Ah, damit kann ich was anfangen.«

»Gut. Also, wie würdest du es anstellen? Du würdest natürlich nicht zu irgendwelchen Kumpels gehen, denn die würden dich vielleicht später verraten.«

»Das kommt auf die Kumpels an. Aber kennst du den Fall von diesem Typen aus Kalifornien, der seine Freundin entführen ließ, um sie später eigenhändig zu befreien? Das Mädchen hatte Schluss mit ihm gemacht, und er wollte sie damit zurückgewinnen. Er wollte derjenige sein, der den Kofferraum öffnet und das gefesselte, geknebelte Mädchen rettet. Ihr Held sein. Einen Helden verlässt man nämlich nicht. Das Dumme war nur, dass sie in diesem Kofferraum erstickt ist. Als er zur Stelle war, um sie zu retten, war sie bereits seit Stunden tot.«

Jelene starrte ihn an. Sie wusste, dass Felix ihr gerade etwas Bedeutsames gesagt hatte, etwas, das in dem Chaos in ihrem Kopf an die richtige Stelle fiel.

»Ja, genau so eine Situation suche ich. Nur umgekehrt. Wie hat der Typ aus Kalifornien es denn angestellt? Wen hat er damit beauftragt, seine Freundin zu kidnappen?«

»Ich such dir die Story mal im Internet raus, aber wenn ich mich recht erinnere, hatte er eine dieser Entführungsagenturen beauftragt.«

»Wie bitte?«

»Eine Entführungsagentur. Noch nie davon gehört? In den USA ist das der Renner.«

»Was ... was ist denn das? Ist das dein Ernst?«

Felix lächelte ein wenig abfällig. »Es gibt ein paar Firmen in den USA, die sich darauf spezialisiert haben, Leute auf ihren eigenen Wunsch hin zu entführen und festzuhalten. Manchmal nur ein paar Stunden, manchmal Tage.«

»Aber aus welchem Grund?«

»Na ja, ist das nicht so ein Ding, das manche Leute anturnt? Hab mir sagen lassen, dass es Menschen gibt, die so etwas geil finden.«

»Was schaust du mich so an?«, fuhr Jelene ihn an. »Ich hab von dem Scheiß noch nie was gehört.«

»Schon gut, ich dachte, du kennst dich mit so abgefahrenen Sachen aus«, sagte er.

»Seh ich so aus?«

Felix lächelte wieder, diesmal provokant und auffordernd. »Ja, ehrlich gesagt siehst du so aus.«

»Was weißt du noch darüber?«

»Nur dass die Polizei diese Spielchen nicht gerade lustig findet. Es passieren immer wieder Unfälle. Leute werden vermisst gemeldet und gesucht, nach außen hin wirkt es wie ein Verbrechen. Dabei ist es ein Verbrechen auf Wunsch. Was übrigens nicht als Straftat gilt.«

»Wann hast du davon erfahren?«

»Ach, irgendwann ... ich schau mir gerne schräges Zeug im Netz an.«

»Du sagst also, es gibt Leute, die sich auf dieses ... diese Interessen spezialisiert haben. Wie machen die das konkret?«

»Na ja, sie verabreden sich mit den Klienten an einem bestimmten Ort, und dort passiert die Entführung. Mit allem Drum und Dran. Lieferwagen, Sturmhauben, Kabelbinder. Manchmal auch Chloroform. Wie bei einer richtigen Entführung eben. Bloß mit Wunschzettel.«

»Aber warum lässt sich jemand auf so etwas ein?«, fragte sie erneut.

»Hör mal, ich weiß das nicht. Aber ich kann mich ein bisschen hineinversetzen. Du doch auch, Jelene.«

»In *was* hineinversetzen?«

»Dass Machtlosigkeit seinen Reiz hat«, sagte er und

musterte sie eindringlich. »Dass Kontrollverlust sexy ist. Dass es erregend sein kann, nicht mehr am Schalthebel zu sitzen, sondern es anderen zu überlassen.« Er zwinkerte ihr zu.

Jelene sackte zurück auf ihren Stuhl. Es war, als hätte Felix ihr gerade einen Teil der Welt enthüllt, den sie selbst sich nicht einmal hätte ausdenken können.

»Du hast mir gerade wahrscheinlich sehr geholfen«, murmelte sie.

»Was denn, glaubst du, dass es so was auch hier gibt?«, fragte er ungläubig.

»Und wenn? Ist doch möglich.«

»Na gut. Dann nehme ich an, dass unser Abend hiermit gelaufen ist.« Er sah sie fragend an.

»Ich muss dieser Information nachgehen«, entschuldigte sie sich.

»Hätte ich doch nur meine Klappe gehalten«, seufzte er.

Sie stand auf, trat zu ihm, nahm sein Gesicht in die Hände und sah ihn an. Er erinnerte sie an einen Falken. Seine ruhige, konzentrierte Miene, die dunklen Augen. Sie war sich sicher, dass er in sie hineinsehen konnte. Dass er dennoch behauptete, nichts über sie zu wissen, irritierte und faszinierte sie gleichzeitig. Ein wenig beschlich sie das Gefühl, dass sie so etwas wie eine interessante Beute für ihn war.

»Weißt du, dass ich mich sehr geehrt fühle«, fragte sie.

»Warum?«

»Dass du mir diese Tätowierung machst.«

»Wieso ist das eine Ehre?«

»Weil ich weiß, dass andere sich darum reißen würden.

Und außerdem nehme ich an, dass dieses Tattoo sauteuer ist.«

»Es ist sauteuer«, bestätigte er. »Aber du bezahlst gut.«

Wieder wich sie ein Stück zurück. »Ich bezahle?«

»Was glaubst du, was das hier ist, Kommissarin?«

Felix stand auf. Jetzt überragte er sie um einen halben Kopf. Schlagartig war sie voller Unbehagen und Ablehnung.

»So bezeichnest du das, was …?«

»Was zwischen uns ist? Jelene, zwischen uns ist nichts. Nichts, was man mit normalen Maßstäben messen könnte. Du bist eine Grenzgängerin. Ich auch. Wir treiben es miteinander, und ich … ich tätowiere dich, weil es für mich eine künstlerische Herausforderung ist. Du bist mir ein Rätsel, und das darf gerne so bleiben. Du bist selten. Was wir miteinander haben, ist selten.«

»Es ist eigentlich doch bloß Sex!«, schleuderte sie ihm entgegen und entzog sich seinen Händen.

»Nenn es, wie du willst«, meinte er schulterzuckend. »Für mich ist es besondere Energie. Besser als eine Bezahlung mit Geld. Was ist daran so schlecht?«

»Du spielst mit mir!«

»Jelene, hör auf damit«, beschwor er sie. »Mach es nicht kaputt. Ich will nicht, dass du mich dazu zwingst, dieses Bild auf deinem Rücken nicht zu vollenden. Das könnte ich nicht ertragen. Ich hasse unvollendete Dinge.«

Jelene stieß ihn grob von sich. »Verdammt, Felix! Darum geht es doch gar nicht.« Er sah sie nur an, als wüsste er bereits, um was es ging. Und Jelene, die für ihre Begriffe schon viel zu weit gegangen war, beschloss, noch ein wenig weiter zu gehen.

»Ich bin gerade dabei, mich in dich zu verlieben!«

Entgegen ihrer Erwartung setzte er weder ein triumphierendes noch ein wissendes Lächeln auf. »Das ist eine Reise, Jelene«, sagte er schlicht.

»Wohin?«, flüsterte sie.

Er küsste sie auf die Stirn. »Das ist doch das Gute daran. Wir wissen nicht, wohin. Kommst du damit klar, Kommissarin?«

Kapitel 18

»Sie verabreden sich online mit ihren Entführern und überweisen vorab eine bestimmte Geldsumme, je nachdem, wie die Entführung ablaufen soll und wie lange sie selbst in Gefangenschaft verbringen wollen. Acht Stunden kosten tausend Dollar, ein ganzer Tag fast dreitausend. Manche lassen sich mit Chloroform betäuben, andere wollen mit einem Taser außer Gefecht gesetzt werden oder mit einem Elektroschockgerät. Die Liste der Gewalttaten ist nach oben offen. Da war eine Frau, die sich eine Vergewaltigung gekauft hat, eine andere war einen ganzen Monat in der Gewalt der Entführer. Es gibt Formulare, auf denen man ankreuzen kann, was man erleben will. Essensentzug, Schläge, Dunkelheit, Verhöre, die Art der Fesselung, Waterboarding. Die Leute agieren hoch professionell und treten in den USA sogar in den Medien auf. Es ist überall bekannt, dass diese Agenturen profitable Betriebe sind. Und dass das, was sie tun, nicht strafbar ist. Es ...«

Jelene sprach ohne Punkt und Komma. Ihre Augen lagen tief in den Höhlen, umrandet von dunklen Schatten. Sie strahlten diesen fiebrigen Glanz aus, den Nico Lichte von sich selbst kannte, wenn er den Schlaf einer Sache opferte, die keinen Aufschub duldete. Ihre Hände zitterten sichtbar, und Nico ahnte, dass das weniger am Schlafmangel lag, sondern vielmehr an den Dingen, die sie in der vergangenen Nacht recherchiert hatte und die nicht nur ihm, sondern auch allen anderen Anwesenden den Mund offen stehen ließen. Keiner von ihnen hatte gewusst, dass es so etwas überhaupt gab. Michael Nock und Clemens Berger starrten Jelene an, und Fehling war blass geworden. Vermutlich malte er sich gerade aus, was diese Erkenntnisse für ihren Fall bedeuteten und was die Presse anstellen würde, wenn sie von diesen Dingen Wind bekam. Sicher, jetzt wo er es hörte, wunderte Nico sich überhaupt nicht mehr darüber, dass so etwas in den USA existierte. Mit Entführungen rund um den Globus kannten sich die Amerikaner ja auch bestens aus.

Es war Samstag, und er hatte sich nur mühsam aus dem Bett gequält. Seit Stunden regnete es aus tief hängenden Wolken, was die drückende Hitze in tropische Schwüle verwandelt hatte.

»Du denkst, dass es so eine Entführungsagentur auch hier gibt? In Deutschland?«, unterbrach er sie.

»Das werden wir jetzt schnellstmöglich herausfinden.«

»Hast du das im Netz nicht sehen können?«

»Es gibt in Berlin eine Entführungsagentur, aber die ziehen dieses Sadomaso-Ding ab. Die Leute werden in einem Hinterhof überwältigt und in einen Keller geschleppt, wo sie ihre sexuellen Fantasien ausleben können. Das ist etwas vollkommen anderes.«

Fehling nahm sein Kinn aus der Handfläche und sah Jelene an. »Also ehrlich gesagt, ich kann mir nicht vorstellen, dass es so was in Deutschland gibt.«

Statt einer Antwort schob Jelene ihm einen Computerausdruck hin. »Das ist eine ganz ordinäre Preisliste. Einfach mal so zum Vergleich. Diese Entführungsagentur aus Arkansas verlangt zum Beispiel für eine vierundzwanzigstündige Gefangenschaft inklusive professioneller Entführung im Wald dreitausend Dollar. Das entspricht etwa zweitausendfünfhundert Euro. Und jetzt schauen Sie doch mal, was vier Tage kosten.«

»Zwölftausend Dollar«, las Fehling vor.

»Was ungefähr zehntausend Euro sind. Klingelt da was?«

»Du meinst, Sybille Hahn und Bea Sperling haben deswegen diese Beträge abgehoben?«, wandte Berger sich an Jelene.

»Ich bin mir sogar sicher. Und hier …« Sie nahm einen weiteren Ausdruck und übersetzte aus dem Englischen. »Um das Erlebnis realistischer zu machen, schlagen wir ein Spiel vor. Wenn wir richtige Entführer wären, würdest du uns das Geld auch nicht auf ein Konto überweisen, sondern es irgendwo deponieren. Wo genau, das erfährst du bei einem Anruf.«

»Der Mülleimer im Luisenpark«, platzte Nico heraus. In seinem Verstand hakten zwei Rädchen ineinander. Er wandte den Kopf und starrte auf das Flipchart, wo das alte Foto von Frank Alrinck hing. Bevor er es aussprechen konnte, beugte Clemens Berger sich vor und stellte die Frage, die Nico selbst am meisten beschäftigte.

»Hast du irgendeine Ahnung, warum diese Leute das machen? Ich meine, wenn jemand eine Straftat vortäuschen will, wie diese Bea Sperling, okay. Das ist zwar völlig bekloppt, aber auf eine verrückte Weise verständlich. Aber die Leute in den USA, die Entführungen buchen, die wollen doch nicht alle, dass ihre Eltern und Ehepartner sich Sorgen um sie machen. Wieso tun die das?«

»Sie stehen drauf, ganz einfach«, sagte Jelene.

»Ich habe mir eine Reportage angesehen, die über eine dieser Agenturen gedreht wurde«, sagte sie. »Ein Psychologe analysiert das Phänomen. Es geht dabei um kontrollierten Kontrollverlust. Eine Auszeit im Kopf, ein Bereich, der völlig außerhalb des normalen Lebens steht. Die reinigende Erfahrung, eine extreme Situation zu überstehen. Anscheinend beschert es einigen Leuten Lust, ausgeliefert zu sein. Das ist ja nichts Neues.«

»Wie hieß noch mal der Film mit Michael Douglas?«, fragte Nock. »Der, wo er zum Geburtstag ein Abenteuer geschenkt bekommt und auch entführt wird.«

Jelene nickte ihm zu. »Genau darauf beziehen sich diese Agenturen. In *The Game* gehen sie aber noch weiter. Michael Douglas weiß nicht, dass alles nur ein Spiel ist, er glaubt, dass er tatsächlich in Lebensgefahr schwebt. Dieser Film hat damals zur Gründung der ersten Entführungsagentur geführt.«

»Krass«, murmelte Nock.

»Und was ist an einem Kidnapping so toll?«, wandte Berger ein. »Ich meine, in eine solche Situation will doch niemand kommen.«

»Darum geht es ja gerade«, sagte Jelene. »Die am weitesten verbreitete erotische Fantasie von Frauen ist ein Vergewaltigungsszenario. Und trotzdem würde keine Frau eine reale Vergewaltigung erleben wollen.«

»Und warum ist es dann eine erotische Fantasie?«

»Man erklärt es sich damit, dass im Gehirn die Areale, die für Panik und Erregung zuständig sind, eng beieinanderliegen. Das Gefühl der Panik kann auf das benachbarte Gehirnareal überspringen und Erregung auslösen. Ich kann mir vorstellen, dass das Gleiche auch für Entführungsfantasien gilt. Außerdem ist das Wissen, dass einem nichts wirklich Schlimmes passiert und man auf jeden Fall wieder freigelassen wird, auch ein Faktor.«

»Ich komme mir gerade ziemlich prüde vor«, sagte Michael Nock.

Jelene sagte: »Es ist alles nur ein Spiel. Wir lieben es zu spielen. Als Kinder mochten wir es, beim Indianerspielen an den Baum gefesselt zu werden, und als Erwachsene …« Sie ließ das Ende des Satzes in der Luft hängen.

Fehling sagte zu alldem nichts. Er saß da und blinzelte. Seine Augen wirkten glasig.

»Klar, warum sollte es diese Bedürfnisse nur in Nordamerika geben?«, fragte Clemens Berger.

Jelene wandte sich Nico zu. »Eben. Und was Sybille Hahn betrifft … Erinnerst du dich an die DVDs und Bücher in ihrem Schrank? Das Buch über das Stockholm-Syndrom, *Átame* und die ganzen anderen Filme. Mir haben die Titel nichts gesagt, aber ich bin mir sicher, dass es in allen um Entführungen geht.«

»Du meinst, sie hatte eine Schwäche für das Thema?«

»Warum nicht? Jetzt erst ergibt die ganze Sache mit den geheimnisvollen Mails und dem Mülleimer im Luisenpark einen Sinn.«

Nico sah Fehling an und versuchte, seinen Blick aufzufangen. Aber der starrte wie abwesend auf die Computerausdrucke vor sich auf dem Tisch.

»Ach ja, ich weiß jetzt wieder, wo ich diesen Typen gesehen habe.« Nico zeigte auf das Foto von Frank Alrinck. »Im Fitnessstudio, das diese Anna Lesandre betreibt.«

Fehling hob den Kopf und nickte mechanisch.

»Es muss da eine Verbindung geben«, sagte Jelene. »Anna Lesandre war nicht ohne Grund die angeblich beste Freundin von Bea Sperling und hält sich fünf Jahre später rein zufällig in der Nähe des Ortes auf, an dem Sybille Hahn einen Geldumschlag hinterlegen soll. Und dieser Alrinck ist auch ganz bestimmt nicht umsonst Kunde in ihrem Fitnessstudio und Halter eines Fahrzeugs, das in der Tatnacht in der Nähe des Waldes war.« Jelene sprach nun betont ruhig und konzentrierte ihre Aufmerksamkeit ganz auf Fehling. »Reicht diese Indizienkette aus für eine umfassende Internetrecherche?«, fragte sie, aber es war weniger eine Frage als eine Forderung.

Fehling hob die Hände. »Was auch immer Sie wollen.«

»Ach ja…« Jelene richtete sich wieder an ihn. »Auf einer dieser amerikanischen Webseiten habe ich gelesen, was für Leute bei so einer Agentur mitmachen. Einmal heißt es, dass da ehemalige Straftäter dabei sind, weil das den Kick erhöht.«

»Ich werde Fred Hafner fragen, ob er irgendetwas darüber weiß«, beschloss Fehling.

»Das ist echt gruselig«, murmelte Nock. »Und ich dachte, das Krasseste, was die Amis machen, ist, zwölfjährigen Mädchen eine Brustvergrößerung zum Geburtstag zu schenken.«

»Clemens, such im Internet nach einer Seite, die so etwas anbietet. Schau vor allem nach Seiten, die schon vom Netz gegangen sind. Wer auch immer das war, er wird so vorsichtig sein, erst mal abzutauchen und sich unauffällig zu verhalten.«

Berger nickte und sprang auf. Auch in seinen Augen lag jetzt dieser fiebrige Glanz.

Als Nico sich kurz darauf auf der Toilette die Hände wusch, wurde die Tür aufgestoßen, und Ralf Fehling stürmte an ihm vorbei zu einer der Kabinen. Im nächsten Moment hörte Nico, wie er sich heftig erbrach. Danach war es still.

»Alles in Ordnung?«, fragte Nico vorsichtig. »Brauchen Sie irgendetwas?«

Die Kabinentür ging auf, und Fehling kam heraus, blass und verschwitzt.

»Das Sushi gestern Abend muss schlecht gewesen sein«, wisperte er, beugte sich unter den Wasserhahn und trank gierig. Nico betrachtete den Kriminaloberrat stirnrunzelnd. Bemerkte man eine Fischvergiftung nicht schon wenige Stunden nach dem Essen?

»Es geht schon wieder«, sagte Fehling und schob sich an Nico vorbei zur Tür. Nico sah, wie heftig der Mann atmete, wie weiß seine Stirn war. Er hatte einmal die Panikattacke eines ehemaligen Kollegen miterlebt. Der hatte genauso ausgesehen.

Kapitel 19

»Warum um alles in der Welt wollen Sie Sybilles DVDs anschauen?« Daniel Hahn stand stirnrunzelnd in der Terrassentür und schnippte nervös die Asche seiner Zigarette ins Freie.

»Anhaltspunkte«, gab Nico knapp zurück.

»Was für Anhaltspunkte denn?«

»Herr Hahn, das ist jetzt vielleicht eine etwas intime Frage …«, tastete Jelene sich vor. »Können Sie uns etwas über die Fantasien Ihrer Frau sagen? Über ihre Vorlieben?«

Hahn warf die Zigarette nach draußen und schob die Terrassentür zu. Im Garten war Hahns chinesische Geliebte Seiran gerade dabei, Buchsbäume aus- und andere Gewächse einzugraben. Ihre Bewegungen waren geschmeidig und ruhig.

Seine Wangen röteten sich. »Warum müssen Sie das denn wissen? Hat es etwas mit ihrem Tod zu tun?«

»Das hat es. Und ich denke, es ist in Ihrem Interesse, dass wir den Täter finden.«

»Jetzt ist es nur noch ein Täter?«, fragte er. »Kein Mörder mehr?«

Jelene setzte sich in einen der edel geschwungenen Sessel und bedeutete Hahn, sich ebenfalls zu setzen.

»Wir haben von der Gerichtsmedizin erfahren, dass Ihre Frau das sogenannte Karotissinus-Syndrom hatte.«

»Das hat mir Ihr Kollege doch vor zwei Tagen schon gesagt!«

»Ich weiß«, sagte Nico und setzte sich ebenfalls. »Und Sie haben mir versichert, dass Sie nichts davon wussten. Ehrlich gesagt, glaube ich Ihnen das nicht.«

»Warum ist das wichtig? Und was hat das mit Sybilles Neigungen zu tun?«

»Hatte Ihre Frau Spaß an Würgespielen?«, fragte Jelene nun ohne Umschweife.

»Was?«

»Nun fühlen Sie sich nicht angegriffen«, sagte Nico etwas grob. »Wir sind nicht hier, um Sie moralisch zu bewerten. Und selbst wenn Sie beide Sex mit Ihrem Kühlschrank gehabt hätten, wäre uns das egal. Aber Sie müssen es uns sagen, denn wir *müssen* Sybilles Motivation klären.«

Hahns Augen wurden groß. »Ihre Motivation?«

»Momentan sieht es ganz danach aus, als hätte Ihre Frau sich ein Erlebnis gesucht, das sie bei Ihnen nicht bekommen konnte. Deswegen die Frage: Was war es, was sie gesucht hat und bei Ihnen nicht bekommen hat? Wenn Sie wissen, was sie in ihrem Schrank für DVDs hatte, dann können Sie uns die Frage vielleicht beantworten.«

»Ich weiß nichts über ihre Filme.«

»Dürfen wir die DVDs bitte haben?«, bat Jelene. Daniel Hahn nickte, und Nico ging nach oben ins Schlafzimmer. Als Jelene mit Hahn allein im Wohnzimmer war, sah er sie Hilfe suchend an. Ihm lag etwas auf der Zunge, eine Antwort, die er jedoch nicht aussprechen wollte.

»Hatte Ihre Frau einen romantischen Hang zu Entführungsszenarien?«, sprach Jelene es schließlich aus.

Seine Reaktion war nicht ganz eindeutig. Er blinzelte

nur, sagte aber nichts, bis Nico zurückkam und den Stapel mit den Filmen vor Hahn auf den Tisch legte.

»Ach, das. Nur weil sie *Átame!* mochte, heißt das noch lange nicht, dass sie ...«

»Die anderen Filme handeln auch alle von Entführungen«, unterbrach Nico ihn. »*Spurlos, Die Entführung der Alice Creed, Trade – Willkommen in Amerika, Entführt!*«, zählte er auf. »Und hier: *Der erste Ritter*. Soweit ich mich erinnern kann, wird Königin Guinevere darin von Prinz Malagant entführt und festgehalten. Sehr romantisch, wie Richard Gere sie dann aus der Burg rettet.«

Jelene musste gegen ihren Willen lächeln. Genau so hatte sie es damals Mitte der Neunziger auch empfunden, als sie den Film im Kino gesehen hatte. In diesem Augenblick ertappte sie sich bei dem Gedanken, dass die Vorstellung für sie damals tatsächlich etwas Romantisches, sogar etwas Lustvolles gehabt hatte. Entführt und ausgeliefert zu sein, und dann kam da ein strahlender Held, der die verzweifelte Maid befreite. Felix' Worte fielen ihr wieder ein. Die Lust an der Machtlosigkeit ...

»Ja, sie interessierte sich für dieses Thema«, gab Daniel Hahn widerwillig zu.

»Äußerte sich dieses Interesse auch sexuell bei ihr?«, fragte Jelene.

Hahn knetete nervös seine Hände und setzte sich endlich hin. »Also, Sybille fand die Vorstellung schon aufregend, irgendwo in der Wildnis zu sein und überwältigt zu werden. Sie hat mich mal gefragt, ob mich so ein Rollenspiel auch irgendwie ... na, anheizen würde.«

»Und?«, fragte Jelene. »Heizt es Sie an?«

»Nein. Im Gegenteil. Ich versteh's nicht. Ich meine, das ist doch die absolute Horrorvision für eine Frau ...« Er blinzelte und starrte an die Decke. »Ich weiß, dass es Leute gibt, die auf so schräges Zeug abfahren, aber ich tue es nicht. Und ich fand es ehrlich gesagt immer ziemlich befremdlich, dass Sybille solche Wünsche hatte. Ich konnte ihr da nicht entgegenkommen.« Er lächelte gequält.

»Sie haben sich nie darauf eingelassen?«

»Na ja, einmal haben wir es probiert. In unserem alten Haus. Ich habe mich versteckt, als sie nach Hause kam, und einen Einbrecher gespielt.« Seine Wangen röteten sich wieder. Er holte tief Luft. »Ich hab sie überwältigt und ... na ja, Sie wissen schon.«

»Nein. Was passierte dann?«

»Na, ich sollte sie eben mit Gewalt nehmen. Aber es ging nicht. Wenn Sie's genau wissen wollen. Es klappte nicht mit ... mit der Erektion. Und außerdem wurde sie kurz ohnmächtig, weil ich sie am Hals gepackt hatte, und da war's aus bei mir. Verstehen Sie, ich wollte nicht derjenige sein, der in dieser Rolle ist. Ich wüsste bei so einem Spiel nicht, wo ich in der Zwischenzeit meine Beschützerinstinkte parken soll.«

Jelene nickte und warf Nico einen kurzen Blick zu.

»Und dass Ihre Frau ohnmächtig wurde, das hat sie nicht stutzig gemacht? Sie haben sie doch nicht richtig gewürgt?«

»Ach was, das könnte ich nie. Aber sie wollte es. Also hab ich einfach meine Hände um ihren Hals gelegt und so getan, als ob. Ich hab mich richtig mies gefühlt, als ihr die Lichter ausgingen. Jetzt, wo Sie es sagen ... Ja, Sybille hatte manchmal so ein beklemmendes Gefühl, als würde sie schlecht Luft bekommen. Sie mochte es, wenn ich sie beim Sex ein bisschen härter angepackt habe, am Hals und so. Sie ist dabei drei- oder viermal zusammengeklappt, aber wir dachten, es wäre einfach der Kreislauf. Da denkt man doch nicht, dass sie was mit den Halsgefäßen hat.« Er starrte wieder an die Decke.

Eine Weile sagte niemand etwas. Im Garten hob Seiran fast andächtig eine buschige Pflanze aus einem Topf und senkte sie in das Erdloch. In der Sonne, die gerade durch die Wolken brach, glänzte das Haar der Frau wie Onyx.

»Hatten Sie das Gefühl, dass sich Ihr Verhältnis irgendwie geändert hat durch die Fantasien Ihrer Frau?«, fragte Jelene schließlich.

»Ich wollte nicht derjenige sein, der ihr Dinge antut. Ich habe mit ihr geschlafen und wusste dabei immer: Eigentlich will sie etwas ganz anderes. Das ist ein beschissenes Gefühl, das können Sie mir glauben.« Er schüttelte langsam und fassungslos den Kopf. »Und Sie sagen, dass Sybille sich dieses Erlebnis ... beschafft hat? Wie ist das möglich?«

»Wir können Ihnen dazu noch nichts sagen, dazu wissen wir noch zu wenig.«

»Wo sind Ihre Kinder?«, fragte Jelene.

»Lotta ist bei einer Freundin. Und Marek sitzt an seinem Computer.«

Jelene hob den Kopf. »Ihr Sohn hat auch einen Computer?«

»Einen Laptop, ja. Den haben sie doch in dem Alter alle.«

Nico warf Jelene einen auffordernden Blick zu.

»Wo war der Laptop Ihres Sohnes am Montag, als wir hier waren?«

»Keine Ahnung. Entweder hatte er ihn in der Freizeit dabei, oder er lag in einer Schublade. Sybille hat ihn manchmal weggeräumt, wenn unsere Putzfrau da war.«

Jelene erhob sich. »Wir müssen diesen Computer untersuchen.«

»Nur zu. Machen Sie das mit Marek aus.«

Jelene ging nach oben und bat den Jungen, ihr den Laptop für den Rest des Tages auszuleihen. Es war ihm sichtlich unangenehm. Er senkte den Kopf und biss sich auf die Unterlippe.

»Es geht nur darum, dass wir rausfinden müssen, ob deine Mutter ihn auch benutzt hat«, versuchte sie, es ihm zu erklären. Marek klappte das Notebook mürrisch zu.

»Sagst du mir das Passwort?«, fragte sie.

»Sie sind die Polizei«, erwiderte er mit aller Verächtlichkeit, zu der ein halbwüchsiger Junge fähig ist. »Sie kriegen das schon hin.«

»Stimmt, das kriegen wir hin. Danke.«

Laute Heavy-Metal-Musik dröhnte wieder aus den Lautsprechern. Marek sah sie an, als hoffte er, dass die Musik sie rückwärts aus dem Zimmer katapultieren würde.

Als sie wieder im Erdgeschoss war, öffnete sich gerade die Terrassentür, und Seiran kam barfüßig herein.

»Was haben Sie da gepflanzt?«, fragte Jelene sie.

In perfektem, fast akzentfreiem Deutsch erwiderte sie: »Steinkraut. Diese Seite vom Garten geht nach Südwesten. Das ist die Himmelsrichtung für Ehe und Partnerschaft, da ist Steinkraut ideal. Ich habe die Buchsbäume entfernt, weil sie in diesem Bereich nichts zu suchen haben.« Ihr Gesicht blieb dabei unbewegt, das Lächeln war selbstbewusst und kühl.

»Und für was stehen Buchsbäume?«, fragte Jelene.

Seiran zögerte und warf einen Blick auf Daniel Hahn, der wie abwesend aus dem Fenster starrte.

»Die Buchsbäume stehen für Kinder«, sagte Seiran mit leisem Widerwillen.

»Aha. Verstehe. Graben Sie die Buchsbäume wieder ein?«

»Nein. Ich werde sie wegwerfen.« Sie reckte das Kinn und sah Jelene fest an. »Sie waren kaputt. Sie hätten nicht mehr lange überlebt. Steinkraut ist da wesentlich robuster.«

Clemens Berger saß mit gekrümmtem Rücken, zusammengekniffenen Augen und die linke Hand um eine Jumbotasse mit Kaffee gekrallt vor den drei Bildschirmen seines Rechners, sprach in ein Headset und hackte mit der Rechten auf seine Tastatur ein. Die Diagramme und Codes, die vor ihm auf und ab flimmerten, kamen Jelene vor wie die Sprache einer fremden Daseinsform. Kaum zu glauben, dass ein Großteil der Ermittlungsarbeit in so vielen Fällen vor diesen Rechnern hier stattfand. Jelene hatte Berger bisher noch nie an seinem Arbeitsplatz besucht, und sie merkte, fast ein bisschen erschrocken, dass sie selbst zu dieser Arbeit in keinster Weise fähig gewesen wäre. Sie wartete, bis Clemens sein Gespräch beendet hatte, und legte den Laptop vor ihn hin.

Er schaute blinzelnd auf die ausgefransten Aufkleber von Bands und den Edding-Schriftzug *Hände weg!*, den Marek Hahn quer darübergekritzelt hatte.

»Es könnte sein, dass seine Mutter sich nicht an das Verbot gehalten hat«, sagte sie. »Schau mal den Verlauf an.«

Clemens hob den Kopf. »Und das sagst du mir erst jetzt? Ich bin hier am Verzweifeln. Ich hab sogar beim Innenministerium angefragt, ob die ein Programm haben für Websites, die vom Netz gegangen sind.«

»Wir wussten nicht, dass Sybilles Sohn auch einen Computer hat«, sagte Jelene.

»Mal sehen.« Berger klappte das Gerät auf und stöpselte eins seiner USB-Kabel an. »Passwortgeschützt. Das dauert ein bisschen. Geh mal einen Kaffee trinken und komm in einer halben Stunde wieder.«

»Echt? Das dauert nur eine halbe Stunde?«

»Wenn der Junge sich Mühe mit dem Passwort gegeben hat. Wenn nicht, dann fünf Minuten.«

Es vergingen zehn Minuten, bis er sie auf dem Handy anrief. »Kannst kommen«, sagte er schlicht.

Als Jelene kurz darauf neben ihm saß, bekam sie augenblicklich Kopfschmerzen. Der Computerraum im Präsidium war abgedunkelt, die Klimaanlage kaputt und die Luft erfüllt vom Geruch der heißen Prozessoren. »Darfst du deinen Arbeitgeber verklagen für die Zustände hier?«, fragte sie Clemens.

»Ach was, ich werde entschädigt.«

»Durch was?«

»Durch so was hier.« Er deutete auf den mittleren großen Bildschirm, den er mit dem Laptop gekoppelt hatte.

Jelene beugte sich vor und betrachtete die scheinbar endlose Liste von Webseiten.

»Der Verlauf wurde an unterschiedlichen Tagen teilweise gelöscht. Aber nicht von dem Jungen. Obwohl der auch … ähm, Grund dazu gehabt hätte.«

»Warum?«

»Soll ich das mal anklicken hier?«

»Er guckt sich Pornoseiten an, na und?«

»Na ja, ich hätte so was gelöscht«, meinte Clemens etwas verlegen. »Aber ich bin auch eher der verklemmte Typ, und in dem Alter war ich sogar noch schlimmer. Na, jedenfalls wurde der Verlauf fünfmal gelöscht. Das erste Mal im Dezember letzten Jahres, und dann im Januar, April, Juni und noch einmal vor genau einem Monat. Das sind die rot markierten Stellen hier.«

Clemens tippte eine Tastenkombination ein. »Den Verlauf wiederherzustellen, ist nicht schwer, und … et voilà.«

Jelene spürte einen Schauder, der sich über ihre Kopfhaut ausbreitete. »Das ist es …«, wisperte sie.

»Wie du siehst, sind es genau die Webseiten, über die du heute Morgen gesprochen hast. Hauptsächlich Seiten aus Nordamerika. Sie hat sich diese Reportagen über Kidnapping-Agenturen angeschaut und auf den Seiten gesurft. Und zwar stundenlang.«

Er deutete auf die Zeitangaben, und Jelene sah, dass Sybille Hahn am 28. Dezember 2013 von morgens um 10.38 Uhr bis abends um 17.54 Uhr auf Dutzenden dieser Seiten unterwegs gewesen war.

»Sie war ja richtig besessen von diesem Thema.«

»Sieht ganz danach aus. Aber jetzt schau mal hier: Am

vierten Januar wiederholt sich das Gleiche noch mal. Bloß, dass sie da zum ersten Mal eine neue Webseite aufruft. Und zwar diese hier.«

Clemens klickte eine Internetadresse an, und auf dem Bildschirm erschien eine dunkelgraue Fläche.

»Profi-Kidnapping …«, las Jelene von der Adresszeile ab.

»Ich habe vorhin stundenlang solche Begriffe in die Suchmaschine eingegeben«, seufzte Clemens und trank einen großen Schluck aus seiner Jumbo-Tasse. »Aber ich habe natürlich nichts gefunden, weil die Seite – wie von einer genialen Kriminalkommissarin aus Mannheim prophezeit wurde – mittlerweile vom Netz genommen wurde.«

Jelene vergaß die muffige Hitze um sich herum, die Kopfschmerzen und die Müdigkeit.

»Sie hat diese Webseite immer wieder besucht und den Verlauf danach gelöscht. Und die Seite wurde wann vom Netz genommen? … Diesen Mittwoch. Zwei Tage, nachdem wir die Leiche gefunden haben.«

»Unfassbar«, sagte Jelene. »Wie konntest du sie finden, wenn sie doch nicht mehr existiert?«

»Es gibt nichts, was keine Spuren im Netz hinterlässt«, sagte Clemens. »Der Server sitzt übrigens in Slowenien. Ich kann den Inhalt der Seite nicht mehr darstellen, aber wir wissen ja in etwa, was da drauf war. Ich kann nachvollziehen, wer bei diesem Server angemeldet war.«

»Und?«

»Sitzt du gut?«, fragte er mit einem verschwörerischen Seitenblick.

»Sag mir nicht, dass es Frank Alrinck war!«

»Doch.«

Jelene spürte das Adrenalin durch ihre Adern schießen. »Dann haben wir von Anfang an nach dem Richtigen gesucht.«

»Ja, mag sein. Aber diesen Typen in der realen Welt zu finden, dürfte ein bisschen schwieriger werden.«

»Warum?«

»Na, Nock hat doch gesagt, dass er keine Meldeadresse hat.«

»Wir finden ihn«, sagte Jelene und stand aus dem knarrenden Bürosessel auf. Sie streckte die Hand aus und berührte Clemens' knochige Schulter. »Und du darfst jetzt zurück ans Tageslicht, mein Lieber. Frische Luft und so.«

»Nein, danke, ich zieh mir das hier noch ein bisschen rein«, wehrte er ab. »Das meinte ich ja mit Entschädigung. Diese spannenden Storys aus dem digitalen Abgrund. Ich bin in dieser Hinsicht Junkie, aber sag's niemandem.«

»Okay. Ich werde mit Fehling sprechen. Er wird heute bestimmt noch eine Besprechung ansetzen.«

Die Informationen über Frank Alrinck alias Falk waren schnell beschafft, was vor allem daran lag, dass mehrere Vorstrafen über den Mann vorlagen. Als Jelene zurück ins Revier 9.1 kam, hatte Nico Lichte bereits einen ganzen Stapel Akten beschafft und Bankinformationen ausgedruckt.

»Glaubst du, dass Hafner was damit zu tun hat?«

»Das werden wir wissen, wenn wir ihn danach fragen. Wenn diese Kidnapping-Agentur tatsächlich so funktioniert wie die in den USA, dann liegt es ja nahe, dass ein Ex-Häftling dafür angeheuert wird. Was hast du über Alrinck gelesen?«

Nico reichte ihr den Aktenstapel und die Bankauszüge.

»Du musst dich nicht allzu lange damit aufhalten, um zu wissen, dass er ein ganz windiger Hund ist. Einer, den das Glück schon lange verlassen hat. Ich habe gerade mit seiner Bank telefoniert. Er hat mehrmals versucht, sich selbstständig zu machen, aber er hat seine Firmen immer an die Wand gefahren. Werbeagentur, Unternehmensberatung, Internetdienste, alles futsch. Er hat 190.000 Euro Schulden bei seiner Bank und noch mal so viel bei einem etwas zwielichtigen privaten Investor. Und er unternimmt seit Jahren immer wieder verzweifelte, seltsame Versuche, irgendwas auf die Beine zu stellen.«

»Was zum Beispiel?«

»Na ja, eigentlich sind seine Ideen gar nicht schlecht. Aber er denkt sie wahrscheinlich nicht zu Ende. Er hat vor sieben Jahren eine ganze Batterie Überseecontainer gekauft.«

»Wozu das denn?«

»Der Bank liegen seine Businesspläne vor. Aus den Containern wollte er am Rheinhafen ein Studentenwohnheim bauen. Ich hab mal nachgesehen, so etwas Ähnliches gibt es schon in Hamburg und Berlin. Fünfzehn-Quadratmeter-Zimmer mit Kochnische und Wasseranschluss. Aber die traditionellen Studentenwohnheime sind im Endeffekt dann doch günstiger.«

»Würde allerdings zu Mannheim passen«, sagte Jelene. »Was hat er aus den Containern gemacht?«

»Sie stehen irgendwo im Industriehafen auf einer angemieteten Lagerfläche. Keine Ahnung, was er noch damit vorhat. Es gibt jedenfalls keine weiteren Pläne für ein Studentenwohnheim, vielleicht hat er gar keine Baugenehmigung bekommen. Aber jetzt hör dir das hier an.« Er nahm die Bankunterlagen und blätterte sie durch. »Der Typ hat noch eine andere tolle Idee gehabt, obwohl er eigentlich wissen müsste, dass daraus nichts werden kann.«

»Was denn?«

»Unser Gefühl mit dem Armee-Sektor in Mannheim war gar nicht so daneben.« Nico zeigte ihr Luftaufnahmen des Benjamin Franklin Village. »Hier, dieser Bereich im Norden steht seit fünf Jahren leer. Es sind teilweise Kasernen, teilweise normale Wohnhäuser, vor allem aber zivil genutzte Lagerhäuser für Militärangehörige. Die Gebäude sind aufgegeben worden. Die Amis haben das ganze Areal an die Bundesanstalt für Immobilienaufgaben zurückgegeben. Es gibt aber noch keine offiziellen Nachnutzungskonzepte.«

»Moment mal, ich dachte, sie haben da diese Wohnheime für die Bundeswehrakademie reingebaut?«, unterbrach Jelene.

»Nein, die Wohnheime haben sie im südlichen Teil eingerichtet, der Rest steht leer. Ich würde ja sagen, man sollte den ganzen Komplex dem Erdboden gleichmachen, aber mich fragt ja keiner. Und wer freut sich nicht über die sinnvollen Hinterlassenschaften unserer Freunde und Beschützer.«

»Schon gut. Ich weiß, worauf du hinauswillst. Aber was hat Alrinck jetzt damit zu tun?«

»Siehst du diese Lagerhalle hier?« Nico zeigte auf ein L-förmiges Gebäude im Norden des Areals. »Direkt unterhalb davon ist ehemaliges Offizierswohngebiet, und dafür gibt es noch keine Pläne. Diese Lagerhalle hier stand jedoch schon da, als das Benjamin Franklin Village nach dem Zweiten Weltkrieg gebaut wurde. Ein altes Backstein-Ungeheuer. Es gehörte zu einem Sägewerk, das nach dem Krieg weggezogen ist, die Lagerhalle blieb. Sie wurde Mitte der Fünfziger vom US-Militär übernommen und für Schrott und Baustoffe genutzt. Was ich damit sagen will: Ursprünglich gilt sie nicht als Teil eines Militärkomplexes, sondern als ziviles Gebäude. Weswegen sie auch jetzt bei der Aufgabe des Areals nicht an die Bundesanstalt zurückgegeben wurde. Sie stand sozusagen zur freien Verfügung, weil sie einen Sonderstatus hatte.«

»Und Alrinck hat sie gekauft?«

»Hat er. Und weißt du auch, wozu?«

Jelene schüttelte den Kopf.

»Bei der Bank liegt ein Plan für ein sogenanntes Horrorhaus vor.«

»Ein was?«

»Kennst du diese Gruselhäuser in Las Vegas? Es sind sozusagen Hightech-Geisterbahnen, durch die man selbst laufen muss. Mit beweglichen Kulissen und lebendigen Statisten, wie in einem richtigen Horrorfilm. In den USA boomt so was natürlich. Und Alrinck hat sich wohl gedacht, dass er die Idee mal importiert.«

Jelene sah nachdenklich auf das unscheinbare Luftbild der Lagerhalle. »Er scheint überhaupt ziemlich inspiriert zu sein von amerikanischen Ideen.«

»Was mir den Typen jetzt schon verdammt sympathisch macht«, knurrte Nico.

»Warte, wieso hast du mir das jetzt gezeigt?«

»Na, Alrinck hat keine aktuelle Meldeadresse. Die

Adresse, die seine Bank von ihm hat, ist die seiner letzten Wohnung. Aber da lebt er bekanntlich seit sechs Jahren nicht mehr.«

»Und irgendwo muss er ja wohnen«, murmelte sie und berührte das Luftbild der Lagerhalle mit den Fingerspitzen. »Wir fahren hin.«

»Gleich«, versprach Nico. »Aber das musst du dir vorher noch ansehen.«

»Was denn noch?«

»Das mit dem Horrorhaus ist natürlich auch nichts geworden. Die Frage ist, wovon er lebt. Schau mal, seit 2008 hat er eine neue Firma eingetragen, die unter dem Begriff Lebensberatung läuft. Ist das zu fassen? Und unter dieser Firma zahlt er regelmäßig vierstellige Beträge auf sein Konto ein und tilgt langsam seine Schulden bei der Bank und diesem Privatinvestor.«

»Na, dann scheint ja diese Lebensberatung bestens zu laufen«, stellte Jelene fest.

»Ja, allerbestens. So gut nämlich, dass er seine alten Projekte nicht mehr weiterverfolgen muss. Er hat offensichtlich eine Marktlücke entdeckt und sehr erfolgreich gefüllt.«

»Können wir jetzt endlich da hinfahren, Nico?«

»Ohne Haftbefehl?«

»Wir wollen nur mit ihm reden. So was tun Lebensberater doch, oder?«

Kapitel 20

Der erste Gedanke, den Nico beim Anblick der Lagerhalle hatte, war, dass sie sich wirklich bestens für die schaurige Kulisse eines Horrorhauses eignen würde. Verglichen mit den lang gezogenen Wohnbauten der US-Armee, an denen sie vorbeigefahren waren, den gesichtslosen Fassaden und den aufgeräumten Grünflächen, wirkte die Halle wie aus der Zeit gefallen. Die geschwärzten Backsteinmauern schienen das Sonnenlicht zu absorbieren, als würde die Helligkeit es gar nicht erst bis ins Innere schaffen. Die meterhohen Fenster waren blind und verdreckt.

Das Dach wirkte einsturzgefährdet, und auf der östlichen Seite waren die Mauern ein wenig in den Boden abgesunken. Aus den Mauerritzen sprossen junge Birkenäste, und das große stählerne Rolltor war größtenteils verrostet. Bei diesem Anblick dachte Nico an die KTU und ihre vergebliche Suche nach den Rostpartikeln an Sybille Hahns Hals. Er parkte den Wagen mitten auf dem ungeteerten Vorplatz.

»Willst du, dass er dich gleich sieht?«, sagte Jelene. »Vielleicht macht er sich aus dem Staub.«

»Wir werden uns vor dem nicht verstecken. Er soll uns ruhig sehen.«

Nico stieg aus und ging auf die Halle zu. Es war halb vier, und über dem Areal lag eine unnatürliche Stille. Die Sonne war wieder verborgen hinter großen Quellwolken, aber man konnte dem Wasser in den Pfützen förmlich beim Verdunsten zusehen. Er näherte sich dem hohen Eisentor. Davor standen Stapel von Paletten und zwei schrottreife Motorräder. In der Luft lag der Geruch von Rost und erhitztem Metall. Kein Laut war zu hören.

»Also, eine Klingel und einen Briefkasten hat er schon mal nicht«, stellte er fest. »Lass uns auf die Rückseite gehen.«

Die Lagerhalle machte nicht den Eindruck, als würde dort jemand wohnen, doch als sie die Rückseite erreichten, sah Nico, dass er sich geirrt hatte. Hier stand eine neu aussehende Mülltonne, und auf dem Rasenstück, das hundert Meter weiter an den Wald grenzte, ein Grill. Nico ließ den Blick an der kaputten Fassade der Halle entlangstreifen. Eine Metalltür quietschte in den Angeln. Sein Blick huschte zu der Stelle, aber da war nichts. Aber an einem windstillen Tag? Was hatte die Tür bewegt? Er sah rasch zu Jelene, die sich noch im Hintergrund hielt und ihre Hände dem Griff der Waffe näherte. Sie fühlte sich bedroht. Und Nico konnte es ihr nicht verdenken. Es war ein unguter Ort. Niemand war zu sehen.

Doch im nächsten Moment flog die Tür auf, und ein Körper schoss heraus. Mit unglaublicher Schnelligkeit rannte der Mann am Querbau der Halle vorbei auf die andere Seite. Nico zog seine Waffe. »Frank Alrinck!«, brüllte er. »Bleiben Sie stehen! Sofort!«

Wann hat sich jemals ein flüchtender Verbrecher an diesen bescheuerten Befehl gehalten?, schoss es ihm durch den Kopf. Jelene war bereits losgerannt. Sie zog an ihm vorbei, ein kleines Kraftpaket, dem sich die hochgesteckten Haare lösten.

»Alrinck, bleiben Sie stehen!«, schrie auch sie und verschwand aus seinem Blickfeld.

Als Nico um die Ecke bog, riss Alrinck gerade eine Tarnplane von einem Fahrzeug und fummelte am Türschloss herum. Es war ein alter Jeep Wrangler. Ein gehetzter Blick nach hinten. Er hätte es geschafft, Jelene zu entkommen, die noch ein Stück entfernt war. Aber in der nächsten Sekunde schien er förmlich einzufrieren, als hätte ihn ein Betäubungspfeil getroffen. Er hob die Hände, ließ den Autoschlüssel fallen, drehte sich um und ließ sich auf die Knie sinken, in seinem Gesicht ein Ausdruck von theatralischer Ergebenheit.

»Sie wollen wohl einen guten Eindruck hinterlassen, Alrinck!«, zischte Jelene und trat vor ihn hin. Sie holte die Handschellen aus ihrer Hosentasche und fesselte ihn ohne Umstände. Der Muskelprotz ließ es sich mit stoischer Miene gefallen. Der Anblick gefiel Nico. Er näherte sich langsam und betrachtete Alrincks Gesicht. Es war der Mann aus dem Kampfstudio von Anna Lesandre. Er trug Schwarz. Eine Cargo-Hose und ein eng sitzendes Unterhemd unter einer ausgebeulten Weste. Er sah aus wie jemand, der in einem Film mit Chuck Norris eine gute Nebenrolle abgegeben hätte. Abgebrühte Miene, aber doch ein Hauch Intelligenz. In seinem Blick lag aber auch etwas irritierend Sensibles.

»Haben sich's wohl anders überlegt, was?«, sagte Nico und steckte die Waffe weg.

»Ich weiß eben, was gut ist für mich«, erwiderte Frank Alrinck und sah Nico erstaunlich offen ins Gesicht. »Den Fluchtinstinkt dürfen Sie mir nicht übel nehmen. Das verstehen Sie sicher. Ich weiß ja schon länger, dass ich Probleme bekommen werde. Aber die werden nicht kleiner, wenn ich weglaufe. Sorry, aber jetzt haben Sie ja, was Sie wollten.«

In seiner Stimme lag kein bisschen Ironie. Er meinte das tatsächlich ernst.

»Sie wussten also, dass Sie Probleme bekommen«, wiederholte Jelene spöttisch. »Dann sind Sie jetzt sicher total erleichtert, was?«

Er sah mit Hundeblick zu ihr auf und lächelte so unpassend verschmitzt, als wäre das Ganze nicht mehr als ein Spiel für ihn. »Ob Sie es glauben oder nicht. Ja, ich bin froh, dass wir mal miteinander reden können.«

Nico rief Verstärkung und Spurensicherung. Als sie kamen und Alrinck mitnahmen, ging er an Jelenes Seite in die Lagerhalle. Sobald sich seine Augen an das schwache, schummrige Licht gewöhnt hatten, stieß er einen Pfiff aus. »Außen pfui, innen hui.« Das war alles, was ihm dazu einfiel.

Das Innere der Halle hatte genau jenen Loft-Charakter, der ihm selbst so gefiel. Weite Flächen, dicke Metallträger, Metalltreppen, umlaufende Galerie. Es gab sowohl eine moderne Küche als auch ein offenes Badezimmer, jeweils abgetrennt durch Wände aus Glasbausteinen. Widerwillig zollte Nico dem Mann Achtung für dieses Wohnprojekt. Aber nach einem Ort, wo man Leute festhalten konnte, suchten sie vergebens. Es gab weder Keller noch Nebenräume und auch sonst nichts Eindeutiges.

»Was hast du denn gedacht?«, fragte Jelene. »Dass hier drin ein großer Käfig steht?«

»Doch, insgeheim habe ich genau das erwartet«, murmelte er.

Alrincks Bett stand oben auf der Galerie unter einem meterhohen Transparent, das Uma Thurman in ihrer Rolle als Kiddo aus *Kill Bill* zeigte. Spuren von Anna Lesandre, oder überhaupt etwas Weiblichem, waren in der Lagerhalle nicht zu finden. Alles atmete den männlichen Geist der Selbstverwirklichung jenseits von normalen Junggesellenträumen. Auf den ersten Blick offenbarte die Halle nichts Verdächtiges. Der Computer wurde beschlagnahmt, ebenso Alrincks Wagen.

»Wo zum Teufel hält er sie fest?«, fragte sich Nico.

»Lass es uns ihn fragen«, schlug Jelene vor. Die Anspannung war von ihr gefallen, und sie wirkte mit einem Mal erschöpft und ausgelaugt. »Mal sehen, ob er wirklich so erleichtert ist, mit uns zu reden.«

Die ersten Minuten im Verhörraum konnte Jelene den Mann einfach nur anstarren. Sie wollte versuchen, die intensive Abscheu, die Frank Alrinck in ihr auslöste, irgendwie abzustreifen, bevor sie ihm ihre Fragen stellte. Er roch durchdringend nach einem billigen Aftershave. Sein Schädel war glatt rasiert und machte Platz für ein Gesicht, das wirkte wie die Karikatur eines Babys, das eine Boxerkarriere anstrebt. Er sah aus, als würde er große Mühe darauf verwenden, seinen Zügen eine respektable Härte zu geben, aber das Ergebnis war eine verwirrende Mischung aus weinerlichen Augen und einem Mienenspiel, das vollkommen irrational war. Alrinck lächelte im einen Moment souverän, um im nächsten bittend zu ihnen aufzuschauen und dann wieder entschlossen zu nicken. Lichte schien sich zu fragen, ob sie den Mann überhaupt ernst nehmen konnten. Ob vor ihnen nicht ein seltenes Exemplar an menschlicher Ambivalenz saß, das eigentlich einen Seelenklempner brauchte.

»Also, was soll der ganze Unsinn, Herr Alrinck?«, fragte Lichte. »Klären Sie uns auf. Ich bin selten auf etwas so gespannt gewesen wie auf das, was Sie da abziehen.«

Alrinck lächelte geschmeichelt. »Ich erkläre es Ihnen gerne«, sagte er. Seine weiche Stimme, der kooperative Ton darin, seine ganze offensive Unterwürfigkeit widerten Jelene an.

»Mir ist klar, dass es äußerst schwierig ist, Leuten das zu erklären, was wir machen«, fügte er hinzu.

»Leuten!«, echote Lichte.

»Na ja, der Polizei.« Alrinck hob seine großen Hände. »Das, was wir tun, ist absolut legal, das kann ich Ihnen versichern.«

»Warum glauben Sie das?«, wollte Jelene wissen.

»Na, hören Sie mal, es ist ja auch nicht illegal, eine Achterbahn zu betreiben oder ein Bungee-Jumping-Seil oder ein SM-Studio.«

»Was veranlasst Sie dazu, das miteinander zu vergleichen?«

»Kontrollverlust. Mehr ist es nicht. Was ist denn, bitte schön, eine Achterbahnfahrt anderes? Kontrollierter Kontrollverlust. Darum geht es den Leuten. Sie wollen diesen Moment erleben, wenn das Ding unter ihnen in die Tiefe saust und sie der Schwerkraft ausgeliefert sind, ohne etwas dagegen tun zu können. Die einzige Sicherheit ist eine

TÜV-Plakette neben dem Kassenhäuschen, die ihnen versichert, dass keine Schrauben locker sind.«

»Und was versichern Sie Ihren ... Kunden?«, unterbrach Jelene ihn.

Wieder das auskunftsfreudige Lächeln in dem weichen, verschlagenen Gesicht. »Es gibt ein Codewort. Das wird vorher ausgemacht. Wenn ein Klient es benutzt, wird die Aktion abgebrochen, und er wird freigelassen.«

»Und dass sie am Leben bleiben?«, fragte Jelene. »Garantieren Sie das auch?«

»Sie können einen Achterbahnbetreiber nicht dafür verantwortlich machen, wenn einer seiner Gäste einen Herzanfall bekommt.«

Alrinck lehnte sich zurück, die Arme wie einen Panzer über der Brust gekreuzt, und fixierte sie beide. Dann seufzte er. »Hören Sie, ich habe nichts Illegales getan. Ich betreibe ein etwas grenzwertiges Konzept, das aber große Nachfrage genießt, wie alle ... Erwachsenenspiele. Sie können mich nicht dafür verhaften, dass ich Menschen auf ihren Wunsch hin entführe und festhalte. Ich bin mir bewusst, dass wir hier über sehr extreme Dinge sprechen, über Grenzfälle.« Alrinck sah auf seine ungepflegten Hände herunter. »Aber innerhalb dessen, was ich und meine Mitarbeiter unseren Klienten ›antun‹, bewegen wir uns im Bereich größtmöglicher Sicherheit. Sicherheit ist das oberste Gebot. Deswegen ist es legal. Sicher gibt es ab und an unvorhersehbare Zwischenfälle.«

»Und bei was für einer Gelegenheit ist Sybille Hahn gestorben?«, fragte Nico.

»Ich weiß nicht, wie die Frau mit bürgerlichem Namen

hieß«, meinte Alrinck, jetzt wieder etwas neutraler. »Aber wenn es die Frau ist, die gerade tot aufgefunden wurde, dann nehme ich an, dass sie einem bedauerlichen Unfall …«

»Halten Sie mal einen Moment die Luft an!«, blaffte Jelene. »Sie werden uns jetzt sicher gleich wieder Ihr Lieblingsbeispiel mit der Achterbahn nennen, aber wenn Sie das tun, dann wandern Sie sofort in eine Zelle. Haben Sie Lust auf eine vorbereitende Erfahrung für das, was Ihnen blüht?«

Alrinck hob entwaffnend die Hände. »Ich stehe Ihnen Rede und Antwort«, beteuerte er mit einem schiefen Lächeln.

»Spielen Sie hier nicht den reuigen Jungen!«, zischte sie.

»Aber nein. Ich habe ja auch nichts zu bereuen. Und wenn Sie mich nicht dauernd ankläffen würden, könnte ich Ihnen die ganze Geschichte erzählen.«

Jelene lehnte sich zurück. Ihre Hände zitterten, und ihr war flau im Magen, weil sie den ganzen Tag nur Kaffee getrunken hatte. Alles in ihr sperrte sich gegen Alrinck und das, was er sagen würde. Und doch war es der Teil in ihr, der fasziniert von der ganzen Geschichte war, die sie eigentlich anwiderte. Warum war eigentlich Fehling nicht hier? Warum hatte er kein Interesse an dem Verhör?

»Also, Falk!«, forderte Nico ihn auf. »Erleuchten Sie uns zwei Waisenkinder mal. Wie stellen Sie das an, den harten Kidnapper zu spielen?«

Alrinck schien sich zu sammeln, als wollte er einen gut einstudierten Vortrag präsentieren.

»Ich hatte die Idee, weil ich vor sechs Jahren diese Reportage im Internet gesehen habe. Ich dachte zuerst das Gleiche, was auch Sie gedacht haben. Das ist völliger Unsinn, komplett verrückte Scheiße! Aber dann wurde mir bewusst, dass es genug Leute gibt, die auf so etwas einfach abfahren. Ich habe mich daran erinnert, dass ich und ein alter Freund vor vielen Jahren mal zum Spaß eine junge Frau von ihrer Hochzeit entführt haben. Sie kennen doch dieses Spiel: Man entführt die Braut, und der Bräutigam muss sie wiederfinden.« Alrinck lachte auf bei dem Gedanken. »Tja, wir haben uns nicht sonderlich angestrengt, haben die Kleine einfach auf der Toilette geschnappt, rein ins Auto und ab in eine Garage, die ganz in der Nähe war. Wir wollten es dem Bräutigam nicht unnötig schwer machen. Aber wissen Sie, was dann passierte?« Alrinck beugte sich vor und fixierte Jelene und Nico mit leuchtenden Augen. »Sie wurde geil. Ehrlich. Die ganze Situation hat sie dermaßen erregt, dass sie ganz glasige Augen bekommen hat. Sie hat diese speziellen Signale ausgesandt, Sie wissen schon. Aber es war zu spät. Ihr Herzblatt war schon im Anmarsch. Diese Enttäuschung in ihren Augen ... das war unglaublich. Hat mir echt zu denken gegeben.«

»Mal eine Frage«, unterbrach Nico ihn. »Wie fängt man so was an? Stellt man einfach eine Website ins Netz oder wie?«

»Sie glauben gar nicht, wie einfach es war.« Alrinck breitete die Arme aus und begann, übers ganze Gesicht zu strahlen. »Ich ging davon aus, dass der Bedarf an solchen Abenteuern auch in Deutschland vorhanden ist, und nahm an, dass die Betreffenden einfach entsprechende Suchbegriffe eingeben. Profi-Kidnapping ist ein Begriff, der am ehesten dabei herausspringt. Zur Sicherheit habe ich damals auch Platzhalter-Webseiten eingerichtet, die andere Adressen hatten, mit anderen Begriffen. Die haben dann auf meine Hauptseite weitergeleitet. Ich habe den Untertext in Deutsch verfasst, damit die deutschen Suchmaschinen die Seite finden. Zuerst war es nur ein Experiment für mich. Aber schon nach einer Woche kamen die ersten Treffer.«

»Na, herzlichen Glückwunsch auch«, blaffte Nico.

Alrinck schüttelte den Kopf. »Ist mir schon klar, dass die Polizei das nicht so toll findet.«

»Wie treten die Leute mit Ihnen in Kontakt?«, fragte Jelene.

»Auf der Website steht nur eine Telefonnummer. Ich wechsle sie nach jedem neuen Klienten. Und dann bekommen sie eine eMail-Adresse genannt, über die kommuniziert wird. Diese Adresse wird nach jedem Klienten wieder stillgelegt, und ich erstelle einen neuen Account. Jeder Klient kann nur über einen individuellen Account und eine einzige Nummer mit mir Kontakt aufnehmen.«

»Ja, so weit sind wir auch«, sagte Jelene. »Aber warum? Warum diese Vorsichtsmaßnahmen? Sie agieren wie ein Krimineller.«

Alrinck lächelte. »Ja, das ist mir bewusst, aber es ist eben Teil des Spiels.«

»Geht's etwas genauer?«

»Sehen Sie, indem ich Menschen entführe und festhalte – auch wenn sie es wollen –, begebe ich mich in eine Rolle. Und diese Rolle muss ich psychologisch ausfüllen, damit sie für mich real wird. Das ermöglicht mir ein Gefühl von Authentizität, und die Klienten spüren das.«

»Und die Perücke, die Sie in diesem Internetcafé getragen haben, und das Spielchen mit dem Mülleimer im Luisenpark?«, fragte Nico. »Gehört das auch dazu?«

»Sicher. Es erhöht die Spannung und gibt den Klienten ein Gefühl von Auslieferung an eine unbekannte Variable. Indem ich so etwas tue oder verlange, erhöht sich die Wahrscheinlichkeit, dass die Leute etwas Reales dabei empfinden. Ich gebe zu, dass es manchmal ziemlich anstrengend ist, das durchzuhalten. Von der ersten Kontaktaufnahme bis zum letzten Moment agieren wir wie richtige böse Jungs.« Er schmunzelte und stieß ein kurzes Lachen aus.

»Was heißt wir?«, hakte Jelene nach.

»Na, ich mache das natürlich nicht allein.«

»Dann können Sie sich sicher denken, wie die nächste Frage lautet.«

»Klar. Ich nenne Ihnen diese Namen, weil wir nichts zu verbergen haben. Wir tun nichts Illegales.«

»Lassen Sie dieses Mantra stecken!«, herrschte Nico ihn an. »Sie sind nicht derjenige, der das entscheidet.«

»Wir werden sehen«, sagte Alrinck betont diplomatisch. »Also, das Stichwort ist *Life-Adventure Game*. Darunter kann jeder sich etwas vorstellen. Und weil es so authentisch wie möglich wirken soll, schaue ich mich natürlich in entsprechenden Kreisen nach meinen Mitarbeitern um.«

»Bei Typen, die im Knast waren, ja?«, unterbrach Nico ihn. »Weil Ihre Freunde, die Amis, das auch so machen.«

Alrinck nickte. »Ja, aber nicht nur. Jan Bolschek ist ein ganz einfacher Mechaniker, aber ehemaliger Gewichtheber. Er strahlt etwas extrem Gefährliches aus. Ich weiß nicht, wo er wohnt, aber ich weiß, dass das sein richtiger Name ist. Dann ist da noch Andreas Hoffmann. Er macht irgendwas bei der Bundeswehr, harter Typ. Tja, und dann wäre da noch mein dritter Mitarbeiter, der tatsächlich ein kriminelles Vorleben hat.«

»Fred Hafner?«, fragte Jelene tonlos.

Alrinck nickte und verschränkte wieder die Arme vor der Brust. »Tja ...«

»Was tja?«

»Er war für unsere letzte Klientin verantwortlich«, sagte Alrinck. Seine Stimme war brüchig geworden. »Ich kann mir nicht erklären, wie das passiert ist.«

»Oh, wir können es schon, aber Sie werden es uns sagen. Was ist in der Nacht auf Freitag letzte Woche passiert?«

»Ich weiß es nicht. Ich kann mir nur vorstellen, dass irgendetwas schiefgelaufen ist.« Er fuhr sich mit der Hand übers Gesicht. »Wir machen es üblicherweise so: Ich stelle meinen Jeep für alle Mitarbeiter zur Verfügung ...«

»Moment mal«, unterbrach Jelene ihn. »Heißt das, Sie sind gar nicht bei jeder Entführung anwesend?«

»Nein. Zumindest nicht die ganze Zeit. Mein Typ ist auch nicht immer gefragt. Obwohl wir alle Masken tragen, wollen manche Klienten nicht immer den übermäßig ... nun, muskulösen Typ.« Für den Bruchteil einer Sekunde ließ er seinen Bizeps rollen. Jelene hielt seinem provokanten Blick stand. »Und die drei anderen wissen durchaus, was zu tun ist. Manche wollen ja auch noch eine Frau, die bei dem Kidnapping dabei ist.«

»Sie meinen Anna Lesandre.«

»Ja«, sagte Alrinck. »Sie ist meine Freundin. Und sie holt

immer das Geld aus dem Mülleimer, wenn sie ihre Kurse gibt. Sie hat die Übergabe im Blick. Das ist überaus praktisch.«

Alles fiel an seinen Platz, jede Einzelheit rückte sich gerade. Jelene streckte unter dem Tisch das Bein aus und berührte Nicos Fuß.

»Anna ist bestens für diese Rollenspiele geeignet. Sie kennen sie ja. Groß, unglaublich stark. Und sie ist eine Frau. Die Männer, die sich bei uns melden, fallen schon in Ohnmacht, wenn sie sie nur sehen. Sie mag ein bisschen dieses Domina-Ding, aber nicht im klassischen Sinn. Sie kann jemanden verprügeln, ohne dass derjenige bleibende Schäden zurückbehält. Sie mag die Macht über andere Menschen, genau wie ich auch. Und genau wie Sie. Sonst wären Sie wohl keine Polizisten geworden, hab ich recht?« Im Verhörzimmer breitete sich ein immer stärker werdender Geruch nach Adrenalin und kaltem Schweiß aus.

»Reden wir doch mal darüber, dass Sie aufhören zu lügen und uns die Wahrheit sagen«, wandte Jelene ein. »Sie sind der ›Geschäftsführer‹ dieses tollen Abenteuerclubs. Hafner ist ein abgebrannter, verwahrloster Kerl, der auf der Straße landet, sobald seine kleine Gartenhütte zusammenfällt. So einen beschäftigen Sie doch nicht in einer Agentur, wo Leute Tausende von Euro für ein exklusives Erlebnis zahlen.«

Alrinck verzog wie ertappt den Mund und sah angestrengt auf die Tischplatte. »Sie haben recht. Ich sehe es auch so. Und deswegen gebe ich Hafner auch nur ganz wenige unserer Klienten. Zum Beispiel, wenn es darum geht, dass jemand nur eine klaustrophobische Erfahrung machen möchte.«

Nico verzog ungläubig das Gesicht. »Wie bitte?«

»Es geht nicht immer um einen sexuellen Kick. Es kommen Leute zu mir, die brauchen es, für fünf Stunden in absoluter Dunkelheit weggesperrt zu werden, gefesselt und geknebelt. Ich nehme an, dass es etwas Meditatives hat.«

»Und das erledigt dann Hafner.«

»Ja. Ich weiß, dass er nicht sonderlich repräsentativ ist. Aber manchen geht es nicht um schicke Typen mit Killerblick und Frauen, die einem Ninja-Traum entstammen. Sie brauchen nur die Dunkelheit und das Gefühl, dass da jemand ist, der über einen bestimmt, dem man physisch ausgeliefert ist. Und das erledigt dann Hafner. Üblicherweise treten wir gemeinsam auf, wenn wir den Klienten überwältigen. Es gibt da einen etwas abgelegenen Weg im Käfertaler Wald, ganz in der Nähe meiner Lagerhalle. Da sind keine Spaziergänger unterwegs, weil es an das alte Army-Gelände grenzt. Wir verabreden uns mit den Leuten dort, und irgendwo auf dem Weg passiert es dann. Wir schmeißen sie in den Jeep, drehen ein paar Runden im Wald und ... tja, dann gibt es da diesen großartigen unterirdischen Raum.«

Ein Schauder kribbelte über Jelenes Rücken. »Was für einen Raum?«

»Ich weiß nicht, was es ist«, sagte Alrinck wegwerfend, als wäre ein unterirdischer Raum im Wald gar keine große Sache. »Ich kannte ihn schon von früher. Die Amis haben im Wald früher manchmal Übungen veranstaltet. Es ist eine Art Bunker, ein Unterstand, halb eingegraben in einen Erdhügel. Im Boden gibt es eine Klappe, und darunter liegt der Raum. Vier mal vier Meter. Kalt, ohne Beleuchtung, aber mit Frischluftzufuhr. Einfach perfekt.«

Jelene spürte Nicos Blick auf sich.

»Zurück zu Hafner. Was war seine Rolle bei diesen Aktionen?«

»Er hat die Klienten überwacht. Es gibt eine Nachtsichtkamera, die den Raum erfasst. Sie ist über Funk mit einem Computer in der Lagerhalle verbunden. Hafner hat aufgepasst, dass niemand Panik bekommt oder Krämpfe.«

»Ist es das, was Sybille Hahn wollte?«, mischte Nico sich ein. »Eine klaustrophobische Erfahrung?«

Alrinck schüttelte den Kopf. »Nein. Sie wollte das Deluxe-Paket.«

»Deluxe-Paket?«, echote Nico. »Wie jetzt? Mit Prosecco und Fußmassage, oder was?«

Alrinck holte tief Luft und wappnete sich mit einem betont offenen Gesichtsausdruck gegen die Reaktionen, die er wohl erwartete. »Sie wollte Sex mit einem Unbekannten. Ganz klassisch. Eine Vergewaltigungsfantasie. Und bevor Sie mich komisch anschauen – das wünschen sich mehr Frauen, als man meinen möchte.«

Er sah Jelene eigenartig prüfend an. Sie erwiderte den Blick ruhig.

»Wie viele Frauen zählen zu Ihren Kunden?«, fragte sie.

»Sechzig Prozent Frauen, vierzig Prozent Männer. Den Männern geht es um gestellte Verhöre, gespielte Folter, Erniedrigung. Anna ist da sehr gut drin.« Ein süffisantes Lächeln spreizte seine Mundwinkel. »Man nennt das Phänomen Erregungstransfer«, fuhr er im Erklärton fort. »Es gibt psychologische Studien, die das genau belegen können. Es gibt im Gehirn einen Schaltkreis zwischen Panik und Erregung. Die zwei Bereiche sind quasi miteinander verknüpft. Vergewaltigungsszenen oder Entführungen lösen Angst aus, und das ist wie Futter für die Lust. Das ist der Erregungstransfer bei einer Sexfantasie. In der Realität fühlt sich das natürlich noch viel krasser an als im Kopf, und ...«

»Was passierte mit Sybille Hahn?«

»Das habe ich doch gerade gesagt. Sie wollte Sex mit einem Unbekannten.«

»Mit Hafner?«

»Um Gottes willen, nein!« Alrinck schmunzelte wieder wissend.

»Sie haben mit ihr geschlafen?«

»Wenn Sie es so ausdrücken möchten.«

»Und was machte Hafner in der Zeit? Er hat sich doch nicht mit der Zuschauerrolle begnügt?«

»Wie gesagt, Hafner war für solche Details nicht verantwortlich. Ich habe mich allein mit ihr beschäftigt ... aber ich habe Sybille Hahn anschließend allein gelassen. Hafner sollte sie um drei Uhr aus dem Loch holen und im Wald wieder freilassen. So lief es immer. Hafner war für die Freilassung verantwortlich. Er hat sie rausgeholt, mit verbundenen Augen in den Jeep geschafft und irgendwo im Wald abgesetzt. Bisher ist noch nie etwas schiefgelaufen.«

Jelene atmete durch. Die ganze Geschichte löste etwas Sonderbares in ihr aus.

»Und was ist denn Ihrer Meinung nach Freitagnacht schiefgelaufen?«, fragte sie.

Er hob die Schultern. »Ich weiß es nicht. Ehrlich. Ich weiß ja nicht mal, wie diese Frau zu Tode kam.«

»Sie wurde erwürgt«, informierte ihn Nico. »Aber es war leicht, sie auf diese Weise umzubringen. Die Frau hatte eine Krankheit, die bewirkt, dass schon geringe Druckausübung auf ihren Hals sie getötet hätte. Sie selbst wusste nichts davon.«

»Oh. Das ... das ist ...«

»Ja, Scheiße ist das!«, sagte Nico, stand auf und stützte die Hände auf den Tisch. »Ihre Geschichte glauben Sie ja nicht mal selber! Aber wer hat Sybille Hahn denn gewürgt? Sie doch, oder etwa nicht? Während sie Sex mit einem Unbekannten wollte, der seine Hände um ihren Hals gelegt hat.«

»Ich habe das tatsächlich getan«, erwiderte Alrinck mit einem offenen Lächeln. »Und sie hat es sehr genossen. Als ich sie verlassen habe, war sie immer noch sehr lebendig. Und sehr erregt.«

»Halten Sie den Mund!«, verlangte Jelene. »Sie versuchen, Hafner den Tod der Frau anzuhängen.«

»Nein, im Gegenteil. Ich versuche, Ihnen die Wahrheit zu sagen!«, wehrte er sich. »Ich bin um kurz vor Mitternacht von ihr weggegangen und zurück in die Lagerhalle. Von dort aus ist Hafner um halb drei losgefahren, um sie freizulassen. Es war vereinbart, dass er sie kurz vor drei an einem der Hauptwege absetzt.«

»Mit ihren Kleidern?«, hakte Nico ein.

»Natürlich mit ihren Kleidern!«

»Warum haben wir ihre Leiche dann nackt gefunden?«

»Ich weiß nicht, was Hafner mit ihr gemacht hat«, sagte Alrinck betont ruhig.

»Sie erwarten doch nicht von uns, dass wir Ihnen das einfach abnehmen?«, zischte Nico.

»Sehen Sie, das ist auch ein Grund, warum ich mich vorhin dann doch gestellt habe. Ich will mich nicht aus meiner Verantwortung stehlen.«

»Heißt das, Sie wussten, dass die Tote Ihre Klientin war?«

»Na ja, als ich es am Montag im Radio hörte, dachte ich schon in diese Richtung. Ich wollte Hafner anrufen, aber er war nicht erreichbar. Er hat mehrere Wegwerfhandys. Ich war in der Gartensiedlung, aber er war nicht da.«

»Also haben Sie sich lieber versteckt und die Website vom Netz genommen.«

»Ja, was hätten Sie denn an meiner Stelle getan?«, blaffte er. »Ich lasse mir doch von diesem Idioten mein Geschäft nicht kaputt machen.«

»Wie praktisch aber auch, dass Hafner schon gewisse Vorstrafen hat. Wie überaus vorteilhaft, dass man ihm so etwas in die Schuhe schieben kann«, brach es aus Jelene hervor.

»Ja, glauben Sie denn, ich habe ihm diese Kreditkarte untergeschoben?«

»Warum nicht?«, gab Nico zurück. »Sybille Hahn stirbt beim Genuss Ihres Deluxe-Pakets. Verzeihen Sie meine Mutmaßung, aber Sie wären bei all Ihrer Auskunftsfreudigkeit sicher nicht zur Polizei gegangen und hätten gesagt, dass Sie gerade aus Versehen eine Frau erwürgt haben.«

Frank Alrinck presste die Lippen aufeinander und schwieg.

»Herr Alrinck, wenn Sie Sybille Hahn nicht umgebracht haben, dann haben Sie zumindest dabei geholfen, ein Verbrechen zu vertuschen.«

»Weil ich eine Scheißangst habe!«, betonte Alrinck. »Ich habe nur gehört, dass diese Frauenleiche da schon seit drei Tagen liegt, und da wusste ich es.« Er blinzelte und starrte an die Decke. »Das Einzige, was ich mir vorstellen kann, ist, dass Hafner sie irgendwie zu hart angefasst hat. Und weil er Angst vor den Konsequenzen hatte, hat er es aussehen lassen wie einen ... einen Überfall. Dieser Idiot.«

»Ihre Leiche wurde gründlich gewaschen«, informierte Jelene ihn. »Wo hat Hafner das denn gemacht, wenn nicht in Ihrer Halle?«

Alrinck presste die Lippen aufeinander. »In dem Bunker gibt's einen alten Wasseranschluss mit Schlauch.« Er senkte den Kopf und warf ihr von unten einen düsteren Blick zu. »Ich habe wirklich genug von Idioten, die meinen, diese Möglichkeit missbrauchen zu können. Ich habe es satt, dass völlig durchgeknallte Leute meinen, das Ganze sabotieren zu müssen.«

»Sprechen Sie von Leuten, die Ihre Agentur dazu benutzen, ein schweres Verbrechen vorzutäuschen?«, fragte Jelene leise. »Ein Verbrechen, das nie aufgeklärt wird?«

Alrinck starrte sie an. Das Blut schoss in seine Wangen. »Ja ... das ... darüber müssen wir wohl auch sprechen, nicht wahr?«, stammelte er.

Jelene erhob sich, ihre Beine fühlten sich wie abgestorben an. »Ich brauche eine Pause.«

Kapitel 21

Fehling verfiel in einen Zustand der Ruhe, der fast schon einer Art Schlaf glich. Es kostete ihn unendliche Anstrengung, am Ende des Berichts der beiden Ermittler anerkennend zu nicken und ihnen für ihre hervorragende Arbeit zu danken.

»Frau Bahl, ich entschuldige mich für meine ablehnende Haltung im Bezug auf Ihren Ermittlungsansatz. Hut ab, das war ... wirklich erstaunlich.«

Jelene reagierte nicht, bedankte sich auch nicht. Erst jetzt sah er, wie gequält sie aussah. Wie ein gehetztes Tier, das nur widerwillig zur Ruhe kommt.

»Wie geht es jetzt weiter?«, fragte er schließlich.

»Wir müssen ihn zu Bea Sperling befragen«, sagte Jelene. »Er wird achtundvierzig Stunden festgehalten. In der Zwischenzeit wird seine Lagerhalle durchsucht, ebenso dieser ominöse Bunker im Wald.«

Ihr Handy piepte, und sie las eine Textnachricht.

»Und wir müssen Hafner mit diesen Neuigkeiten konfrontieren«, ergänzte Nico die weitere Vorgehensweise.

Jelene schob das Handy zurück in ihre Hosentasche. »Ich habe gerade eine SMS von Hellmer bekommen. Sie haben das Tor an der Lagerhalle untersucht. Hellmer glaubt, dass die Partikel am Hals von Sybille Hahn von diesem Tor stammen.«

»Ach ja? Wie das? Ich dachte, er hat sie in diesem Bunker festgehalten.«

»In seinem Jeep gibt es eine Kiste mit allen möglichen Utensilien. Kabelbinder, Handschellen, Sturmhauben, Karabinerhaken, Seile und vier Paar Lederhandschuhe. Es scheint so, dass unsere Pathologin recht hatte. Die Partikel befinden sich vielleicht an den Handschuhen, und wenn die KTU es schafft, dann kann man möglicherweise sogar seine DNA aus dem Innenfutter isolieren. Sie haben mit den Handschuhen wahrscheinlich dieses Tor angefasst. Ach ja, der Jeep selbst wurde peinlichst gesäubert. Es lässt sich kein einziges Haar oder sonst was darin finden, außer ein paar Fingerabdrücken von Alrinck. Ich weiß ja nicht, ob er einen Sauberkeitsfimmel hat, aber für mich sieht es aus, als wollte er im Wageninneren Spuren verschwinden lassen.«

»Wenn man erst mal auf der richtigen Fährte ist, ist alles herrlich einfach, nicht wahr?«, sinnierte Fehling. Dann sah er auf die Uhr. »Es ist jetzt halb acht. Und Samstag. Hat jemand Lust, diesen Alrinck zu befragen oder mit mir in die JVA zu fahren? Oder sollen wir das morgen früh machen?«

»Ist das eine rhetorische Frage?«, gab Jelene zurück.

»Es ist ein als Frage verkleideter, freundlicher Befehl an Sie, jetzt nach Hause zu fahren und sich ein Gläschen Wein zu gönnen. Sie haben es sich verdient.«

»Ist ein Tütchen Gras auch okay?«, fragte Nico.

Gegen seinen Willen musste Fehling lachen. »Meinetwegen. Wenn Sie dafür morgen wieder leistungsfähig sind.« Er wandte sich an Jelene. »Frau Bahl, ich möchte, dass Sie morgen mit mir in die JVA kommen. Wir verhören Hafner gemeinsam. Und Sie, Herr Lichte, befragen morgen früh Alrinck wegen Bea Sperlings Fall.«

»Warum sind Sie nicht an dem Verhör von Alrinck interessiert?«, wollte Jelene wissen. »Der Mann ist unser zweiter Hauptverdächtiger. Wollen Sie ihn denn nicht befragen?«

Fehling winkte ab. »Nein, Sie beide haben sich doch schon mit ihm eingetanzt. Ich höre mir, bevor ich heimgehe, das Befragungsprotokoll von gerade eben an. Ich konzentriere mich auf Hafner.«

Lichte warf ihm einen sonderbaren, lauernden Blick zu. »Haben Sie sich mit ihm auch eingetanzt?«

Als das große Rolltor der JVA Mannheim vor ihnen zur Seite glitt, hing Jelene in Gedanken immer noch dem letzten Abend nach, völlig unberührt von Fehlings Worten, denen sie kaum zuhörte. Als sie um acht Uhr in den Jungbusch gekommen und gerade in ihre Straße eingebogen war, sah sie das Auto ihrer Eltern auf der anderen Seite stehen. Ihre Mutter stand vor der Haustür und sah angestrengt nach oben zu den Fenstern ihrer Wohnung. Schlagartig war ihr der Schweiß ausgebrochen, und Jelene hatte sich in den nächsten Hauseingang gedrückt. Sie hatte die Silhouette ihres Vaters gesehen, der hinter dem Steuer wartete. Die Gestalt ihrer Mutter war auffällig anders zwischen den Jugendlichen, die überall unterwegs waren. Braun gebrannt und langgliedrig, in einem weißen Kleid, mit offenen Haaren. Sie strahlte eine derartige Vitalität und Kraft aus, dass Jelene schlagartig die körperlichen Auswirkungen der letzten Tage gespürt hatte und sich schlaff und grau vorgekommen war. Sie hatte sich auf eine kalte Dusche, ein Bier und einen Film gefreut, ein bewusstes Abschalten. Aber sie konnte nicht in ihre Wohnung gehen. Nicht mit ihren Eltern vor der Tür. So wie sie die beiden kannte, würden sie hartnäckig warten, bis Jelene nach Hause kam. Sie war aus dem Eingang gehuscht und zurück in die Innenstadt gelaufen. Eine Weile war sie ziellos durch die Straßen geirrt, vorbei an Menschen, die in der sommerlichen Abendluft zu Restaurants und Partys unterwegs waren, bis ihr bewusst wurde, wie irrsinnig ihr Verhalten war. *Du benimmst dich wie eine Verbrecherin, die davonläuft,* dachte sie. Sie würde sich von ihren Eltern den Moment für das Gespräch nicht vorschreiben lassen. Nicht ihr Problem, dass sie deswegen ihren Andalusien-Urlaub verkürzt hatten. Jelene hatte mit dem Gedanken gespielt, sich bei Felix zu melden, ihn aber sofort aufgegeben. Sie wollte nach dem, was gestern Abend passiert war, nicht aufdringlich sein und ihn auf die Idee bringen, dass sie ihn womöglich dringender brauchte, als sie es sich eingestand. Das hätte alles zerstört.

Schließlich war sie zu ihrem Lieblingsimbiss in der Nähe des Paradeplatzes gelaufen, einem kleinen Restaurant mit vietnamesisch-laotischer Küche. Sie hatte Shrimps in Tamarindenmarinade und Reisnudeln gegessen und sich danach in einem Arthouse-Kino *Die große Schönheit* angeschaut. Danach war sie durch die mittlerweile stille, dunkle Stadt nach Hause gewandert, durch die metallisch riechende, warme Luft zwischen den Gründerzeithäusern. Das Auto ihrer Eltern war weg. *Ich werde Urlaub in Rom machen,* dachte sie, in Gedanken wieder bei dem Film. *Wenn das hier vorbei ist, mache ich es wie Julia Roberts in* Eat, Pray, Love, *ich gehe nach Rom und sehe mir die ganzen wunderbaren Gebäude und Bernini-Brunnen an, die Ruinen und ...*

»Hören Sie mir überhaupt zu?«, drang Fehlings Stimme in ihr Bewusstsein.

»Nein. Ich hänge meinen Gedanken nach«, erwiderte sie.

»Dann sage ich es gerne noch mal. Ich möchte Sie bitten, mir das Reden zu überlassen. Ich habe Hafner ein bisschen kennengelernt, ich weiß, wie er tickt.«

»Ach ja, wie tickt er denn?«

Fehling parkte den Wagen auf den Besucherparkplätzen, dicht am Eingang. »Ich habe den Eindruck, er hat Angst. Gleichzeitig wirkt er seltsam entspannt. Es hört sich zynisch an, aber das Gefängnis scheint eine Art natürliche Umgebung zu sein. Es scheint für ihn keine große Sache zu sein, dass er wieder drin sitzt.«

Jelene warf ihm einen Seitenblick zu. Fehling wirkte aufgeräumt und energetisch, aber er hatte sich schon wieder beim Rasieren geschnitten.

Aber als sie zehn Minuten später vor Hafner in dem Verhörzimmer saß, musste sie Fehling widerwillig zustimmen. Der Mann hatte sich innerhalb der drei Tage, die er nun hier war, auffallend verändert. Er hatte sich die spröden, struppigen Haare abrasiert, aber die Glatze gab ihm nicht etwa ein brutaleres Aussehen. Hafners Gesicht wirkte klarer, und in seinen Augen lag tatsächlich so etwas wie ein stummes Einverständnis.

»Wo Sie sich hier doch so wohlfühlen«, eröffnete Fehling das Gespräch und schob dem Mann einen Becher Kaffee hin, den er aus dem Automaten im Gang geholt hatte,

»hören Sie sicher gerne, dass Ihre Buchung für dieses Hotel hier erheblich verlängert wurde.«

Jelene rückte ein Stück von ihm ab. Sie hasste diese Art von Zynismus.

»Wieso?«, fragte Hafner. Seine Augen flackerten nervös, aber seine Hände lagen unbewegt auf der Tischplatte.

»Sie wurden von Ihrem Freund Frank Alrinck beschuldigt, Sybille Hahn getötet zu haben. Ja, schauen Sie nicht so. Wir wissen von der Kidnapping-Agentur und dem kleinen Taschengeld, das Sie sich da verdient haben. Bei der Steuer haben Sie das nicht angegeben, was? Na ja, das dürfte allerdings Ihr kleinstes Problem sein.«

Hafners Augen weiteten sich. »Ich ... ich war letzte Woche gar nicht ...«

»Sie leugnen Ihre Mitarbeit bei diesem aufregenden Geschäftsmodell mit Namen *Profi-Kidnapping*?«, fragte Fehling.

Hafner schluckte und blinzelte. »Nein, verdammt. Was soll ich denn sagen?«

»Nichts«, erwiderte Fehling. »Sie brauchen nichts zu sagen. Wo wir uns doch gerade darauf geeinigt haben, dass Sie zugeben, Mitarbeiter dieser Agentur gewesen zu sein.«

Hafner nickte fahrig, schielte auf den Kaffeebecher, beschloss aber, ihn nicht anzurühren.

»Wir verstehen, dass Sie Ihre Beteiligung an diesen Aktionen verschwiegen haben«, fuhr Fehling fort. »Niemand belastet sich gerne derartig. Nun aber zu Ihrem Alibi.«

»Moment!« Hafner hob die Hände und schüttelte den Kopf. »Ich weiß, dass mein Alibi nix taugt. Aber ich war in der Woche gar nicht bei Alrinck draußen. Und in der Woche davor auch nicht.«

»Das sagen Sie.«

»Ist aber die Wahrheit.«

»Wie kommt dann der Geldbeutel des Opfers in Ihre Hütte?«

»Weiß ich nicht! Hab ich doch schon gesagt.«

»Herr Hafner, vielleicht ist Ihnen nicht bekannt, dass die Indizien, die gegen Sie vorliegen, überaus gewichtig sind.«

»Alrinck lügt!«, stieß Hafner hervor. »Ich hab letzte Woche nicht für ihn gearbeitet. Der hat die Frau umgebracht und will es mir anhängen! Ganz einfach!«

Und das ist genau das, was ich auch glaube, dachte Jelene. Es wäre mehr als einfach. Aber solange sie es nicht beweisen konnten, stand Aussage gegen Aussage. Ihren nächsten Gedanken sprach Fehling aus. »Sie können das jetzt aussitzen, Herr Hafner. Wenn es einen Mangel an Beweisen gibt, werden Sie freigesprochen. Aber soll ich Ihnen sagen, was passieren wird, wenn Sie aus der Untersuchungshaft kommen und zurück in Ihr Gartenhäuschen gehen?«

»Na, was schon? Ist kalt da im Winter«, schnauzte Hafner. »Stört mich aber nicht weiter.«

»Nein, das meinte ich nicht.« Fehling beugte sich vor. Die Nähte seines Jacketts knarzten.

»Sie werden dort Besuch bekommen. Von Stepan Vikorajow und seinen Geschäftspartnern.«

Jelene drehte verwundert den Kopf, aber Fehling beachtete sie nicht. Er war ganz auf Hafner konzentriert, der ihn erstarrt ansah. Sein Gesicht wurde leichenblass, und auf seine Stirn trat Schweiß.

»Was sagen Sie da?«, hauchte Hafner.

Jelene musste sich beherrschen, um Fehling nicht hier und jetzt zu fragen, wer denn, bitte, dieser Stepan und seine Geschäftspartner waren. Sie war völlig überrumpelt, und im Gegensatz zu Hafner wusste sie nicht, wer die Genannten waren.

»Woher wissen ... wie können Sie denn das wissen?«, stammelte er.

»Herr Hafner, ich bitte Sie. Sehe ich so aus, als würde ich meine Hausaufgaben nicht machen? Was meinen Sie, wie oft ich Typen wie Sie oder Vikorajow schon vor mir sitzen hatte. Und wie viel ich über das weiß, was Sie oder er als *Geschäfte* bezeichnen. Glauben Sie, mir ist nicht klar, was Sie in Ihrer Vergangenheit getrieben haben, Hafner? Dass Sie bei Vikorajow ganz oben auf der Liste stehen?«

Hafner stieß die Luft aus und starrte zwischen Fehling und Jelene hin und her. Jetzt war ihr klar, warum Fehling ihr aufgetragen hatte, ihn sprechen zu lassen.

»Ich schulde dem Typen doch nur zehn Riesen! Er weiß, dass ich es ihm zurückzahle, sobald ich das Geld hab. Ich mache diesen verrückten Job bei Frank doch bloß, weil ich da gut Kohle verdiene! Mann, zehntausend Euro ... das kratz ich schon zusammen.«

»Das ist für einen Geschäftsmann wie Vikorajow tatsächlich nicht sehr viel Geld«, gab Fehling zu. »Aber andererseits zeichnen Leute wie er sich dadurch aus, dass sie sehr prinzipientreu sind und sich ungern verarschen lassen. Es würde zu sehr an seinem Nimbus kratzen, wenn er Ihnen das durchgehen ließe. Sie haben ihn damals aber auch einfach zu sehr auflaufen lassen, bei Ihrem kleinen Geschäft 2005. Und seien wir einmal ehrlich – Sie zahlen ihm das Geld nicht zurück. Nicht mit all den Tausenden von Zinsen, die seitdem angefallen sind.«

Hafner verzog das Gesicht und begann, an seinen Fingernägeln zu kauen. »Scheiße, Mann, was soll denn das jetzt? Dann müssen Sie mich eben vor Vikorajow beschützen!«

Fehling wiegte den Kopf. »Das könnten wir tun. Es ist nur so – momentan hat die Abteilung Organisiertes Verbrechen in Mannheim jemand anderen im Visier, und gegen Stepan Vikorajow liegt außerdem gerade nichts Akutes vor. Der Mann war schon immer ein Profi. Was teilweise auch daran liegt, dass er wichtige Angelegenheiten nicht in Deutschland abwickelt, sondern nach Bulgarien auslagert. Die Bestrafung oder Belehrung von Leuten wie Ihnen. Ich habe gehört, er hat eine ziemliche Affinität zu Flammenwerfern und bissigen, ausgehungerten Kampfhunden.«

Jelene hielt den Zeitpunkt für gekommen, aufzustehen und den Raum zu verlassen. Ihre Wut und ihr Unverständnis für Fehlings Vorgehensweise waren eine Sache. Aber seine kühle Freude beim Einschüchtern dieses Mannes war zu viel für sie. Aber sie sah, dass seine Taktik aufgehen würde.

»Herr Hafner, soll ich Ihnen sagen, was ich sehe?«, fragte Fehling mit sanfter Stimme. »Ich sehe einen Mann, der schon seit seiner Pubertät in Schwierigkeiten steckt, der offensichtlich nicht anders kann, als sein Glück bei Drogendeals, Diebstählen, Überfällen und Entführungen zu versuchen. Dem nicht einmal ein exzellentes Bewährungsprogramm helfen konnte, sich nach dem legalen Glück umzusehen.« Fehling breitete die Hände aus und legte den Kopf schief. »Ich will Ihnen hier nicht moralisch kommen. Was ich sagen will, Herr Hafner, ist Folgendes: Sie haben bereits acht Jahre Ihres Lebens im Gefängnis verbracht. Sie haben sich immer gut eingefügt und kamen gut zurecht im Knast. Wollen Sie das bestreiten?«

Hafner sah auf und begann, auf seiner Unterlippe zu kauen. Dann schüttelte er beschämt den Kopf.

»Na, sehen Sie«, ermunterte Fehling ihn. »Man braucht gute Nerven und eine gewisse Stärke, um sich im Gefängnis anzupassen. Offensichtlich gelingt Ihnen das wesentlich besser als das Leben draußen. Und denken Sie doch einmal realistisch über einen Winter in Ihrer Gartenhütte nach. Wollen Sie das wirklich?«

»Und Sie?«, fuhr Hafner Fehling plötzlich an. »Was wollen Sie, he? Mir den Knast schmackhaft machen? Ich sag Ihnen was ... ja, der Fraß ist ganz annehmbar, es ist warm und sauber. Sogar mein Cousin ist hier. Wunderbar! Aber glauben Sie, ich gestehe deswegen einen Mord, den ich nicht begangen habe?«

»Nicht Mord, Herr Hafner«, schaltete Jelene sich ein. »Sybille Hahn wurde nicht ermordet. Sie starb an Herzversagen infolge eines mittelstarken Drucks auf ihren Hals. Das ist allerhöchstens fahrlässige Tötung. Oder Totschlag, je nachdem, wie der Richter das werten wird.«

»Ich gebe meiner Kollegin recht«, sagte Fehling. »Sie wandern nicht wegen Mordes ein. Das macht höchstens sechs bis acht Jahre. Sehen Sie es mal so: Sechs bis acht Jahre, in denen Ihnen Vikorajow nichts anhaben kann. Und auch kein harter Winter in einer zugigen Laube.«

»Sie wollen mir den Knast schmackhaft machen!«, schleuderte Hafner ihnen erneut entgegen.

»Wir wollen Ihnen die Wahrheit schmackhaft machen«, präsisierte Fehling. »Ich sehe das so: Sie haben Angst, die Tat zuzugeben. Aber Ihre Angst ist völlig unbegründet. Denn in der Freiheit bleiben Sie höchstwahrscheinlich nicht mal am Leben. Denken Sie einfach mal in Ruhe darüber nach, Herr Hafner.«

Er erhob sich und streifte Jelenes Schulter. »Und lassen Sie sich den Kaffee schmecken.«

Jelene schwieg, als sie den Verhörraum verließen. Sie schwieg auch noch, als Fehling den Wagen aus dem Hof der JVA auf die Straße lenkte. Auf dem Grünstreifen saß eine Kolonie von Hasen wie ausgestopft in der Sonne. Als Fehling neben dem trutzigen, alten Bau der Luzenbergschule vor einer roten Ampel hielt, war er es, der das Schweigen brach.

»Ja, ich habe Sie behandelt wie eine Idiotin. Ich habe Sie nicht in meine Taktik eingeweiht und völlig überrumpelt. Sie werden mir vorwerfen, dass ich das auch gut ohne Sie hätte durchziehen können. Und höchstwahrscheinlich habe ich auch Ihre menschenfreundliche Ethik verletzt, indem ich Hafner daran erinnert habe, was ihm blüht. Das ist allerdings nicht gelogen, Frau Bahl. Stepan Vikorajow ist eine Bedrohung für Hafner, abgesehen davon ...«

»Darf ich fragen, woher Sie das alles wissen?«, unterbrach Jelene ihn. »Woher wissen Sie von all diesen Hintergründen?«

»Mit Vikorajow hatte ich schon zu tun, als ich noch in Stuttgart war. Ich habe immer noch Kontakt zu einem Informanten, der mich erst vor ein paar Monaten angerufen hat, weil er wusste, dass ich nach Mannheim wechseln werde. Er sagte mir, dass Vikorajow gerade dabei ist, in den Kreisen seiner Schuldner aufzuräumen. Mein Informant wurde Zeuge sehr hässlicher Drohungen. Er sagte, dass auf der Liste des Mannes ein Typ steht, der dieses Jahr in Mannheim aus dem Knast kommt. Ich weiß, dass es Hafner war, den Vikorajow meinte.«

»Ist Ihnen klar, dass Sie gerade ein Geständnis erzwungen haben?«, zischte Jelene.

Fehling lachte auf. »Oh, Sie wissen gar nicht, wie es aussieht, wenn man ein Geständnis erzwingt. Was ich getan habe, war lediglich eine Art Geburtshilfe, damit Hafner redet. Kommen Sie! Sogar Sie haben seit gestern keine Zweifel mehr an seiner Schuld!«

»Sie haben Hafner gerade dazu gebracht, aus Selbstschutz ein Geständnis abzulegen. Er wird gestehen, weil er Angst vor diesem bulgarischen Gangster hat.«

»Ist mir egal, aus welchen Gründen er gesteht«, gab Fehling ungerührt zurück. »Solange er es nur tut.«

»Und was ist mit Frank Alrinck?«

»Der wird wegen ganz anderer Dinge zur Verantwortung gezogen. Sehen Sie es doch mal so. Wir haben den Fall gelöst und können der Öffentlichkeit eine befriedigende Antwort geben. Sogar auf einen lang zurückliegenden Fall.«

»Ist das Ihr Ernst?«

»Ja. Und als Ihr Vorgesetzter sage ich Ihnen, dass es das ist, was wir tun sollten. Uns freuen, dass wir diese Scheiße innerhalb einer knappen Woche gelöst haben. Dass wir etwas präsentieren können.«

»Und wenn es nicht stimmt?«, hielt sie ihm vor. »Was,

wenn Alrinck die Frau umgebracht hat und Hafner dafür büßt?«

»Nun warten Sie doch erst einmal, ob er überhaupt gesteht.«

»Das gefällt mir nicht ...«

»Es muss Ihnen auch gar nicht gefallen, Frau Bahl. Mir gefällt auch sehr viel nicht. Aber das Ergebnis zählt.«

Als Fehling vor dem Präsidium parkte, wandte Jelene ihm das Gesicht zu. »Ist Vikorajow der Typ, vor dem sie die Frau aus Ihrer Geschichte schützen wollten? Die Frau mit den Kindern?«

Fehling zuckte kurz zusammen und wich ihrem Blick aus. Dann nickte er. Jelene lag eine weitere Frage auf den Lippen, aber plötzlich fühlte sie sich absolut sprachlos. Was für eine Scheißnummer hatte Fehling da gerade abgezogen?

Sie stieg aus dem Fahrzeug und lief ins Gebäude. Nur fünf Minuten später gesellte Fehling sich erneut zu ihr, als sie im abgedunkelten Vorraum des Verhörzimmers stand und durch den doppelten Spiegel auf Lichte sah, der Frank Alrinck zu den Vorfällen um Bea Sperling befragte.

In dieser Sekunde fragte Nico gerade, ob Alrinck eine Ahnung habe, was ihm alles bevorstand wegen der Entführung von Bea Sperling.

Alrinck sah nach der Nacht in Untersuchungshaft völlig verändert aus. Sein demonstratives Selbstbewusstsein war auf Tauchstation gegangen. Er hielt sich nervös an einer Tasse Kaffee fest. Auf Lichtes Frage reagierte er mit einem gequälten Ausdruck und hob seine Hand in einer Weise, als wollte er mit Gewalt etwas Zerbrochenes wieder zusammenfügen.

»Hören Sie, ich weiß, dass ich damals hätte zu Ihnen kommen müssen«, sagte er.

»Ja, das wäre eine gute Idee gewesen«, erwiderte Lichte. »Warum haben Sie es nicht getan?«

»Aus demselben Grund, warum ich auch diesmal nichts gesagt habe.«

»Wann haben Sie denn damals gemerkt, dass die Frau, die vier Tage lang in Ihrem Keller schmort, die Frau des Staatsanwalts ist, nach der alle gesucht haben? Sagen Sie mir nicht, dass Sie das nicht mitbekommen haben.«

»Doch, so war es. Ich habe es erst später erfahren, nachdem die Suche bereits in vollem Gang war. Ich war mit dieser Klientin sehr beschäftigt, war dauernd in ihrer Nähe.«

»Waren Sie allein?«, fragte Nico.

»Nein. Ich habe das damals mit einem anderen Typen durchgezogen, mit dem ich keinen Kontakt mehr habe.«

Jelene warf einen Seitenblick auf Fehling. Die grüne Leuchte des Lautsprechers tauchte sein Gesicht in ein ungesundes Licht. Sein Profil hob sich fast gespenstisch vor dem dunklen Raum ab.

»Diese Frau ... diese Bea hat uns unglaublich viel Geld gezahlt«, fuhr Alrinck fort. »Sie war einer unserer ersten Klienten, und sie hat uns echt auf Trab gehalten. Sie wollte einen absoluten Grenzgang. Wir waren ja auf so was eingestellt, aber dass jemand so etwas wirklich forderte, erst recht eine Frau ... das hat uns auch zu schaffen gemacht.«

»Ach, haben Sie ein Problem gehabt, sie so zuzurichten?«

»Sie wollte es so!«, schrie Alrinck und knallte seine Tasse

auf den Tisch. Im nächsten Augenblick fasste er sich wieder und sah Lichte entschuldigend an.

Jelene schaute wieder zu Fehling. Er stand mit hochgezogenen Schultern da und starrte durch die Scheibe. »Was sagen Sie dazu?«, fragte sie leise.

»Kranke Scheiße«, zischte er zurück, aber er ließ offen, ob er Frank Alrinck oder Bea Sperling meinte.

Jelene sah, wie sich Nicos Schultern verkrampften. »Was genau haben Sie mit ihr gemacht? Und was mich noch mehr interessiert, wie hat sich das angefühlt?«

»Wir haben ihr Schläge mit einem Gummiknüppel zugefügt und ihr jeden Tag ein paar ihrer Klamotten weggenommen. Sie hat bei ihrer Buchung eine ganz penible Wunschliste mitgeschickt und immer wieder darum gebeten, dass ihre Angaben genauestens befolgt werden.«

»Und wann haben Sie gemerkt, dass es Bea Sperling ist?«

»Am dritten Tag, abends. Ich hab's in der Bildzeitung gelesen und sie erkannt«, gab Alrinck kleinlaut zu. »Ich habe Panik bekommen! Ich habe es meinem damaligen Partner gesagt, aber der wusste es auch schon. Wir haben uns überlegt, was wir mit ihr machen. Ich konnte mir nicht erklären, warum sie so was tut.« Er unterbrach sich und schien um Worte zu ringen. »Sie war mir vom ersten Moment an seltsam vorgekommen. Ich meine, ich weiß, dass jeder von uns seine Dämonen hat. Aber natürlich hat es mich schon gewundert, dass eine zarte, kleine Frau sich solche extremen Dinge wünscht. Als ich sah, dass sie überall gesucht wurde, war mir klar, dass sie völlig verrückt sein musste.«

»Was passierte dann?«

»Wir haben sie einen ganzen Tag früher rausgelassen, als

sie gebucht hatte. Sie wollte eigentlich fünf Tage Gefangenschaft. Aber sie hätte das nicht gepackt, schon rein körperlich nicht.«

»Aber sie wurde splitternackt praktisch in der Wildnis gefunden. Wie, dachten Sie, würde es mit ihr weitergehen? Sie wäre erfroren, wenn nicht zufälligerweise ein Spaziergänger dort gewesen wäre.«

Alrincks Kopf zuckte nach oben. »Was? Splitternackt?«

»Wie Gott sie schuf.«

»Aber das kann nicht sein!«, protestierte Alrinck. »Wir haben ihr ihre ganzen Kleider zurückgegeben. Wir hätten sie doch niemals nackt raus in die Kälte geschickt! Halten Sie mich für einen Unmenschen?«

Nico schüttelte leicht den Kopf. »Ist ja gut, ich glaube Ihnen.«

»Na, danke auch!«

Neben Jelene holte Fehling tief Luft und ging einen Schritt zurück.

»Was ist mit ihren Kleidern passiert?«, wollte Alrinck wissen.

»Wir haben sie nirgendwo gefunden.«

»Dann hat sie sie ausgezogen und irgendwo versteckt …«

Nico senkte den Kopf und schien eine Weile nachzudenken. Vermutlich dämmerte ihm gerade, wie verrückt Bea Sperling wirklich gewesen war.

Alrinck ließ sich nicht beruhigen. »Diese Frau hatte einen Knall! Ich meine, wer macht denn so was? Ich hatte in den Monaten danach eine Scheißangst!«

»Sehen Sie, und das würde ich jetzt wirklich gerne wissen!«, erwiderte Lichte. »Wenn Sie immer wieder betonen, dass Sie nichts Illegales getan haben, warum haben Sie dann nichts gesagt? Dass Bea Sperling es nicht zugeben würde, war ja klar. Vor ihr brauchten Sie keine Angst zu haben. Aber Sie haben dabei zugesehen, wie ein ganzes Jahr ermittelt wurde. Klar, es wäre erst mal unangenehm für Sie geworden. Aber man hätte schließlich beweisen können, dass Bea Sperling die Entführung geplant hatte. Anhand der Mails und der Telefonate. Aber Sie haben nichts gesagt. Und deswegen haben Sie im Endeffekt dabei geholfen, ein schwerwiegendes Verbrechen zu verschleiern, Alrinck. Und dafür wird man Sie zur Rechenschaft ziehen.«

»Ich hatte Angst!«, schrie Alrinck erneut. »Ich war kopflos. Herrgott, ich … ich wäre nicht im Traum darauf gekommen, dass mir irgendjemand glaubt. Sie war die Frau des Staatsanwalts! Ich war der böse Mann mit dem Bunker im Wald, der sie geschlagen hat. Wem hätte man denn geglaubt? Ihr doch!«

»Aha, dann erklären Sie mir doch mal, wie Ihre kopflose Angst dazu passt, dass Ihre Freundin Anna Lesandre nach der Entführung ständig bei Frau Sperling war. Sagen Sie mir nicht, dass die beiden Busenfreundinnen waren.«

Alrinck presste die Lippen zusammen. Als er dann sprach, schien es, als würde er sich an einem tiefen Abgrund entlangtasten. »Ich wollte wissen, woran ich bin. Ich wollte wissen, was diese Verrückte der Polizei erzählt, und habe Anna vorgeschlagen, sie zu überwachen.«

Nico beugte sich vor. »Ist das Ihr Ernst?«

»Ich weiß, es klingt bescheuert, aber ich wollte einfach sichergehen, dass diese Frau nichts erzählt, was in unsere Richtung deutet.«

»Aber wie kann ich mir das vorstellen? Wie konnten Sie wissen, dass Bea Sperling Ihrer Freundin diese Nähe gestatten würde.«

»Anna hat ihr sehr überzeugend klargemacht, dass sie für die Dauer der Befragungen ihre beste Freundin sein würde und jedes Mal an ihrer Seite wäre, wenn ein Polizist in ihrer Nähe war. Und diese Sperling war labil. Sie hatte furchtbare Angst, dass ihr verrückter Plan rauskommen würde.« Er lachte kurz auf. »Warum hat sie es eigentlich gemacht?«, fragte er. »Was war der Grund für die Entführung?«

»Das muss Sie nicht interessieren.«

»Na, ich kann es mir sowieso denken. Narzisstische Persönlichkeitsstörung. Die wollte sich wichtigmachen. Im Mittelpunkt stehen.«

Nico schwieg und deutete ein Nicken an. Jelene glaubte schon, dass er Alrinck von Beas Selbstmord erzählen würde, aber er tat es nicht. Stattdessen fragte er: »Wir müssen wissen, wie der Mann hieß, mit dem Sie die Nummer damals abgezogen haben.«

Alrinck starrte ihn an und presste die Lippen aufeinander. Er nahm die Linke hoch und vergrub sein Kinn darin. In dem folgenden Schweigen sah Jelene wieder zu Fehling hinüber. Der stand mittlerweile bei der Tür, sah aber angestrengt durch die Scheibe. Seine Halsmuskeln traten hervor, und sein linker Fuß tippte unablässig auf den Boden. Von der Tür aus sagte er in diesem Moment: »Wissen Sie, was das eigentlich Erschreckende an dem Ganzen ist?«

»Wie bitte?« Jelene drehte die Lautstärke ein wenig herunter.

»Das eigentlich Erschreckende ist die Rolle, die die menschliche Psyche dabei spielt. Da ist diese psychische Eigendynamik, die mich immer wieder fertigmacht. Was wir von uns und den anderen mitbekommen, ist doch nur die oberste Ebene, auf der wir uns eingerichtet haben. Wir vergessen, dass darum herum eine Schlucht ist. Bei manchen ist sie tiefer als bei anderen.«

Er starrte weiter durch die Scheibe, aber er schien nichts mehr zu erfassen. Jelene wollte ihn gerade bitten, sich seine Küchenpsychologie für ein anderes Mal aufzuheben, weil sie lieber hören wollte, was Alrinck zu sagen hatte, da löste sich Fehling plötzlich von der Tür, kam zu ihr und legte ihr seine Hand auf die Schulter. Seine Augen leuchteten gespenstisch in dem grünen Widerschein des Lämpchens.

»Ich weiß, dass Sie mich verstehen, Jelene. Sie wissen, dass manche Menschen über den Rand ihrer Ebene hinausgehen und in den Graben stürzen, um ihr Leben dann manchmal für immer dort unten in der Tiefe zu verbringen.«

Jelene schauderte. »Was soll das, Herr Fehling?«

»Urteilen Sie nicht, okay? Tun Sie mir nur diesen einen Gefallen. Urteilen Sie nicht.«

Er nahm seine Hand von ihrer Schulter und ging zur Tür. Jelene wollte ihn noch fragen, was diese geballte Rätselhaftigkeit denn nun bitte sollte, aber er war weg.

Kapitel 22

Eigentlich mochte Nico Lichte dieses Gefühl. Wenn im Gehirn allmählich alle Signale auf Entspannung standen, wenn die Gedanken wieder weichere Formen annahmen und sich irgendwo in seinem Inneren so etwas wie ein Aufatmen breitmachte. Äußerlich passte alles so weit, dass dieses Gefühl sich jetzt einstellen konnte. Aber es kam nicht.

Jelene verhinderte es. Und Nico fühlte, wie ihn bei ihrem Anblick eine eifersüchtige, trotzige Wut ergriff, der Ärger darüber, dass sie es war, die zwischen ihm und der Erleichterung stand. Dabei wäre alles so einfach gewesen. Und er sehnte sich so sehr nach dem Gefühl der Erleichterung, dass er Jelenes Anwesenheit plötzlich kaum noch ertragen konnte.

»Dann löst sich jetzt alles in Wohlgefallen auf?«, fragte sie.

»Was ist an Wohlgefallen so schlimm?«, entgegnete er. »Und warum klingst du so verdammt vorwurfsvoll?«

Sie saßen auf einer der Treppen, die zum Innenhof des Präsidiums führten, in der Sonne. Es war Sonntagmittag, und nach einem weiteren Gewitter mit Hagel und Sturmböen fühlte sich die Luft an wie ein lauer Maimorgen. Das Thermometer lag bei erträglichen 22 Grad.

Jelene trug dieselben Kleider wie am Vortag und sah so zerschlagen und erschöpft aus, wie er sie noch nie zuvor gesehen hatte. Er wusste nicht, warum. Vor zwei Stunden hatte Fred Hafner aus der JVA signalisiert, dass er dringend mit einem Mitglied der Ermittlungsgruppe sprechen wollte. Sie waren gemeinsam hingefahren und mit einem vorläufigen Geständnis zurückgekommen.

Während Nico die blanke Erleichterung durchströmte, dass Hafner den Totschlag an Sybille Hahn gestand und das Dokument mit krakeligen Buchstaben unterschrieb, war Jelene neben ihm wie versteinert gewesen.

»Sie sind sicher, dass das kein falsches Geständnis ist, weil Sie lieber den Knast in Kauf nehmen, als Vikorajow in die Arme zu laufen?«, hatte sie den Mann gefragt.

Von Hafner war nur ein trotziges Nicken gekommen. Dann hatte er gesagt: »Hab gleich gewusst, dass mir diese Scheiße nur Ärger einbringt. Ich hab Alrinck immer gesagt, was ist, wenn mal was passiert? Aber der hat nie auf mich gehört. Ich wollte die Frau nicht töten.«

»Das wissen wir.«

Gleichgültig und ruhig hatte Hafner sich zurück in seine Zelle führen lassen, fast als wäre es ihm recht, dass er wieder zu einem Lebensrhythmus zurückfinden durfte, der ihm vertraut war.

Nico wiederholte seine Frage. »Was ist am Wohlgefallen so schlimm?«

»Weil da ein mieser Nachgeschmack ist«, sagte sie. »Das ist die Art von Wohlgefallen, bei der man ganz genau spürt, dass da ein riesiges Teil vom Puzzle eigentlich fehlt.«

Sie starrte finster in den leeren Hof und kratzte nervös an den kleinen Steinchen herum, die aus den Betonplatten der Treppe ragten.

»Warum, Jelene? Was ist deiner Meinung nach falsch gelaufen?«

»Es war alles zu glatt.«

»Na und? Ich freue mich, wenn in meiner Karriere mal was glatt läuft. Alles, was recht ist! Wir haben gerade einen Fall gelöst, der uns ein ganzes Jahr Schlaf, Nerven und Seelenfrieden geraubt hat, und das innerhalb einer Woche. Ich finde, das ist die tollste Belohnung, die man sich nur vorstellen kann. Und wir haben sie verdammt noch mal verdient!«

Jelene sah ihn ungerührt an. »Wirklich? Bist du wirklich der bräsige, faule Waschbär, der da gerade neben mir sitzt und sich darüber freut, dass er den Bauch voll hat?«

»Wie bitte?«

»Nico, merkst du denn nicht, dass hier irgendwo ein Fehler passiert ist? Irgendwo hinter den Dingen, um es mal mit Fehlings Worten zu sagen?« Jelene seufzte wütend und stellte sich vor ihn hin. »Hör zu, alles begann damit, dass Fehling diesen Hafner aus dem Hut gezaubert hat. Er hat behauptet, dass wir bei ihm richtig wären, und so war es dann auch. Gleichzeitig macht er mir klar, dass er nichts von Intuition hält. Ich war mit ihm in der JVA, als er Hafner dahin manipuliert hat, zu gestehen, und siehe da: Er gesteht.«

Nico schüttelte den Kopf. »Na und? Was hast du dagegen? Er hat eben Menschenkenntnis und wusste, wie er Hafner drankriegt. Vielleicht ist ihm seine eigene Intuition ja unheimlich.«

»Nico, das ist keine Intuition!«, beharrte Jelene. »Er wusste diese Dinge. Frag mich nicht, wie und warum, aber er wusste es. Er wusste, dass wir belastendes Material bei Hafner finden, er kennt Hafners Feinde, und er hat ihn so leicht beeinflusst wie eine Laborratte. Da stimmt doch was nicht.«

Nico sah Jelene eine Weile schweigend an. »Sprich es nicht aus, ich bitte dich.«

»Doch, ich spreche es aus. Wir haben hier einen neuen Chef, der an seiner alten Arbeitsstelle ziemliche Probleme hatte und sich deswegen versetzen ließ.«

»Ja, dann sag es doch endlich!«, forderte er. »Sag, was du über ihn weißt!«

Jelene atmete aus und steckte die Hände in die Taschen ihrer weiten, schwarzen Hose. »Er hat einen sehr wichtigen Einsatz vermasselt und eine Frau dabei erschossen, obwohl das nicht nötig war.«

Nico kniff die Augen zusammen. »Was sagst du da?«

»Es war eine Drogenabhängige, die gedroht hatte, ihre kleinen Kinder von einem Dach zu stürzen, weil sie vor Angst halb wahnsinnig war. Fehling war dafür verantwortlich, dass es so weit gekommen war, er hatte die Frau völlig falsch auf die Situation vorbereitet. Es ging dabei darum, einen bulgarischen Mafioso hochzunehmen. Stepan Vikorajow. Der, den Fehling jetzt als Druckmittel gegen Hafner einsetzt. Der Einsatz ging schief, Vikorajow konnte fliehen. Und anstatt ihr ins Knie zu schießen, wie man das bei unzurechnungsfähigen Personen macht, hat Fehling auf ihr Herz gezielt. Frag mich nicht, wie er das geschafft hat, mit zwei kleinen Kindern in der Nähe. Die Frau ließ die Kinder unmittelbar vor der Dachkante fallen. Sie wurden gerettet, aber die Frau starb. Und sie starb, weil sie den Einsatz ruiniert hatte, für den Fehling die Verantwortung trug.«

Nico senkte den Kopf. »Krass.«

»Ja, das kannst du laut sagen. Landin kennt die ganze Story, aber er hängt sie natürlich nicht an die große Glocke. Fehling wurde im LKA jedoch nicht suspendiert. Er ging regelmäßig zu einem Psychologen, war danach aber nicht mehr einsatzfähig. Dann hat er gekündigt und sich auf den Posten des Kriminaloberrats in Mannheim beworben. Dass er überhaupt ein solches Amt bekommen hat, liegt nur daran, dass er davor vorbildlich gearbeitet hat. Außerdem hat ein psychologischer Gutachter ihm bescheinigt, dass er wieder arbeitsfähig ist.«

»Okay, danke, dass du mir das gesagt hast«, unterbrach er sie. »Aber was, bitte, hat das mit unserem Fall zu tun?«

Jelene riss die Hände aus den Taschen und stützte sich auf den Knien ab. Ihr Gesicht war auf einmal nur noch zehn Zentimeter von Nico entfernt. »Siehst du das denn nicht? Er kommt aus einer unsicheren Position und muss es unbedingt schaffen, hier Stärke und Qualifikation zu beweisen. Er darf auf keinen Fall versagen. Er muss das hier zu einem guten Abschluss führen, sonst gilt er als Versager.«

»Jelene, das würde jedem anderen auch so gehen. Jeder will so einen Fall zu einem guten Ende führen. Warum ist das bei ihm etwas Negatives?«

Jelene verzog das Gesicht. »Das ist es ja gerade. Ich misstraue ihm. Irgendetwas stimmt hier nicht, Nico. Es ist nur ein Gefühl, aber …«

»Schluss damit!«, beschloss er. »Ich will davon nichts mehr hören. Ist ja schön und gut, aber ich für meinen Teil möchte mich jetzt darüber freuen, dass wir diesen Fall aufgeklärt haben.«

Er streckte die Hand aus und berührte Jelenes Arm. Plötzlich konnte er sich vorstellen, warum sie so verkrampft war, warum sie nicht loslassen konnte. Vielleicht war sie ja eine dieser Ermittlernaturen, die nur dann froh war, solange ein Fall *nicht* gelöst war. Solange es Arbeit gab und innere Spannung. Eine, die in der Entspannung ins Leere fiel und sich nicht mehr lebendig fühlte. Er fragte sich einmal wieder, was Jelene privat tat, um zur Ruhe zu kommen.

»Magst du mal zu uns zum Essen kommen?«, fragte er vorsichtig. Er hatte Jelene schon einige Male zu sich eingeladen, aber sie hatte es erst einmal wahrgenommen. Und das war schon fast zwei Jahre her. »Yvonne kocht uns was Schönes, und ich zeig dir meine Plattensammlung. Was richtig schön Harmloses, was meinst du? Wir können auch Scrabble mit den Kindern spielen …«

»Meine Kinder finden Scrabble langweilig«, sagte eine Stimme in ihrem Rücken. Fehling. Nico zuckte zusammen, und Jelene richtete sich langsam auf. Wie lange hatte der Kriminaloberrat schon hier gestanden?

Fehling umrundete sie und stellte sich am Fuß der Treppe auf. Wie aufgeräumt er aussah, dachte Nico. Wie zufrieden und gelöst. Das absolute Gegenteil von Jelene.

»Außerdem wollte ich Ihnen gerade das gleiche Angebot machen«, sagte er.

»Was meinen Sie?«, fragte Nico mit belegter Stimme.

»Na, Sie einladen. Sorry, Herr Lichte, aber jetzt muss Frau Bahl sich zwischen uns entscheiden.«

Jelene hob misstrauisch den Kopf. »Wie lange haben Sie hinter uns gestanden, dass Sie das gehört haben?«

»Ich bin eben gekommen. Und diese Akustik hier im Hof ...« Er breitete die Arme aus und umfasste die Weite des Karrees. »Es freut mich, dass ich Sie hier treffe. Ich finde, wir sollten das feiern.«

»Was feiern?«, entgegnete Jelene.

»Na, hören Sie mal! Vor einer Woche haben wir uns kennengelernt, aber mir kommt es vor, dass seitdem viel mehr Zeit vergangen ist. Wir haben zusammen äußerst erfolgreiche Arbeit geleistet, und obwohl ich zugeben muss, dass dieser Fall mich immer noch verstört ...« Er unterbrach sich und senkte betreten den Kopf. »Jedenfalls wollte ich die Gelegenheit ergreifen, Sie beide und auch den Rest der Truppe ein bisschen besser kennenzulernen. Wie wäre es mit einem kleinen Grillfest bei mir im Garten? Nächsten Freitag. Meine Frau macht großartige Steaks. Es kommen auch ein paar alte Kollegen aus dem LKA. Und bringen Sie Ihre Frau mit, Herr Lichte. Und Sie, Frau Bahl, können Felix Schuck natürlich auch gerne mitbringen. Ich würde ihn gerne kennenlernen.«

Nico sah, wie Jelene erstarrte. Fehling verabschiedete sich, stieg in seinen Audi und fuhr davon. Eine Weile sagte keiner von ihnen etwas. Dann stand Nico auf und holte seinen Autoschlüssel aus der Hosentasche. »Also dann. Grüß Felix Schuck mal, unbekannterweise.«

Er war erleichtert, dass seine Stimme nicht beleidigt klang. Auch wenn er sich fühlte wie ein Schuljunge, der erfährt, dass der beste Kumpel in Wirklichkeit lieber mit jemand anderem spielt.

»Ich habe keine Ahnung, woher Fehling das weiß!«, beteuerte Jelene. »Niemand weiß das.«

»Ach ja? Ist dieser Felix dein ganz persönliches Geheimprojekt?«

»Ja!«, brach es aus ihr heraus. »Und ich verstehe nicht, warum du glaubst, ein Recht darauf zu haben …«

Nico unterbrach sie, indem er einfach auf sie zukam, sie an sich zog und einmal kurz und fest in die Arme schloss. »Sorry«, sagte er dann. »Ich wollte mich nur rasch davon überzeugen, dass du ein Mensch bist und kein Cyborg.«

»Und?«, entgegnete sie, kleinlaut und trotzig.

»Du fühlst dich zumindest an wie ein Mensch. Aber du verhältst dich wie ein Bankschließfach. Schönen Sonntag noch.«

»Versteh doch, Nico, ich habe keine Lust, über oberflächliche Tatsachen zu reden, die sich sowieso bald wieder ändern können. Nur weil du so was nicht über mich weißt, heißt das nicht, dass du mich nicht kennst. Du bist der Einzige, der mich kennt. Und vielleicht Felix. Aber ihn habe ich vielleicht fünfmal gesehen. Was sagt dir das über mich?«

»Dass ich wahrscheinlich verdammt privilegiert bin.«

»Und nur zu deiner Information«, fuhr sie fort. »Selbst wenn ich verheiratet wäre und Kinder hätte, würde ich trotzdem allein zu Fehlings Grillparty gehen.«

Nico war überrascht. »Sag bloß, du lässt dich da blicken.«

»Ja. Aber nicht, um zu feiern.«

Felix schlief. Jelene betrachtete sein entspanntes Gesicht auf dem Kissen. Im Wald war es still. Ab und zu tropfte es von den Bäumen, weil es Stunden zuvor wieder geregnet hatte. Der Sommer hatte sich genau da eingependelt, wie man es von deutschen Sommern kannte. 23 Grad, viel Regen. Jelene machte es nichts aus. Sie mochte die Gerüche, die aus dem Waldboden stiegen, wenn es regnete.

Es war Donnerstag. Am Montag hatte sie morgens ihren Bericht geschrieben und war sofort hierhergefahren, ohne jemandem Bescheid zu sagen. Außer Felix. Sie hatte ihn angerufen und ihn gefragt, ob er seine Tätowiermaschine für zwei Tage ruhen lassen wollte.

Sie zündete ein paar Kerzen an und machte eine Flasche Burgunder auf. Draußen auf der Veranda setzte sie sich in den alten Korbstuhl, auch ein Erbstück von Onkel Ludwig, ebenso wie der Rest der Einrichtung. Jelene hatte aus ihrem eigenen Leben so gut wie nichts mit in dieses Haus gebracht, weil sie das Gefühl ihrer Kindheit erhalten wollte. Seit sie hier als kleines Mädchen Zeit verbracht hatte, fernab vom akademischen Haushalt in Heidelberg, hatte sich nichts verändert. Von der Patchwork-Decke über dem Futon, auf dem Felix jetzt lag, über die angeschlagene Blechtasse und die uralten Weinflaschen, die noch unter den Bodendielen lagen, war immer noch alles so wie damals. Es gab einen Plattenspieler, ein paar Schwarz-Weiß-Fotos von Bäumen, lederbezogene Hocker und ein ausgestopftes Murmeltier, dessen gelbe Glasaugen Jelene als kleines Mädchen abgerissen hatte. Sie mussten hier irgendwo herumliegen. Ein Förster aus der Umgebung sah nach dem Häuschen, wenn sie nicht da war.

Sie schaute hinaus in den Wald. Es dämmerte bereits. Später würde sie mit Felix ins nächste Dorf fahren und elsässischen Flammkuchen essen. Sie verzog das Gesicht.

Diese Harmonie, diese netten Pläne für den Abend. Kitschig, dachte sie. Oder einfach nur normal. Jetzt, wo sie beschlossen hatte, die innere Tür ein bisschen zu öffnen, kam sie sich vor, als hätte sie Verrat begangen an ... ja, an was eigentlich?

Wie viele Geheimnisse konnte ein Mensch haben?

Nicos Worte waren ihr noch lange nachgegangen. Ja, es stimmte. Sie hatte um ihr Leben einen Tresor gebaut. Und das alles nur wegen eines Erlebnisses vor 22 Jahren, das sie immer noch an den Rand eines inneren Abgrunds steuerte. Dabei wusste sie ganz genau, dass nichts von all dem, was sie beschäftigte, so schlimm war, dass man nicht darüber sprechen konnte. Nichts von alldem war es wert, so ein großes Geheimnis darum zu machen. Jelene behandelte die Dinge, über die sie nicht sprach, in ihrem Kopf wie etwas Verbotenes. Und statt mit ihren Vertrauten darüber zu sprechen, hatte sie diesem Detektiv Gunther den Schlüssel zu ihrem Geheimnis gegeben, einem Fremden. In diesem Moment, wie auf ein heimliches Stichwort hin, klingelte ihr Handy. Sie nahm ab, ohne auf die Nummer zu sehen, und hörte ausgerechnet die Stimme dessen, an den sie gerade eben gedacht hatte.

Sie lauschte Gunthers Stimme und ging ein paar Schritte vom Haus weg auf den schmalen Waldweg.

»Also, gute und schlechte Nachrichten«, sagte der Privatdetektiv. »Ich habe jetzt jemanden gefunden, der sich in die betreffenden Archive einhacken kann. Jemanden, der an die Informationen kommen kann, die Sie wollen.«

»Und die schlechte Nachricht?«, fragte sie leise.

»Aber das alles dauert. Vielleicht Monate. Und der Betreffende will natürlich bezahlt werden.«

»Darüber machen Sie sich mal keine Sorgen«, erwiderte sie. »Ist es sehr kompliziert?«

»Mein Mann kann nicht zu einer beliebigen Zeit in das Archiv, um an den betreffenden Computer zu kommen. Ich muss Ihnen nicht sagen, dass das sehr riskant ist. Und dass es eben seine Zeit braucht.«

Egal, dachte Jelene. *Ich habe jetzt 22 Jahre gewartet, da kommt es auf ein paar Monate mehr nicht an.*

»Gut. Danke. Halten Sie mich auf dem Laufenden.«

Gunther brummte etwas Unverständliches, dann war die Verbindung unterbrochen. Als Jelene sich umdrehte, stand Felix auf der Veranda. Er war nackt. Zum ersten Mal sah sie ihn aus der Entfernung. Seine Haut schimmerte fast weiß unter den dunklen Baumschatten.

»Warum bist du eigentlich nicht tätowiert?«, fragte sie ihn. »Macht dich das als Tätowierer nicht unglaubwürdig?« Sie trat auf die Veranda und strich über seine glatte Brust.

Felix sah sie an. »Und du? Warum bist du nicht kriminell, wo du doch Kriminelle jagst?«, fragte er. »Macht dich das als Kommissarin nicht unglaubwürdig?«

Kapitel 23

Alles lief genau so, wie er es erhofft hatte. Sogar das Wetter war perfekt. Seine Gäste waren alle erschienen, obwohl er sich bis zum Schluss beinahe ängstlich wie ein Kind, das zum ersten Mal zu einer Geburtstagsfeier einlädt, gefragt hatte, ob überhaupt jemand kommen würde. Denn ihm war bewusst geworden, dass eigentlich kein einziger Freund unter diesen Leuten war, die jetzt seinen Garten bevölkerten. Die vier alten Kollegen aus dem LKA waren eher Konkurrenten gewesen, die mehr aus Pflichtbewusstsein an seinem Leben Anteil genommen hatten. Fehling war sich sicher, dass sie einzig und allein hier waren, um sein neues Haus und den Garten zu begutachten, damit sie nächste Woche den anderen alten Kollegen aus dem LKA Bericht erstatten konnten. Und nicht nur das. Sie würden auch ihn genau begutachten. Er hatte sie seit einem halben Jahr nicht gesehen, und ihm lag viel daran, dass sie ihn als stark und stabil wahrnahmen.

Ralf Fehling hatte in der vergangenen Woche Zeit gehabt, sich zu sammeln. Es war noch mal alles gut gegangen. Jetzt musste er es nur schaffen, diesem Zustand der Sicherheit zu vertrauen. Alles würde sich wieder normalisieren. Er hatte seine Prüfung bestanden.

Er beobachtete, wie Irene an dem kleinen Buffet neue Salate aufstellte. Die perfekte Gastgeberin. Der Gipfel der Vorzeigbarkeit. Ein pudrig gelbes Kleid mit Tellerrock und engem Blusenteil, Retro-Sonnenbrille, eine gläserne Kirsche im hochgesteckten Haar. Wie aus einem Katalog der Fünfzigerjahre. Sie bewegte sich scheinbar unbeschwert in ihren Pumps auf dem Rasen.

Nur er sah, dass sie schon ein bisschen was intus hatte, er merkte es an der minimalen Unsicherheit ihrer Haltung und dem schrillen Oberton in ihrer Stimme. Dass sie getrunken hatte, wunderte ihn. Das machte sie nie, wenn sie Gäste hatten. Fehling runzelte die Stirn. Er musste ein Auge auf sie haben.

Von den Mannheimern waren bis auf Michael Nock ebenfalls alle Geladenen erschienen: Landin und Hellmer mit Lebensgefährtinnen, Lichte mit seiner unscheinbaren, pummeligen Frau, Berger und sogar Jelene. Von ihr hatte er es am wenigsten erwartet. Aber nicht nur ihr Erscheinen war eine Überraschung, auch ihr Aussehen. Er war regelrecht erschrocken, wie anders sie wirkte, so ganz ohne ihre etwas düstere Alltagskluft. Sie trug ein körperbetontes Kleid, das zum ersten Mal erahnen ließ, wie sie wohl nackt aussah. Später gesellte sie sich zu ihren Kollegen und vertiefte sich in ein Gespräch mit Yvonne Lichte, und er betrachtete sie aus der Ferne. Da war etwas an ihr, das ihn stutzig machte, ja beunruhigte. Ihr Gesichtsausdruck wirkte irgendwie unangemessen ernst.

Fehling grillte Steaks und verteilte sie an die anderen. Es fühlte sich gut an, hier zu sein, in diesem sonnenbeschienenen Garten, ein Bier mit den alten Kollegen zu trinken und zu sehen, dass alle sich wohlzufühlen schienen.

Er beobachtete Irene, die Hellmers Frau die Bambusstauden im hinteren Teil des Gartens zeigte. Sie trank einen *Long Island Ice Tea*. Es war gerade einmal sieben Uhr.

Irenes Bewegungen waren nicht mehr ganz so sparsam wie noch vor einer Stunde, und ihre Stimme hallte über die gedämpften Gespräche hinweg. Fehling biss die Zähne aufeinander. *Warum tut sie das?*, dachte er. Sie wusste doch, was für eine verheerende Wirkung der Alkohol auf sie hatte. Und die kritische Zone wäre bald erreicht. Noch ein halbes Glas, und sie würde mit ihren Kicheranfällen anfangen. Die waren ja noch halbwegs zu ertragen. Aber alles, was danach kam ...

Fehling wartete, bis Irene zurückkam, und nahm sie beiseite. »Liebes, mach doch ein bisschen langsam mit dem Trinken, was meinst du?«, sagte er so sanft, wie es ihm möglich war.

Irene sah ihn verständnislos an. »Was meinst du? Ich habe doch gerade erst damit angefangen!« Sie lachte betont mädchenhaft, drehte sich um und gesellte sich wieder zu den anderen. Fehling fühlte, wie er blass wurde. Sie hatte sich zwar noch einen zweiten Drink gemixt, trank ihn aber nur langsam. Vielleicht würde die Katastrophe sich so lange hinauszögern lassen, bis die Gäste gegangen waren.

Fehling suchte das Gespräch mit Jelene, aber sie schaffte es, immer gerade mit Lichte oder dessen Frau oder einem anderen Gast derart intensiv zu reden, dass er nicht dazwischenfunken konnte. *Sie weicht mir aus,* dachte er. Er verfluchte sich insgeheim für den Unsinn, den er bei Alrincks Befragung von sich gegeben hatte. Vielleicht sollte er versuchen, sie darauf anzusprechen. Kurze Zeit später hatte er die Gelegenheit dazu. Er stand gerade in der Terrassentür, die vom Garten in das weitläufige Erdgeschoss führte. Jelene suchte die Toilette, aber er nutzte die Gelegenheit und hielt sie kurz zurück.

»Ich wollte Sie fragen, wie es Ihnen geht nach der letzten Woche«, tastete er sich vor. »Sie waren doch sicher sehr erschöpft, oder?«

»Nein, eigentlich nicht«, erwiderte sie. »Und Sie? Wie ging es Ihnen?«

»Na ja ... ich habe mir schon so meine Gedanken gemacht. Eine Entführungsagentur mit Sitz in Mannheim ... Ich muss mich erst an den Gedanken gewöhnen, dass die Lösung des alten Falls derart einfach war. Und doch so ... na ja, schwerwiegend.«

Jelene nickte wortlos. Fehling näherte sich ihr ein wenig und senkte die Stimme: »Hören Sie, das, was ich da gesagt habe ...«

»Sie müssen das nicht erklären«, wehrte sie ab.

»Ich will es aber erklären. Mir ist klar, dass das ziemlich rätselhaft geklungen haben muss. Aber ich hatte in dem Moment eine Art moralischen Schock.«

Er schwieg und sah sie prüfend an. *Schwäche zeigen,* dachte er sich. *Das erzeugt Menschlichkeit und Verständnis.*

»Warum haben Sie gesagt, dass ich nicht urteilen soll?«, fragte sie und sah ihn forschend an. Er mochte es, wie ihre Blicke über sein Gesicht strichen. Gleichzeitig fühlte es sich an, als würde sie an seiner innersten Schicht kratzen, der Schicht, die das Wesentliche in ihm umgab.

Fehling winkte ab. »Ach, das hab ich nur so dahingesagt. Wissen Sie, ich habe gelernt, dass das Verurteilen uns in unserer Arbeit behindert. Ich habe gelernt, dass es zu jedem Verbrechen eine Geschichte gibt. Es ist nur das Verbrechen, das wir verurteilen, das uns abstößt. Aber was dazu geführt hat, das sind meistens Erlebnisse, die uns allen zustoßen können. Wir können alle in extremen Situationen landen, die uns zu irgendeiner Scheiße hinreißen. Deswegen urteile ich nicht.«

Jelene sah ihn mit ihren unergründlichen Augen an. »Dann urteilen Sie auch sicher nicht über Antonina Stoikova?«, erwiderte sie. »Dass sie Ihnen den Einsatz versaut hat und Sie so die Gelegenheit verpassten, Vikorajow zu fassen. Wie praktisch, dass Vikorajow dadurch noch auf freiem Fuß ist. Sonst hätten wir jetzt kein Geständnis von Hafner. Aber keine Sorge, ich urteile nicht darüber.«

Einer der anderen Gäste ging an ihnen vorbei in Richtung Toilette, und Fehling bot Jelene rasch an, das Bad im Obergeschoss zu benutzen, ohne noch einmal auf das Gespräch einzugehen. Er beschrieb ihr den Weg ins Bad und ging anschließend in die Küche, um seine aufgewühlten Nerven zu beruhigen.

Im nächsten Moment kam Irene von draußen herein und wankte in die Küche. Fehling erschrak. Jetzt war es also so weit. Irenes Gesicht wirkte schlaff und aufgeworfen, die Augen schimmerten trüb. Sie war vollkommen dicht. Aber warum war das so schnell gegangen? Hatte sie etwa jedes Mal, wenn sie in die Küche gegangen war, heimlich etwas getrunken? Oder sie hatte am Mittag wieder Tabletten genommen; das verstärkte die Wirkung des Alkohols um ein Vielfaches.

»Irene, was ist denn los mit dir?«, fragte er überflüssigerweise.

Sie griff sich fahrig ins Haar. »Wo ist meine Glaskirsche?«, fragte sie mit aufgerissenen Augen.

»Keine Ahnung.«

»Hab ich sie aufgegessen?« Sie fing an zu lachen.

»Irene, bitte beherrsch dich«, bat er mit mühsam erzwungener Ruhe.

Sie fasste sich und sah ihn mit einem bedauernden Lächeln an. »Oh, ruiniere ich dir deine schöne Party?«

»Ja, ehrlich gesagt, tust du das.«

»Super. Es ist nämlich eine Scheißparty. Deine Kollegen sind alle langweilig. Und die Frau von diesem Typen … wie heißt der doch gleich? Gott, ist die fett. Ich will keine fetten Leute in meinem Haus. Das ist ein anständiges Haus.« Wieder kicherte sie und sah sich gespielt nervös um, ob nicht Yvonne Lichte, von der hier die Rede war, vielleicht die Küche betreten hatte. Irene hob die Hand vor den Mund und versuchte krampfhaft, wieder ernst auszusehen. Egal, was sie auch für eine Miene aufsetzte, jedes angedeutete Gefühl geriet nie zur Gänze, die Emotionen blieben alle auf halbem Weg stecken, und heraus kam eine Maske, vor der Fehling sich wahrhaft fürchtete.

»Möchtest du dich einen Moment hinlegen?«, schlug er vor und legte seine Hand auf ihren Arm. »Es war vielleicht alles zu viel für dich. Du hast dir so viel Mühe gegeben. Komm, ruh dich aus. Die anderen werden es verstehen. Ich sage, dass du einen Migräneanfall hast.«

»Ich will mich aber nicht ausruhen«, herrschte sie ihn an. »Ich will feiern!«

»Du feierst aber nicht. Du benimmst dich daneben«, zischte er. »Geh nach oben!«

Er packte ihren Arm fester, aber sie schüttelte ihn ab. »Fass mich nicht an!«, schrie sie.

Das hatten sie jetzt draußen im Garten sicher gehört. Wenn sie allein gewesen wären, wäre ihm schon so einiges eingefallen, um sie zu beruhigen. Aber mit all den Leuten im Haus ging das nicht.

Er trat zu ihr und legte ihr vorsichtig die Hände auf die Schultern.

Sie schlug nach ihm, aber er fing ihre Hand in der Luft auf und hielt sie fest. »Lass das!«, zischte er.

»Und wenn nicht?«, gab sie zurück. »Schlägst du mich dann, so wie dieses Mädchen in Stuttgart? Komm schon, schlag zu! Das willst du doch die ganze Zeit, du perverser Scheißkerl!«

Etwas in Fehlings Nervenkostüm riss. Warum hatte sie das erwähnt? Sie hatten doch vereinbart, nicht mehr darüber zu sprechen. Es war eine dumme Geschichte gewesen, auf die sie da anspielte. Eine weitere Prostituierte, die er in einem unbeherrschten Moment geschlagen hatte, weil sie ihm eine wichtige Information vorenthalten hatte. Es waren immer Nutten, die ihn fast zu Fall brachten, immer wieder diese bestimmte Art von Frau. Er hatte es so satt. Auf dem Revier vergaß man den Fall, aber Irene hatte Wind davon bekommen und wurde nicht müde, ihm diese Angelegenheit vorzuhalten. Weil sie genau wusste, wie wütend ihn das machte, wie sehr ihn das in seiner ganzen Selbstbeherrschung erschütterte. In diesem Augenblick wäre er in der Lage gewesen, Irenes Kopf zu packen und gegen die Marmorplatte der Arbeitsfläche zu schmettern. Aber natürlich tat er es nicht. Seine perfekt antrainierte Ruhe erlaubte ihm, mit einem krampfhaften Lächeln darauf zu antworten, aber dann sah er sie plötzlich.

Jelene, die in der Küchentür stand, etwas Rotes, Leuchtendes in der Hand.

»Das hier lag draußen auf dem Gang«, sagte sie und legte die Haarnadel mit der Glaskirsche auf die Arbeitsplatte. »Ist zum Glück noch ganz.«

Irene sah sie mit flackernden Augen an. »Sie haben echt ein verdammt tolles Kleid«, lallte sie.

»Danke.« Jelene ließ den Blick prüfend, aber dennoch diskret über Irene schweifen, als wollte sie sichergehen, dass mit ihr alles in Ordnung war. Wie lange hatte sie schon da gestanden? Und was hatte sie gehört? Nur mit Mühe konnte Fehling ein harmloses Gesicht aufsetzen, aber Jelene ließ gar nicht zu, dass er irgendetwas Verlegenes sagen konnte. Sie ging augenblicklich wieder nach draußen, und im nächsten Moment schien es, als wäre sie gar nicht da gewesen.

»Hast du sie noch alle?«, zischte er Irene zu, die mit einem Mal krank und schwach wirkte. Im nächsten Moment übergab sie sich in die Küchenspüle. Fehling überlegte nicht lange. Er wartete, bis sie fertig war, ergriff sie um die Taille und führte sie zur Treppe, was sie willenlos geschehen ließ. Als er außer Sichtweite der Terrasse war, ging er in die Knie, legte sie sich über die Schulter und trug ihren schlaffen Körper nach oben. Er öffnete die Tür zum Schlafzimmer, ließ sie aufs Bett sinken und zog ihr die Pumps aus. Wenn Irene erst einmal auf dem Rücken lag, würde sie sofort einschlafen und sich nicht mehr aufrappeln können. Er breitete eine dünne Decke über sie und wartete noch einen Moment. Aber sie war bereits eingeschlafen. Er schloss die Schlafzimmertür und ging zurück zur Treppe. Als er am Badezimmer vorbeikam, verlangsamten sich seine Schritte. Jelene war darin gewesen, fiel ihm wieder ein. Er erstarrte. Plötzlich dämmerte ihm, dass das eine unfassbar schlechte Idee gewesen war. Wie hatte er sie nur das Bad benutzen lassen können?

Wenn sie nun – wie er selbst es auch getan hätte – das Badschränkchen geöffnet hatte, einfach so aus der antrainierten Neugier eines Ermittlers heraus? Er riss die Tür auf und öffnete das Schränkchen. Ihm wurde schlagartig ganz flau im Magen. Da stand es. Gleich im mittleren Fach, direkt vorn. Und wenn Jelene diesen Schrank aufgemacht hatte, dann hatte sie es gesehen.

Kapitel 24

Drei Monate später

Als Jelene um kurz nach halb sechs über den Karlstern in den Wald lief, musste sie an eine Zeile aus einem Gutenachtlied denken. *Der Wald steht schwarz und schweiget.*

Genau so war es. Es würde erst in einer knappen Stunde dunkel werden, aber zwischen den Bäumen war das Licht bereits schwach und dämmrig. Die dünn belaubten Äste standen unbewegt in der Herbstluft, und bei diesen Temperaturen war kaum jemand unterwegs.

Für Mitte November war es beinahe unnatürlich kalt. So großzügig und lang der Sommer in diesem Jahr gewesen war, so jäh und absolut hatte der Herbst Einzug gehalten. Schon im Oktober waren die Temperaturen tiefer gefallen als sonst um diese Jahreszeit. Manche Leute meinten, die Luft würde nach Schnee riechen.

Jelene begann, locker zu laufen, so wie sie es seit Jahren am Ufer des Rheins tat, mit regelmäßiger Atmung und wohltuend leerem Kopf. Heute war es anders. Heute wummerte ihr Herz, als wäre sie ein konditionsloser Anfänger, und sie hörte das Blut in den Ohren rauschen.

Nur ein Mann mit zwei Hunden begegnete ihr auf Höhe des Wildgeheges, vierhundert Meter weiter eine andere Joggerin. Aber je tiefer sie in den Wald hineinlief, je schmaler und abgelegener die Wege wurden, desto sicherer wurde sie, dass niemand sonst um diese Stunde noch unterwegs war. Sie sah auf die Uhr. 17.47.

In einer knappen Viertelstunde musste sie auf dem vereinbarten Wegabschnitt sein.

Es war ein breiter, aber verlassener Abschnitt in der Nähe der hessischen Landesgrenze. Jelene hatte das Gebiet bereits in der vergangenen Woche erkundet. Beim Gedanken an das hohe Unterholz, die zugewachsenen Schneisen für die Waldarbeiter und die Einsamkeit dort, die Ferne zu großen Straßen, Häusern und belebten Gebieten, ergriff sie nagende Nervosität. Sie zwang sich, weiterzulaufen.

Mit zunehmender Dämmerung und wachsender Stille ringsum spürte sie die Angst, die sich in ihrem Innern breitmachte. Ihre Rippen fühlten sich auf einmal an wie ein Korsett, das die Organe einklemmte. Ihre Lungen brannten, und das lag nicht an der Kälte.

Unter ihrer Laufkleidung brach ihr der Schweiß aus. Sie hatte sich eine Mütze tief in die Stirn gezogen, einen Schal bis unter die Nase gewickelt und über alles eine weite Kapuze gezogen.

Sie hatte diesen Plan Hunderte Male in ihrem Kopf durchgespielt und an alles gedacht. Und doch regten sich jetzt immer mehr Zweifel. Ihr war durchaus klar, wie wahnsinnig das war. Andererseits – was sollte denn schiefgehen? Sie würde den Moment abwarten, in dem sie Gewissheit hatte, und das Ganze dann abbrechen. Um die Zweifel, vor allem die Zweifel an ihrem gesunden Menschenverstand, zum Schweigen zu bringen, redete sie sich ein, dass sie keine andere Wahl hatte. Sie hatte die letzten Monate hauptsächlich damit verbracht, sich zu fragen, wer ihr eigentlich glauben würde. Und wie sie das, was sie vermutete, beweisen konnte. Sie war zu dem Schluss gekommen, dass weder das eine noch das andere möglich war. Niemand würde ihr glauben, weil es sich nicht beweisen ließ. So einfach war das. Einfach und unerträglich. So war sie auf die Idee zugesteuert, dass sie wenigstens für sich Gewissheit bekommen musste. *Wenn ich selbst Gewissheit habe,* dachte sie, *dann kann ich vielleicht etwas in die Wege leiten, um das Unsagbare zu beweisen.* Denn obwohl sie seit August kaum etwas anderes derart beschäftigte, flüsterten auch in ihrem Bewusstsein die Zweifel. In letzter Zeit war dieses beständige Wispern jedoch unüberhörbar geworden. Jelene hatte sich lange gegen die Idee gewehrt, und doch setzte sich diese Idee fast ohne ihr eigenes Zutun in die Tat um. Als wäre Jelene fremdgesteuert.

Sie war sich vorgekommen wie die Marionette einer Verrückten, als sie 800 Euro in einen Umschlag steckte und darauf wartete, bis man ihr sagte, wo sie ihn deponieren sollte.

Der Mülleimer im Luisenpark hatte ausgedient. Jetzt war es eine ramponierte Litfaßsäule in der Nähe des alten Waldhofstadions, wo man das Geld in einen Riss zwischen den Holzteilen schieben und den Umschlag mit den Instruktionen herausziehen sollte. Irgendwo im Umfeld wurde diese Aktion beobachtet, aus einem Auto heraus, aus dem Innern der Tankstelle, aus einem der vorbeifahrenden Busse. Jelene wusste es nicht. In dem Umschlag, der für sie bestimmt war, hatte neben einer Übersichtskarte des Waldes und den näheren Instruktionen auch das Codewort gestanden, mit dem sie die Aktion beenden konnte. *Husky.* Aber ob dieses Wort sie im schlimmsten Falle retten würde?

In der Luft hing der scharfe Wintergeruch nach halb gefrorener Erde. Irgendwo zwitscherte ein einsamer Vogel. Seitlich des Weges schimmerten gefrorene Pfützen.

Ein seltsames Gefühl mischte sich wie ein Fremdkörper in ihre Aufregung. Ein Gefühl von Unausweichlichkeit. Sie verlangsamte ihre Schritte. Zum ersten Mal stellte sie sich die Frage, wie er reagieren würde, wenn ihm klar wurde, dass sie es war. Was würde er tun, wenn er sie erkannte?

Jelene beschleunigte ihre Schritte wieder, um das Gefühl loszuwerden, doch es schien sich wie ein hartnäckiges Tier an ihre Schultern gekrallt zu haben. Sie sah erneut auf die Uhr. Noch fünf Minuten. Ihr Herz machte einen Satz. Die Adrenalinstöße in ihrem Innern fühlten sich gar nicht so anders an als zu der Zeit, als sie regelmäßig bei Felix im Studio gewesen war.

Diese Zeit war vergangen, die Tätowierung auf ihrem Rücken vollendet, und ihre Sucht nach diesem ganz speziellen Gefühl war verzweifelter und richtungsloser geworden. Seit die Tätowierung fertig war, fühlte sie die Leere wieder stärker. Obwohl ihre Beziehung mit Felix immer noch Bestand hatte, wenn auch auf einer Ebene, die andere Menschen nicht als Beziehung bezeichnen würden. Jelene wusste selbst nicht, was es war. Sie wusste nur, dass es gut war. Es war gut, weil es ihr Sicherheit gab und weil Felix, anders als die Männer vor ihm, die Distanz akzeptierte, die sie zwischen ihm und sich aufrechterhielt. Jetzt im Moment bändigte sie ihre Angst mit dem Plan, ihn am Sonntag zu sehen. Sie waren bei ihm verabredet, und Jelene redete sich ein, dass deswegen alles gut gehen würde. Komplizierter zwar als zuvor, aber gut.

Eine leise Stimme in ihr sagte, dass sie verrückt geworden war. Dass sie das Ganze nur tat, weil sie Ersatz für dieses spezielle Gefühl in Felix' Tätowierstudio suchte, weil sie es brauchte und deswegen fahrlässig und leichtsinnig wurde.

Die Weggabelung lag jetzt direkt vor ihr. Der Waldweg endete in einer Schneise, die tief ins Unterholz führte, links davon zweigte jedoch in einem spitzen Winkel ein weiterer Pfad ab, der sich weiter vorn so verbreiterte, dass ein Wagen darauf fahren konnte. Jelene blieb stehen und sah um die Ecke. Nichts. Dort parkte kein Wagen. Oder sie hatten ihn irgendwo gut getarnt versteckt. Sie sog ihre Lungen voll mit der würzigen Waldluft, atmete bewusst und tief und bog in den Weg ein. Irgendwo dort vorne, zwischen den hohen Kastanien, würde es passieren. Zwei schwarz gekleidete, maskierte Männer, die aus dem Unterholz springen würden. Irgendwo knackte ein Zweig. Jelene blieb abrupt stehen und zog sich Kapuze und Schal tiefer ins Gesicht. In ihren Ohren rauschte das Blut. Sie zwang sich weiterzulaufen, um das Zittern zu unterdrücken. Ein grässliches Gefühl von Scham streifte sie. Was würde Nico sagen, wenn er sie so sehen könnte?

Und dann, ganz plötzlich waren sie neben ihr. Gegen ihren Willen schrie sie auf, als der Erste sie packte und ihr das Knie in den Rücken stemmte. Schwarze Gestalten mit Sturmhauben. Kraftvolle Hände in Lederhandschuhen. Filmreif. Und in einem sonderbar isolierten Teil ihres Bewusstseins wurde Jelene schlagartig klar, dass sie es unter anderen Umständen erregt hätte. Nein, falsch. Die Erregung war bereits da. Überwältigend und betäubend und viel intensiver als jemals zuvor in ihrem Leben. Einen endlosen Atemzug lang genoss sie es. Und begriff, dass sie genau deswegen ihre Zweifel fortgedrängt hatte. Weil die Wahrheit nur schwer zu akzeptieren war.

Ich habe einen Grund gebraucht, um das hier erleben zu können. Ich bin genau wie Sybille Hahn und rede mir ein, dass ich Kontrolle abgebe, um sie zu erlangen. Aber eigentlich geht es doch um etwas ganz anderes, nicht wahr?

Sie drängte das Gefühl krampfhaft fort und versuchte, ruhig zu bleiben.

Die Augen, dachte sie panisch. *Ich muss die Augen sehen!*

Doch sie sah nur den körnigen Sandboden unter sich.

Wehr dich. Fordere sie heraus. Du musst ihre Augen sehen!

Jelene spannte den Oberkörper an und strampelte mit den Füßen. Sie traf mit voller Wucht auf etwas Hartes und vernahm ein unterdrücktes Keuchen. Einer der Männer würde in den nächsten Tagen mit einem heftigen Hämatom umherlaufen.

Jemand packte ihre Handgelenke und streifte Kabelbinder darüber. Dann das leise Ratschen, das Jelene so gut kannte. Auch sie hatte das bei Verhaftungen schon gemacht. Sie drehte sich in der Hüfte, aber die Kraft der Männer war zu groß. War das wirklich Alrinck, der sie so hart anpackte und auf den Boden drückte? Der verschämt lächelnde, schmierig höfliche Mann, den sie stundenlang verhört hatte, den sie verabscheute und verachtete? Plötzlich überwältigten sie Ekel und Widerwille.

Und der andere? Wessen Kampfstiefel waren das, die neben ihrem Kopf auf dem Boden standen, wessen Hände, die sie mit einem Mal ruckartig auf die Beine zogen? Sie riss den Kopf herum. Aber es ging alles viel zu schnell. Sie sah nichts. Keinerlei Anzeichen dafür, dass er es war. Die Körperform, die Umrisse ... konnte man daran einen Menschen erkennen? Sie trugen beide schwarze Cargo-Hosen und eng anliegende schwarze Jacken. Kein Stückchen Haut war zu sehen. Jelene senkte den Kopf, damit niemand sie an den Augen erkannte. Aber die beiden Männer schienen sich gar nicht für ihr Gesicht zu interessieren. Im nächsten Moment war der schwarze Sack da, von dem Alrinck in den Verhören erzählt hatte. Sie stülpten ihn ihr über den Kopf und verschlossen ihn an ihrem Hals mit einem Klettband. Jelene zog erschrocken die Luft ein. Die Urangst des Erstickens – plötzlich war sie da, und sie begriff erst nach einer Weile, dass sie trotz des Sacks ungehindert Luft bekam. Aber in ihrem Kopf begann sich das Rad der Angst immer schneller zu drehen.

Starke Arme umfassten ihren Brustkorb, die Beine verloren die Bodenhaftung. Dann wurde sie hochgehoben. Sie zappelte, wollte sich nicht ohne einen Anschein von Widerstand ergeben. Aber sie zappelte nur gegen die aufkommende Panik an. Und die beiden Männer schienen ihre Gegenwehr gar nicht zu bemerken. Die Griffe waren kraftvoll und vollkommen routiniert. Sie trugen sie fort, ohne jede Mühe. Als wäre sie ein kleiner Teppich, ein leichtes Möbelstück. Die ganze Aktion war in vollkommener Stille verlaufen. Jetzt war nur noch das Knirschen der Stiefel auf dem Waldboden zu hören und der wilde, panische Herzschlag in ihren Ohren.

Was jetzt?, dachte sie. *Wenn ich ihre Augen nicht zu sehen bekomme, was dann?* Dann würden Dinge passieren, die sie nicht einkalkuliert hatte und die sie auch nicht wollte. Die sie aber trotzdem auf dem Fragebogen von profi-kidnapping.com angekreuzt hatte.

Wünschen Sie eine möglichst grobe körperliche Behandlung? Jelene hatte ein Häkchen gemacht.

Wollen Sie im Rahmen der gesundheitlichen Toleranz gewürgt werden? Häkchen.

Wünschen Sie sexuellen Kontakt? Kein Häkchen.

Wie lange soll die Zeit Ihrer Gefangenschaft dauern? Sechs Stunden.

Sind Sie interessiert an sonstigen körperlichen Misshandlungen? Nein.

Wollen Sie in der angegebenen Zeit allein gelassen werden? Nein.

Hiermit versichern Sie, dass Sie unsere Geschäftsbedingungen gelesen und verstanden haben, dass Sie unser Angebot nicht für kriminelle Zwecke nutzen und uns darüber hinaus versichern, dass bei Ihnen keine körperlichen Einschränkungen oder Krankheiten festgestellt wurden, die Ihre Teilnahme an unserem Angebot zu einem ernsthaften gesundheitlichen Risiko werden lassen könnten. Häkchen.

Und dann hatte sie nach tagelangem Hin-und-her-Überlegen hinter der Frage mit dem sexuellen Kontakt doch ein Häkchen gemacht. Und das Wunschformular abgeschickt.

Jelene wurde schlecht. Man würde sie in den Bunker bringen. Dann würden diese Dinge passieren, wenn sie nicht das Codewort benutzte. Und wozu das Ganze? Wenn sie dann am Ende doch keine Gewissheit haben würde? *Du musst die Augen sehen …*

Alles in ihr drängte sie, das Codewort jetzt schon herauszuschreien. Aber was dann? So würde sie es nie erfahren. Sie biss sich auf die Lippe, atmete ihre Übelkeit klein und strengte die Augen gegen die Dunkelheit des Sacks an. Aber die Außenwelt war verschwunden. Es gab keine Konturen mehr, keine Bäume, keinen Himmel, kein Oben und Unten.

Der Weg, den man sie trug, war überraschend kurz. Schon nach einer Minute wurde sie abgesetzt, und Jelene hörte das Öffnen einer Autotür. Der Mann hinter ihr hielt sie weiter fest, seine Hände fest auf ihren Brustkorb gedrückt, schob den rechten Arm nach oben, klemmte ihren Hals in seine Armbeuge. Rote Lichtpunkte huschten durch die Dunkelheit. Sauerstoffmangel im Gehirn. Unausweichliche Erregung. Sie dachte an die vielen Fälle von autoerotischen Erstickungsspielen, bei denen die Leute draufgingen. Im nächsten Moment wurde ihr Innerstes ganz weich. Eine wohlige Hilflosigkeit lähmte ihre Furcht, ihre Entschlossenheit, und plötzlich wurde der Plan, den sie gefasst hatte, weggefegt durch etwas anderes. Die Anspannung in ihrem Körper war weg. Da war eine ganz leise Stimme in ihrem Innern, die sagte, dass sie das jetzt nicht fühlen durfte, dass es falsch war. Aber es ging nicht anders. Watte in ihren Gelenken. Rote Lichtpunkte. Etwas Vages, Formloses stieg aus ihrem Unterbewusstsein hoch. Dann wurde sie ohnmächtig.

Sie war nicht gekommen. Obwohl die Einladung seit drei Wochen stand und Yvonne sogar wie angekündigt griechische Moussaka, Jelenes Lieblingsessen, gekocht hatte.

Yvonne hatte das unbenutzte Gedeck wieder weggeräumt und den Rest des Auflaufs in den Kühlschrank gestellt. Gegen seinen Willen war es Nico nicht nur unangenehm, sondern auch peinlich, dass Jelene nicht einmal abgesagt hatte.

»Nimm es ihr nicht übel, so ist sie eben«, meinte Yvonne. »Sie meint es nicht böse.«

Nein, natürlich meint sie es nicht böse, dachte Nico. Es bewies nur, was für einen Stellenwert er für sie hatte, wie klein und unbedeutend der Platz war, den er in ihrem Bewusstsein einnahm. Das mit dem Essen tat ihm nicht so sehr weh. Aber das, was danach kam. Heute war er wieder auf Sendung, und er hatte Jelene versprochen, dass sie dabei sein durfte, wenn er seinen Podcast aufnahm.

Jetzt saß er hier in der Garage, zog an einem Joint und wartete, dass sich das gute Gefühl einstellte. Aber es kam nicht. Nico wurde bewusst, dass er sich beinahe kindlich darauf gefreut hatte, Jelene seine Welt zeigen zu können. Wie ein kleiner Junge, der der ersten Freundin sein selbst gebautes Baumhaus vorführt. Oder wie ein alter Sack, der darauf wartet, dass er einer Frau seine Briefmarkensammlung zeigen kann, dachte er bitter. Aber das hier war doch etwas ganz anderes. Diese Garage, die Sound-Anlage, die dreieinhalbtausend auf der ganzen Welt zusammengesammelten Platten, seine geliebten Raritäten. War Jelenes Zusage für diesen Abend nur ein laues Versprechen gewesen?

Wieso zum Teufel betrachtete er sie eigentlich noch als Freundin? Nichts verband sie miteinander, gar nichts.

In den vergangenen drei Monaten war sie ihm sogar noch fremder geworden. Irgendetwas war mit ihr geschehen. Sie war von Fehlings Grillfest im August überstürzt aufgebrochen, und als er sie später darauf angesprochen hatte, war sie sogar noch schroffer gewesen als ohnehin schon. Er hatte den Eindruck, dass sie mit dem Ausgang des Falls alles andere als zufrieden war. Sie wirkte grüblerisch und hatte mit Argusaugen die Entwicklungen um Frank Alrinck und sein Profi-Kidnapping beobachtet. Die Kidnapping-Agentur war nach einer Pause von nur zwei Monaten nun wieder aktiv, die Internetseite wieder online. Frank Alrinck und Anna Lesandre sahen einem Prozess entgegen, den die Staatsanwaltschaft gerade vorbereitete und der im April eröffnet werden sollte. Sie würden sich wegen der Vertuschung von Bea Sperlings Entführung verantworten müssen, aber allen war klar, dass beiden kaum etwas Schlimmeres als eine Geld- und Bewährungsstrafe drohte. Alrincks sonderbares Unternehmen war überprüft worden und galt trotz aller Ereignisse als legal. Nicht einmal in seiner Steuerangelegenheit gab es etwas zu beanstanden.

Der Tod Sybille Hahns ging als bedauernswerter Unfall in die Akten ein, der auch in jedem SM-Studio und auch in jedem experimentierfreudigen Ehebett hätte passieren können. Hafner drohte ein Prozess wegen Vertuschung; er würde wegen Körperverletzung mit Todesfolge und Verschleierung einer Straftat mindestens noch einmal sieben Jahre einsitzen.

Alrinck hatte darauf bestanden, sich bei Harald Sperling zu entschuldigen, und arbeitete auch weiterhin an seinem Image des harten Kidnappers mit Gewissen und Geschäftssinn.

Die Bestimmungen auf der Internetseite waren nun dahin gehend gestaltet, dass möglichst niemand mehr die Entführungsagentur für eine Straftat nutzen konnte. Alrinck gab jetzt auf seiner Website an, niemanden mehr länger als zwölf Stunden festzuhalten und öffentlich zu reagieren, falls in diesem Zeitraum bekannt würde, dass eine Person vermisst gemeldet worden war.

Die Presse hatte die Information bekommen, dass Bea Sperling sich hatte von Profis entführen lassen, um ihrem Mann eins auszuwischen, aber niemand erfuhr etwas über die Entführungsagentur, was Alrinck nur recht sein konnte. Nico war nicht wohl gewesen bei dem Gedanken, dass die Öffentlichkeit nichts über die wahren Hintergründe des Todes von Sybille Hahn wusste, aber auch Daniel Hahn war daran gelegen, dass niemand erfuhr, was seine Frau getan hatte. Der Mann war mittlerweile mit seinen Kindern nach Singapur ausgewandert, und soweit Nico wusste, hatte das noble Haus in Feudenheim immer noch keinen Käufer gefunden.

Und es gab noch einen Grund, warum man der Presse und damit der Öffentlichkeit diese Informationen nicht unbedingt auf dem Tablett servieren musste. Es hätte schlichtweg für Chaos gesorgt. Der Polizeipräsident und andere hohe Tiere im Präsidium hätten gehörige Probleme bekommen, wenn klar geworden wäre, dass es in Mannheim eine Organisation gab, die ein derartiges Verbrechen abwickeln und geheim halten konnte. Die über fünf Jahre eine Behörde zum Narren halten konnte, obwohl ihre Betreiber nicht einmal die Haupttäter waren. Nico hatte immer noch ein nagendes Schamgefühl tief in seiner Brust, wenn er daran dachte. Er versuchte sich einzureden, dass es jedoch keinen Grund zur Scham gab, weil die Hintergründe einfach zu verrückt und zu unvorhersehbar gewesen waren. Niemand im braven Deutschland war in der Lage, sich etwas vorzustellen, das über dem großen Teich ein prosperierender Zweig der menschlichen Abgründe war. Jetzt waren sie schlauer.

Zum damaligen Zeitpunkt rechnete niemand damit, dass der Begründer von Profi-Kidnapping seine sonderbare Arbeit erneut aufnehmen würde, und Alrinck hatte eigentlich verkündet, dass er auch keine Lust mehr darauf hätte. Das Risiko sei ihm zu groß. Nico hatte sich immer gefragt, ob Alrinck eine spezielle Neigung für derartige Szenarien hatte oder ob er einfach nur eine sonderbare Marktlücke ausnutzte. Entweder war die Lust an diesen Umtrieben mit aller Macht zurückgekommen, oder aber er hatte den lukrativen Geschäftszweig unbedingt wieder ankurbeln wollen. Denn Alrinck hatte dem Gras, das über die Sache wachsen sollte, gerade einmal zwei Monate gegeben.

Besonders hoch war es nicht gewachsen.

Nun war die Website seiner Agentur seit kurzer Zeit wieder online.

Wir haben ihn ja im Auge, hatte Ralf Fehling gesagt. *Wenn in Zukunft Menschen verschwinden oder tot im Käfertaler Wald auftauchen, dann haben wir immer einen ersten Ansprechpartner.*

Nico hob den Blick und sah aus dem kleinen Fenster nach draußen in den Hof. Er ertappte sich bei der Hoffnung, dass Jelene vielleicht doch noch kam. Aber es kam niemand. Draußen nieselte es dünnen Schnee, und im Radio prophezeiten sie schon für die nächste Woche einen vorzeitigen Wintereinbruch, dabei war es erst November.

Jelene war in den letzten Monaten dünner geworden und abwesender. Sogar während Verhören und wichtigen Gesprächen wirkte sie, als wäre sie mit den Gedanken ganz woanders. Als würde sie ständig auf ein permanent laufendes Band von unsichtbaren Untertiteln starren, das in ihrem Kopf vorbeizog. Und Nico hatte es ihr im Lauf dieser Monate immer übler genommen, dass sie sich nicht einfach über die Aufklärung des Falls freuen und sich endlich entspannen konnte. Zum ersten Mal, seit sie sich kannten, fragte er sich, ob mit ihr alles in Ordnung war.

Sein Joint war halb heruntergeglüht, ohne dass er noch einmal daran gezogen hatte. Er drückte ihn aus. Jelene hatte ihm den ganzen Abend verdorben. Er genoss nicht einmal die Musik. Hatte sie wirklich so viel Macht über ihn, dass ihm auf einmal sogar die Dinge missfielen, die eigentlich seine Kraftquelle waren? *Ich sollte mich nicht so intensiv mit ihr beschäftigen,* dachte er und warf in einem jähen Anfall von sehr schlechtem Gewissen einen Blick über die Schulter zu der Tür, die die Garage mit dem Haus verband. Aber er war allein mit seiner Leidenschaft, greifbar nur für ein paar Hunderttausend unsichtbare Hörer rund um den Globus.

Plötzlich kam ihm eine Idee. Er trat an den Schrank, in dem alle Platten alphabetisch geordnet waren, und zog den Soundtrack des alten jamaikanischen Films *Rockers* heraus. Es war nicht so, dass er besonders viel Reggae hörte, aber diese Platte liebte er einfach. Er ließ den ersten Song der

Platte abspielen, nahm dann die Nadel weg und beugte sich zum Mikrofon.

»Leute, erschreckt nicht. Ich hatte einfach gerade Lust, ein bisschen guten alten Reggae aufzulegen. Nachher gibt's wieder Cole Porter und Django Reinhardt. Aber dieser kleine Exkurs hier gefällt einigen von euch sicher auch! Den nächsten Song spiele ich heute für jemand Speziellen da draußen. Für eine Frau, die hinter die Dinge schaut und sich dabei verliert. Für eine Frau, die ein kleines bisschen mehr sein müsste wie die tumben, brutalen Bullen, um die's in dem Song geht, weil sie es dann vielleicht ein bisschen einfacher hätte. Wer weiß. Du bist ja heute Abend nicht hier, und wir können leider nicht darüber reden. Das hier ist *Police and Thieves* von Junior Murvin.« Er legte die Nadel auf. Und über das wohlige Knistern des Vinyls sagte er leise: »Das hier ist für dich, Jelene.«

Kapitel 25

Die Fahrt dauerte nicht lange. Jelene lag im Kofferraum eines Wagens – vermutlich derselbe Jeep, den die Spurensicherung vor einem Vierteljahr auseinandergenommen hatte – und spürte jede Unebenheit des Bodens. Im Kofferraum war es klamm und seltsamerweise viel kälter als draußen im Wald. *Oder kommt mir das nur so vor?*, dachte Jelene. Sie versuchte mit aller Macht, die Übelkeit zu verdrängen, die Alarmsignale ihres Körpers, die wie Blitze durch ihr Bewusstsein jagten. Jetzt, wo die sonderbare Erregung verflogen war, dröhnte wieder die innere Stimme: *Du bist absolut verrückt.* Aber wenn sie erst Gewissheit bekam, dann hätte sich diese leichtsinnige, verrückte Aktion gelohnt. Sie durfte nur daran denken. An die Gewissheit. Nicht an alles andere. Vor allem die Gedanken an die Konsequenzen musste sie ignorieren. Und an das, was alles schiefgehen konnte. Ihre Fingerspitzen wurden allmählich taub. Vorsichtig tastete sie unter die kurze, gefütterte Jacke und suchte nach dem Reißverschluss, der im hinteren Teil ihrer Jogginghose saß. Sie hatte sich immer gefragt, was ein Reißverschluss an dieser Stelle denn für einen Sinn machte, was man darin beim Joggen unterbringen sollte. Die kleine Tasche dahinter bot gerade genug Platz für ein Heftpflaster oder ein Taschentuch. Oder die kleine, abgebrochene Klinge eines Cutter-Messers. Jelene hatte sie in die Plastikhülle einer Kreditkarte geschoben, die sie zuvor halbiert hatte. Sie ruckelte so lange mit den Fingerspitzen am Reißverschluss, bis sie nach der Hülle tasten konnte. Dann zog sie sie vorsichtig heraus. *Bloß nicht fallen lassen,* dachte sie. Die Kabelbinder bissen in ihre Haut. Jelene hielt den Atem an und schob die Klinge heraus. Gerade als sie die leere Hülle wieder in die kleine Tasche zurückschieben wollte, wurde sie gegen die Rücksitze geschleudert. Der Wagen stand. Ihr Herz machte einen Satz. Sie bog die Hand nach oben und zielte mit der Klinge auf den Kabelbinder. Da spürte sie es. Ihre Hand fühlte sich warm und klebrig an. Das Bremsmanöver hatte ihr die Klinge in die Finger getrieben. Jelene biss die Zähne zusammen und dehnte die rechte Hand weiter nach oben. Doch sie erreichte nur mit einem millimeterkleinen Stück des Cutters den Kabelbinder. Egal, das musste reichen. Sie fing an zu … *ja, was tue ich da eigentlich?,* dachte sie nervös. Säbeln oder schneiden konnte man es ja nicht nennen. Es war eher ein planloses Zielen. In diesem Augenblick hörte sie die Autotüren. Ein paar Sekunden später wurde die Kofferraumklappe aufgerissen. Hände griffen nach ihr.

Lass die Klinge nicht los …

Jemand packte ihren rechten Oberarm und zerrte sie daran aus dem Kofferraum. Durch diese ruckartige Bewegung gelang ihr eine kurze, aber feste Berührung mit dem Kabelbinder. Doch er wurde nur angeritzt, nicht durchtrennt. Sie stand wieder auf den Füßen. In ihrem Kopf drehte sich alles, ihr Mund war trocken, und irgendwo in ihrer Brust kauerte sich die ganze Entschlossenheit, die sie über die letzten Wochen aufgebaut hatte, furchtsam zusammen.

Der Mann hielt ihren Oberarm fest umklammert. Den

Cutter hatte er nicht bemerkt. Auch nicht das Blut. Jelene spürte den Schnitt nicht. Ihr Körper registrierte eigentlich nur die unheimliche Anspannung, die dumpfe Stille und ihre Angst. *Konzentriere dich auf die Klinge ...*

Sie bog die Rechte wieder nach oben und streifte den Kabelbinder erneut. Dann noch einmal. Sie spürte die kalte Waldluft durch den dunklen Sack auf ihrem Gesicht. Das Adrenalin pulsierte durch ihre Adern, der Schweiß strömte an ihrem Rücken herunter. Wer war der Mann, der hinter ihr stand? Sie saugte tief die Luft ein, doch sie nahm nur den sauberen Geruch des Waldes wahr. Noch ein kaum merklicher Riss am Kabelbinder. Ein wenig lockerte sich der straffe, schmerzhafte Sitz.

Jemand packte ihre Füße und hob sie daran nach oben, doch Jelene drehte sich aus der Hüfte weg und begann, um sich zu treten. Der Griff an ihren Oberarmen wurde fester. Sie spürte den Mann hinter sich so nah, hörte seinen Atem und fühlte sogar, wie sich seine Muskeln anspannten. Ihr gelang ein weiterer Ritz. Der Kabelbinder löste sich. Sie riss die Arme hoch. Der Mann hinter ihr war dadurch so überrumpelt, dass seine Hände von ihr abglitten. Jelene hörte ihn erschrocken keuchen. Darauf waren die Profi-Kidnapper nicht vorbereitet. Mit einem einzigen Ruck riss sie sich den Sack vom Kopf und starrte den Mann an, der vor ihr stand.

»Alrinck!«, presste sie hervor. Seine Augen unter der Sturmhaube. Die hatte sie sich eingeprägt. »Frank Alrinck! So schnell schon wieder im Geschäft, was?«

Stille. Es war, als würde der Wald in diesem Moment erstarren, als wäre alles Leben darin nur noch Kulisse in einer hermetisch abgeriegelten Glaskugel. Wie auf ein Stichwort begann es in diesem Moment, zaghaft zu schneien. Der Moment schien sich bis ins Unendliche zu dehnen. Jelene schaffte es für den Bruchteil einer Sekunde, das innere Beben zu unterdrücken. Dann sagte sie: »Alrinck, ich weiß, was Sie getan haben. Sie können mich nicht länger zum Narren halten.«

Weiter kam sie nicht. Alrinck machte einen Schritt auf sie zu. Seine Bewegungen sahen merkwürdig schleppend aus, wie bei einem angeschossenen Bären. Im nächsten Moment riss er die Faust hoch. Jelene duckte sich unter dem Schlag weg, aber er erwischte sie an der Schläfe. *Was hast du denn erwartet?*, dröhnte die innere Stimme. *Hast du geglaubt, dass er einknickt?*

Ja, dachte sie, genau das hatte sie irgendwo in einem Winkel ihres Bewusstseins erwartet. Alrinck, der in den Verhören so unterwürfig, so anbiedernd gewesen war, der alles dafür tun wollte, damit er nicht als Krimineller gesehen wurde. Was jetzt aber vor ihr stand, war der schwarze Mann aus den kindlichen Albträumen. Etwas vollkommen Unberechenbares, Bedrohliches. Alrincks unbewegte, schwarze Gestalt vernichtete ihre Pläne, ihre Gewissheit und vertrieb auch die Frage, die sie ihm eigentlich stellen wollte. Ihm hatte sie so etwas nicht zugetraut. Dann schon eher, dass er sie einfach stehen ließ und davonrannte wie der feige Hase aus der Tierfabel. Und doch hob er die Faust ein zweites Mal, und diesmal konnte Jelene nicht ausweichen. Sie spürte noch, wie ihre Lippen Worte bilden wollten. Irgendetwas Einschüchterndes, dass er damit nicht durchkommen würde ... dass er ... dass er ... Doch die Dunkelheit rückte schlagartig näher und verschlang sie.

Als sie wieder zu sich kam, huschten merkwürdige und der Situation ganz und gar unangemessene Gedanken durch ihren Kopf. *Was für ein Weichei,* dachte sie. *Nicht mal richtig zuschlagen kann er! Ein Schlag wie von einem Mädchen!* Sie war urplötzlich wach und fühlte den Schmerz zuerst nur als leises Pochen in ihrer Schläfe. Ihr war weder übel noch schwindelig, aber die Dunkelheit um sie herum war dicht wie Tinte. Dann spürte sie es. Sie lag auf der Seite im Kofferraum, und die gedämpfte Stille ringsum sagte ihr, dass die Kofferraumklappe geschlossen war. Ihre Hände waren gefesselt. So straff und fest, dass sie sich keinen Millimeter bewegen konnte. Und die Dunkelheit kam von dem schwarzen Sack, der wieder über ihren Kopf gestülpt war. Also alles noch mal auf Start. Wie in einem blöden Spiel, in dem man nach all den Bemühungen und Erfolgen noch mal ganz von vorn anfangen musste. Abgesehen davon wusste sie, dass es mittlerweile auch im Wald vollkommen dunkel sein musste. *Und jetzt?,* fragte eine sich hysterisch überschlagende Stimme in ihrem Innern. *Was machst du jetzt, Kommissarin? Wie zum Teufel willst du aus der Nummer wieder rauskommen?* Jelenes Herz raste. *Du lehnst dich viel zu weit aus dem Fenster,* sagte die innere Stimme. *Ja,* dachte Jelene. *Ich habe mich zu weit herausgelehnt. Aber ich dachte, dass ich dadurch einen besseren Blick bekomme. Und jetzt bin ich abgestürzt.* Panisch überschlug sie die Möglichkeiten, die sie jetzt noch hatte. Aus dem Kofferraum konnte sie unmöglich herauskommen. Alrinck hatte ihre Hände so straff gefesselt, dass sie nicht mal dann an die Klinge herangekommen wäre, wenn sie sie noch gehabt hätte. Was würde Alrinck tun, um sich ihrer zu entledigen? Wo war er?

Jelene versuchte zu erkennen, in welche Richtung ihre Füße zeigten. Vielleicht konnte sie das Rückfenster eintreten. Sie streckte sich und tastete mit den Schuhsohlen die Wände ab. Da war eine Neigung, das musste die Klappe sein. Sie hob die Füße an und schob sie hoch.

Plötzlich erklang von draußen ein Geräusch. Jelene hielt inne. Das Blut in ihren Ohren rauschte.

Dann öffnete sich die Kofferraumklappe. Jelenes Herz verkrampfte sich. Sie hielt den Atem an. Aber nichts geschah. Kein Laut war zu hören. Jemand stand vor ihr. In ihrer Angst beschloss sie, in die Offensive zu gehen.

»Frank Alrinck!«, schrie sie. »Lassen Sie mich sofort frei! Ich bin Polizistin. Sie werden alles noch viel schlimmer machen!«

Wenn das hier ein Film wäre, dachte Jelene, *dann fände ich es ziemlich albern, wenn eine Figur so was sagt.* Aber was hätte sie sonst sagen sollen?

Eine Hand griff nach ihrem Gesicht unter dem schwarzen Sack. Sie zuckte zurück. *Er wird mich töten,* dachte sie. *Wenn meine Vermutung stimmt, hat er gar keine andere Möglichkeit, als mich zu töten.* Eine scheinbare Ewigkeit geschah gar nichts. Da war nur diese Hand an ihrer Wange. Dann ging plötzlich ein Ruck durch die Hand, und der Sack wurde von ihrem Kopf gerissen.

Jelene schnappte nach Luft. Sie blinzelte. Alles war dunkel. Nur langsam schälten sich die Konturen aus der Finsternis. Eine schwarze Gestalt stand vor ihr. Unbewegt. Erst jetzt registrierte sie das bleiche Licht im Griff der Kofferraumklappe, das einen schwachen Schein auf die Gestalt warf. Jelene kniff die Augen zusammen. Ihr Atem erzeugte kleine Wolken in der kalten Luft. Sie beugte sich vor und versuchte, etwas zu erkennen. Warum stand der andere so regungslos da?

»Frau Bahl, was machen Sie nur für Sachen?«

Jelene hielt den Atem, den sie gerade ausstoßen wollte, an und schloss den Mund. Starrte zurück. Jetzt sah sie sein Gesicht. Ralf Fehling stand in seinem schwarzen, edlen Wollmantel vor ihr, einen dunklen Schal bis unters Kinn gezogen. Seine Hände in den matt glänzenden Lederhandschuhen umfassten eine große Maglight-Taschenlampe.

»Ist alles in Ordnung mit Ihrem Kopf?«, fragte er und näherte sich ihr. Jelene nickte fahrig. Der Schmerz war nichts im Vergleich zu ihrem Schock.

»Was … was machen Sie hier?«, stotterte sie. Nur sehr langsam begriff ihr Verstand, was sein Auftauchen bedeutete.

»Sagen Sie mir lieber, was Sie hier wollen, Frau Bahl«, erwiderte er. Seine Stimme klang besorgt und gedämpft. »Soll ich Sie in ein Krankenhaus bringen?«

»Nein … nicht nötig.« Jelene sah ihn an, sein blasses Gesicht, seine Augen, die so entspannt auf ihr ruhten, und sie wusste in diesem Moment, dass vielleicht doch alles ganz anders war als gedacht. Aber warum war er dann hier?

»Wo ist Alrinck?«, fragte sie.

Fehling schaltete die Taschenlampe ein und leuchtete in den Wald hinein. Es schneite sacht, und das Licht tanzte zwischen den kahlen Bäumen. Irgendwo bellte ein Fuchs.

»Geflohen. Keine Ahnung, wohin. Ich kam gerade rechtzeitig, um ihn davon abzuhalten, dass er Ihnen etwas antut. Er sah mich und rannte fort. Hab noch nie jemanden so schnell rennen sehen.«

Verwirrt schüttelte Jelene den Kopf. »Wieso ... wieso sind Sie hier? Wie konnten Sie wissen, was ich hier mache?«

Fehling streckte die Hand aus und legte sie ihr auf den Arm. »Frau Bahl, ich verstehe, dass Sie irritiert sind. Sie müssen zu einem Arzt.«

»Nein, Sie sagen mir jetzt, warum Sie hier sind!«, schrie sie ihn an. »Und machen Sie mir jetzt sofort diesen Kabelbinder ab!«

Fehling reagierte nicht. Er sah sie fast versonnen an, als gefiele ihm die Vorstellung, dass sie ihm ausgeliefert war. Seine Hand tastete zu seiner Manteltasche. Jelene zuckte zusammen, als sie das Klappmesser sah. Er griff nach ihr, beugte sich vor und durchtrennte die Kabelbinder. Das Messer klappte wieder zu und verschwand in der Manteltasche. Jelene begann, ihre tauben Hände zu massieren.

»Zufrieden?«, fragte Fehling.

»Nein. Wieso sind Sie hier?«

»Also, in den Ritterbüchern meiner Jugend sahen solche Situationen immer anders aus. Wie wäre es damit? Ich bin hier, um Sie zu retten?«

»Dann sagen Sie mir, woher Sie wussten, dass ich überhaupt gerettet werden muss!«, forderte sie ihn auf.

»Na, hören Sie mal, ich wäre wirklich ein sehr schlechter Chef, wenn ich nicht wüsste, was meine Mitarbeiter umtreibt.« Seine Augen wirkten unnatürlich groß, aber äußerlich war er ganz ruhig. Ein bisschen zu ruhig, stellte Jelene schaudernd fest.

»Ich weiß, dass Sie sich mit den Ermittlungsergebnissen dieses Falls nicht zufriedengegeben haben. Sie haben nicht lockergelassen. Und ich sah mich in der Pflicht, in dieser Angelegenheit ein Auge auf Sie zu haben.«

Jelene starrte ihn an. »Sie haben mich überwacht?«, wisperte sie.

»Ich war auf dem Laufenden, dass Sie sich weiterhin intensiv mit Alrinck beschäftigten. Ich habe mich immer gefragt, ob Sie diesen drastischen Schritt gehen würden und sich auch ... entführen lassen. Ich war mir nie sicher, ob ich Ihnen das zutrauen kann. Und jetzt lassen Sie uns zurück in die Stadt fahren, damit sich ein Arzt Ihren Kopf anschauen kann. Und ich leite unterdessen eine Fahndung nach Frank Alrinck ein.«

Er reichte ihr die Hand. Eine innere Stimme sagte: *Sei dankbar. Er hat dich gerettet.* Wie in *Der erste Ritter*, als Richard Gere die Königin aus der Festung befreit. Aber Jelene hörte weg, als diese innere Stimme sie dazu drängte, vernünftig zu sein. Stattdessen schob sie sich aus dem Kofferraum heraus und starrte in den dunklen Wald. Alrinck war abgehauen? Wirklich?

»Wenn Sie mich die letzten paar Monate so intensiv beobachtet haben«, sagte sie, »dann sind Sie doch sicher im Bilde darüber, was ich alles erfahren habe, oder?« Sie wandte sich um und sah ihn an.

»Was reden Sie denn da, Frau Bahl? Sie stehen unter Schock. Ich werde Sie ins Krankenhaus fahren.«

»Ich rede davon, dass Sie und Frank Alrinck eine lange Freundschaft oder zumindest Bekanntschaft verbindet, auch wenn er Sie nicht unter dem Namen Fehling kennen dürfte. Unter Ihrem Geburtsnamen Ralf Zoller kann man Sie im Internet nämlich nicht finden. Nur unter dem

Mädchennamen von Irene, den Sie angenommen haben. Aber mit Ihrem Geburtsnamen stehen Sie auf der Mitgliedsliste der alten Boxschule von Anna Lesandre. Dort haben Sie seit 1986 vier Jahre lang trainiert. Zusammen mit Alrinck.«

»Was soll der Unsinn?«, fragte Fehling. Die Ruhe in seiner Stimme irritierte sie.

»Unsinnig ist nur Ihre Annahme, dass ich das nicht herausfinden könnte. Fragen Sie den neuen Besitzer dieser Boxschule. Der hat die Mitgliedslisten noch. Da gibt's sogar noch ein Bild von Ihnen. Damals waren Sie ein bisschen schlanker im Gesicht. Das ist wirklich dumm gelaufen für Sie.«

»Halten Sie den Mund!«, zischte Fehling jetzt.

»Ja, gleich. Ich weiß, dass Ihnen das zu schaffen macht. Ihr Job als Kriminaloberrat. Da dürfen Sie keine körperliche Gewalt ausüben. Und der normale Polizeidienst ist ja auch so wahnsinnig streng geregelt. Da fällt es auf, wenn man Prostituierte schlägt. Wie schade für Sie, dass diese Arbeit keinen Raum lässt für Ihre eigentlichen Neigungen. Und wie praktisch, dass Ihr Kumpel Alrinck vor sechs Jahren diese grandiose Idee hatte. Frauen verschleppen, würgen und dann durchficken, während sie gefesselt sind. Na ja, Sie sind ja nicht der Einzige, der auf so etwas abfährt. Ich verstehe das. Ist ja nicht gerade eine seltene Männerfantasie. Schlecht nur, dass Sie dabei Sybille Hahn umgebracht haben, obwohl ihr doch nur noch eine solche Erfahrung zu ihrem Glück gefehlt hätte.«

Fehlings Gesicht schien auf einmal einzufrieren. Doch dann kam wieder dieses ungläubige Grinsen. »Sie müssen zu einem Arzt, Frau Bahl«, sagte er eindringlich. »Wirklich, vielleicht haben Sie eine innere Kopfverletzung.«

»Nein. Ich muss vielleicht zu einem Staatsanwalt. Sie sind nicht hier, weil Sie mich beobachtet haben. So gut sind Sie nicht. Ich habe diese Recherchen in meiner Freizeit angestellt. Wenn Sie mich da überwacht hätten, wären Sie viel früher eingeschritten. Sie sind nicht hier, weil Sie angeblich wissen, dass ich mich mit dieser Geschichte beschäftige. Sondern weil Alrinck Sie vorhin angerufen hat. Ihm sind die Sicherungen durchgebrannt, als er mich gesehen hat. Er ist ja wirklich nicht der vorausschauende Typ. Und vielleicht hat er ja auch begriffen, wer Sie wirklich sind. Wer sagt Ihnen, dass ich es ihm nicht erzählt habe, Fehling? Und abgesehen davon – wie lange wird er es noch schaffen, Sie zu decken?«

»Was zu decken?«, entgegnete Fehling, immer noch unnatürlich geduldig.

»Ihre Beteiligung an Bea Sperlings Entführung. Sie waren damals, nachdem ihr Verschwinden bekannt wurde, für zwei Monate krankgemeldet. Damals, als die Polizisten aus Stuttgart bei den Ermittlungen halfen. Sie haben uns erzählt, dass Sie damals auf einer Fortbildung beim FBI waren. Ihr alter Hausarzt Doktor Schubert aus Stuttgart sagt aber aus, dass er Sie damals auf Ihren Wunsch krankgeschrieben hat, so wie er Ihnen überhaupt öfters eine kleine Auszeit verschafft hat. Aber Sie waren kerngesund und wollten nicht, dass herauskommt, dass Sie bei der Entführung dieser Frau dabei waren.«

Jelene hielt seinem Blick stand. Seine Unerschütterlichkeit begann sie nun doch ein wenig zu verunsichern. Er sah sie an wie jemand, der einen Ruhepuls von 72 hat. Ganz und gar unbewegt. »Aber dann will Bea Sperling auspacken«, fuhr sie fort. »Fünf Jahre später. Und dabei gerät sie ausgerechnet an Sie. Wie praktisch aber auch, dass diese Frau anschließend Selbstmord begeht, sodass sie niemanden mehr belasten kann.«

»Ja, Sie sagen es. Selbstmord.«

»Selbstmord mit einem Beruhigungsmittel, das in Ihrem Badschränkchen steht, Fehling! Warum muss Irene das Zeug nehmen? Ist sie wirklich so ein Nervenwrack, oder hält sie es mit Ihnen nicht mehr aus?«

»Meine Ehe geht Sie nichts an, Frau Bahl.« Fehlings Gesicht blieb unbewegt.

»Sie haben Hafner die Geldbörse von Sybille Hahn untergejubelt«, machte Jelene weiter. »In dem Chaos hatten Sie die perfekte Gelegenheit dazu. Ich brauchte bloß mal in die andere Ecke zu gucken, und Hafner auch. Und schon lag sie in seinem Chaos, als hätte er selbst sie dort hingelegt. Ganz einfach! Hafner kannte Sie ja nicht als Mitarbeiter der Kidnapping-Agentur. Sie waren natürlich so klug und haben nur mit Alrinck allein gearbeitet. Ihn kannten Sie von früher, und bei ihm konnten Sie sicher sein, dass er Sie deckt. Und natürlich hat Alrinck auch Fred Hafner belastet. Ein Bauernopfer für seine geliebte Agentur.«

Fehling seufzte. »Sind Sie dann endlich fertig?«

»Nein, Fehling! Ich bin noch nicht fertig. Sie sagen mir jetzt, warum Sie bei keiner einzigen Befragung von Frank Alrinck anwesend waren. Sie waren Ermittlungsleiter. Warum haben Sie mich und Nico vorgeschoben und haben kein einziges Verhör selbst vorgenommen? Weil Sie nicht das Risiko eingehen durften, dass Alrinck Sie erkennt als den, der Sie sind. Kriminaloberrat Ralf Fehling. Ich sage Ihnen, wenn er gewusst hätte, wer Sie sind, hätte er sofort ausgepackt. Von seinem ehemaligen Sparringspartner lässt man sich vielleicht unter Druck setzen, aber nicht von einem hohen Tier wie Ihnen. Hohe Tiere sind so verletzlich.«

Die kalte Waldluft brannte in Jelenes Lunge. Sie starrte Fehling an, aber sein Gesicht zeigte immer noch keine Regung. Er erwiderte den Blick ernst und beinahe besorgt.

»Und jetzt?«, fragte sie. »Wo ist Alrinck jetzt? Haben Sie ihn umgebracht?«

»Sie beginnen, mich zu langweilen.«

Sein Blick war jetzt so entwaffnend, dass Jelenes Zweifel zum ersten Mal ihre Gewissheit übertönten. Aber nur ganz kurz. Dann machte sie sich wieder klar, dass man ein verdammt guter Schauspieler sein musste, um so etwas durchzuziehen. Und Fehling war ein verdammt guter Schauspieler. Einer, der sich zu hundert Prozent auf seine Fassade verlassen konnte.

Jelene zwang sich, ruhig und möglichst flach zu atmen. Sie lauschte ihrem Herzen und versuchte, sich zu beruhigen. Ihr würde nichts passieren. Er würde nicht so weit gehen, ihr etwas anzutun. Diese Hoffnung wiederholte sie wie ein Mantra im Kopf.

»Dann können Sie diesen ungeheuerlichen Unsinn sicher beweisen, oder?«, sagte Fehling schließlich.

»Die Mitgliederliste des Studios genügt. Und Anna Lesandre lässt sich gewiss davon überzeugen, auszusagen, dass Sie und ihr Freund sich kennen. Außerdem war sie Mitarbeiterin dieser glorreichen Agentur. Sie wusste, dass Alrinck noch einen Helfer hat.«

Fehling wiegte abwartend den Kopf. »Ich gebe zu, Ihr Schachzug war genial«, sagte er schließlich. »Sich entführen zu lassen, um zu schauen, was man dadurch herausfinden kann. Ich hätte selbst darauf kommen müssen. Verrückt genug sind Sie ja. Aber leider haben Sie das nicht zu Ende gedacht. Schade. Aus Ihnen hätte eine richtig gute Polizistin werden können.«

Er sah sie ein paar Sekunden fast bedauernd an. Alles in ihr schrie danach, wegzulaufen, aber plötzlich war sie wie gelähmt. Sie war auf unbegreifliche Weise fasziniert von dem, was in Fehlings Gesicht passierte. Ein abrupter Wechsel zu völliger Kälte und dann wieder dieses abfällige Lächeln.

»Wissen Sie, dieser ganze Unsinn, den Sie da erzählen, lässt sich wirklich nicht beweisen. Und dennoch werden Sie nicht lockerlassen. Sie sind verrückt, Frau Bahl. Dieses Verhalten wird Konsequenzen haben.«

»Für Sie!«, betonte Jelene.

»Ja, für mich. Ich werde Sie suspendieren.«

Jelene lachte auf. »Ja, dann machen Sie mal.«

Fehling nickte und kniff die Lippen zusammen. »Ja, das werde ich tun. Hier und jetzt.« In der nächsten Sekunde schwang er die Maglight und ließ sie auf ihren Kopf niedersausen.

Metallische, kalte Dunkelheit. Das war das Erste, was sie wahrnahm, als sie wieder zu sich kam. Es war die abstrakte Gewissheit, dass sie in einem Raum lag, der nicht aus

Steinmauern bestand oder aus Holz. Er befand sich wohl auch nicht unter der Erde, das meinte sie am Geschmack der Luft zu spüren. Es roch metallisch und feucht. Alt. Die Luft stand still. Kein Zug, keine Bewegung. Was die Geräusche anging, so hörte sie in weiter Ferne ein Rauschen.

Dann kam der Schmerz. Jelene zuckte erschrocken zusammen, als sie spürte, wie es um sie stand. Der Schmerz saß wie ein Beil in ihrem Kopf. Dann kam auch die Erinnerung zurück, und das Wissen, was diesen Schmerz verursacht hatte. Sie versuchte herauszufinden, wo ihre Hände waren. Da war kein Gefühl mehr in ihnen, aber plötzlich spürte sie, wie ihre eigenen Finger ihre Stirn betasteten. Die Finger funktionierten also noch. Auch die Beine, als sie sie über den rauen Boden bewegte. Aber ihr Kopf … Sie fühlte eine Schicht getrocknetes Blut. Ihre Haare waren zu einem verfilzten, starren Etwas verklebt. Und darunter lag der Schmerz. Ein unbeschreiblicher Schmerz, der ihr schlagartig alle Hoffnungen nahm, dass sie überleben würde. Wenn sie jetzt in einem Krankenhaus läge, ja, dann vielleicht. Aber sie lag nicht in einem Krankenhausbett, sondern irgendwo in der Finsternis, und sie wusste, dass es ein Ort war, an dem man sie nicht finden würde. Ein Ort, an dem man jemanden, der tot war, verschwinden ließ. Oder ein Ort, an dem man jemanden ablegte, damit er dort allein und elendig verreckte. Ganz genauso fühlte es sich an.

Sie war hier, weil sie sterben sollte. Sie schlug die Augen auf und versuchte, ihre Sinne gegen den bösen Schmerz anzustrengen. Aber im nächsten Moment schienen elektrische Blitze durch ihren Kopf zu schießen, und sie kam augenblicklich zu der Erkenntnis, dass es am besten war, einfach ganz still zu liegen. So, als wäre sie schon tot. Es gab ohnehin nichts zu sehen im Dunkeln. Und aufzustehen und die Wände abzutasten ... unmöglich.

Aber obwohl der Schmerz in ihrem Kopf pulsierte, funktionierten ihre Gedanken erstaunlich klar. Sie wusste, dass der, der ihr das angetan hatte, sie niemals hätte entkommen lassen. Dazu war er zu gut organisiert. Er hatte sie sicher perfekt versteckt. Und hart genug zugeschlagen, um ihren Tod zu garantieren.

Wie lange würde es wohl dauern? Sie spürte, dass sie noch alle ihre Kleider trug, die warme, mehrschichtige Laufkleidung, die Schuhe und den dicken Schal. Erfrieren würde sie also vorerst nicht.

Jelene fragte sich, wie lange es dauern würde. Sicherlich nicht sehr lange. So etwas konnte man unmöglich überleben. Ein Schädel-Hirn-Trauma? Sie versuchte, den Schmerz zu lokalisieren. Er saß auf der linken Seite des Kopfes, aber nicht an der Schädelbasis. *Bleib einfach liegen,* dachte sie. *Du kannst ja sonst nichts tun. Bleib einfach liegen und akzeptiere es.*

Lichte ... das war jemand, auf den sie ihre Hoffnung richten konnte. Aber dann wurde ihr bewusst, dass noch zwei Tage vergehen würden, ehe Nico Lichte merken würde, dass sie nicht mehr da war.

Kapitel 26

Die Enttäuschung war das ganze Wochenende über geblieben. Nico fragte sich, was er tun würde, wenn er Jelene wiedersah. Einfach schweigend darüber hinwegsehen und hoffen, dass sie es von selbst merkte? Vorwürfe?

Doch dann war sie am Montag gar nicht im Büro.

»Weiß jemand, wo sie ist?«, fragte er bei der morgendlichen Besprechung. In seinem Magen hatte sich bereits ein unruhiges Pochen breitgemacht. Aber Lydia Kastner wusste weder etwas von einer Krankmeldung noch von einer anderen Entschuldigung. Auch Klaus Landin hatte keine Ahnung, wo Jelene blieb. *Sie hat verschlafen,* dachte Nico. Er ignorierte hartnäckig das schleichende ungute Gefühl und konzentrierte sich den halben Tag lang auf die Vernehmungen. Aber Jelene tauchte nicht auf. Es kam auch kein Anruf von ihr. Das war in den Jahren ihrer Zusammenarbeit noch kein einziges Mal vorgekommen. Um halb fünf, als draußen schon die Dämmerung vorrückte und es wieder zaghaft zu schneien begann, konnte er seine Unruhe nicht mehr unterdrücken. Er rief sie auf dem Handy an. Die Verbindung kam nicht zustande. Dann sagte eine Stimme, dass die Nummer nicht erreichbar wäre. Ein bitteres Gefühl bedrängte ihn von innen. Es war ein Gefühl der Angst, das er jedoch krampfhaft klein hielt. Jelene war erwachsen. Und sie hatte ihren eigenen Kopf. Aber das Gefühl ließ sich einfach nicht abstellen.

Um kurz nach acht Uhr machte Lichte Feierabend und

probierte es noch einige Male bei Jelene auf dem Handy. Nichts. Er war bereits auf dem Heimweg, als er wie fremdgesteuert seine Route änderte und auf dem Ring in den Jungbusch einbog. Er wusste, wo Jelene wohnte, weil er sie einmal nach Hause gebracht hatte. Aber er war nie in ihrer Wohnung gewesen. Der grüne Morris stand nicht vor der Tür. Nico stellte seinen Wagen auf der anderen Straßenseite ab. Auf sein Klingeln antwortete niemand. Er konnte das Gefühl, dass irgendetwas nicht stimmte, nicht länger unterdrücken. In diesem Moment öffnete sich die Tür, und zwei junge Mädchen in dicken Steppjacken kamen heraus. Er legte die Hand auf die Tür und betrat das Treppenhaus, ohne dass die beiden sich dafür interessierten. Jelenes Tür lag neben einem runden Dachfenster und war an der Klinke so verkratzt, als wäre jemand immer wieder mit dem Schlüssel abgerutscht. Nico zögerte. Dann klopfte er laut. Nichts geschah. All diese Gedanken, was mit ihr passiert sein könnte, strömten auf ihn ein, und ehe er es noch recht merkte, hatte er bereits seine Kreditkarte gezogen und schob sie in den Türschlitz. Nach allem, was Jelene über die vielen Einbrüche in Mannheim wusste, wunderte es ihn, dass sie eine derart schlecht geschützte Wohnung hatte. Es dauerte gerade einmal zehn Sekunden, und die Tür sprang auf.

»Jelene!« Nicos Stimme verhallte dumpf in der Wohnung. Kalte Luft strömte ihm entgegen. Er betrat den Flur und sah sich dann zaghaft um. Die Wohnung bestand aus zwei Zimmern, deren Wände in warmen Grautönen gestrichen waren. Der Rest der Einrichtung wirkte eher zusammengewürfelt und sah ein wenig nach Studentenbude aus. Gebrochen wurde der etwas unordentliche, zweckmäßige Eindruck jedoch durch die Aussicht. Jelene hatte die ganze Längsseite der Wohnung mit Panoramafenstern ausbauen lassen, die einen weiten Blick auf den Rheinkanal gestatteten. Er stellte sich vor, wie sie hier auf dem Bett lag und dabei zusah, wie die Lastkähne vorüberzogen. Eines der Fenster war gekippt und ließ kalte Luft in die Wohnung. Nico schloss es.

»Was haben Sie hier zu suchen?«, fragte auf einmal eine Stimme hinter ihm. Nico wirbelte herum. Ein Mann stand in der Tür und starrte ihn fragend an. Er war nicht ganz so groß wie Nico, aber langgliedrig und schlank. Sein schulterlanges, dunkelgraues Haar berührte einen alten Militärmantel, und mit den groben Stiefeln hatte er Schneematsch mitgebracht. Sein Gesicht war das genaue Gegenteil von Jelene. Offen und neugierig, mit einem angedeuteten Lächeln. Gleichzeitig jedoch wirkte er alarmiert.

»Sind Sie Felix?«, fragte Nico. Der andere nickte überrascht.

»Freut mich, dass ich Sie mal kennenlerne.« Nico reichte ihm die Hand und stellte sich vor. »Ich glaube, wenn ich darauf hätte warten müssen, dass Jelene es tut, wären noch ein paar Jährchen ins Land gegangen. Ähm ... Sie wissen nicht zufällig, wo sie gerade ist?«

Das Auftauchen von Jelenes Freund konnte nur eines bedeuten. Dass sie kein heißes Wochenende mit ihm gehabt hatte.

Felix schüttelte den Kopf und taxierte Nico. »Sie suchen sie auch?«

»War sie nicht bei Ihnen?«

»Nein. Wir wollten uns gestern Abend treffen, und sie ist nicht gekommen.«

»Hm, nicht ihre Art, was?«

»Nein. Und wenn Sie hier sind, dann war Jelene auch nicht bei der Arbeit?«

Nico verneinte. Eine Weile sahen beide Männer sich fragend an.

»Okay, Sie kennen sie besser als ich«, sagte er schließlich. »Müssen wir uns Sorgen machen?«

Felix Schuck zuckte mit den Schultern. »Es gibt immer noch die Möglichkeit, dass sie in ihrem Waldhaus ist.«

»Was denn für ein Waldhaus?«

Knapp zwei Stunden später stapfte Nico neben Felix durch den Schnee hinter der elsässischen Grenze. Auf der Fahrt hatten sie geschwiegen und waren in diesem Schweigen übereingekommen, dass Jelene in Schwierigkeiten war. Warum wusste er nichts über das Haus? Fiel das nicht unter die Dinge, die man Leuten erzählte?

Dieses unter die Bäume geduckte Haus war offensichtlich ihr Kraftort, von dem jedoch niemand etwas erfahren sollte. *Vielleicht sitzt sie da drin und hat einen Kater,* dachte Nico nervös.

Doch als sie durch die Verandatür ins Innere spähten, war die Hütte leer. Das beklommene Gefühl kam zurück. Auch hier ein leerer Raum, der wirkte, als hätte Jelene ihn wie eine Haut abgestreift, um nie mehr zurückzukehren.

»Hat sie mal erwähnt, ob sie irgendetwas … etwas Bestimmtes vorhat?«, fragte er.

Felix schüttelte fahrig den Kopf. Er war blass geworden. »Sie redet nicht besonders viel.«

»Oh, das beruhigt mich«, murmelte Nico.

»Wir haben uns in letzter Zeit nicht sehr oft gesehen. Sie ist im Stress. Sie wollte irgendwann mal ein paar Tage nach Rom. Sich eine Auszeit nehmen. Aber das hätte sie mir gesagt.«

»Okay. Ich muss noch einmal in ihre Wohnung.«

Nico rief Yvonne an und erklärte ihr, dass er erst in der Nacht nach Hause kommen würde. Zurück in Jelenes Wohnung, sah er, dass die rote Lampe des Anrufbeantworters blinkte. Er drückte auf den Knopf. Nach einer Weile fernen Rauschens erklang eine schnarrende Männerstimme.

»Hallo, Frau Bahl, hier ist Gunther. Ich habe jetzt das, was Sie suchen. Aber ... na ja, es ist eher eine Liste als ein einziger Name. Ich würde das gerne mit Ihnen besprechen. Rufen Sie mich doch mal an. Na dann.«

Der Anrufer hatte aufgelegt. In der stillen Wohnung wechselte Nico einen Blick mit Felix.

»Kennen Sie den Mann?«, fragte er.

Felix Schuck schüttelte den Kopf. »Ich habe keine Ahnung, wer das ist.«

»Na, wir sind ja zwei ganz schön unwissende Trottel, was?«, knurrte Nico und spulte die Nachricht noch mal ab. Was hatte das zu bedeuten? Die Stimme hatte einen deutlichen Berliner Einschlag. Auch die Nummer hatte Berliner Vorwahl. Nico musste diese Nummer zurückrufen. Aber nicht jetzt.

Felix stand mit hängenden Schultern am Fenster.

»Fühlt sich beschissen an, was?«, sagte Nico. Irgendwie beruhigte es ihn, dass selbst ein naher Mensch in Jelenes

Leben kaum etwas über sie wusste. Und gleichzeitig erschreckte es ihn.

»Der Typ hört sich irgendwie nach Privatschnüffler an«, meinte Felix.

»Wir klären das. Können Sie sich mal ein bisschen umsehen hier? Wir sind jetzt auch Privatschnüffler.«

»Ach ja? Und wie gehen die vor?«

»Kennen Sie keine Detektivfilme?«

»Doch.«

»Na also. Intuition. Obwohl die bei Jelene wahrscheinlich auch nichts bringt.«

Ihr Laptop lag aufgeklappt auf dem Bett. Nico ließ sich auf dem Boden davor nieder. Im Wohnzimmer öffnete Felix Schuck zögernd Schubladen und Schranktüren. Er hatte nicht gefragt, nach was sie eigentlich suchten. Aber mittlerweile sah Nico an ihm den Spiegel seiner eigenen Angst.

Jelenes Schlafzimmer war schlicht und klar eingerichtet und beruhigte ihn beinahe mit seinen Zen-Anklängen. Der Laptop fuhr sirrend hoch, und Nico griff geistesabwesend nach einem Zipfel der Bettdecke. Das Bettzeug war lavendelfarben und kühl. Er roch daran. Ein sauberer, leicht salziger Geruch stieg ihm in die Nase.

»Verrät Ihnen die Decke das Passwort?«, fragte Felix. Er stand wieder in der Tür und deutete auf die leere Zeile auf dem Sperrbildschirm. Nico kam sich ertappt vor. Er hätte gerne etwas Verbindliches gesagt, etwas Lustiges, das die Situation auflockerte. Etwas wie: *Ich bin ein guter Spürhund, und ich nehme gerade ihre Fährte auf.* Aber er sagte nichts dergleichen, stand auf und klappte den Laptop wieder zu.

»Den nehme ich mit«, sagte er knapp, reichte dem Mann seine Visitenkarte und verschwand.

Wie erwartet saß Clemens Berger immer noch in der IT-Abteilung des Präsidiums und wertete Internetaktivitäten von verdächtigen Personen in aktuellen Fällen aus. Es roch nach Fast Food und Müdigkeit. Ohne ihm zu sagen, um was es wirklich ging, bat er Berger, das Passwort von Jelenes Laptop zu knacken.

»Gehört der deiner Frau?«, fragte Berger grinsend. »Oder deiner Tochter? Ist es jetzt so weit, dass du ihr hinterherspionierst?«

Nico war nicht im Mindesten zu Scherzen aufgelegt. »Beeil dich«, drängte er. »Und vergiss es dann ganz schnell wieder. Glaub mir, es ist auch in deinem Sinne.«

Berger sah ihn nun auch ein wenig beunruhigt an. Während er sich an die Arbeit machte, wartete Nico im abgedunkelten Teil der IT-Zentrale zwischen den summenden Prozessoren. Er bearbeitete mit den Zähnen seinen Daumennagel. Am schlimmsten war diese ratlose Leere in seinem Kopf. Wenn Jelene wenigstens einen eifersüchtigen Ex-Lover gehabt hätte, Auswanderungspläne, Schulden, einen Stalker oder irgendetwas anderes, mit dem man anfangen konnte, sie zu suchen. Aber so? Es war, als würde er jemand Namenlosen finden wollen.

Von Bergers Platz kam ein erlösender Ausruf. Nico schnappte ihm das Gerät unter den Fingern weg und verließ den Raum. »Gern geschehen!«, schrie Berger ihm hinterher.

»Ich bedanke mich, wenn alles gut gegangen ist«, rief Nico zurück. Dann fuhr er mit fünfstündiger Verspätung nach Hause. Seine Familie würde schlafen, aber im Haus würden noch einige Lichter brennen. Das taten sie immer, solange er noch nicht da war. Ihn rührte diese Geste. In der Küche würde der eingetrocknete Rest des Abendessens warten. Wie so oft.

Der Schnee kam jetzt aus tief hängenden Wolken, die die oberen Stockwerke der Gebäude beinahe verhüllten. Die gelben Straßenlaternen wirkten verloren wie die Lichter eines treibenden Schiffs im Nebel. Nico war kalt, obwohl die Heizung im Wagen voll aufgedreht war und der Schnee schon schmolz, sobald er nur den Asphalt berührte. In seiner Brust fühlte es sich an, als müsste er im nächsten Moment schluchzen. Es war ein Uhr.

Jelene öffnete die Augen. Und schloss sie wieder. Ein Tag war vorbeigegangen. Oder auch zwei. Das letzte bisschen Zeitgefühl, das ihr geblieben war, taktete sich in Dunkelheit und Schlaf, und so konnte sie nicht sagen, wie lange sie hier schon lag. Ob man schon nach ihr suchte?

Es war ein eigenartiges Gefängnis. Wenn sie ein Geräusch von sich gab, hallte es ringsum dumpf, als würde der Schall schon nach kurzer Entfernung auf ein Hindernis stoßen. Die Stille war dicht und undurchdringlich. Das Rauschen in der Ferne riss nicht ab, wurde nur manchmal stärker und dann wieder schwächer, und einmal meinte sie, einen Hubschrauber zu hören. Irgendwo über ihr musste es ein Loch geben, durch das Wasser sickerte. Einmal war sie davon aufgewacht, dass es direkt in ihren Mund getropft war. Sie hatte den Mund weiter geöffnet und das Wasser aufgefangen. Es schmeckte nach Schnee.

Als sie irgendwann einmal spürte, dass sie ihre Blase entleeren musste, hatte sie das Gefühl richtig erheitert. »Ich bin so was von am Leben«, flüsterte sie in die Finsternis. »Ich werde weder verdursten, noch erfrieren.«

Ein paar Stunden später dachte sie das nicht mehr. Ihr Körper fühlte sich an wie gefrorener Fisch auf einem Hackklotz. Es war grausam gewesen, dem Drang ihrer Blase nachzugeben und die angenehme Wärme zu spüren, die sich dann in widerliche Kälte verwandelte. Der Versuch zu schreien war untergegangen in einem Angriff von schmerzhaften Blitzen. Jelene konzentrierte sich auf den Schlaf. Es war vermutlich eher eine immer wiederkehrende Ohnmacht, aber manchmal fühlte es sich sogar angenehm an, wegzudriften. Und immer wenn sie wieder zu sich kam, fragte sie sich, wie lange es noch dauern würde.

Sie dachte an eine Geschichte, die letztes Jahr in den Medien gewesen war. Ein Höhlenforscher, der in großer Tiefe abgestürzt und durch Steinschlag am Kopf verletzt worden war. Der ganz allein in der Dunkelheit vier Tage warten musste, bis ein Arzt zu ihm gelangte. Und weitere sieben Tage, bis er das Tageslicht wiedersah. *Er hat überlebt,* dachte Jelene. Dieser Mann lag im Bauch der Erde, in urzeitlicher Dunkelheit, am einsamsten Ort, den man sich nur denken konnte, abgeschnitten von allem. Und doch hatte er überlebt.

Später hatten die Ärzte gesagt, er hätte gerade deswegen überlebt, weil er lange Zeit unbewegt in der Kälte gelegen hatte. Dadurch war das Blutgerinnsel in seinem Kopf in Schach gehalten worden. Die Kälte hatte seinen Organismus so heruntergefahren, dass sich sein Körper erholen konnte.

Ich habe ja eigentlich ähnlich günstige Umstände, dachte sie. Immer wieder schob sich auch ein anderes Bild in ihren Kopf. Fehling. Aber Jelene verdrängte es immer wieder. Sie hatte ihre Suche nach Gewissheit teuer bezahlt und wollte nicht auch noch mit diesem Bild im Kopf sterben.

Dazwischen erlebte sie lange Phasen mit einer beinahe meditativen Leere im Kopf. Dann kam die Traurigkeit. Es gab da eine unbeantwortete Frage in ihrem Leben, um die sich gerade ein Berliner Privatdetektiv kümmerte. Er würde sie umsonst beantworten. Sie würde die Antwort nie zu hören bekommen. *Das ist der einzige Punkt in meinem Leben, den ich wahrhaft bedauere,* dachte sie. Nicht die kopflose Leichtsinnigkeit, um einen Ralf Fehling zu überführen. Sondern diese *Sache.*

Wenn das damals nicht passiert wäre, würde ich jetzt nicht hier liegen. Dann wäre mein Leben vollkommen anders verlaufen. Das war das Letzte, was ihr durch den dröhnenden Kopf ging, bevor sie wieder in der Finsternis versank.

Kapitel 27

Doktor Alexandra Krimm war eine gedrungene und gleichzeitig spindeldürre Person, die die Angewohnheit hatte, beim Zuhören ihren kleinen Finger auf und ab zu bewegen, als wäre er ein zusätzliches Organ, um Informationen zu empfangen. Am Anfang hatte Fehling dieses Detail völlig aus dem Konzept gebracht, sodass er nur auf diesen kleinen Finger mit dem dezent lackierten Nagel hatte schauen können. Er hatte zwei Sitzungen mit einem anderen Psychologen gehabt, aber der Mann sagte ihm nicht zu, und dann war er an Dr. Krimm überwiesen worden, was Fehling sehr entgegenkam, denn er hegte den Verdacht, dass ein Mann ihn vielleicht durchschaut hätte. Von seinen Sitzungen in Stuttgart wusste er, was ein Psychologe hören wollte, er kannte das Schema. Es war ganz einfach, so zu tun, als hätte man das Bedürfnis, eine belastende Geschichte zu erzählen. Dabei ging es in Wahrheit um etwas ganz anderes. Und weder Alexandra Krimm noch ihr wippender kleiner Finger hatten die leiseste Ahnung, dass Ralf Fehling es genoss, unter dem schützenden Schleier der Psychotherapie ein ganz anderes Spiel zu spielen. Dinge zu sagen und etwas anderes zu meinen. Mit einer Frau vor sich, die ernst und konzentriert zuhörte, war es beinahe erregend und gleichzeitig unglaublich komisch, darüber zu sprechen. Hier war der Raum, in dem er das aussprechen konnte, was keiner wissen durfte. Und unter dem, was Dr. Krimm mittlerweile über seine Vergangenheit wusste, konnte er die neuesten Ereignisse wunderbar modulieren und umformen, sodass sie unentdeckt blieben. Und selbst wenn Dr. Krimm etwas ahnte – die Dame hatte Schweigepflicht.

Fehling war regelrecht aufgekratzt, als er am Dienstagabend in ihrer Praxis saß, die im obersten Stock eines herrschaftlichen Gebäudes an der Augusta-Anlage lag. Gedämpftes Licht, tannengrüne Wände, cremefarbenes Sofa, keine Bilder an den Wänden, dafür ein plätschernder Zimmerbrunnen. Es roch nach einem warmen, frischen Aroma, das wohl erheitern und entspannen sollte. Grüner Apfel mit Meeresbrise. Er fand es überflüssig.

Dr. Krimm verströmte kühle Professionalität mit jeder Faser, und Fehling reizte momentan nichts mehr, als diese Frau einen Blick in seine Abgründe tun zu lassen, sie gerade bis an den Rand zu führen, aber nicht mitten hinein. Er hatte sich den ganzen Tag auf diesen Termin gefreut. Nein, eigentlich sehnte er ihn schon seit Freitagnacht herbei. Denn obwohl er etwas getan hatte, worin er gut war, wirklich gut, hieß das nicht, dass er nicht trotzdem nachts schweißgebadet aufwachte und sein rasendes Herz kaum beruhigen konnte. Ja, sein Gesprächsbedarf war groß. Und es war etwas ganz anderes, diese Frau im nüchternen Kaschmir-Kostüm und Hochsteckfrisur vor sich sitzen zu haben als Nico Lichte. Der hatte heute in seinem selbst gestrickten Pullover und den grauen Bartstoppeln ausgesehen wie ein Alt-Hippie. Und er hatte geschwitzt und vor Sorge und Unruhe gezittert.

»Hören Sie, ich weiß, dass Jelene ihren Job los ist und nie wieder einen Fuß auf den Boden bekommt wegen diesem

Unsinn«, hatte Lichte mit bebender Stimme gesagt. »Ich kenne sie jetzt seit fast sechs Jahren, und ich hätte nie gedacht, dass sie sich zu so etwas hinreißen lässt. Aber was, bitte schön, soll es anderes zu bedeuten haben, dass auf ihrem Laptop die Seite von dieser Kidnapping-Agentur offen ist, und zwar seit Wochen? Sie hat sich völlig verrannt, weil sie davon besessen ist. Schon. Aber bitte, lassen Sie nach ihr suchen. Und leiten Sie eine Fahndung nach Frank Alrinck ein!«

Fehling hatte die Fahndung sofort veranlasst und Nico Lichte jede Unterstützung zugesichert. Das alles würde bloß überhaupt nichts bringen, das wusste er. Es hatte Zeiten gegeben, da wäre er nach einem Gespräch dieser Natur nass geschwitzt gewesen. Heute war das erste Mal, dass er völlig ruhig blieb.

Alrinck würde nicht da sein. Ebenso wenig der Jeep. Und noch weniger Jelene Bahl. Sie würden die alte Lagerhalle auf den Kopf stellen und dann den Bunker durchsuchen. Nichts. Damit würde Lichtes Suche in einer Sackgasse enden. Weil weder er noch sonst jemand in der Lage war, sich auszumalen, was tatsächlich geschehen war.

Dr. Krimm machte eine einladende Geste und sagte: »Nun, Herr Fehling, als Sie vor drei Monaten das erste Mal bei mir waren, haben Sie mir viel von Ihrer Vergangenheit erzählt und wie Sie über diese Ereignisse denken. Bewerten Sie Ihre Gefühle heute anders als damals?«

Fehling blinzelte überrascht. Dass sie ihn das ausgerechnet heute fragte.

»Sie meinen, meine ambivalenten Gefühle in Bezug auf die Frau, die ich töten musste«, sagte er und komplettierte den Satz in Gedanken durch den Plural.

»Sie haben mir erzählt, dass Sie darunter gelitten haben, wie Sie ihren Tod bewertet haben«, präzisierte die Psychologin. »Sie haben gesagt, dass Sie insgeheim Erregung empfanden, als Sie die Frau erschossen haben. Sie haderten mit sich, weil Sie der Meinung waren, als hochgestellter Polizist so etwas nicht empfinden zu dürfen.«

»Und das hat sich seither auch nicht wesentlich geändert«, sagte Fehling und registrierte amüsiert das Zucken des kleinen Fingers von Dr. Krimm.

»Wie denken Sie jetzt darüber?«, fragte sie. »Fühlen Sie sich immer noch ungerecht behandelt von Ihrem Leben?«

Die Frage ließ ihn zusammenzucken. Er ließ es sich jedoch nicht anmerken und sagte mit seinem besten entwaffnenden Lächeln: »Ich denke oft darüber nach und komme immer wieder zu dem Schluss, dass es kindisch ist. Ich habe Bedürfnisse und Neigungen, die ich mit meinem Job nicht vereinbaren kann. Aber wer kann das schon? Und was bringt es, darüber zu hadern? Sex und Arbeit haben nichts miteinander zu tun.«

»Nun, bei Ihnen schon«, erwiderte Dr. Krimm. »Sie haben mir erzählt, dass Sie in den ersten Jahren Ihres Polizeidienstes die Möglichkeit, Personen – vorzugsweise weibliche – zu verhaften oder gar körperlich zu überwältigen, als Erfüllung dieser Neigungen angesehen haben. Sie haben den Gedanken geäußert, dass Sie besser beim MEK aufgehoben wären, weil Sie dort öfters die Gelegenheit hätten zu Körperkontakt, unter dessen Notwendigkeit Sie diese Neigungen verstecken und ausleben könnten.«

Fehling verzog das Gesicht. Ob es gut war, dass Dr.

Krimm das alles wusste? Seinem alten Therapeuten hatte er das nicht gesagt.

Er legte die Hand an den Mund, um sich den Anschein zu geben, als überlege er.

»Ja, dieses Dilemma empfinde ich immer noch«, gab er zu. »Wenn ich heute in einem Beruf wäre, der nicht so große moralische Verwicklungen beinhaltet ... irgendetwas Einfaches, dann müsste ich mir diese Gedanken gar nicht machen. Selbst wenn ich eine Möglichkeit hätte, diese Dinge auszuleben, dann müsste ich mir deswegen kein schlechtes Gewissen machen.«

Der kleine Finger zuckte. Und auch in Fehlings Mundwinkeln zuckte es, aber er hatte es unter Kontrolle. *Selbst wenn ich eine Möglichkeit hätte, diese Dinge auszuleben, dann müsste ich mir deswegen kein schlechtes Gewissen machen ...* So ein Unsinn. Er hatte die beste aller Möglichkeiten gehabt, und das Einzige, was er empfand, war Bedauern, dass es jetzt endgültig vorbei war.

»Und wie gehen Sie damit um?«, fragte Dr. Krimm. »Haben Sie mit Ihrer Frau noch einmal darüber gesprochen?«

»Nein. Es ängstigt sie zu sehr. Ich habe das Gefühl, dass ich ihr das niemals hätte erzählen dürfen.«

»Demnach empfinden Sie immer noch Schuld?«

Er nickte. Aber im Innern dachte er daran, dass er einfach keine andere Wahl hatte und dass deswegen auch kein Platz für Schuld war. Dr. Krimm notierte etwas in ihr Notizbuch, das auf ihren knochigen Knien lag, und Fehlings Konzentration ließ nach. Er ging in Gedanken zurück zu Freitagabend. An den Moment, als das Schrillen des

Handys ihn hochgeschreckt hatte. Soweit er sich erinnern konnte, hatte er selten einen derart schlechten Abend mit Irene erlebt. Und die Krönung war: Sogar seine Tochter Nicky fing jetzt damit an.

Wenn du mich nicht zu der Party gehen lässt, sage ich vielleicht irgendwann mal, dass du mich angefasst hast! Du weißt ja, wie so was läuft ...

Das hatte sie gewagt, ihm ins Gesicht zu sagen. Und er musste ihr recht geben. Diese Tour würde funktionieren. Fehling wusste selbst, wie schädigend so ein Gerücht wäre, selbst wenn nichts dran war. Hatte *er* ihr das beigebracht? Oder war es Irene, bei der Nicky sich diese Ungeheuerlichkeiten abschaute?

Na komm schon, schlag mich! Das ist es doch, was du willst!

Er sprach den Gedanken laut aus. »Sie fordert mich manchmal ganz zynisch dazu auf, sie zu schlagen, weil sie genau weiß, dass es mir gefallen würde. Aber so etwas funktioniert nicht mit der eigenen Ehefrau. Ich schlage meine Frau nicht, selbst wenn sie versucht, mich dazu zu bringen.« Der kleine Finger zuckte. »Sie reduziert mich auf einen gemeinen Schläger, der ich aber nicht bin.«

Dr. Krimm nickte. »Müssen Sie große Selbstbeherrschung aufbringen, es nicht zu tun?«

»Es geht«, wich er aus. »Ich liebe sie. Und ich weiß, dass Irene krank ist. Ich meine, sie ist wirklich sehr krank, und es gehört zu ihrem Krankheitsbild, dass sie Schmerz erzeugen will, Menschen verletzen will. Wenn ich da nicht drüberstehen würde, wäre ich doch wirklich erbärmlich.«

Das zu hören, würde Dr. Krimm gefallen. Dabei hatte er sich am Freitag beim Versuch, sich zusammenzureißen, eine Zahnfüllung ausgebissen. Das Loch pochte schmerzhaft, und er hatte erst morgen einen Termin beim Zahnarzt. Und dann hatte Alrinck angerufen. Nach einem Vierteljahr, in dem er mit seinem alten Kumpel nicht das Geringste zu tun gehabt hatte ... Alrincks Stimme war unheilvoll und weinerlich gewesen. Und dann die Worte, die Fehling fast von den Beinen gerissen hatten. Die Worte, vor denen er sich insgeheim seit Ende August fürchtete. Die Panikattacke, die über ihn hinweggerollt war, kam wie eine Springflut, ebbte aber erstaunlicherweise sofort ab. Er war innerlich so verkrampft, dass er Nasenbluten bekommen hatte. Danach – eine scheinbare Ewigkeit Schweigen.

»Wer weiß was?«, hatte er schließlich überflüssigerweise gefragt.

»Diese beschissene Kommissarin ist hier. Und das heißt ja wohl, dass sie es weiß!«

Es war, als hätte sich ein blutroter Nebel in Fehlings Gesichtsfeld geschoben. Es schien, als würde ihn jemand von innen würgen.

»Denken Sie darüber nach, Ihre Neigungen auszuleben?«, drang Dr. Krimm in seine Gedanken. »Soweit ich weiß, gibt es da gewisse Möglichkeiten.«

Fehling musste ein Grinsen unterdrücken. Er hatte plötzlich das Bedürfnis, ihr alles zu sagen. Sie so richtig zu schockieren. Dr. Krimm machte einen etwas prüden Eindruck auf ihn, und er hatte mit einem Mal Lust, in ihrer Gegenwart darüber zu sprechen, was er in all den Jahren getan hatte. Über die überwältigende Lust, die ihm diese Frauen und auch Männer verschafft hatten. Alrincks Klienten. Er war nur bei denen dabei gewesen, die auf ihrem

Wunschzettel die Dinge angekreuzt hatten, die ihm gefielen. Sollte er Dr. Krimm von den weit aufgerissenen Augen der Frauen erzählen, die er fertiggemacht hatte, den entrückten Gesichtern? Er stellte sich vor, wie sie reagieren würde, wenn er ihr von dem unterirdischen Raum erzählte. Von der Stahlliege, den Fesseln, den Schreien. Von der rauschhaften Lust, die alles andere verschlang, alles andere vergessen machte.

»Wissen Sie«, sagte er stattdessen, »ich betrachte mich als einen zivilisierten Menschen mit Verantwortung. Wenn ich nicht nach diesem Prinzip lebe, wer bin ich dann noch?«

Der kleine Finger zuckte. »Sprechen Sie weiter«, forderte Dr. Krimm ihn auf.

Fehling ließ es so aussehen, als müsste er mit sich ringen. »Selbst ... selbst wenn ich jemanden fände, mit dem ich diese ... diese Gelüste ausleben könnte ... es würde sich dennoch falsch anfühlen.«

»Warum?«

»Ja, warum? Wissen Sie, ich habe mir früher gewünscht, dass Irene mir in dieser Hinsicht entgegenkommen würde. Aber irgendwie bin ich dann zu der Überzeugung gelangt, dass ich sie dann nicht mehr lieben könnte. Es wäre im ersten Moment großartig. Aber letztendlich heiratet man so eine Frau doch nicht.« Er dachte kurz an Sybille Hahn. »Insgeheim würde ich sie dafür verabscheuen, dass sie derartige Neigungen hätte«, sagte er.

»Verabscheuen Sie sich?«

»Manchmal. Ja.« Er schloss die Augen und senkte den Kopf. Hinter den Lidern kam wieder das Bild hoch. Jelene

Bahl. Gefesselt, ohnmächtig, in einem Kofferraum. Daneben Alrinck, unablässig redend, schweißgebadet, panisch.

»Es kostet mich viel Selbstbeherrschung, diese Dinge aus meinem Leben herauszuhalten«, fuhr er fort, ohne die Psychologin anzusehen. »Es ist wie die Sicherung eines verminten Terrains. Ich muss mich selbst davon abhalten, dieses Terrain zu betreten, ich muss es immer wieder gut abstecken. Ich meine … ich weiß, dass es Frauen gibt, die auch auf so etwas abfahren. Aber ich könnte so eine Frau doch niemals als meine Ehepartnerin annehmen. So etwas steht außerhalb eines zivilisierten Lebens.«

»Herr Fehling, ich möchte Ihnen raten, Ihre Wortwahl zu überdenken«, warf Dr. Krimm ein. »Wenn Sie solche Worte gebrauchen, dämonisieren Sie sich selbst und machen sich zu einer Art Monster, das außerhalb des Normalen steht. Aber das wird Sie nur weiter abdrängen von dem, was Sie selbst als Ihre Mitte begreifen. Versuchen Sie, diese Neigungen nicht zu dämonisieren.«

»Ach, wirklich?«, gab er zurück, und für eine Sekunde ließ er Dr. Krimm hinter seine Maske blicken. Sie blinzelte. *Wenn du wüsstest,* dachte er. *Ich habe vier Menschen umgebracht. Da gibt es nichts zu dämonisieren. Ich bin bereits jenseits der Grenze.* Er dachte an Jelene, ihr schönes, schlaffes Gesicht mit der Blutspur an der Schläfe. Die Bedeutung ihrer Anwesenheit.

Er hatte nichts zu Alrinck gesagt. Es war, als wären die vergangenen fünfzehn Jahre, seine Freundschaft zu diesem Mann ausgelöscht. Nie da gewesen.

Ein Blick auf die Kommissarin, und in Fehlings Kopf war eine Lawine aus Erkenntnissen losgegangen und hatte sein Denken verschüttet, seine Vernunft und seinen kühlen Verstand begraben. Wenn sie hier war, dann wusste sie es – wie auch immer sie das angestellt hatte. Dieses hartnäckige Biest ...

Alrinck hatte geredet und gefleht und verzweifelt nach einem Ausweg gesucht. Dieses ganze Geschwätz eines in die Ecke gedrängten Versagers. Wollte er wirklich weiterhin riskieren, dass dieser labile Wurm seine einzige Deckung war? Er war für Fehling sechs Jahre lang Verbündeter gewesen in einer Geschichte, über die er nur mit Dr. Krimm redete und auch nur in zweideutigen Floskeln und ablenkenden Lügen.

»Wissen Sie«, sagte er, »manchmal wünschte ich, alle würden wissen, wie es in mir aussieht. Das wäre eine große Erleichterung, wenn ich mich nicht ständig verstecken müsste.« Er meinte diesen Satz wirklich ernst. Und er hatte es auch so empfunden. Am Freitagabend hatte er für ein paar Augenblicke gedacht, dass es tatsächlich gut so war. Jelene Bahl wusste es. Und er würde niemanden mehr belügen müssen. Aber dann hatte ihn der Nebel aus den Tiefen seines Bewusstseins bedrängt.

»Ich bezeichne meine Neigungen deswegen als unzivilisiert«, sagte er, »weil in diesen Dingen etwas sehr Destruktives liegt, finden Sie nicht?«

Dr. Krimm sah ihn unbewegt an. Sie hörte vermutlich jeden Tag solche Geschichten. »Ich beurteile Sie nicht«, sagte sie. »Finden Sie diese Dinge destruktiv?«

Er nickte langsam. Die Zerstörungskraft dieser Energie war deswegen so enorm, weil der zivilisierte Fehling einfach zu weit in seinem Leben gekommen war. Und das würde er sich weder von einem windigen Verlierertyp zunichtemachen lassen noch von einer ehrgeizigen Schlampe wie Bahl.

»Herr Fehling, unsere Zeit ist fast um«, sagte Frau Dr. Krimm und sah mit einer eleganten Bewegung auf ihre goldene Armbanduhr. »Ich würde vorschlagen, dass Sie bis zu unserem nächsten Termin darüber nachdenken, ob Sie irgendwie eine Lösung für Ihre Diskrepanz finden könnten. Es muss nichts sein, was sich in die Realität umsetzen lässt. Es darf etwas Utopisches sein. Aber es interessiert mich, wie für Sie der Idealzustand aussehen würde.«

Er lächelte verhalten. *Oh, das kann ich dir jetzt schon sagen,* dachte er.

Sie verabschiedeten sich, und er trat auf die dunkle Straße hinaus. Es schneite wieder leicht, aber seltsamerweise lag in der Luft etwas Schweres, Laues, als würde morgen der Frühling anbrechen. Würde wohl nichts werden mit dem verfrühten Wintereinbruch. Er schlenderte zu seinem Wagen. Er dachte an Jelene Bahls überraschtes Gesicht, als er den Kofferraumdeckel geöffnet hatte.

Zuvor hatte er in aller Seelenruhe seine Waffe gezogen. Nicht die Dienstwaffe, sondern den Revolver aus alten Zeiten. Und hatte Alrinck abgeknallt. Ein Schuss mitten in die Stirn. Ein Schuss im Wald, der schnell verklungen war. Nur zwei Vögel waren aufgestoben, und der Fuchs hatte noch einmal gebellt. Danach hatte er Alrinck rasch ins Unterholz geschleift und außer Sichtweite des Wagens versteckt. Der fallende Schnee würde das Blut in den Boden sickern lassen. Er hatte keinen Blick mehr auf ihn geworfen. Jetzt war Alrinck nur noch eine Last, die endlich abgefallen war. Um ihn würde er sich später kümmern.

Dann der Moment, in dem er sich auf den Anblick von Jelene Bahl vorbereiten musste. Als der Kofferraumdeckel offen war, sah er, dass sie wach war.

Hatte sie den Schuss gehört? So verwirrt und derangiert, wie sie aussah, war es ein Leichtes, den Retter zu spielen, der genau zur rechten Zeit gekommen war. Jetzt im Nachhinein konnte er sich eigentlich nichts mehr vorwerfen. Er hatte Bahl die Hand gereicht und versucht, die destruktiven Mächte zurückzudrängen. Er hatte ihr die Möglichkeit gegeben, heil aus der Sache rauszukommen, indem er erzählte, Alrinck wäre geflüchtet. Flucht war immer ein Indiz für Schuld. Aber Bahl hatte seine Hand nicht genommen, den Ausweg ignoriert und ihm all diese Dinge gesagt. Sie hatte ihm den Zerrspiegel seines Lebens vorgehalten, und obwohl Jelene Bahl längst nicht alles wusste, war es doch mehr als genug.

Das war ein grauenhafter Moment gewesen, in dem er sie seltsamerweise sogar bewundert hatte. Aber der Moment währte nur kurz. Danach musste er unweigerlich einen anderen Weg einschlagen, denn jetzt gab es kein Zurück mehr. Der Weg endete im Verschwinden von zwei Menschen. Und die Welt würde dieses Verschwinden einordnen, so wie sie es immer tat. Alrinck hatte die Kommissarin umgebracht und verschwinden lassen, bevor er selbst abgetaucht war. Die einzige Schwierigkeit, die es jetzt noch gab, war Alrinck.

Fehling war sich immer noch nicht recht sicher, ob er seine Leiche wirklich gut genug entsorgt hatte.

Er stieg in seinen Audi und fuhr den hell erleuchteten Ring entlang. Vor dem Rosengarten drängte sich eine fein gekleidete Gesellschaft unter Regenschirmen. Auf einer Leuchtreklame sah er eine Frau im Bikini eine frische Kokosnuss trinken. Im Februar hatten er und Irene eine Woche Malediven gebucht. Kein Schnee, kein Wald, kein Mannheim. Ein Abstand, nach dem er sich geradezu verzweifelt sehnte. Wieso konnte die Normalität eigentlich nicht ebenso groß sein wie all das Unsagbare, Dunkle?

Jelene Bahl in ihrem Grab. Ob sie wirklich tot gewesen war, als er sie hineingeworfen hatte? Nun, eigentlich war das zweitrangig. Wenn man sie irgendwann finden würde, wäre sie es auf jeden Fall. Ob sie wohl noch einmal aufgewacht war? Und ihr letzter Gedanke?

Die Ampel vor ihm wurde grün, und er überholte ein Taxi voller lachender Gesichter darin. Sein Zahn tat entsetzlich weh. Er beschleunigte weiter und versuchte, den Schmerz zu verdrängen. Plötzlich festigte sich in seinem Kopf eine Vorstellung, die ihm sehr gefiel. Die ihn beinahe erregte. Sein Anblick war vielleicht das Letzte, was die elektrischen Impulse der Synapsen durch Jelene Bahls Kopf getragen hatten, bevor sie erloschen waren.

Kapitel 28

Nico Lichte konnte sich nicht erinnern, wann er das letzte Mal richtig verzweifelt gewesen war. Bei Theas Geburt, als Yvonne so stark geblutet hatte und sie einen Notkaiserschnitt einleiten mussten.

Und dann, als Oliver eines Abends nicht vom Spielen nach Hause gekommen war und sie ihn erst vier Stunden später in einem stillgelegten Abwasserrohr steckend gefunden hatten. Das waren Momente von tiefer, quälender Verzweiflung und Angst gewesen, der Angst eines liebenden Vaters. Nico hätte nicht gedacht, dass er etwas Derartiges für jemanden empfinden konnte, der außerhalb seiner Familie stand. Und doch war das Gefühl jetzt wieder da und schnürte ihm die Brust ein. Am grässlichsten war die Hilflosigkeit. Dass er nicht wusste, was er tun konnte, um Jelene zu finden. Dass es keinerlei Anhaltspunkte gab. Er hatte die Berliner Nummer gewählt und die Bestätigung für das bekommen, was er und Felix vermutet hatten. Gunther war Privatdetektiv, der sich jedoch ziemlich einsilbig gab. Nico drohte ihm mit einem Besuch der Polizei, doch der Mann hatte ihn ausgelacht.

»Hören Sie mal, was wäre ich denn für ein Detektiv, wenn ich mit Ihnen einfach über die Angelegenheiten meiner Klienten spreche?«

»Dann ist Frau Bahl Ihre Klientin?«

»Gut kombiniert, Kommissar«, hatte der Mann gespottet.

Nico wollte wissen, ob er wusste, wo Jelene war. Fehlanzeige. Die Verschwiegenheit dieses Typen hatte Nico derart auf die Palme gebracht, dass er ihn zum Ventil für seine Hilflosigkeit erklärte. Er hatte im Berliner Präsidium veranlasst, dass Gunther überprüft wurde, auch wenn er längst wusste, dass das sinnlos war. Aber irgendetwas musste er tun. Wenn eine Polizistin spurlos verschwand, musste man alle Register ziehen. Aber in seinem Inneren spürte Nico, dass die Schikane gegen diesen schnoddrigen Mann nur ein blinder Schlag war, der sich in Wahrheit gegen Jelenes Verschlossenheit richtete.

Dann also Alrinck.

Im Wald, in der Nähe des Bunkers, hatten er und Michael Nock eine dunkelblaue Mütze gefunden. Jelenes Mütze. Nico zuckte beim Gedanken daran wieder zusammen. Der vom schmelzenden Schnee ganz aufgewühlte Boden gab nichts Verwertbares her. Nur Reifenspuren des Jeeps und ein paar zerdrückte Büsche.

Von Alrinck keine Spur. Ein Teil seines Verstands klammerte sich an die Möglichkeit, dass Alrinck geflohen und Jelene ihm auf den Fersen war. Aber warum meldete sie sich dann nicht? Warum war ihr Handy tot, und warum hatte sie ihn nicht eingeweiht? *Weil du ihr nur ihre Besessenheit vorgeworfen hättest,* unterbrach ihn eine innere Stimme.

Diese Gewissheit verstärkte seine Verzweiflung noch. Eine scheinbare Ewigkeit lang fühlte er sich wie der Tiger im Käfig. Jeder Gedankengang stieß nach kurzer Zeit gegen ein unüberwindbares Hindernis. Das Gefühl war unerträglich.

Auf ihrem Laptop hatte er zwei Dinge gefunden, die ihn völlig aufwühlten. Zum einen die offene Seite der Kidnapping-Agentur und ein Download-Dokument des Fragebogens, den Alrincks Klienten ausfüllen und wieder abschicken mussten. Es war nur das Blanko-Dokument gewesen, Jelene hatte nirgendwo Kreuzchen gemacht. Er fand in ihrem eMail-Ordner kaum private Nachrichten und keinen Hinweis darauf, dass sie ein solches Dokument verschickt hatte. Aber was, wenn sie es so gemacht hatte wie Sybille Hahn, über einen anderen Mail-Server, den er aber im Verlauf des Laptops nicht fand? Letztendlich war es ganz egal, denn Nico war sich inzwischen vollkommen sicher, dass Jelene es getan hatte. Sie hatte eine Entführung bei Alrinck gebucht. Ihm war übel bei diesem Gedanken.

Das andere, was er auf dem Laptop entdeckt hatte, hatte ihn beinahe noch mehr erschüttert, wenn auch auf eine wehmütige, sentimentale Art. Im Browser war noch eine andere Internetseite offen gewesen. Die Seite, auf der man seinen Podcast abrufen konnte. Dann hörte sie seine Sendung also. Nicht die letzte, bei der er *Police and Thieves* für sie gespielt hatte, aber die Sendungen davor. Sie hatte sich sogar vier Sendungen als MP3 heruntergeladen und abgespeichert. Der Gedanke beflügelte und entsetzte ihn gleichzeitig. Wieso sagte sie ihm dann nicht, dass sie seine Sendungen hörte?

Er lag die Nacht über wach auf dem Sofa und starrte in die Dunkelheit. Vor einer halben Stunde hatte Oliver im Schlaf geschrien, aber Nico hatte es ignoriert.

Irgendwann gewann sein analytischer Verstand wieder die Oberhand über Sorge und Angst. Nico hangelte sich in

Gedanken noch einmal an allen wichtigen Punkten des Falls entlang. *Versetz dich in sie hinein,* sagte er sich. *Überleg dir, was Jelene für Anhaltspunkte gehabt hat, um diesen Schritt überhaupt gehen zu können.* Er fand nichts. Dann ging er im Geiste noch einmal alles durch, was Frank Alrinck betraf. Aber irgendwann – die Kirchturmuhr schlug gerade drei – verschwammen die Erinnerungen, Verknüpfungen und Bilder in seinem Kopf zu einem undurchdringlichen Brei, und Nico schlief gegen seinen Willen erschöpft ein. Ob er wirklich schlief oder nur tief verstrickt war in die Details und Verästelungen seiner Gedanken, wusste er nicht. Auf einmal war er schlagartig wach. Es war kurz nach fünf. Sein Herz raste. Seine Bauchdecke zitterte, als hätte ihn dort eine kalte Klinge berührt. Er schnellte auf dem Sofa hoch und starrte in den dunklen Garten hinaus, auf den blassen Streifen Mondlicht zwischen den Hecken. Da war etwas gewesen. In seinem Kopf. Ein ganz deutliches Bild, das jedoch winzig klein war wie eine Briefmarke in einer riesigen Collage und das sich jetzt wieder im Chaos verloren hatte. Nico schloss die Augen. Er hatte plötzlich die untrügliche Gewissheit, dass er etwas Bedeutsames gesehen hatte. Ob es nun ein Traum gewesen war oder etwas, das er aktiv gedacht hatte, wusste er nicht. Aber er wusste, dass es überlebenswichtig für Jelene war. Er presste die Hände aufs Gesicht und lauschte seinem Atem. *Geh zurück zum Anfang,* sagte er sich. Aber die Bilder in seinem Kopf zerfaserten wieder. Er hatte den Schlüssel verloren. *Denk logisch,* hämmerte er sich ein. *Gibt es eine Leerstelle in dem Fall? Irgendetwas, das wir übersehen haben, wo wir nicht tief genug gebohrt haben? Irgendeine unbeantwortete*

Frage. Ja, das war es. Eine einzige unbeantwortete Frage gab es. Er hatte schon einmal darüber nachgedacht, damals im August. Aber dann hatte sich alles aufgeklärt, und er hatte sie vergessen und aus den Augen verloren. Von den anderen Ermittlern war auch niemand mehr darauf zurückgekommen.

Im nächsten Moment riss es Nico beinahe vom Sofa hoch. Er kritzelte einen Zettel für Yvonne, stieg in seine Winterstiefel und packte eine dicke Wolldecke ins Auto. Dann raste er durch den nebeligen, dunklen Morgen in Richtung Rhein. Wenn sich der Verdacht, der ihm gerade gekommen war, als wahr herausstellte, dann war Jelene tot.

Bevor Jelene starb, dachte sie nur noch an diesen Tag vor 22 Jahren. Sie wurde von dem fast hysterischen Wunsch ergriffen, jetzt in letzter Minute noch einmal alles zu durchleben und diesmal die richtige Entscheidung zu treffen. Der Schmerz war nun wie eine Taucherglocke. Das Atmen fiel ihr schwer, und sie hatte das Gefühl, als wäre eine dünne Eisschicht über ihren Lidern, unter denen die Augäpfel tief und unbewegt in ihrem Schädel lagen. Die Kälte hatte ihren Herzschlag verlangsamt. Das Wasser tropfte immer noch auf ihr Gesicht, aber ihr Mund blieb geschlossen.

Plötzlich war ihr Kopf gespenstisch leer. Aber es erfüllte sie mit einem eigenartigen Trost, dass sie ihren eigenen Namen noch einmal hörte, kurz bevor in ihr die Lichter ausgingen.

Kapitel 29

Der Quader ragte vor Nico auf wie ein finsteres Haus ohne Türen und Fenster. Ohne einen Einlass für menschliche Wesen. Er richtete die Scheinwerfer seines Wagens darauf, und aus der Dunkelheit erschienen verblichene Farben unter rostzerfressenen Aufschriften. *Cargotrans... Atlantik-Cargo... Rheintrans...* Blassblaue Lackreste neben moosgrünen Farbsplittern und unleserlichen Buchstaben. Und dazwischen immer wieder großflächige Rostflecken, die das ganze Gebilde wie eine Flechte zu überziehen schienen. Nicos Herz schlug hart gegen seinen Brustkorb. Die Container standen in einer betonierten Schneise zwischen zwei wuchernden Grünstreifen, die fast bis an die Ufermauern vorstießen. Eine Birke hatte in den vergangenen Jahren irgendwo einen Weg zwischen die Metallwände gefunden und streckte nun zwischen zwei Containern ihre kahlen, dünnen Äste hervor. Der Fluss roch nach Winter, eisig und schmutzig. Er konnte das träge Schmatzen des Wassers an den moosigen Ufermauern hören, es hörte sich an, als wäre der Rhein ein riesiges Tier, das unruhig in seinem Betonschacht schlief.

Nico zählte drei Container in der Höhe und vier in der Breite. Er holte die Taschenlampe aus dem Handschuhfach und verfluchte sich dafür, keine Leiter dabeizuhaben, irgendetwas, womit er die obersten Container hätte erreichen können. Er schrie ihren Namen. Nichts. *Was hast du denn erwartet, Idiot?*, schalt er sich und ging an der Seite des Containerquaders entlang. Hier zählte er lediglich vier

Stück bei gleicher Höhe. Also 48 insgesamt. Die Container waren in einem außerordentlich schlechten Zustand. Selbst wenn Alrincks kreative Geschäftsidee mit dem Studentenwohnheim aufgegangen wäre – aus diesen abgewrackten Teilen hätte er niemals etwas halbwegs Tragfähiges bauen können. *Sie kann nicht in der Mitte eingesperrt sein,* dachte er erleichtert, *falls sie überhaupt hier ist.* Denn dann hätte man hier mit einem riesigen Containerstapler herkommen müssen, um einen Zugang zu schaffen, und dafür besaß Alrinck sicher keinen Führerschein. Außerdem stand dieser Aufwand in keinem Verhältnis. Es fing wieder an zu schneien, und vom Rhein her waberte der Nebel und brachte einen merkwürdig sauberen Geruch mit, der nicht zu der alten Friesenheimer Insel passen wollte. Hier wechselten sich Industriehallen mit Lagerhäusern und technischen Betrieben ab. In der Ferne konnte er die erwachende Betriebsamkeit der Insel sehen und hören. Zischen von Dampfdüsen, der piepsende Rückwärtsgang von Lastwagen, blinkende Lichter. Aber von alldem erreichte ihn nichts. Der Abstellplatz der Container lag ganz am Rand der Insel, auf unbebautem Gebiet, sogar die Zufahrtsstraße war voller Schlaglöcher. Nico kannte sich auf der Insel so gut aus, dass er nur wenige Orte ins Auge fassen konnte, an denen die Container lagern würden. Und gleich der erste hatte sich als richtig erwiesen.

»Jelene!«, schrie er. Nichts. Er konnte nicht an der hinteren Seite des Quaders entlanglaufen, weil es hier keine Schneise mehr gab. Die Büsche und niedrigen Bäume hatten alles vereinnahmt. Er rannte zurück und lief die andere Seite entlang.

Die Lack- und Rostsplitter, die sie zuerst am Hals von Sybille Hahn gefunden hatten. Die KTU hatte nicht abschließend klären können, woher die Partikel kamen, denn vom Rolltor an Alrincks Halle stammten sie nicht. Das war die einzig unbeantwortete Frage in diesem Fall. Nun, zumindest für ihn und die anderen. Für Jelene hatte es offenbar noch eine Menge anderer unbeantworteter Fragen gegeben. Dann war ihm das mit Alrincks Plänen für das Studentenwohnheim eingefallen, von seiner Idee mit den Containern. Plötzlich erschien es vollkommen klar, dass die alten Lederhandschuhe, die sie in seinem Jeep gefunden und untersucht hatten, auch benutzt worden waren, als er die Container erworben hatte. Wahrscheinlich lagerte Alrinck noch irgendetwas in den Behältern und hatte mit den Handschuhen die rostigen Oberflächen berührt.

Warum ist mir das erst so spät eingefallen?, dachte Nico.

Er atmete flach in der kalten Morgenluft und lief weiter. Und dann sah er es. Die Büsche waren abgeknickt, die Erde aufgewühlt. Er leuchtete nach oben. Sein Herz machte einen Satz. Dort oben, in der hintersten Ecke fehlte ein Container. Er dachte nicht lange nach, lief zurück zum Wagen und fuhr ihn, an den Büschen entlangschrammend, bis nach hinten. Nico stieg auf das Wagendach und konnte von dort aus die oberste Kante des zweiten Containers erreichen. Er schaltete die Taschenlampe aus und steckte sie sich in den Hosenbund. *So, jetzt zeigt sich, ob du wirklich der faule Waschbär bist, den Jelene dich immer nennt*, sagte er sich. *Wie lange ist der letzte Klimmzug her? Wer von uns Bullen ist denn wirklich so fit, wie er sein müsste?* Er konzentrierte sich auf seine Bewegungen, stemmte das linke Bein gegen die Containerwand und zog sich langsam nach oben. Der intensive Geruch von Rost stieg ihm in die Nase. Seine Fingerkuppen wurden in der Kälte sofort taub. Er stemmte das rechte Bein ebenfalls gegen die verbeulte Außenwand und schob sich weiter. Dann war er oben. Beim Aufrichten wurde ihm schwindelig. Rasch nahm er die Taschenlampe und schaltete sie ein. Er sah den Spalt. Die schmale Gasse, die sich zwischen den hinteren Containern öffnete. Zum Glück gab es nur diese eine Gasse.

»Jelene!«, schrie er. Nichts. *Hier passt doch niemand durch,* dachte er. Die Lücke war keinen halben Meter breit. Doch er selbst fand noch Platz zwischen den Metallwänden. Er tastete sich an den Metallgriffen vor und rüttelte. Der erste war so verrostet, dass er sich nicht umlegen ließ, der zweite ebenso. Aber der dritte sah relativ neu aus, als wäre er einmal ausgetauscht worden. Nico hielt die Luft an. Wenn er die Vorderseite öffnen konnte, dann konnte er einen Spalt erzeugen, durch den er gerade so passen würde. Seltsamerweise zögerte er. Dann zog er den Griff ruckartig zu sich. Die Metallwand glitt mit einem dumpfen Kreischen auf. *Was tue ich hier eigentlich?,* fragte er sich. *Wieso sollte Alrinck auf so eine absurde Idee kommen? Ich habe den Typen stundenlang befragt, und so verrückt, so böse ist er nicht.*

Nico leuchtete in den Spalt. Das Licht der Taschenlampe geisterte über die rostigen Wände. Irgendwo tropfte Wasser. Dann blieb der Lichtkegel an etwas hängen. Nico erstarrte.

Er sah sofort, dass in diesem Körper nur noch wenig Leben war. Oder gar keins. Nicht, wenn er hier schon seit dem Wochenende lag. Er zögerte, tastete nach seinem Handy und wählte den Notruf. Es dauerte ein wenig, bis er ihnen erklärt hatte, wo sie hinmussten. Er steckte das Handy wieder ein und zwängte sich in den Spalt. Seine Schritte machten ein gespenstisch hallendes Geräusch auf dem Metall.

»Jelene«, flüsterte er. Nichts.

Er ging neben ihr in die Knie. Es roch nach Blut, nach Urin und nach ihrer Angst. Ihr entspanntes Gesicht stand dazu in einem merkwürdigen Kontrast. Nico schaffte es kaum, sich die Wunde an ihrem Kopf anzuschauen. Er beugte sich herunter und legte zwei Finger unter ihre Nase. Aber sie waren zu taub, um einen Luftzug wahrzunehmen. Vielleicht war da auch keiner.

»Du blöde Kuh!«, flüsterte er und merkte, dass er weinte. Er schob den Finger zwischen ihren Schal und den Hals und drückte ihn auf die kalte Haut. Er spürte das Blut durch seine Ohren rauschen, hörte seinen stoßweisen Atem und wusste, dass es sein eigener Fingerpuls war, den er da spürte. In der Ferne hörte er das Heulen der Sirenen. Feuerwehr, Krankenwagen und Notarzt, er kannte die verschiedenen Töne der Einsatzwagen ganz genau und atmete erleichtert aus.

»Jelene«, flüsterte Nico. Er zog seine Jacke aus, legte sie zusammen und schob sie behutsam unter ihren Kopf. »Ich bin hier, Jelene«, sagte er. Er nahm ihre Hand und begann, ihre steifen, eisigen Finger zu kneten. Ihre Augen sahen unter den grauen Lidern aus, als wären sie tief in den Höhlen eingesunken.

Er suchte nach anderen Worten, die er ihr sagen konnte. Aber sein Atem ging immer schneller und war fast schon ein Schluchzen. »Freundin«, sagte er. »Was machst du nur für dumme Sachen!«

Dann streichelte er mit der freien Hand ihre Wange und stimmte die ersten Töne von *Redemption Song* an, dem letzten Lied, das Bob Marley vor seinem Tod veröffentlicht hatte. Seine Stimme hörte sich weinerlich und hohl an zwischen den rostigen Wänden, aber allmählich stabilisierte sich die Melodie. Und wenn das Lied schon für Jelene unhörbar war, so tröstete es wenigstens ihn. Er wiederholte es so oft, bis ein Sanitäter in den Container kam und ihn zur Seite drängte.

Kapitel 30

Bilder waberten durch den dunklen Nebel. Unmöglich zu bestimmen, ob es Traumsequenzen waren oder Realität. Manchmal drangen Worte in ihr Bewusstsein oder einzelne, matt beleuchtete Szenen. Sie sah die Dinge wie durch einen Gazeschleier. Rätselhafte Gestalten, die um ihr Bett standen. Weiße Konturen, die unverständliche Dinge über sie und ihren Zustand sagten. Ihre Eltern, untermalt von einem hohen, hysterischen Ton der Sorge, der sie innerlich völlig kaltließ. Und dann immer wieder die warme, gute Gegenwart von zwei Männern, die kaum etwas sprachen. Felix und Nico. Das war alles, was sie wahrnahm.

Es war der zehnte Dezember, als Jelene Bahl aus dem künstlichen Koma geholt wurde. Es dauerte noch einen weiteren Tag, ehe sie wieder so viel Orientierung besaß, dass sie zusammenhängend sprechen konnte. Ein Arzt kam zu ihr und untersuchte ihre Reflexe, ihre Augenbewegungen, die Motorik und stellte ihr einfache Fragen. Seine Stimme drang wie aus weiter Ferne an ihr Ohr. In ihrem Kopf war ein metallisches Hallen, und sie erinnerte sich nur an einen dunklen Raum. Auch noch an andere Dinge, aber die musste sie geträumt haben.

Jelene musste die Worte des Arztes mühsam zusammenbauen, um deren Sinn zu verstehen. Aber sie fühlte nichts, auch keine Erleichterung, als er sagte: »Sie hatten Glück. Die Kälte in diesem Container und der Umstand, dass Sie sich nicht bewegt haben, sind praktisch die Umstände eines künstlichen Komas. Dadurch war die Wirkung Ihrer Kopfverletzungen nicht so schwerwiegend. Aber keine Frage, wenn Ihr Kollege Sie nicht gefunden hätte ... Sie wurden am Fundort wiederbelebt. Es war wirklich knapp.«

Jelene sah in die immerzu blinzelnden Augen des Arztes und deutete ein Nicken an. *Wiederbelebt,* dachte sie. *Dann war ich also tot.*

Erschrocken registrierte sie das Gefühl von Bedauern, das nach diesen Worten in ihr aufkam.

»Welcher Kollege?«, fragte sie mit trockenem Mund.

»Wie meinen Sie?«

»Wer war es, der mich gefunden hat?«

»Der große, kräftige. Wie heißt er noch ... Lampe, kann das sein?«

»Lichte. Er heißt Lichte«, sagte Jelene und unterdrückte ein Lächeln. Es tat weh, das Gesicht zu bewegen. Sie war unendlich erleichtert, dass Nico es gewesen war. Und nicht jemand anders.

»Wir müssen untersuchen, inwieweit Ihr Gedächtnis Schaden genommen hat«, fuhr der Arzt fort. »Können Sie sich denn erinnern, was passiert ist?«

Jelene sah aus dem Fenster. Sie schüttelte den Kopf, aber dann war es plötzlich, als hätte jemand in ihrem Innern ruckartig einen Vorhang beiseitegerissen. Sie presste die Augen zusammen, so grell blendete sie die schlagartige Erkenntnis.

»Das sollten nicht Sie mich fragen«, erwiderte sie. »Sondern ein Polizist.«

Der Arzt nickte ernst. »Ja, das dachte ich mir schon.«

Kaum hatte er das Zimmer verlassen, fragte sich Jelene allerdings, was an diesen vagen Erinnerungsfetzen überhaupt real war? Im Moment schien es, als wäre die ganze Vergangenheit eine Wunde, die erst heilen musste, bis sie wieder etwas damit anfangen konnte. Vom angestrengten Nachdenken wurde sie so müde, dass sie einschlief.

Als sie wach wurde, saß Nico Lichte an ihrem Bett.

»Du warst es?«, fragte sie. »Du hast mich gefunden?«

Er nickte. »Tut mir leid, dass ich erst so spät darauf gekommen bin, dass Alrinck dich in seinen blöden Containern versteckt hat. Der Mistkerl ist untergetaucht. Aber wir kriegen ihn, Jelene. Ganz bestimmt.«

Sie schüttelte langsam den Kopf. Ihr Schädelknochen schien zu pulsieren. Alles oberhalb ihres Halses fühlte sich seltsam an. »Es war nicht Alrinck«, wisperte sie.

Nico zog die Brauen hoch und sah sie schweigend an, ohne auf ihre Worte einzugehen. »Ich habe gedacht, ich werde verrückt vor Sorge.«

»Ich würde jetzt gerne sagen, dass du was gut hast bei mir, aber ... du weißt ja, ich sage nicht gerne Dinge, die sowieso klar sind.«

Er nickte und lächelte schwach. »Weißt du, was passiert ist?«

»Ich weiß nicht, ob das, was ich für meine Erinnerung halte, auch wirklich passiert ist«, gab sie zu. »Aber das Gefühl ist sehr stark. Sehr konkret.«

Sie holte tief Luft, wusste aber nicht, wie sie anfangen sollte. *Ich war tot,* dachte sie. *Vielleicht ist der Preis, dass ich noch am Leben bin, mein Verstand.*

»Bringst du mich mal auf den neuesten Stand?«, bat sie.

»Wir fahndeten nach Alrinck. Er hat zwei Wochen vor deinem Verschwinden zwölftausend Euro auf ein Immobilienkonto in Bangkok überwiesen. Wahrscheinlich wollte er sich absetzen. Aber wir haben ihn auf keiner einzigen Passagierliste gefunden. Vielleicht sitzt er auf einem Containerschiff.«

»Alrinck ist tot«, sagte Jelene.

»Ja, wenn ich ihn treffe, ist er das.«

Sie schloss müde die Augen.

»Wir haben seinen Jeep aus dem Rhein gezogen, etwa auf der gleichen Höhe, wo die Container stehen«, fuhr Nico fort. »Er muss ihn an der Stelle versenkt haben, als er dich dort abgelegt hat. Das hat er getan, weil er nicht wusste, wo er dich sonst zum Sterben zurücklassen soll. Vielleicht hat er auch gedacht, dass du schon tot warst. Im Kofferraum lagen Haare von dir. Wir haben sein Profil an Interpol durchgegeben.«

»Das macht doch keinen Sinn«, sagte sie mühsam. »Wieso sollte Alrinck mich in seinen eigenen Containern verstecken? So etwas macht nur jemand, der will, dass es so aussieht, als wäre es Alrinck gewesen.«

»Wer soll es denn sonst gewesen sein?«

Jelene sah wortlos zu ihm hoch. »Ich weiß es nicht. Aber es war jemand anders.«

»Wieso warst du überhaupt dort? Warum?« Seine Stimme wurde brüchig. »Wie musst du dich fühlen, dass du glaubst, so etwas ganz allein machen zu können und niemanden einzuweihen? Weißt du, was für Konsequenzen das für dich hat?«

Jelene erwiderte nichts darauf. Die Konsequenzen erschienen ihr als unwirkliche, ferne Angelegenheit, die sie nicht das Geringste anging.

»Ich habe nichts über Alrinck herausgefunden«, widersprach sie schläfrig. »Er war nur der Hintermann, nicht der Täter. Und ihr solltet ein paar Taucher losschicken. Wahrscheinlich liegt seine Leiche irgendwo im Rhein.«

Nico kniff den Mund zu und sah aus dem Fenster. »Jelene, du musst erst mal richtig gesund werden. Dann musst du eine Aussage machen. Und wir sollten vorher noch einmal miteinander sprechen. Die werden dich ohnehin feuern für das, was du gemacht hast. Lässt dich entführen, um … um was eigentlich zu beweisen? Dass Alrinck Dreck am Stecken hat, hättest du auch auf anderen Wegen herausfinden können.«

Mit einem Mal war ihr alles egal. Die Müdigkeit zerrte an ihr wie ein starker Sturm. Die Tür ging wieder auf, und eine Krankenschwester bat Nico zu gehen. Er drückte noch einmal ihre Hand.

»Schön, dass du wieder da bist«, murmelte er.

Die nächsten Tage vergingen mit viel Schlaf und endlosen Untersuchungen. Felix kam sie jeden Tag besuchen und las ihr aus einem Buch mit japanischen Märchen vor. Er stellte keine Fragen, weil er instinktiv zu spüren schien, dass Jelene sie ohnehin nicht beantworten konnte.

Seine Anwesenheit war beruhigend und intensiv. Er brachte weiße Tulpen und stellte sie aufs Fensterbrett. Zum ersten Mal hatte sie das drängende Bedürfnis, ihm zu sagen, dass sie ihn liebte. Aber sie vertraute darauf, dass er es auch so wusste. Einmal kamen ihre Eltern, aber Jelene tat so, als würde sie schlafen. Das konnte sie jetzt nicht auch noch ertragen.

Am vierten Tag wachte sie davon auf, dass sie im Zimmer eine intensive Gefahr spürte. An ihrem Bett saß Fehling. Auf dem Nachtkästchen stand ein großer, edler Blumenstrauß. Die weißen Tulpen waren verschwunden. Jelene starrte wie versteinert auf den Strauß, dann schweifte ihr Blick zu seinen Augen, die abwartend auf ihr ruhten. Er lächelte. Ihr Herz setzte einen Schlag aus. Unter der Decke wurde ihr kalt.

»Frau Bahl, ich wollte die Gelegenheit nutzen, Ihnen persönlich ein Zeichen meiner Erleichterung zu überbringen«, begann er. »Dass Sie mich vor einigen Tagen weggeschickt haben, schiebe ich mal auf Ihre Verwirrung. Ich wollte wahrscheinlich auch nicht meinen Vorgesetzten an meinem Bett haben, wenn ich gerade aus dem Reich der Toten hochgestiegen bin.« Er legte den Kopf schief und strich mit dem Zeigefinger über ein herausstehendes Blatt am Blumenstrauß. Jelenes Zunge lag wie betäubt in ihrem Mund.

»Ich kann mir denken, dass Sie nicht zum Plaudern aufgelegt sind. Gleichwohl kann ich mir ebenso denken, dass Sie sich Sorgen betreffend Ihrer Zukunft machen. Ihr behandelnder Arzt sagt, dass Sie gesundheitlich wieder auf den Damm kommen. Darüber müssen wir uns also keinerlei Sorgen machen.« Er sah ihr forschend ins Gesicht. »Was allerdings Ihre berufliche Zukunft betrifft«, fuhr er fort, »so will ich nicht, dass die Sorgen darüber Ihrer Genesung im Wege stehen. Lassen Sie mich Ihnen sagen, dass ich voll und ganz auf Ihrer Seite stehe, Jelene.« Seine Hand näherte sich der Bettdecke und ertastete ihren Arm darunter. Jelene war unfähig, sich zu rühren. Alles Harte an

Fehling war verschwunden. Oder war es nie da gewesen? War der Mann, der nun vor ihr saß, wirklich derselbe, den sie monatelang verdächtigt und ausspioniert hatte?

»Machen wir uns nichts vor«, sagte er. »Sie haben Scheiße gebaut. Richtige Scheiße. Es wird deswegen ein Disziplinarverfahren gegen Sie geben. Aber …«, ermutigender Druck auf ihren Arm, »aber ich werde ein gutes Wort für Sie einlegen. Sie haben sich – aus welchen Gründen auch immer – außerstande gesehen, jemanden in Ihre Verdachtsmomente einzuweihen, und sahen sich zu diesem riskanten Alleingang veranlasst. Das ist inakzeptabel. Andererseits – wenn Sie nicht allein gewesen wären und ein Kollege durch Ihr Verhalten zu Schaden gekommen wäre, dann könnte ich jetzt absolut nichts für Sie tun. Aber so sieht der Fall anders aus. Wir wissen zwar noch nicht, wo Frank Alrinck jetzt ist, aber seine Flucht und sein Anschlag auf Sie sind sichere Indizien für seine Schuld. Außer Fred Hafner ist aber nun leider kaum jemand übrig, der noch einmal gegen ihn aussagen kann.«

Sie blinzelte. War das ein Traum? Seine Präsenz war so grell, als wären seine Worte bunte Blasen, die in der Luft schwebten und dann laut zerplatzten. Sie hörte, was er sagte, aber sie verstand es nicht. Es passte nicht im Mindesten zu den Bildern in ihrem Innern.

Seine Hand lag jetzt schwer auf ihrem Unterarm, und sein Blick bohrte sich sanft, aber unablässig in sie hinein. Sie konnte ihm nicht ausweichen. Es war wie bei den Insekten, die unter dem Brennglas lagen, festgebannt von der tödlichen Hitze und im nächsten Moment nur noch ein verkrümmtes Häufchen. Jelene fiel das Atmen schwer, ihr Schädel pochte, dort, wo er sie getroffen hatte. Als hätte er ihre Gedanken erraten, wanderte seine Hand zu ihrem Kopfverband und berührte sie dort flüchtig. *Jetzt,* dachte sie. *Jetzt kommt der Moment, der in den Filmen immer so unerträglich ist, wenn der Killer bis ans Krankenbett seines Opfers vordringt, um es dort endgültig zu erledigen.*

Aber so weit würde Fehling nicht gehen, dachte sie. Er hatte seine Chance gehabt.

»Alrinck hat es nicht geschafft, Sie fertigzumachen«, sagte er. »Da hätte er wohl wesentlich härter zuschlagen müssen. Ich hätte ihm diese Perfidität nicht zugetraut. Und Ihnen hätte ich nicht zugetraut, dass Sie so unverwüstlich sind. Wie auch immer …« Er erhob sich. »Ich wünsche Ihnen gute Besserung. Und wenn das Verfahren gegen Sie eingestellt ist, freue ich mich, Sie wieder als Kommissarin begrüßen zu dürfen, Jelene.«

Sie sammelte all ihre Kraft zusammen. »Wie schaffen Sie das?«, fragte sie leise.

»Wie schaffe ich was?«

»Dass Sie mir gute Besserung wünschen und im gleichen Atemzug bedauern, nicht härter zugeschlagen zu haben?«

Fehling runzelte die Stirn. »Was sagen Sie da?«

»Sie wissen, dass ich es weiß.«

»Jelene, ich rate Ihnen, sich auszuruhen. Soll ich einmal mit dem Arzt sprechen, bezüglich Ihrer … nun, Zurechnungsfähigkeit?« Er hob die Hand und machte eine undeutliche Geste vor seiner Stirn. »Wenn Sie wieder arbeiten wollen, muss natürlich sichergestellt sein, dass Sie keine Folgeschäden davongetragen haben, nicht wahr?« Er umrundete das Bett und beugte sich noch einmal über sie. »Aber machen Sie sich keine Sorgen. Ich werde mich immer für Sie einsetzen. Was Sie auch tun. Dafür Sind Sie einfach zu gut.«

Für einen Sekundenbruchteil fror sein Gesicht ein, und sein Blick verdunkelte sich. Es war dieser Augenblick, der Jelene die Gewissheit gab, dass er an diesem Abend da gewesen war. Dass ihre Erinnerung sie nicht trog. Das Wechselspiel in Fehlings Miene war wie ein Blick hinter eine Maske, und genau den gleichen Anblick hatte er ihr in jener Nacht im Wald geboten. Sie wollte noch etwas sagen, aber Fehling entfernte sich vom Bett und ging. Jelene klingelte nach der Schwester.

»Diesen Blumenstrauß, schaffen Sie ihn fort! Bitte!«, flüsterte sie und griff nach ihrem Handy.

Kapitel 31

Lichte ging der Satz über den faulen Waschbären nicht aus dem Sinn, der zu sein Jelene ihm im August vorgeworfen hatte. Zumal er sich jetzt wirklich wie die Verkörperung dieses Bildes sah. Wohlig satt von einem üppigen Adventsfrühstück, dem im Abstand weniger Minuten ein Zimtstern nach dem anderen folgte. Aus den Lautsprechern erklangen Vintage-Weihnachtslieder, und seine Kinder spielten in seltener Eintracht Scrabble auf dem Boden vor dem Kamin. Yvonne brachte neuen Kaffee. Diese Harmonie war ja kaum auszuhalten, dachte Lichte. Es war eigenartig, mit welch untrüglicher Intensität er spürte, dass dieser Moment den düsteren Gesetzen der vergangenen Ereignisse zum Opfer fallen würde. Eben in dem Augenblick, als Yvonne zufrieden seufzend neben ihm Platz nahm und seine Hand ergriff, klingelte sein Handy. »Das ist bestimmt Jelene«, vermutete er.

»Sie soll doch erst am Nachmittag entlassen werden«, wandte Yvonne ein.

»Wahrscheinlich ist sie früher fertig geworden.« Nico ging in den Flur. Aber auf dem Display stand die Nummer von Ralf Fehling. Eine ungute Ahnung stieg in ihm hoch.

Fünf Minuten später saß er in seinem Wagen und fuhr in Richtung Friesenheimer Insel. Am liebsten hätte er Jelene eine kurze Nachricht geschrieben. Etwas wie: *Du bist doch nicht verrückt geworden, Freundin. Alles, was du vermutet hast, stimmt. Bin stolz auf dich.* Dazu wusste er jedoch noch zu wenig. Fehling hatte ihm nichts Genaues gesagt. Aber was sollte ein Leichenfund an der Spitze der Friesenheimer Insel schon anderes bedeuten als das, was Lichte insgeheim erwartete? Sein Inneres spannte sich bereits in der Erwartung massiver Erleichterung. Wenn es stimmte, dann würde es für Jelene doch noch eine Zukunft geben. Dann hatte niemand das Recht, ihr ihre Besessenheit vorzuwerfen.

Als Lichte am Ende der Industrie-Insel ankam, entdeckte er die Fahrzeuge der anderen an der Straße, die am Tierheim vorbeiführte. Aus dem Innern des Gebäudes erklang hysterisches Gebell. Einige Leute mit mehreren Hunden an verschiedenen Leinen standen unschlüssig herum und schauten in Richtung der Polizisten, die das dünne, kahle Gesträuch durchkämmten, das die Spitze der Insel bedeckte. Lichte parkte und stieg aus. In der Luft lag wieder der gleiche Geruch wie vor zwei Wochen, als er Jelene gesucht hatte. Kaltes Wasser, eine Ahnung von Schnee in der Luft. Die Wolken hingen tief und pudrig, und ein schneidender Wind drang durch Lichtes dicken Mantel. Er schlüpfte unter einem Absperrband hindurch und starrte auf die Gestalt Fehlings, der etwas isoliert am Ufer stand, unbewegt und seltsam kontemplativ.

»Was ist los?«, fragte Lichte ein wenig außer Atem, als er bei ihm ankam.

Fehling sah ihn nicht an, deutete nur mit einem Nicken in Richtung der flachen Uferböschung, wo die Spurensicherung zugange war.

Plötzlich fuhr ein siedend heißer Schauder durch seinen Körper und sammelte sich in der Magengegend mit einem grässlichen Verdacht. Das verschwundene Mädchen, dachte er. Was, wenn es gar nicht die Leiche von Alrinck war, die er vermutete ... erhoffte? Jelene war davon überzeugt gewesen, dass er tot war. Ermordet von einem ominösen zweiten Mann. Lichte spürte in diesem Moment, wie verzweifelt er ihr hatte glauben wollen.

Das steingraue Gesicht ragte wie eine bizarre Skulptur aus der dünnen Eisfläche. Nicht so aufgebläht, wie es sonst bei einer Wasserleiche der Fall gewesen wäre, aber auf eine Art und Weise farblos und amorph, dass Nico zuerst glaubte, jemand habe sich einen schlechten Scherz erlaubt und eine Wachsfigur hier deponiert.

»So kalt, wie es die letzten Tage war, finde ich noch jede Menge Spuren.« Dr. Mundt war neben ihn getreten und sah zufrieden dabei zu, wie die Kriminaltechniker Alrincks Leiche aus dem Eis hebelten und auf die Uferböschung hievten. Als der eisgraue, steif gefrorene Körper sich mit einem Schmatzen aus dem Wasser löste und die dünnen Eisschollen gegen die Steine stießen, sah Lichte doch weg.

»Dieses Loch in seiner Stirn hat kein Fisch da reingeknabbert, nehme ich mal an«, murmelte er.

Die Pathologin schüttelte den Kopf. »Dazu ist es zu eindeutig.«

Alrinck war eigentlich nur noch an seiner Glatze zu erkennen und an der auffälligen Form seiner Nase. Der Rest des Gesichts sah aus, als hätte er sich in ein Stück Seife verwandelt. Seltsamerweise erfüllte Nico der Anblick, nun, da er Gewissheit hatte, nicht mit Erleichterung. Er wusste in diesem Moment nur, dass jede Menge Probleme auf sie zukommen würden. Ein grässlicher Gedanke streifte ihn.

Was, wenn es Jelene war, die ... Er schob den Einfall sofort von sich. Die Pathologin streifte sich Latexhandschuhe über und beugte sich über die gefrorene Leiche. Alrincks Augen waren weit geöffnet, die Augäpfel glichen Gebilden aus Milchglas, und mit etwas Fantasie konnte man sich einbilden, dass auf seinem Gesicht ein ungläubiger Ausdruck gelegen hatte, als ihm jemand in den Kopf geschossen hatte. Lichte verbesserte sich in Gedanken. *Als ihn jemand hingerichtet hatte.* Plötzlich tat ihm Alrinck leid.

Er wandte den Kopf und sah sich nach dem Kriminaloberrat um.

Ralf Fehling stand immer noch an derselben Stelle und schaute auf den trägen Rhein hinaus. Seine Haltung war sonderbar schlaff und gleichgültig, als würde das alles ihn nichts mehr angehen. Lichte trat auf ihn zu. »Was jetzt?«, fragte er einfach nur, weil ihm nichts anderes einfiel.

»Tja, was jetzt?«, echote Fehling. Seine Stimme verhallte gespenstisch leise in der Kälte, und Nico fühlte mit einem Mal eine diffuse Bedrohung, die aus dem Nichts zu kommen schien. Wie Nebel, der aus dem Fluss stieg.

»Sieht so aus, als hätte Jelene recht behalten«, tastete er sich weiter vor. Es hatte noch keine offizielle Befragung gegeben, das würde erst geschehen, wenn sie aus dem Krankenhaus entlassen worden war. »Mit ihrer Theorie über den zweiten Mann, der an diesem Abend da war. Jemand, dem nicht nur Jelene gefährlich werden konnte, sondern auch Frank Alrinck.«

»Hat sie Ihnen gegenüber schon einen konkreten Verdacht geäußert?«, fragte Fehling. Seine Stimme klang hohl. Nico betrachtete ihn stirnrunzelnd. Irgendetwas im Innern Fehlings schien gerade geräuschlos zu zerbröckeln. Ihm fiel wieder ein, dass er geglaubt hatte, Fehling litte unter Panikattacken. Und dass Jelene gesagt hatte, wie ungemein wichtig ein erfolgreich abgeschlossener Fall für seine angeknackste Karriere war. Aber diese Reaktion auf den Leichenfund und die unbequeme Tatsache, dass sie eigentlich noch mal von vorne anfangen konnten, war irgendwie irreal. Plötzlich wiederholte sich ein Gedanke, der während der letzten beiden Wochen immer wieder in seinem Kopf gekreist war. Jelene hatte sich zu ihrem Alleingang hinreißen lassen, weil sie hinter der nach außen hin stimmigen Geschichte eine zweite Geschichte vermutet hatte, etwas Unaussprechliches, Unsichtbares. Sie hatte sich auf dieses aberwitzige Unterfangen eingelassen, weil sie genau hingesehen hatte. Was, wenn der, den sie unter der Oberfläche gesehen hatte, gerade neben Lichte stand? Nico schauderte, und er musterte den Kriminaloberrat forschend.

»Was denn für einen Verdacht?«, fragte er lauernd.

»Ist nicht so wichtig«, erwiderte Fehling mit einem schwachen Kopfschütteln.

»Doch, ich glaube, so langsam ist es schon wichtig, dass solche Dinge ausgesprochen werden«, widersprach Nico.

Fehling wandte sich ab und trat auf das Ufer zu. Zwei Schwäne zogen vorüber und durchkreuzten die Szenerie mit unwirklich scheinender Schönheit.

»Das Ganze war ein gigantisches Versteckspiel«, sagte Fehling. »Und alle, mit Ausnahme von Ihnen, Herr Lichte, waren daran beteiligt.« Er drehte sich um und musterte Nico mit einem seltsam gekränkten Ausdruck in den Augen. Er wagte kaum zu atmen. Etwas geschah direkt vor seinen Augen, aber er konnte es nicht fassen. Als würde Fehling spüren, dass seine Augen sich verdunkelten, senkte er den Blick und wandte sich wieder dem Fluss zu.

»Seien Sie doch mal ehrlich und sagen mir, wann das alles losging. Wann wurde denn die Leiche von Sybille Hahn gefunden?«

»An Ihrem ersten Tag im Dezernat«, entgegnete Nico.

»Na, sehen Sie.«

»Herr Fehling, was soll das?«

»Schauen Sie doch genau hin, Nico. Lassen Sie nicht ausgerechnet mich derjenige sein, der Sie mit der Nase draufstößt. Zerstören Sie nicht mein Bild, das ich von Ihnen als guter Ermittler habe.«

Nico schluckte krampfhaft. Jemand rief seinen Namen, aber er reagierte nicht. Im Tierheim steigerte sich das Gebell der Hunde zu einem regelrechten Höllenlärm. Ein verzweifeltes, angespanntes Kläffen, als würden die Tiere kollektiv etwas Bedrohliches wittern, wie das Nahen eines Erdbebens. War es nicht so, dass Tiere ein viel feineres Gespür hatten für das Verschieben der Energien?

»Tut mir leid, dass Sie das alles aufräumen müssen«, sagte Fehling, jetzt wieder mit klarer Stimme. »Sie hatten sich sicher auf schöne Weihnachten mit der Familie gefreut.«

»Wir werden das gemeinsam aufräumen«, gab Lichte zurück. »Sie werden …«

»Ja, ich werde.«

Fehling tat es mit schlafwandlerischer Langsamkeit und einer gleichzeitigen Entschlossenheit, der Nico niemals hätte in die Quere kommen können. In der nächsten Sekunde steckte der Lauf von Fehlings Dienstwaffe bereits in seinem Mund, und mit einer beinahe schlaffen, schicksalsergebenen Bewegung drückte er ab.

Nico schaffte es nicht, sich rechtzeitig wegzudrehen. Er sah und hörte alles. Das explodierende Rot, das widerliche Reißen und Brechen einer menschlichen Hülle. Feuchte Klumpen landeten mit ekelerregender Wucht auf seinem Mantel. Seine Ohren rauschten. Die Zimtsterne in seinem Magen begannen, sich zu drehen. Er fiel zur Seite auf die Knie. Auf dem Rhein flatterten die Schwäne voller Panik von der Wasseroberfläche auf und flohen mit derart heftigen Flügelschlägen, dass Nico das Rauschen dieser großen Flügel durch das Hallen des Schusses hindurch hörte. Für Sekunden glaubte er, in einem sonderbar friedlichen Gemälde festzustecken. Niemand schrie. Nico blinzelte. Gabriele Mundt und einige der anderen Kollegen schauten beinahe entrüstet zu ihm herüber, so als wäre der Schuss in einem absolut ungünstigen Zeitpunkt gefallen. Dann dehnte sich langsam das Entsetzen aus, und es kam Bewegung in die Szenerie. Nico löste den Blick vom Ufer und schaute nach oben in den tief hängenden Winterhimmel. Die Schwäne hatten es geschafft, vom Wasser abzuheben, und flogen jetzt, begleitet von majestätischem Rauschen, über ihn hinweg. Dann kam der Schnee.

In all diesem Grauen, dachte er in einem absurden Moment der Erleichterung, in all diesem Grauen dennoch ein Hauch von Schönheit.

Epilog

Seltsamerweise war es Jelene recht, dass Nico nicht kommen würde, um sie abzuholen. Er hatte ihr eine SMS geschrieben, es war wohl etwas Schwerwiegendes dazwischengekommen. Was es hätte sein können, wollte sie sich nicht ausmalen. Es interessierte sie erschreckend wenig. Die abschließenden Untersuchungen waren erstaunlich rasch verlaufen, wahrscheinlich weil Sonntag war. Man hatte ihr vollständige Genesung attestiert und noch weitere Wochen Ruhe verordnet. Als sie aus dem Krankenhaus trat, steuerte sie aber nicht die Reihe der wartenden Taxis an, sondern ging den kurzen Weg bis hinunter an den Neckar, an dessen Ufer das Universitätsklinikum Mannheim lag. Felix hatte ihr frische Kleider aus ihrer Wohnung gebracht und Nico einen Schlüssel für das neue Schloss an ihrer Tür. Trotzdem wollte sie den Moment des Heimkehrens hinauszögern. Der Gedanke, in den Jungbusch zu fahren und ihre Wohnung aufzuschließen, fühlte sich fremd und unangenehm an. Was würde sie tun, wenn sie zurück in ihrem Leben war? Was wartete schon auf sie außer nagender Ungewissheit? Sie spielte ernsthaft mit dem Gedanken zu kündigen. Aufhören und ein halbes Jahr nach Asien. Manche behaupteten, so was würde helfen.

Sie überquerte die gefrorene Wiese, die unter ihren Schritten knackte. Am Ufer gingen dick vermummte Menschen spazieren. Ein Hund jagte Tauben. Jelenes Beine fühlten sich wackelig an, und sie steuerte die erstbeste Bank an. Der Blick auf den Fluss beruhigte sie, wie erwartet. Aber es kam kein Schiff, dem sie nachschauen konnte.

Aus den Augenwinkeln nahm sie eine Gestalt wahr, die sich ihr näherte. Jemand setzte sich neben sie. Jelene senkte den Blick. Es wäre schön gewesen, allein zu sein.

»Frau Bahl?«, fragte der Mann.

Sie drehte den Kopf. Der Mann war groß und athletisch, hielt sich aber gebeugt. Ein kahl geschorener Schädel über einem ruhigen Gesicht. Falten, die aussahen wie mit Grafit ausgemalt. Er roch nach billigem Tabak und einem angenehmen Aftershave. Jelene war sofort klar, wen sie vor sich hatte. Auch wenn sie sich den Privatdetektiv Gunther ganz anders vorgestellt hatte.

Sie lächelte und reichte ihm die Hand. »Hab ich einen Peilsender, über den Sie mich gefunden haben?«

Seine hellblauen Augen streiften ihr Gesicht. Wahrscheinlich dachte er das Gleiche über sie. Er war schwarz gekleidet, und um seinen Hals lag ein karierter Wollschal. Sein Händedruck war stark und lang.

»Na, ich habe mir Sorgen gemacht, nachdem Ihr Kollege bei mir in Berlin die ganze Batterie aufgefahren hat. Die Bullen – verzeihen Sie, meine werten Ex-Kollegen – standen bei mir auf der Matte und haben irgendwas von einer vermissten Kriminalkommissarin erzählt. Da wusste ich, dass Sie wohl in Schwierigkeiten stecken. Was war denn los?«

Sein Blick war eindringlich und mit der leicht einschüchternden Souveränität eines Mannes, der wusste, dass er genau das zu hören bekam, was er hören wollte. Jelene sah auf den Fluss. »Ich habe versucht, etwas zu beweisen, was man nur schwer beweisen kann.«

Er rückte näher und betrachtete das Pflaster an ihrem Kopf. »Hm. Das kenne ich. So was geht meistens nach hinten los.«

»Ich habe Scheiße gebaut. Und der einzige Bonus ist, dass ich noch lebe. Mehr habe ich momentan nicht zu erwarten.«

»So was in der Art habe ich auch mal gedacht.«

»Sie haben auf alles eine Antwort, was?«, fragte sie, plötzlich gereizt.

»Auf Ihre Frage habe ich eine Antwort. Aber dazu komme ich gleich. Wie geht es Ihnen jetzt?«

Jelene blinzelte in die Sonne. Ihre Hände nahmen einen nervösen, verkrampften Tanz auf, den sie kaum kontrollieren konnte. »Ich fühle mich, als würde ich aus einem Brunnen hochklettern, und der Lichtkreis oben kommt und kommt nicht näher. Und wenn Sie jetzt sagen, dass Sie auch wissen, wie sich das anfühlt, dann ...«

»Konnten Sie es beweisen?«, unterbrach er sie. »Das, woran Sie so besessen festgehalten haben?«

Jelene schüttelte den Kopf. Der Gedanke an das, was hinter ihr lag, an das, was vor ihr lag, raubte ihr jede Kraft. Sie sehnte sich nur noch nach ihrem Bett.

Gunther schwieg und fragte erst nach einer Weile: »Ich dachte mir bei unserem ersten Telefonat schon so etwas. Dass Sie Polizistin sind, meine ich. Ihr Kollege wollte unbedingt wissen, was wir beide miteinander zu tun haben.«

Jelene war alarmiert. »Aber Sie haben es ihm nicht gesagt, oder?«

Er sah sie prüfend von der Seite an. »Wäre das so schlimm?«

»Ja.«

»Keine Angst. Ich habe nichts rausgelassen.«

»Sie sind aber doch nicht hier, weil Sie sich Sorgen um mich gemacht haben«, sagte Jelene dann. Gunther begann, sich eine Zigarette zu drehen. Sie sah auf seine Hände. Sie waren breit und überraschend gepflegt. Jelene fand sie auf gewisse Weise Vertrauen einflößend.

»Es stand ein bisschen was in der Zeitung über Ihren Fall«, sagte er und zündete die Zigarette mit einem Streichholz an. Sie mochte dieses altmodische Ritual. »Vielleicht erzählen Sie mir ja irgendwann mal was darüber, wenn Sie mögen. Ich habe vor ein paar Tagen Ihren Kollegen Lichte angerufen und gefragt, wie es Ihnen geht. Er sagte mir, dass Sie heute entlassen werden. Und da dachte ich mir, ich komme mal her. Um Ihnen die gute Nachricht persönlich zu überbringen. Und gerade, als ich am Krankenhaus ankam, sah ich diese blasse, introvertierte Frau herausschleichen, und da dachte ich mir: So habe ich mir Jelene Bahl vorgestellt.«

»Wie charmant Sie sind.«

Es verstrichen wieder einige Sekunden Schweigen.

»Es ist für einen Ermittler übel, wenn man das Böse identifiziert, aber nicht überführt. Ist ein Grund, warum ich nicht mehr bei der Polizei bin.«

Jelene nickte. »Der Gedanke erscheint mir auch gerade sehr verlockend.«

»Warten Sie ab. Vermutlich kommt die Zeit, in der Sie das schaffen. Dann müssen Sie nur bereit sein. Es gibt Gerechtigkeit. Bloß können wir sie manchmal nicht sehen.«

»Das hoffe ich«, erwiderte sie mit zittriger Stimme. Seltsamerweise ermutigten sie Gunthers Worte. Jelene wandte den Kopf und sah ihn an. Ihr wurde bewusst, dass sie, seit sie aufgewacht war, nicht mehr an die *Sache* gedacht hatte.

»Sind Sie sicher, dass Sie das jetzt wissen wollen?«, las er ihre Gedanken.

»Absolut sicher.«

Er nickte. »Mein Kontaktmann hat Ihre Suchergebnisse mal ein bisschen eingegrenzt.«

In ihrer Brust spürte sie ein schwaches Flattern. Plötzlich war da ein Gefühl, das sie nicht erwartet hatte. *Will ich die Antwort auch wirklich wissen?*

Gunther klemmte die Zigarette in den Mundwinkel und kramte in seiner Umhängetasche. Er zog ein zusammengefaltetes Papier heraus. Eine unnatürliche Ruhe überkam Jelene.

»Also, es gibt jetzt drei verschiedene Möglichkeiten, wo wir weitersuchen können.«

»Drei?«

»Ja. Mein Kontaktmann hat drei verschiedene Adressen herausgefunden, wo die gesuchte Person heute leben könnte. Enger konnte er es bei seinen Befugnissen nicht eingrenzen, und das war schon schwierig genug. Wenn Sie möchten, finde ich für Sie heraus, welche die richtige ist.«

Die richtige.

»Ist ja ein bisschen wie im Märchen, was? Der Prinz muss die einzig wahre Königstochter finden.« Er lachte heiser und hustete. Dann reichte er ihr das Papier. Darauf standen in leicht schiefen Buchstaben mit Kugelschreiber drei Namen und drei Adressen. Jelene konnte nicht hinsehen. Sie faltete das Papier wieder zusammen.

»Ich bin noch nicht so weit«, sagte sie leise.

»Schon gut«, meinte Gunther. »Ist ja auch ein großer Moment für Sie.«

Nein, dachte Jelene. Das war noch nicht der große Moment. Das war erst eine von vielen Vorstufen. Sie drehte das Papier in den Händen. Sie wollte es erst durchlesen, wenn sie wieder allein war.

»Was werden Sie jetzt tun?«, fragte sie. »Der ganze weite Weg von Berlin. Das hat sich nicht gerade gelohnt für Sie.«

Gunther warf seine Zigarette ins Gras und sah sie an. Sein Blick lag nachdenklich auf ihrem Gesicht. Er streckte die Hand aus und drückte kurz ihre Finger. »Im Gegenteil. Es hat sich sogar sehr gelohnt. Ich verbringe Weihnachten nicht so gerne in Berlin.« Er stand auf. »Na, dann lasse ich Sie mal allein mit Ihrem Schatz. Ich seh mir jetzt die Stadt an. Man hört ja scheußliche Dinge über Mannheim. Denen will ich mal auf den Grund gehen. Und gute Genesung auch.« Er tippte sich an die Stirn und wandte sich zum Gehen.

»Und Sie sind sicher, dass diese Adressen die richtigen sind?«, fragte Jelene noch einmal.

»Nicht alle«, sagte er. »Nur eine davon. Und dort lebt Ihre Tochter.«